Andrea De Carlo

Die ganz große Nummer

Andrea De Carlo

Die ganz große Nummer

Roman

Aus dem Italienischen
von Monika Lustig

*Mit einer CD
mit 10 Originalkompositionen
von und mit Andrea De Carlo*

Piper
München Zürich

Die Originalausgabe erschien 2002
unter dem Titel »I veri nomi«
bei Mondadori in Mailand.

Von Andrea De Carlo liegen bei Piper außerdem vor:
»Die Laune eines Augenblicks«
»Pura Vita – Das wahre Leben«
»Zwei von zwei«

ISBN 3-492-04575-8

Gesetzt aus der Bembo
Satz: Uwe Steffen, München
Druck und Bindung: Clausen & Bosse, Leck
Printed in Germany

www.piper.de

Damiano Diamantini

Ich war dreiundzwanzig, als Enrica Rivatti, eine Tussi mit fahlen Lippen, Augen von undefinierbarer Farbe und ausgebleichtem Strohhaar, eines Abends bei mir anrief und ganz aufgeregt meinte, ich solle mich unbedingt bei ihrem Freund Damiano Diamantini melden, der suche einen Rockexperten für seine Musikbuchreihe. Enrica und ich kannten uns von der Uni, und ich war wohl die einzige Person, die ihr beim Stichwort Rockmusik eingefallen war – vermutlich weil ich mich die ganze Zeit ein wenig abgehoben bewegte und manchmal eine nicht besonders schöne japanische Akustikgitarre mit viel zu hoch gestimmten Saiten bei mir hatte, auf der ich zwischen den Vorlesungen in den Kreuzgängen herumklimperte. Ich wollte eine Art Verbannter in der eigenen Heimat sein, ich mimte den schwierigen Künstler, der nicht weiß, welcher der schönen Künste er sich endgültig widmen sollte. Ich sang Songs, die nicht von mir stammten, und betonte stets, wie groß die Distanz zwischen mir und den Dingen um mich herum war. Zu vierzig Prozent war ich der, zu dem das Leben mich gemacht hatte, die restlichen sechzig Prozent waren nur aufgesetztes Benehmen, jede Sekunde war ich mir dessen bewußt. Andererseits hatte ich ein gutes Gespür für das, was die Umstände nahelegten, auch für die winzigsten Möglichkeiten, die sich in den Situationsfalten verbargen. Kein Signal entging mir, wenn ich wie ein Jäger in einem Jagdrevier mit nur spärlichem Wildbestand durch die Stadt pirschte: Wochen und Monate konnte ich der schwächsten Fährte folgen, bis sie sich im Nichts auflöste oder eine andere Spur meine Aufmerksamkeit fesselte.

Am nächsten Tag also telefonierte ich mit Damiano Diamantini, was mich einige Überwindung kostete. Ich mußte mir anhören, wie er in überschwenglichen Tönen von seiner geplanten Musikbuchreihe erzählte: Diese Programmreihe sollte das Vehikel einer ganz außergewöhnlichen Kulturanstrengung sein, ein echtes Novum für die Verlagswelt, aber auch für die neuen Generationen, die zwischen Ignoranz, Oberflächlichkeit und trügerischer Verherrlichung musikalischer Mythen, die keinen Pfifferling wert waren, ziellos umherirrten. Ich war nicht imstande, viel zur Unterredung beizusteuern, und am Ende blieb mir nichts anderes übrig, als einfach nur ja zu sagen und seine Einladung zum Abendessen für den übernächsten Tag anzunehmen.

Ziemlich deutlich habe ich noch vor Augen, wie ich Ende Mai aus der Straßenbahn stieg und die Straße überquerte. Die staubgeschwängerte Mailänder Luft kitzelte mir süßlich-stechend in der Nase, meine langen Haare waren zu einem unentwirrbaren Knäuel ineinandergeschlungen; ich trug ein gelb-rot quergestreiftes T-Shirt und ein mattmetallfarbenes Jackett aus dem Secondhandshop und warf Blicke wie ein Aufklärungsflieger um mich. Ich verfügte über null Angriffswaffen, abgesehen von meinen geschärften Sinnen, die sogar mir selbst gefährlich werden konnten. Als Mittel zur Verteidigung blieb mir nur die Flucht. Meine größte Stärke ist die Nichtzugehörigkeit, das heißt jeden Augenblick in der Lage zu sein, von jedem beliebigen Ding auf Abstand zu gehen, ohne sich dabei etwas zu vergeben. Mein Kopf ist zu überladen mit Eindrücken unterschiedlichster Herkunft, ich bin unfähig, sie allesamt in ein und dieselbe, wenn auch ungefähre Richtung zu lenken, zu viele Erwartungen allgemeiner Natur sind in mir wach wie leere Zimmer, die der Dinge harren, die da kommen.

Die Wohnung von Damiano Diamantini lag in der Stadtmitte an dem Platz, der sich um das Castello ausbreitet und der selbst wiederum vom Halbrund der Bürgerhäuser des neunzehnten Jahrhunderts eingekreist wird, denen die düstere, triste Geschäftigkeit der Stadt entströmt. Ich nahm den alten Fahrstuhl aus Schmiedeeisen und Holz und atmete beim Hinauffahren den Geruch nach Wachs, Staub und Schmierfett für Räderlaufwerke ein. In der obersten Etage hingen im Treppenhaus Drucke von Pferden und Kutschen. An der Wohnungstür erwartete mich ein Typ um die Dreißig, der eher wie ein Deutscher oder ein Österreicher aussah, jedoch im Stil der zwanziger oder dreißiger Jahre, nicht wie von heute; die blonden Haare waren an den Schläfen und im Nacken kurz rasiert und fielen ihm als Tolle in die Stirn.

»Damiano Diamantini. Sehr, sehr angenehm«, sagte er mit einem kaum wahrnehmbaren Lächeln und schüttelte mir mit seltsam zerstreuter Herzlichkeit die Hand. Er war hochgeschossen und mager, hatte azurblaue, hervortretende Augen und kleine, eng anliegende Ohren. Er führte mich durch den Korridor mit Bücherregalen an beiden Seiten in die große Küche, wo eine elegante Dame, die starke Ähnlichkeit mit ihm hatte, einer Hausangestellten mit südamerikanischem Aussehen Anweisungen gab. Damiano Diamantini stellte uns vor: »Alberto Scarsi, meine Mutter.«

»Scar*z*i«, verbesserte ich ihn, obwohl ich nicht einmal zu meinem Nachnamen einen besonderen Bezug habe.

»Ach ja, Verzeihung«, sagte er, und das klang nur so dahergesagt. Er griff sich eine Mohrrübe von der Spülablage und biß einmal kräftig ab.

Seine Mutter reichte mir die Hand und sagte mit der gleichen aufgekratzten Zerstreutheit wie der Sohn zuvor: »Sehr, sehr angenehm.«

Mit scheelen Blicken taxierten mich die beiden, als wäre ich eine soeben ins Haus gelieferte Ware aus dem Versandkaufhaus, die vielleicht nicht ganz den Beschreibungen aus dem Katalog entspricht: »Also du bist ein Freund von Enrica?« sagten sie. Und weiter: »Ist sie nicht ein außergewöhnliches Mädchen?« Dann fügten sie noch hinzu: »Es ist doch schön, daß sie dich gleich ins Gespräch gebracht hat, nicht wahr?«

»Ja«; »ja«; »ja«, meinte ich nur, auch wenn mich mit Enrica Rivatti nach dem wenigen, was ich von ihr wußte, so gut wie nichts verband.

Dann schoben sie mich durch die Glastür auf eine großzügige Terrasse, wo mächtige Kübel mit kanadischem Wein, Glyzinien und Jasminsträuchern und ein gedeckter Tisch standen. Mutter und Sohn Diamantini führten mich zur Brüstung, von wo aus unser Blick über das Castello mit dem angrenzenden Stadtpark und die große Ringstraße schweifte, die Motorenlärm und Abgase zu uns hinaufschickte. Die Mutter erklärte: »Als wir von Genua nach Mailand umgezogen sind, stand für mich fest, daß es in dieser Stadt nur eine Art gibt, richtig zu leben, nämlich die, eine tolle Aussicht zu haben.«

Damiano fügte hinzu: »Es war ein gutes Geschäft. Dieses Hexenweib hat die Wohnung fast um die Hälfte heruntergehandelt.«

Sie lächelte leicht anzüglich und warf ihm einen Blick zu, als hätte er ihr gerade ein besonders reizvolles Kompliment gemacht. Ich fragte mich, ob ich noch eine Chance hatte, mich loszueisen, bevor ich zwischen den beiden rettungslos verloren wäre; ich überlegte krampfhaft, doch mir fiel nichts ein. Die Situation hatte mich total eingekreist, es gab kein Entrinnen.

Dann rief Mutter Diamantini: »Wir können uns zu Tisch setzen«; sie und der Sohn plazierten sich an die Kopfenden und ließen mich in der Mitte Platz nehmen. Damiano Diamantini entkorkte eine Flasche Wein, und das südamerikanische Hausmädchen brachte eine Schüssel Rigatoni mit Béchamelsauce. Der Sohn schenkte Wein ein, während die Mutter mit Handzeichen bestimmte, wie viele Nudeln auf die einzelnen Teller kamen. Es war ein Hin und Her von Blicken und halben Sätzen wie bei einem Komplizenpaar, das keine Sekunde davon abläßt, einander Signale zu geben.

Aus Verlegenheit, weniger weil ich hungrig war, schob ich mir eine Gabel voll Rigatoni mit Béchamelsauce in den Mund, aber die Dinger waren ja süß! Der schwere zuckrige Grundgeschmack der Nudeln trieb mir die Tränen in die Augen, und ich mußte heftig würgen. Ich nahm einen großen Schluck Wein, um alles hinunterzuspülen, aber auch der Wein war süß! Es war eine Art Lambrusco für Kinder oder den amerikanischen Exportmarkt, richtig klebrig, wie ein Softdrink. Ich rechnete damit, daß Mutter oder Sohn Diamantini, vielleicht beide zugleich, den Irrtum bei den Zutaten bemerkten und angewidert das Gesicht verzögen oder loslachten und sich bei mir entschuldigten und dann das Dienstmädchen die Teller abräumen ließen; doch nichts dergleichen geschah. Seelenruhig aßen sie weiter, ihre Aufmerksamkeit galt ausschließlich der Pinselführung eines glorifizierenden Familienbildnisses, das in einer Schnelltechnik gemalt und in ihren Augen offensichtlich äußerst brillant war; sie hatten beim Reden in eine höhere Stimmlage gewechselt, aber ohne lauter zu werden. Sie mampften ihre zuckrigen Nudeln, wischten sich den Mund ab, schlürften lauwarmen Lambrusco und redeten pausenlos. Deutlich erkennbar war ihre Befriedigung darüber, daß ich ihnen als Zuschauer und Zuhörer ausgeliefert war, und sie wetteiferten, wer von ihnen mich mit den meisten Einzelheiten überschütten konnte, die ihrer Meinung nach von unbedingtem Interesse für mich sein mußten.

Ich hörte zu, nickte hin und wieder und zog mit der Gabel Bahnen durch die Béchamelsauce auf meinem Teller. Ich fragte mich, ob die beiden Diamantini geistig völlig weggetreten waren und den Zucker in der Pasta einfach nicht schmeckten oder ob die süßen Rigatoni ein extravagantes Familienrezept waren. Vielleicht wollten sie auch nur meine Reaktion testen. Sollte ich einfach so tun, als wäre nichts, und mich zum Essen zwingen? Oder sollte ich besser ihre Unterredung unterbrechen und etwas sagen oder vielleicht mit einer Ausrede aufstehen, rasch zur Wohnungstür gehen und, ohne auf den Aufzug zu warten, einfach die Treppen hinuntereilen? Ich kam zu keinem Entschluß und schob einfach noch ein wenig Essen auf die Gabel, tippte mit der Zunge daran und legte sie sofort auf den Teller zurück.

Wollte man ihnen Glauben schenken, war Damiano Diamantini ein richtiges Genie. Bereits im zarten Alter von sechs Jahren löste er schwierige Mathematikaufgaben, mit sieben kannte er bereits die *Ilias* auswendig und trug den Text ohne Stocken bei gemeinsamen Mahlzeiten den Freunden der Familie vor. Als Dreizehnjähriger gewann er mit einem Schulaufsatz über das Risorgimento die Auszeichnung »Italiens bester Mittelschüler«; der Preis wurde ihm in feierlichem Rahmen vom Staatspräsidenten verliehen, der eindeutig im Zustand der Volltrunkenheit war. Der Rektor und die Lehrerschaft waren peinlichst berührt, die Eltern amüsierten sich, und der Sohn ließ zu Hause witzige Bemerkungen fallen. Auf der Oberschule dann war Damiano Diamantini dank seiner außerordentlichen Fähigkeiten den Mitschülern um Längen voraus und brachte die Lehrer in sämtlichen Fächern systematisch in Verlegenheit. Jedesmal war er mit der gestellten Schulaufgabe so früh fertig, daß er sich etwas einfallen lassen mußte, um die restliche Zeit totzuschlagen: Auf herausgerissenen Heftseiten schrieb er also Gedichte oder kurze Essays zu historischen und philosophischen Themen. Als Geschenk zum Abitur ließ Vater Diamantini auf eigene Kosten eine Abhandlung über Horaz veröffentlichen, die der Sohn während der Weihnachtsferien in Oberlech in Österreich verfaßt hatte. Obwohl das Traktat nur in Privatkreisen zirkulierte, hatte es bei Latinisten sowie namhaften Literaturkennern Staunen und Bewunderung hervorgerufen. Als Damiano dann im dritten Studienjahr Altphilologie war und eine astronomisch hohe Punktzahl erreicht hatte, kam Vater Diamantini bei einem Jagdunfall ums Leben: Es war einer seiner besten Freunde gewesen, der irrtümlicherweise die Todesschüsse auf ihn abgegeben hatte. So war Diamantini junior noch vor dem Studienabschluß gezwungen, die Universität zu verlassen, um sich um den Familienbetrieb zu kümmern, der in einer Niederlassung in Novi Ligure Decken und Schals aus Hochqualitätswolle herstellte. Das Markenzeichen besaß Tradition und Ansehen, doch Damiano entdeckte bald, daß die finanzielle Lage der Firma bei weitem nicht so rosig war, wie alle geglaubt hatten. Es kam nämlich ans Tageslicht, daß der Vater jahrelang nur Lügenmärchen über seine häufigen Geschäftsreisen erzählt hatte. In Italien und im Ausland hatte er falsch investiert, jeweils in Genua, München und Helsinki hatte er eine Geliebte ausgehalten ... und mit einer von ihnen sogar eine Tochter gezeugt! Schwere Zeiten brachen für Damiano Diamantini an. Die Gläubiger waren ihm ständig auf den Fersen, und er sah sich gezwungen, Eigentumswohnungen, Aktien und Gemälde zu ungünstigen Preisen zu veräußern. Schließlich jedoch gelang es ihm – ein Geniestreich in angewandter Psychologie –, einem argentinischen Industriellen die Fabrik für eine absurd hohe Summe zu verkaufen. Mit einem Teil des Erlöses gründete er den Verlag Diamantini, der innerhalb weniger Jahre auf dem kleinen bis mittleren Sektor anspruchsvoller Literatur Fuß fassen konnte; unter anderem veröffentlichte er Neuausgaben sämtlicher Werke von Leopardi und Foscolo sowie Romane einiger der besten zeitgenössischen Autoren der italienischen Belletristik wie

Alvaro Cugnoni, Silvana Otocenco, Guido Tascante und Martino Mezzacapa. Er hätte sich mit derlei Ergebnissen vollauf zufriedengeben können, doch seit über einem Jahr brütete er über einer Idee, um ein neues Publikum von Junglesern aufs Parkett der Literatur zu locken.

Damiano Diamantini meinte: »Das ist eine echte Herausforderung, oder nicht? Wir sind ein Land mit Unmengen von Schulabgängern, mit Tausenden von Eseln, die jedes Jahr völlig sinnlos ihr Diplom machen oder promovieren. Sie alle sind potentielle Leser, und doch liest kein Mensch.«

»Gar niemand, das stimmt nicht ganz«, widersprach seine Mutter. »Mir scheint, deine Geschäfte laufen nicht schlecht, Damiano. Du kannst dich nicht beklagen.«

»Ich beklage mich ja auch nicht«, sagte Damiano. »Wir haben für die Cugnoni-Ausgabe gerade einen Literaturpreis im Piemont gewonnen, und mit der Zurchiello haben wir, drücken wir uns selbst die Daumen, gute Chancen in Venedig. Nur ich weiß eben, daß da draußen ganze Heerscharen potentieller Leser herumlaufen, und die will ich mir schnappen.« Er deutete über die Terrasse hinweg Richtung Stadt, die krachend, quietschend, kreischend unter uns lag. Er fuhr fort: »Sie kaufen Kino- und Konzertkarten, sie kaufen Schallplatten, sie kaufen Klamotten, jede Art von technischem Schnickschnack kaufen sie, aber für Bücher geben sie kein Geld aus, diese jungen und geschulten Schafsböcke!«

Die Blicke der Mutter folgten ihm, sie nickte, kaute, schluckte und sagte dann: »Und da bringt Damiano seine großartige Idee aufs Tapet.« Ihr Blick wanderte zu meinem Teller, der noch voller Rigatoni war; ich bewegte meine Gabel um wenige Millimeter.

Damiano nahm den Faden auf: »Meine geniale Idee ist also, etwas auf die Beine zu stellen, was speziell für diese geschulten Hornochsen da draußen zugeschnitten ist. Nämlich eine Buchreihe über die berühmtesten italienischen Schlagersänger.« Er sah mich an, seine Augen funkelten, seine Lippen waren zu einem angespannten Lächeln verzogen.

Ich deutete ein leichtes Nicken an, ohne im Grunde zu wissen, welche Reaktion er von mir erwartete.

Er sagte: »Jedes Buch enthält ein ausführliches Interview und einen wunderbaren Fototeil sowie am Ende ein poetisch-literarisches Essay aus meiner Feder, was der ganzen Sache erst ihren wahren Stellenwert verleiht. Die *canzonette* sind der Köderwurm, der sich am Angelhaken krümmt, verstanden? Die geschulten Jungbanausen werden anbeißen, und ehe sie wissen, wie ihnen geschieht, werden wir sie auf das Terrain der *Literatur* gezerrt haben.«

Seine Mutter strahlte übers ganze Gesicht: »Auf eine so geniale Idee konnte nur unser verrückter Damiano kommen.«

Damiano Diamantini lächelte erfreut, auch wenn es sich bloß um ein Spiel zwischen den beiden handelte, das in zahllosen, immergleichen Wortwechseln einstudiert worden war.

Mutter Diamantini ließ sich weitere süße Röhrennudeln auftun und fragte mich, ob ich auch noch welche wollte.

»Nein, vielen Dank, ich bin nicht sehr hungrig«, wehrte ich ab.

Damiano lud die restliche Pasta auf seinen Teller und verspeiste sie mit großem Appetit.

Als das Abendessen zu Ende war, erhob sich Mutter Diamantini mit den Worten: »Ich habe noch ein paar Telefonate zu erledigen, ich lasse euch jetzt allein, damit ihr über euer Busineß plaudern könnt.«

Damiano zündete sich eine Zigarre an, lehnte sich im Stuhl zurück und setzte ein Unternehmergesicht auf; dann legte er los und fragte mich, wie ich denn meine Qualifikation einschätzte, um für ihn zu arbeiten. Ich hatte offengestanden keinerlei Lust, für ihn zu arbeiten, und ich hielt mich auch nicht für geeignet; doch da war eine Stimme in meinem Innern, die mich zögern ließ und mich drängte, meine Bereitschaft zu signalisieren: Diese Stimme wollte mich aus der totalen Ungewißheit reißen, in der ich trieb, seit ich das Gymnasium beendet hatte. So erklärte ich ihm, daß die Rockmusik eine meiner größten Leidenschaften sei und daß ich in der achten Klasse mit dem Schreiben angefangen habe; und beide Dinge verliehen mir vielleicht eine irgendwie geartete Kompetenz.

Damiano Diamantini meinte: »Dürfte ich mal etwas von dem lesen, was du geschrieben hast?«

»Nein«, winkte ich ab. »Ich werfe nämlich alles, sobald ich es fertig habe, in den Papierkorb.«

Er lächelte und paffte seine Zigarre. Die Vorstellung schien ihn einigermaßen zu amüsieren. Es stimmte nicht mal, daß ich tatsächlich alles, was ich schrieb, wegwarf, zwanzig bis dreißig Seiten mußten noch in irgendeiner Schublade lagern. Aber es kostete mich Anstrengung, mich zu erinnern, welche Seiten das waren und in welcher Schublade ich sie aufbewahrte. Ich hatte einfach keine Lust, daran zu denken. So war nun mal meine Einstellung zu Archiven und, im allgemeineren, zur Vergangenheit. Noch nie habe ich Tagebuch geführt, Briefe gehortet oder Fotoalben angelegt. Das entspringt nicht etwa einer bestimmten ideologischen Haltung, auch wenn ich das behaupten könnte; es hat einfach mit meiner geistigen Trägheit zu tun und mit der Erkenntnis, wie wenig es doch nützt, die Hülle einer vergangenen Sache aufzubewahren, wenn doch ihr Inneres immateriell ist.

Damiano Diamantini mußte sich inzwischen ein hinreichendes Bild von mir gemacht haben, denn an einem bestimmten Punkt stellte er seine Fragerei ein und erklärte mir minuziös, welche Funktion ich im Rahmen seiner Buchreihe übernehmen sollte. Er brauchte eine Person, die mit einigen der bedeutendsten italienischen *cantautori* ausführliche Interviews führte, die tiefgründig und gut genug strukturiert wären, um als Hundertfünfzigseitenband einschließlich Fototeil und Schlußessay gedruckt zu werden. Er sagte: »Bevor ich dich anrief, habe ich natürlich mit einigen Fachjournalisten gesprochen, aber das sind alles Analphabeten, und obendrein sind sie geldgierig. Die Kohle aber will ich lieber erst dann lockermachen, wenn die Reihe so gut eingeschlagen hat, daß sie auch die ganz großen Namen anzieht.«

»Die ganz großen Namen?« fragte ich.

»Jawohl, der Herr, die ganz großen internationalen Namen«, bestätigte Damiano Diamantini. »Die weltweit Millionenauflagen erzielen und als Lebenskünstler und Gurus verehrt werden.«

»Und auch über die willst du Bücher machen?« fragte ich.

»Jawohl, der Herr«, erklärte Damiano Diamantini und zog an seiner Zigarre. »Besser gesagt, sie oder ihre Agenten werden diejenigen sein, die mit mir Bücher machen wollen, sobald sie gesehen haben, welch umwerfenden Erfolg die Reihe mit den italienischen *cantautori* hat.«

»Und mit wem wolltest du beginnen?« fragte ich weiter, obwohl sein Ton mir körperliches Unbehagen bereitete.

»Mit einem x-beliebigen der großen Namen«, erklärte er und unterstrich mit einer Handbewegung die Beliebigkeit. »Johny Lenon, Mike Jaeger, Dilan Bob, Bernard Ohanian. Denk nur mal an ein Buch über Bernard Ohanian. Das ist auch der einzige, der über einen annehmbaren kulturellen Background verfügt. Für ein Interview mit ihm wäre ich sogar bereit zu zahlen. Ein Buch über Bernard Ohanian werde ich nämlich in einer Erstauflage von hunderttausend erscheinen lassen. Nein, *zweihundert*tausend, wenn das Terrain so vorbereitet ist, wie ich es will. Und dann verkaufe ich es nicht nur in Italien, sondern in der ganzen Welt, und zwar nicht als Lizenzausgabe. Ich werde den Text gleich in mehrere Sprachen übersetzen lassen und nach einem Vertrieb für jedes einzelne Land Ausschau halten. Nur so kann ich sichergehen, daß die ganze Operation nicht auf Abwege gerät.« Dann zog er mit zwei Fingern auf halber Höhe eine Linie in der Luft und sagte: »*Diamantini Press*. Hei?«

Ich nickte, obwohl klar war, daß er, so wie er die Namen aussprach, keinen blassen Schimmer hatte, von wem er eigentlich redete, mit Ausnahme vielleicht von Bernard Ohanian. Im übrigen brauchte man sich nur seinen Haarschnitt und seine Klamotten anzusehen, um zu begreifen, wie fremd ihm die Welt der Rockmusik war.

Damiano Diamantini fuhr fort: »Das genau ist der Grund, weshalb ich mein Geld nicht den einschlägigen Journalisten für ihr Geschreibsel über die Sängerbuben aus unserem Stall in den Rachen werfen will. Es ist viel sinnvoller, einem wie dir eine Chance zu geben, dem es nicht nur ums Geld geht, sondern der sich mit Leib und Seele in die Sache vertieft.«

Ich lächelte. Ich begriff nicht ganz, wo bei mir ein solcher Leib-und-Seele-Enthusiasmus zu erkennen war. Doch in der Tat kam mir die Geschichte mit den Interviews wie eine Gelegenheit vor, etwas zu schreiben und zu veröffentlichen und in einer realeren Dimension meine vermeintlichen Fähigkeiten unter Beweis zu stellen.

Damiano Diamantini betonte nochmals, daß er mir bestimmt nicht viel bezahlen konnte, und verkündete: »Ich investiere in dich, das ist es doch, was zählt, oder nicht?«

»Sicher doch«, pflichtete ich ihm bei, und wie er so dastand – ein hochgeschossenes neunmalkluges Kind –, die Zigarre im Maul, ging er mir mächtig auf den Geist.

Flavio Sbozzari

Die Woche darauf holte Damiano Diamantini mich von zu Hause ab, und wir fuhren in seinem grünen Landrover zu einem Termin mit dem Liedermacher Flavio Sbozzari. In einer sumpfigen Gegend im nördlichen Hinterland von Mailand hatte er sich in einem verlassenen Bauernhof ein Tonstudio eingerichtet, wo gerade die Aufnahme seiner neuesten Platte angesagt war. Ich hatte das batteriebetriebene kleine Aufnahmegerät meiner Schwester bei mir sowie ein Ringbuchheft, in dem ich im Laufe meines Erkundungsgangs durch einige Plattenläden Titel und Daten von Sbozzaris Liedern notiert hatte. Ich hatte keinen blassen Schimmer, wie man ein Interview führt, doch ich war überzeugt, über eine beachtliche Basisdokumentation und einen hübschen Vorrat an nicht ganz banalen Fragen zu verfügen. Diamantini würde mir hoffentlich genügend Luft lassen, damit ich mir etwas Passendes ausdenken konnte, um in diese Rolle zu schlüpfen.

Als wir bei dem Gehöft anlangten, öffnete uns ein Wächter das Tor, und ein Tontechniker bat uns in den Aufnahmesaal. Dort standen Geräte und Instrumente jeder erdenklichen Art. Auch der Gitarrist, der Bassist und der Schlagzeuger, die mit Sbozzari zusammenspielten, hingen mit gelangweilter Miene inmitten von Mikrofonwäldern und Dämmplatten herum.

Diamantini fragte auftrumpfend: »Wo ist denn Flavio?«, als verliehe der Umstand, über Sbozzari ein Buch zu veröffentlichen, ihm automatisch die Rechte eines Managers oder eines Plattenproduzenten.

Die Typen meinten achselzuckend: »Flavio pennt.«

Diamantini wieder: »Und man kann ihn nicht wecken?«

»Nein«, erwiderten die anderen und grinsten. Sie hatten nichts von Rockmusikern an sich, auch nichts von Künstlern: Sie wirkten wie Techniker vom Fach mit langen Haaren und Halbstiefeln, sie verrieten keine beeindruckenden Qualitäten, nichts an ihnen ließ auf skurrile Existenzen schließen.

Nach einer geschlagenen Stunde tauchte Sbozzari schließlich auf und sagte, er habe keinen Bock auf Interviews oder auf das Aufnahmestudio. Er war noch benommen vom Schlaf und völlig ohne Power, seine Lider waren verquollen, er war unrasiert, und seine Füße steckten in weißen Krankenhauspantoffeln. Nach Aussagen des Schlagzeugers, mit dem ich zuvor ein paar Worte gewechselt hatte, döste Sbozzari den ganzen Tag vor sich hin, und wenn er wach war, stritt er sich am Telefon mit seiner Frau herum: Grund hierfür waren die halbwüchsigen Mädchen, die er nach den Konzerten mit auf sein Hotelzimmer nahm.

Damiano Diamantini und ich blieben im Aufnahmeraum und warteten ab, daß etwas ins Laufen käme, aber es tat sich nichts. Diamantini gab ein paar Zitate von Kierkegaard zum besten; Sbozzari rauchte und starrte ins Leere. Diamantini sagte zu ihm: »Es wäre schön, wenn du und Alberto zumindest die Eckpunkte des Interviews für das Buch zusammenkriegen würdet.«

»Es wäre schön«, echote Flavio und zündete sich wieder eine Zigarette an. Auch er wirkte, aus der Nähe besehen, nicht im geringsten wie ein Rocker. Er sah eher aus wie ein träger, ungehobelter Sack, der den Dreh raus hatte, wie man mit halbautomatischen Melodien und Strophen, die ihm gerade so einfielen, die dicke Kohle machte.

Diamantini war verlegen, denn auf fremdem Terrain wußte er nicht, wie er sich bewegen sollte. Seine kopfgesteuerte Arroganz vermochte nichts gegen die Überheblichkeit eines Ignoranten wie Sbozzari. Jede raffinierte Anspielung bewirkte im Höchstfall ein Räuspern oder ein Kopfschütteln und verpuffte im Nichts. Ich las an seinem Ton und seinem Blick ab, wie neidisch er auf Sbozzaris Erfolg war, den er sich nicht erklären konnte und den er auf jeden Fall für sich haben wollte. Er frozzelte herum, um vor Sbozzari nicht wie ein Blödmann dazustehen; er stellte sich neben ihn, um die eigene Körpergröße ins rechte Licht zu rücken; er ließ die wellige Haartolle mit einer brüsken Kopfbewegung zur Seite fliegen, und sein Lachen klang metallisch.

Ich sah dem Gitarristen zu, wie er mit dem Verstärker hantierte. Der Bassist machte mit dem Schlagzeuger Rhythmusübungen, einfach so, zum Zeitvertreib. Hin und wieder erzählten sie sich einen Witz oder machten Anspielungen, die nur sie verstanden, und pafften. Sie waren stocksauer auf Sbozzari, der sie in diesem Schwebezustand hielt, und auf den Produzenten, der sich einfach nach Mailand abgesetzt und sie in dieser stickig-feuchten Pampa ihrem Schicksal überlassen hatte. Dem Nichtstun und dem Inspirationsmangel ausgeliefert, mußten sie ihren Monatslohn absitzen. Auch ich ärgerte mich beim Anblick der schönen technischen Ausstattung, die ganz allein für Sbozzari da war, hätte er nur spielen wollen. Am liebsten hätte ich ihm einen Tritt versetzt und an seiner Stelle eine Platte aufgenommen.

Nach einer weiteren Stunde meinte Diamantini schließlich: »Also gut, dann ziehen wir eben Leine.« Als er am Steuer seines grünen Rovers saß – helle Ledersitze und das Ersatzrad auf dem Kofferraum –, meinte er: »Diese Liedermacher, das sind doch arme Teufel. Wenn wir sie nicht als Köder bräuchten, wäre es sicher besser, sich ihrer mit einem Arschtritt zu entledigen.«

»Ja«, pflichtete ich ihm bei, und es war wohl das einzige Mal, daß ich mit ihm so ziemlich einer Meinung war.

An den folgenden zehn Tagen hörte ich nichts von Damiano Diamantini. Dann rief er an und sagte, Flavio Sbozzari gebe ein Konzert in Mailand und habe sich bereit erklärt, mir im Anschluß daran für das Interviewbuch Rede und Antwort zu stehen. Diamantini fügte hinzu: »Ich werde nicht mitkommen, ich muß wegen einer Preisverleihung nach Venedig. Bring du ihn zum Reden, quetsch ihn aus, über alles: seine Kindheit, seine Ausbildung, die Einflüsse seiner Umwelt, die Bücher, die er gelesen hat, wenn er überhaupt je gelesen hat. Bring ihn zum Reden, über Politik, Religion, was dir auch immer einfällt. Es liegt nur an dir, dich nicht mit einem einsilbigen Gebrummel abspeisen zu lassen. Denk daran, wir müssen ein *Buch* daraus machen, nicht vier Seiten für ein Käseblatt.«

Am nächsten Abend ging ich zu dem Konzert, das in einem kleinen Sportpalast stattfand. Der Saal war gerammelt voll, das Publikum war im Delirium. Sie sangen Sbozzaris Lieder im Chor mit, bei den langsamen Stücken knipsten sie ihre Feuerzeuge an, und Tausende von Flämmchen bildeten ein wogendes Meer über ihren Köpfen. Sbozzari hauchte ins Mikrofon: »Ihr seid großartig« oder »Ich liebe euch«, dann hob er wieder mit seinem typischen weinerlichen Singsang an, den irgend jemand mal das »Sbozzarische« genannt hat. Und wenn ich bereits vor unserer Begegnung diesen Stil entschieden abgelehnt hatte, war er mir jetzt geradezu unerträglich geworden.

Nach dem Konzert schlug ich mich zu den Garderoben durch. Ich trug einen Anstecker mit der Aufschrift »Presse« am Revers, und die Ungetüme des Sicherheitsdienstes ließen mich passieren. Ich hockte mich in einen deprimierenden Warteraum, wo ein halbes Dutzend Journalisten, drei oder vier grell geschminkte hysterische Girls und einige Freunde oder Mitarbeiter von Sbozzari mit Henkervisagen abwarteten, daß der Meister mit dem Duschen fertig wäre.

Ich las mir noch einmal die Fragen durch, die ich in das Ringheft geschrieben hatte, und testete ein letztes Mal das batteriebetriebene Aufnahmegerät meiner Schwester, damit ja nichts schiefgehen konnte. Meine Bewegungen waren fahrig, ich war angespannt wie vor einer Prüfung und sauer wegen der Blicke und der Stimmen der anderen Leute, die im Neonlicht vor den nackten Wänden saßen.

Dann mußte Flavio Sbozzari unter seiner endlosen Dusche hervorgekommen sein, und tatsächlich sah ich ihn im Korridor mit einem Handtuch um den Kopf. Die Girls und die Journalisten und die Henkersknechte schnellten empor, Zurufe und Gelächter überlagerten sich, man warf sich Blicke zu, bewegte sich auf eine gewisse Weise. Auch ich trat auf den Gang und versuchte, mir einen Weg durch die Menschenmenge zu bahnen, doch das war nicht so einfach. Sbozzari sah noch häßlicher aus, das Handtuch hatte er zu einem Turban um den Kopf gewickelt, seine Füße steckten in den üblichen weißgelöcherten Gesundheitspantinen, und aus seinem abgekämpften Gesicht sprach jetzt auch noch die Habgier. Die Groupies schienen das nicht zu bemerken, sie drängten sich gackernd und kichernd an ihn, als wäre er die Quelle der Lust in Höchstkonzentration. Die anderen waren beinahe ebenso hektisch, riefen immer wieder »Flavio«, »Flavio« und versuchten, seine Aufmerksamkeit zu gewinnen, zwängten sich in die plötzlich auftuenden Schneisen.

Ich wartete den richtigen Moment ab und machte eine tolpatschige Bewegung nach vorn: »Alberto Scarzi, Diamantini Verlag, erinnerst du dich?« brachte ich hervor.

Sbozzari zuckte angewidert zurück und rümpfte die Nase. Dann sagte er: »Mensch Meier, kannst du nicht warten?«

»Warten, wie lange?« fragte ich. Doch er schien meine Frage nicht gehört zu haben, denn er war hingebungsvoll damit beschäftigt, den Hals eines dieser Kicherweiber mit schmachtenden Küssen zu bedecken.

So machte ich kehrt, ging in den Warteraum zurück und setzte mich wie zuvor mit dem Rücken zur Wand; außer mir waren da noch zwei, drei Journalisten, die ebenfalls keine Lust hatten, sich ins Getümmel zu stürzen. Hin und wieder warfen sie einen Blick auf ihre Armbanduhr und taten so, als wären Wartereien dieser Art für sie an der Tagesordnung. Sie rauchten und tauschten Informationen über ihre Gehälter und ihre Chefredakteure aus. Sbozzari ließ sich nicht blikken, doch ich war beinahe froh, daß sich das Warten hinzog und jede Grenze der Zumutbarkeit erreicht, ja längst überschritten hatte. Die Trostlosigkeit der Räume erfüllte jede Minute mit einer negativen elektrischen Energie, die mir leise Freude bereitete; Dutzende von Einzelheiten türmten sich aufeinander und waren Stoff für meine Überlegungen.

Dann sah ich auf die Uhr, es war fast eine Stunde vergangen, seit ich Flavio Sbozzari im Korridor zurückgelassen hatte. Ich packte das Notizheft und das Aufnahmegerät ein und ging.

Am nächsten Morgen rief mich Damiano Diamantini aus Venedig an. Ich erkundigte mich, wie es ihm gehe, und er, in gereiztem Ton, bellte mich an: »Danke, schlecht, hast du nicht die Zeitungen gelesen?«

»Was steht denn in den Zeitungen?« wollte ich wissen.

»Daß wir nicht gewonnen haben«, erklärte er.

»Was habt ihr nicht gewonnen?« fragte ich.

»Den *Preis*«, stieß er fast zornig hervor und wechselte das Thema: »Wie ist es dir mit Sbozzari ergangen?«

»Nichts ist gegangen«, erklärte ich.

»Wie soll ich das verstehen?« fragte Diamantini.

»Daß wir kein Interview gemacht haben.«

»Aber wie das?« rief er. »Waren wir uns nicht schon über alle Punkte einig?«

»Ja, aber er hatte Besseres zu tun. Er mußte dumme Girls auf den Hals küssen und vor Kraftprotzen Sprüche klopfen.«

»Es war an dir, ihn mit Nachdruck an sein Versprechen zu erinnern«, tadelte Damiano Diamantini. »Ein Mindestmaß an Durchsetzungsvermögen gehört schließlich zu deinem Job, mein Lieber.«

»Also dann, glaube ich, ist das keine Arbeit für mich«, beschied ich ihn.

»Wie meinst du das?« fragte Damiano Diamantini, und seine Stimme war voller Groll wegen des nicht gewonnenen Preises.

»Ich meine, daß ich nicht dein Laufbursche bin«, entgegnete ich.

»Warte mal«, entgegnete Damiano Diamantini. »Erklär dich genauer.«

»Da gibt's nicht viel zu erklären«, hielt ich ihm entgegen. »Ich sage tschüß.«

Ich legte den Hörer auf, und innerhalb weniger Sekunden verwandelte sich meine Bestürzung in ein Gefühl beschwingter Leichtigkeit wie jedesmal, wenn ich mir endgültig den Zugang zu einer Arbeit, einer Liebesgeschichte, einer Wohnung oder einem Urlaub verbaut hatte, die mir absolut nicht entsprachen, mit denen ich jedoch vernünftigerweise hätte vorliebnehmen müssen.

Cristina Castellino

Zu jener Zeit ging ich mit einem Mädchen namens Cristina Castellino. Sie war blond, hatte ein rundes Gesicht, das im Gegensatz zu ihrer schlanken und gutgebauten Figur stand. Sie war weder besonders klug noch sympathisch, noch zärtlich, noch empfindsam; aber sie war für mich der Aufhänger gewesen, aus einer Beziehung auszusteigen, die bereits fünf Jahre dauerte und in der ich vor Langeweile und Isolation schier umkam. Das Mädchen, mit dem ich vorher zusammen war, hieß Minna Torre; sie litt an einem paranoiden Syndrom oder etwas in der Richtung und brachte die Zeit damit zu, Gefechtsgräben zwischen uns und dem Rest der Welt zu ziehen oder dieselben zu bewachen. Sie urteilte über Personen und Dinge, als betrachtete sie die Welt von oben nach unten; sie las Platon und Kant und zeichnete sich durch einen außerordentlichen Mangel an Sinnlichkeit aus. Cristina Castellino hingegen war eine Halbignorantin und gab sich in sexuellen Dingen recht ungezwungen. Aus diesen Gründen schien ich mit ihr einen Schritt vorangekommen zu sein, was die Anziehungskraft zwischen zwei Menschen betraf, die ein Paar sein wollten. Es war eine jener Begegnungen, deren Sinn man erst im Laufe der Zeit versteht; sie gedieh dank Mißverständnissen, Verdrängungen und halben Übereinstimmungen, etwa was den Geschmack am Reisen betraf und die ziemlich abstrakte Idee, Italien hinter sich zu lassen, um in Amerika ein neues Leben zu beginnen.

Eine der Eigenheiten von Cristina Castellino war, daß sie so gut wie nichts aß und sich ausschließlich von Äpfeln, Mohrrüben und trockenen Keksen ernährte, die sie verstohlen knabberte. Mit sechzehn, so hatte sie mir verraten, habe sie eine schreckliche Liebesenttäuschung mit einem Jungen erlebt, den sie am Meer kennengelernt hatte; in der Folge habe sie wochenlang nichts essen können, so daß ihr Magen verkümmerte. Ich war mir nicht sicher, ob das unter organischem Gesichtspunkt eine hinreichende Erklärung war; Tatsache war, daß sie kaum etwas zu sich nahm.

Nie zuvor war ich einer Person begegnet, die so gut wie nicht aß: Das Nichtessen war in meinen Augen ein Ausdruck großer Abneigung dem Leben gegenüber und zugleich ein Weg, um Macht über die anderen zu gewinnen, die sich normal ernährten. Ich glaube nicht, daß Cristina Castellino sich bewußt so verhielt. Doch Jahre später bin ich einem Guru begegnet, der sich aufgrund einer ausgeklügelten Überlegung in der Öffentlichkeit des Essens enthielt, um auf diesem Wege Druck auf seine Gesprächspartner auszuüben. Und das funktionierte tatsächlich.

Auf alle Fälle hatte Cristina Castellino ganz andere Probleme mit ihrer Umwelt; an erster Stelle rangierte ihre Unleidlichkeit, sobald ein männliches Wesen Anzeichen auch nur geringster Schwäche zeigte. Ich denke, das ging auf ihren Vater zurück, der, sehr viel älter als die Mutter, der Welt praktisch schutzlos ausgeliefert war. Er war ein hervorragender Kunstschreiner, in seiner Werkstatt im Erdgeschoß ihres Wohnhauses entstanden herrliche Intarsien. Aber er hatte ein so sanftes, nachgiebiges Gemüt, daß kein Auftraggeber ihn jemals bezahlt hätte, wäre seine Frau nicht gewesen; sie war für die Kundenkontakte und die Buchhaltung zuständig und half ihm auch, manchen Stücken den letzten Schliff zu verpassen. Überhaupt sorgte sie geduldig und unablässig für ihn, als wäre er ein begabtes, aber schwächliches Kind.

Cristina Castellino wurde ganz nervös, wenn sie ihrem Vater zusah, wie er Zeichnungen auf verschiedene Holzstücke kopierte, sie sorgfältig zuschnitt und mit dem Tischlerbeitel die Holzstärke bearbeitete, die Ränder abschliff, bis alles perfekt zusammenpaßte. Wenn ich zu ihr sagte: »Er ist unglaublich gut«, meinte sie jedoch kurz angebunden: »Nicht als Vater« oder »Nicht als Mann«. Diese Sichtweise hatte sie in der Vergangenheit dahin gebracht, sich mit jungen Männern zusammenzutun, die sie schlecht behandelten oder die ganz einfach zuwenig Interesse an ihr hatten, sich aber auf jeden Fall ihr gegenüber aggressiv verhielten. Aus demselben Grund wiederum störten sie mein liebevolles Verhalten und meine wiederholten Zweifel, die in ihren Augen nichts als Anzeichen von Schwäche waren. Es genügte, daß ich zum falschen Zeitpunkt eine freundliche Geste machte oder mich wegen eines Films, den wir anschauen wollten, oder wegen einer Reiseroute etwas unschlüssig zeigte, und schon geriet sie außer sich vor Zorn. Die Lippen zu einem häßlichen Lachen verzerrt, zog sie sich zurück oder schubste mich herum und sagte: »Hör auf, das zarte Mimöschen zu spielen!« Ich war an einen solchen Typ von Mädchen einfach nicht gewöhnt, auch wenn ich wahrscheinlich so eine brauchte, um meinen Charakter zu stärken und die Palette meiner Gefühlsregungen in den tieferen Tonlagen zu erweitern.

Als halbherziger Vorstoß in diese Richtung war zu bewerten, daß ich meinen alten VW Käfer verkauft und einem Motorradsammler, für den ich einige Fotografien gemacht hatte, ein Motorrad abgekauft hatte. Und zwar eine BMW Baujahr 1959, die noch aus der Präsidenteneskorte von Charles de Gaulle stammte, Tank und Schutzbleche waren bordeauxrot, die goldenen Besatzbänder von Hand lackiert. Das Teil machte schon was her! An den Kreuzungen wurde ich angequatscht, man wollte etwas über die Technik wissen, aber ich hatte keine Ahnung. Es fehlte mir an echter Leidenschaft, um Besitzer eines Motorrads von Anno dazumal zu sein, und, wie gesagt, auch die Kenntnisse in Sachen Mechanik gingen mir ab. Es war ein gefährliches Fahrzeug, hatte man es doch originalgetreu hergerichtet – bis hin zu den Trommelbremsen. Und die waren absolut ungeeignet für das schwere Motorrad und die Trägheitskraft, die es entwikkelte. Außerdem hatte es einen Pedalanlasser, und jedesmal, wenn ich verzweifelt versuchte, den Motor anzuwerfen, trat ich mir die Beine lahm … Und zerstörte damit das Bild des über die Straße fegenden Zentauren, das ich mir für Cristina Castellino zuzulegen gedachte.

Im Sommer, in dem sich die Geschichte zutrug, die ich nun erzählen will, fuhr ich mit Cristina auf der BMW Baujahr 1959 bis nach Griechenland. Jedoch hatte ich nicht einmal die Mindestausrüstung für eine Fahrt dieser Art dabei. Wenn ich es mir heute überlege, muß ich bei meinen vorherigen Motorradfahrten sehr viel Schwein gehabt haben. Wie sonst ist es zu erklären, daß es mir bei unserer Abfahrt nicht in den Sinn kam, Handschuhe, ja nicht einmal ein Paar Socken mitzunehmen. Auf halbem Weg Richtung Triest setzte heftiger Regen ein, und von Zeit zu Zeit suchten wir Zuflucht in einer Autobahnraststätte, um uns gegenseitig aufzumuntern und das Wasser aus den Schuhen zu gießen. Noch bevor wir die Landesgrenze passiert hatten, waren wir pitschnaß und müde und von den Vibrationen des Motors durchgeschüttelt; wir hegten einen Mordsgroll auf jeden Motorradfahrer, der, gut ausstaffiert und in Lederklamotten gegen Wind und Wetter geschützt, zu uns rübergrüßte. Mich kotzte es an, mit ansehen zu müssen, wie die anderen mit einem simplen Knopfdruck den Motor anließen, ich verabscheute ihre Spezialstiefel, ihre langen Handschuhe, die Gepäcktaschen für die Straßenkarten auf ihren Tanks und die affektierte Selbstsicherheit, die sie an den Tag legten.

Als wir die Küste erreichten, brach die Sonne durch, und die Temperatur stieg rasch wieder an. Wir waren überglücklich, uns in der immer glühender werdenden Luft trocknen zu können, und nahmen schon bald die Schutzhelme ab. Im übrigen fuhren wir ja nicht schnell, Kontrollen gab es sowieso nicht, und den Wind im Gesicht und in den Haaren zu spüren gehörte zu den Dingen, die mir beim Motorradfahren den größten Kick gaben. Wir folgten der Küstenstraße mit ihren langen Kurven, unter uns das gleißende Meer, seitlich über uns Hügel aus grauem Gestein und trockenes Buschwerk, so weit das Auge reichte. Das Geräusch des Motors erfüllte meine Ohren, mein Rückgrat war noch regennaß, meine Brust bereits erhitzt; im grellen Licht mußte ich die Augen zusammenkneifen. Plötzlich schoß ein weißes Auto aus einer Nebenstraße heraus, die vom Meer heraufführte. Zwischen uns lagen ungefähr hundert Meter. Ich bremste so heftig, wie ich nur konnte, doch wie bereits gesagt, waren die Trommelbremsen der BMW Baujahr 1959 für ein so großes Gewicht völlig unzureichend; das Motorrad setzte ganz einfach seine Fahrt fort. Noch immer habe ich das Bild vor Augen, wie wir uns in Zeitlupe dem Pkw näherten: Es war wie ein Fluß, der alles verschlang, was es zu sehen und zu denken gab. Ich registrierte die Daten mit erschreckender Gleichgültigkeit: Die Flanke des weißen Wagens und wir zwei auf dem Motorrad, in gerader Linie darauf zusteuernd.

Beim Zusammenkrachen gab es kein plötzliches Blackout oder allmähliches Schwinden des Bewußtseins, auch keine brüske Veränderung der Perspektive nach unten. Ganz im Gegenteil, ich konnte von einem höheren Punkt aus die Straße vor mir sehen: das trugbildartige Zittern der Dunstschicht bis zur nächsten Kurve in der Ferne. Ich beugte mich hinunter, um meine Füße zu betrachten – die standen fest auf dem Asphalt; von der BMW jedoch – keine Spur, auch nicht von Cristina Castellino oder von dem weißen Auto, das uns den Weg abgeschnitten hatte. Ich fragte mich, ob ich etwa tot wäre oder von einem Traum in einen anderen übergewechselt sei.

Erst als ich mich umdrehte, sah ich, daß das weiße Auto quer hinter mir stand, und da begriff ich, daß ich wie bei einer Zirkusnummer einen Salto darüber hinweg gemacht hatte. Es gab noch einen zweiten Wagen, der gegen die Seite des weißen Wagens gequetscht war. Und da stand auch schon ein Engländer mit zersprungenen Brillengläsern, dem Blut aus der Nase rann und der – zu wem, war mir nicht klar – brüllte: *»You criminal savage, my wife is seriously wounded!«* Im Wageninnern hockte zusammengekrümmt ein mageres Geschöpf; die zwei bebrillten Kinder auf dem Rücksitz schauten verdutzt durch die Scheiben.

Hastig umrundete ich von der Meerseite her den weißen Wagen; das Durcheinander fuchtelnder Hände und Rufe aus einem Grüppchen von Leuten nahm zu; wie aus dem Nichts waren sie aufgetaucht und scharten sich nun um die beleibte Signora, die sich aus dem weißen Auto schälte. Die BMW lag in einer Öl- und Benzinpfütze auf dem Asphalt, Cristina Castellino schien wie vom Erdboden verschluckt. Ich sah mich um, und mein Herzschlag stockte, doch immer neue Gesichter, in denen schwer zu lesen war, gerieten in mein Blickfeld. Ich brauchte einige Sekunden oder gar Minuten, bis mir klar war, daß Cristina Castellino in voller Länge unter dem weißen Auto gelandet war: Nur ihre Füße in schmuddligen weißen Tennisschuhen ragten hervor.

Die Gesichter und die Stimmen ringsum waren die von Frauen und einigen alten Männern; ich begriff nicht, ob sie in Verzweiflung gerieten, ob sie sich in Drohgebärden ergingen oder beides zusammen. Ich wußte auch nicht, ob ich versuchen sollte, Cristina unter dem Auto hervorzuziehen, oder ob ich sie besser da ließ, wo sie war, bis der Rettungsdienst eintraf. Doch ich hatte weder großes Vertrauen in die Rettungsleute noch in den Zeitpunkt ihres Eintreffens; im übrigen schien keiner der Menschen ringsum die Absicht zu haben oder über die Instrumente zu verfügen, den Rettungsdienst überhaupt zu rufen. So machte ich mich mit größter Behutsamkeit daran, Cristina Castellino aus ihrer Lage unter dem Wagen zu befreien. Ich umschloß ihre Fesseln und hätte nicht mit Sicherheit sagen können, ob noch Leben in ihnen war oder ob sie einfach nur kalt und bewegungslos waren. Die Frauen und die Alten schrien auf serbokroatisch, der Engländer brüllte auf englisch, die Fahrerin des weißen Wagens machte Gesten, als wollte sie die von ihr gefahrene Strecke rekonstruieren und rechtfertigen.

Zentimeter um Zentimeter zog ich Cristina Castellino unter dem weißen Auto hervor, und bei jedem Stückchen ihres Körpers, das zum Vorschein kam, rechnete ich damit, ihr T-Shirt blutbefleckt, ihre Arme unnatürlich abgewinkelt, ihr Gesicht entstellt zu sehen; ich versuchte, den spezifischen Schock vorwegzunehmen, der durch den allgemeinerer Art gedämpft werden würde. In Wirklichkeit aber wies sie, als ich sie ganz hervorgezogen hatte, keinerlei Spuren von Verletzungen auf, sie war nur über und über mit Staub bedeckt. Ich blies ihr ins Gesicht, und sie schlug die Augen auf: »Was ist denn passiert?« fragte sie, und in ihrem Blick lag etwas Verletzliches, was ich an ihr nicht kannte. Ich bat, sie solle sich ja nicht bewegen und mir nur sagen, wo es ihr weh tue. Sie erklärte: »Ein bißchen überall.« Doch schon setzte sie sich auf, und ihre Verletzlichkeit war wie weggeblasen.

Kaum sahen die jugoslawischen Frauen und alten Männlein, daß sie nicht tot war, begannen sie, wer weiß, wie ihnen geschah, noch schriller zu schreien und wilder zu gestikulieren, um die unhaltbare Position ihrer Landsmännin zu stärken. Der Engländer klagte in einem fort: »Es gibt keinerlei Zweifel, wer hier im Unrecht ist! Die Frau da hat den Sandwichunfall verursacht!« Cristina Castellino stand auf. Ich sagte zu ihr: »Mach langsam«, sie winkte ab, doch meine Besorgnis verunsicherte sie.

Ich hatte ein Brausen in den Ohren, und das kam von

dem Schock, der mir in den Knochen saß. Mein Blick ging zur BMW Baujahr 1959, die in einer Lache aus Benzin und Motoröl auf dem Asphalt lag, schwenkte hinüber zu Cristina Castellino. Ich dachte, mit haargenau der gleichen Leichtigkeit, mit der wir davongekommen waren, hätten wir auch tot sein können. Die jugoslawische Autofahrerin und der englische Herr versuchten, mich in ihre gebrüllten und gemimten Rekonstruktionen des Unfallhergangs einzubeziehen. Doch mir war, als wären sie sehr weit weg und nur schemenhaft zu erkennen. Nach etwa einer halben Stunde fuhr ein Polizist auf dem Motorrad vor; sein Gebaren verriet unmittelbar, daß er die Position der Dame im weißen Wagen verteidigte.

Ich zog die BMW hoch, dummerweise war die Radgabel verbogen, doch als ich das Startpedal nach unten trat, sprang der Motor sofort an, sein typisches Knallen klang jetzt geradezu lächerlich. Wir verweilten noch weitere zwanzig Minuten unter sengender Mittagssonne, ohne etwas anderes zu tun, als zu atmen und die Augen halb zu schließen. Dann stülpten wir uns die Sturzhelme über, und sehr viel langsamer und vorsichtiger als zuvor setzten wir unsere Fahrt auf der Küstenstraße fort, dem Regen, der Kälte, auch dem Hagel entgegen, die uns auf den Bergpässen unterwegs nach Griechenland erwarteten.

(In einem abgelegenen überschwemmten kleinen Ort, wo wir haltmachten, um zu tanken, wurden wir von einer Schar Kinder mit grauen Fetzen am Leib umringt, ihre Blicke waren die von Beutegeiern, und gierig streckten sie uns die Hände entgegen; da fiel mir der einzige Satz auf serbokroatisch ein, den ich kannte, und ich brüllte: *»Imate li televisiu u kuci?«*, was bedeutet: »Habt ihr einen Fernseher zu Hause?« Sie blickten mich entgeistert an und stoben unter strömendem Regen in alle Himmelsrichtungen.)

Der Motorradunfall in Jugoslawien hatte Cristina und mich einander ganz und gar nicht nähergebracht oder etwa ein Gefühl größerer Zusammengehörigkeit entstehen lassen; als wir wieder in der Stadt waren, trafen wir uns weiterhin und warteten beide in einem Wechselbad von Wutausbrüchen und unerfüllten Sehnsüchten darauf, daß wir jemand Besserem begegneten. Hin und wieder ließen wir ein paar Worte über unser Vorhaben fallen, nach Amerika auszuwandern; ansonsten glitten unsere Gedanken und Blicke über den anderen hinweg, beinahe ohne sich jemals zu kreuzen.

Bernard Ohanian

Eines Tages im September las ich auf den Lokalseiten des *Corriere della sera*, daß Bernard Ohanian in Mailand war, und zwar nicht für ein Konzert, sondern um einen seiner ins Italienische übersetzten Romane vorzustellen. Ich rief Raimondo Vaiastri an und schlug ihm vor, zusammen hinzugehen; er überlegte nicht lange und stimmte zu. So etwas gehörte zu den Dingen, die wir gewöhnlich zusammen machten: zwischen den Zeilen der Zeitungen lesen, Radio hören, den Gerüchten in den Gängen der Universität lauschen, die Wandanschläge studieren, die Ohren spitzen, ob eine noch so ferne Vibration eines irgendwie interessanten Lebens zu spüren war.

Die Buchpräsentation fand in einer kleinen Kirche statt, die man zum Kulturzirkel im sogenannten Künstlerviertel umfunktioniert hatte. Es waren viel weniger Leute gekommen, als wir erwartet hatten, doch wiederum genügend, um sämtliche geschickt in einem abgeschirmten Rund aufgestellten Stühle zu besetzen. Im übrigen kannten fast alle Leute die Lieder von Bernard Ohanian, doch so gut wie niemand las seine Bücher. Das war nicht weiter verwunderlich, sie waren wirklich nicht der Hit. Raimondo und ich fanden noch zwei Plätze in den hinteren Reihen; wir sahen uns die Leute an, hörten die Stimmen und schnupperten in der Luft. Der chronische Mangel an Anregungen hatte unsere Sinne geschärft.

Bernard Ohanian erschien zusammen mit seinem Verleger und seiner Übersetzerin auf der kleinen Bühne, begrüßte das Publikum mit einer orientalisch anmutenden

Geste, die Handflächen aneinandergelegt, und nahm Platz. Seine Bewegungen drückten eine wunderbare Natürlichkeit aus, sie waren fließend und harmonisch, und das war in meinen Augen nicht etwas Instinktives oder genetisch Übermitteltes: Auf mich wirkte sein Gebaren eher wie ein bewußt verfolgtes und auch erreichtes Ziel; das wiederum war nur möglich dank der tiefreichenden Befriedigung, die er aus seiner Arbeit und seinen Beziehungen zu Frauen zog, aufgrund seines Gesichts, das man sich leicht merken konnte, und schließlich wegen seiner Lieder und des Geldes, das er bislang angehäuft hatte. Das Blau seines Jacketts mit perfektem Schulterschnitt war so kräftig, daß es jeder Lichtstärke standhielt. Würde er sich ausschließlich der Schriftstellerei widmen, stünden ihm wahrscheinlich geistige Anspannung und körperliches Unbehagen auf die Stirn geschrieben. Seine Anerkennung als Liedermacher jedoch ließ ihm mehr Spielraum. Eine bestimmte Aura umfloß ihn und ließ ihn geradezu schön erscheinen. Ich dachte: welch Gegensatz zur moralischen Armseligkeit eines Flavio Sbozzari, seinem erbärmlichen Provinzialismus, seiner großkotzigen Ignoranz.

Der Verleger führte Bernard Ohanian mit einem Sermon schmeichelnder Phrasen ein, die in nichts das Gefühl vermittelten, er habe auch nur die leiseste Ahnung, weshalb das Publikum anwesend war. Dann stellte er ihm die erste Frage. Und kaum ertönte Bernard Ohanians berühmte Stimme im Raum, erschauderten die jungen Mädchen und Frauen auf ihren Stühlen. Funkelnde Blicke wurden ausgetauscht, eilige Sätze geflüstert; und bald schon reckten sich Hände, um neue Fragen zu signalisieren. Bernard Ohanian stimmte mit einem Kopfnicken zu, führte sein Ohr an den Mund der Übersetzerin, die ihm mit schier religiöser Unterwürfigkeit auch das kleinste Detail übersetzte, und lächelte, bevor er antwortete. Er erzählte von den Hintergründen seines Romans, von den ausgedehnten Spaziergängen, die ihn beim

Schreiben inspiriert hatten, von den Reaktionen seitens der Kritiker und des Publikums in den Vereinigten Staaten, von der Anzahl der Bahnen, die er jeden Tag in seinem Swimmingpool absolvierte. Er wirkte frei von jeglicher Verkrampftheit oder Scham gegenüber seiner Zuhörerschaft, er redete wie zu engen Freunden oder gar zu einer Geliebten. Er ließ sich Zeit, spielte mit dem Klang der Worte, verschränkte die Hände hinterm Kopf. Er bediente sich einer falschen und wohlerprobten Bescheidenheit. Er sagte auch: »Was sollen meine Bücher schon bedeuten.« Oder: »Wer die Geschichte der Literatur kennt, wird bescheiden.« Oder: »Shakespeare hat vor ein paar Jahrhunderten bereits alles geschrieben, was es zu schreiben gab.«

Die Zuhörer waren entzückt über diese Haltung und das Privileg, einen so privaten Raum mit ihm teilen zu dürfen; ihre angestrengte Aufmerksamkeit ließ eine knisternde Atmosphäre entstehen, wie sie bei einer gewöhnlichen Buchpräsentation nie denkbar gewesen wäre. Immer wieder drängte ihn jemand aus dem Publikum, doch bitte, bitte etwas für sie zu singen. Es sah jedoch ganz so aus, als wollte er seinen Part des Literaten nicht mit dem des Musikers vermengen: »Nein, nicht hier«, sagte er und lächelte. Gleichwohl hatte er seine Gitarre mitgebracht, und an einem gewissen Punkt schien es, als gäbe er dem inständigen Bitten nach: Er nahm das Instrument zur Hand und schlug die ersten Akkorde eines seiner bekanntesten Lieder an. Doch das war nur eine Art Appetithäppchen für die Zuhörer; vielleicht fand er heraus, daß die Akustik des Raums nicht günstig war – jedenfalls hörte er gleich wieder auf. Dadurch wurde sein Verführungsspiel noch spannender, es funktionierte bestens.

Ich fragte mich, wie er wohl reagieren würde, wenn ich am Schluß zu ihm ginge, um ihn um ein Interview zu bitten; ob sich sein Blick und sein Ton schlagartig änderten oder ob er mir statt dessen milde zulächelte, als handle es sich um die natürlichste Bitte der Welt. Zwei oder drei Szenen, wie ich ihm Fragen stellte und seine Antworten notierte, huschten vor meinem geistigen Auge vorüber: Sie waren recht glaubhaft und doch zugleich in nicht meßbarer Distanz von der Realität. Ich war mir sicher, daß mein selten erprobtes Englisch für einen, der so gewählt sprach wie er, nicht ausreichte; bestimmt würde ich die Daten und die Titel seiner Lieder vergessen – und überhaupt den Sinn der Dinge, nach denen ich ihn fragen wollte.

Nach der Veranstaltung gingen Raimondo und ich auf den kleinen Vorplatz, wo kurz darauf auch Bernard Ohanian erschien, eskortiert von seinem Verleger, seiner Übersetzerin, den Lektoren und den Fans. Als er mit der Buchsignierung begann, drängte mich Raimondo: »Warum gehst du nicht hin?« Ich hatte ihm von Damiano Diamantini und seiner Rockbuchreihe erzählt und daß er davon träumte, ein Buch über Bernard Ohanian zu machen; die Reihe sollte auf diesem Wege sehr viel ansprechender werden und ein sehr viel größeres Publikum erobern, das zwangsläufig in den Genuß der poetisch-literarischen Schlußessays Damianos käme. In der Bücherei hatten wir die ersten beiden bereits veröffentlichten Titel über die italienischen Liedermacher durchgeblättert, wir hatten kein Geld, sie zu kaufen, außerdem interessierten sie uns nicht wirklich.

»Und was soll ich zu ihm sagen?« fragte ich.

»Daß du ihn interviewen willst, ganz einfach«, erwiderte Raimondo.

»Und dann?« fragte ich weiter, und es kribbelte mich bereits in den Füßen.

»Dann machst du das Interview mit ihm, und morgen verkaufst du es Damiano Diamantini für einen Haufen Kohle«, sagte Raimondo.

»Aber *hier*?« fragte ich mit halb erstickter Stimme, als

müßte ich mich im nächsten Augenblick mit einem Fallschirm ins Bodenlose stürzen.

»Wo sonst willst du ihn fragen?« machte Raimondo weiter. »Wer weiß, wohin er in fünf Minuten verschwunden sein wird, den sehen wir nie mehr wieder. Los, setz dich in Bewegung.«

Mich räuspernd näherte ich mich dem quirligen Grüppchen erregter Menschen. Jeder von ihnen hielt ein auf der ersten Seite aufgeschlagenes Exemplar seines Buchs und einen Stift in der Hand. Ich wartete, daß sich ein Durchgang auftun würde, doch nichts dergleichen geschah. Ich fand diese Leute tausendmal intelligenter, gebildeter, sensibler als diejenigen, die Flavio Sbozzari belagert hatten; aber auch diese bedrängten Bernard Ohanian und legten mit ihren gezielten Bemerkungen, den Strophenzitaten, den Blicken, die sie ihm entlockten, den nachgeahmten Akzenten äußerste Beharrlichkeit an den Tag. Je mehr Einzelheiten mir auffielen, um so weniger Lust verspürte ich, mir einen Weg zu bahnen und ihm ebenfalls Fragen zu stellen. So machte ich kehrt und sagte zu Raimondo: »Da läuft nichts. Ich bin heute einfach nicht in *the mood.*«

Er zuckte mit den Achseln und lächelte. So wie er drauf war, hätte er keinerlei Schwierigkeiten gehabt, selbst hinzugehen, wenn er nur Englisch sprechen könnte und die Songs von Bernard Ohanian so gut wie die von Led Zeppelin kennen würde.

Wir standen weiterhin auf dem Vorplatz herum, bis Raimondo plötzlich mitbekam, wie die Übersetzerin zu jemandem etwas von einem Empfang im Hause des Verlegers sagte, und zwar in einer Straße im Zentrum, nicht weit von hier entfernt. Wir rannten zu meinem Motorrad, fuhren zu besagter Adresse und warteten wie zwei zwielichtige Gestalten neben dem Eingang eines Palazzos aus dem achtzehnten Jahrhundert. Eine Viertelstunde später sahen wir eine

Gruppe zu Fuß näher kommen: Es waren Bernard Ohanian, die Übersetzerin, die Lektoren und die Privilegierteren unter den Fans; wir schafften es sogar, uns zwischen ihnen in den Hausflur zu zwängen und weiter die Treppen hinauf.

Das Appartement des Verlegers befand sich in der Beletage: Von den Fenstern im Wohnzimmer aus sah man auf einen erleuchteten Innengarten, der wie alle reizvollen Dinge in Mailand vollständig vor den Blicken von der Straße abgeschirmt war. Weißbehandschuhte Kellner servierten Champagner und gehobelten Parmesan; die Gäste ließen es sich munden und plauderten, ohne dabei von Bernard Ohanian abzulassen, der sich hierhin und dahin bewegte. Mit geschmeidigem, im Laufe der Jahre perfektioniertem Schritt ging er von einer Ecke des Wohnzimmers zur anderen, schlürfte Champagner, aß gehobelten Parmesan und machte allen attraktiven Frauen den Hof. Es war völlig klar, daß er mit Leichtigkeit jede hätte haben können. Wenn er lächelte, erntete er ein Antwortlächeln, wenn er einer Schönen etwas zuflüsterte, ertönten kreischende Lacher. Wellenförmige Bewegungen pflanzten sich in der Menge fort. Es schien, als bewohnte Bernard Ohanian eine leichtere Dimension des Lebens, die im Licht seines Talents und der Anerkennung durch das Publikum erstrahlte. Die Welt stand ihm offen, und er nahm sich, was er wollte und was ihm nützlich war. Die Bewunderung der anderen trug ihn fort wie auf einem fliegenden Teppich, ungeachtet der Reibungs- und Schwerkraft, die Raimondo und mich Stunde um Stunde, Minute um Minute mürber machte.

Wieder überlegte ich, ob ich zu ihm gehen und ihn fragen sollte, ob er Lust hätte, sich von mir interviewen zu lassen, jetzt oder am nächsten Morgen. Schon hatte ich im Geiste den passenden Satz formuliert und rechnete mir gute Chancen aus: In einer so geselligen Runde könnte er mir meine Bitte nicht abschlagen. Doch als ich dann in die Nähe der Ecke kam, wo er mit einem schönen Mädchen mit sehr weißen Zähnen flirtete, wurde mir klar, daß ich mich ihm gegenüber in eine unterwürfige Position begeben müßte, und diese Vorstellung war mir unerträglich. Allein der Gedanke an das Mißverhältnis zwischen der Anstrengung, die ich machen müßte, um ihm meine Bitte vorzutragen, und dem Mangel an Kraftaufwand seinerseits, mir eine Antwort zu geben, nahm mir allen Wind aus den Segeln. Wenn man außerdem bedenkt, wie Damiano Diamantini und ich uns verabschiedet hatten, kam es mir jetzt unrealistisch vor, wieder mit ihm in Kontakt zu treten und ihm mein säuberlich getipptes Interview zu bringen, vorausgesetzt, ich wäre überhaupt imstande, eins zu machen.

So hielten Raimondo und ich uns auf Abstand und tranken unseren Champagner. Teils hingerissen, teils schmollend beobachteten wir Bernard Ohanian und spitzten die Ohren. Wir bemühten uns, seine Bewegungstechnik zu entschlüsseln, seine starken und seine schwachen Punkte zu registrieren. Es war auch Zynismus im Spiel, wie wir da auf Distanz zu allem und jedem gingen: Und bestimmt war niemand, der über Ansehen, Erfolg und dicke Kohle verfügte, in der Lage, bei uns größere Sympathien oder gar Mitgefühl hervorzurufen.

Als wir uns im Geiste bereits an der langen Tafel im Speisesaal nebenan sitzen sahen, trat ein Pressesprecher oder Verlagsassistent auf uns zu und wies darauf hin, daß der Empfang hiermit zu Ende sei. Freundlich, aber sehr bestimmt drängte er uns zusammen mit den anderen, die ebenfalls nicht ausdrücklich zum Essen geladen waren, Richtung Wohnungstür. Leicht alkoholisiert, verwirrt und auf diffuse Weise erregt, ließen wir uns also rausschmeißen. Wir stiegen auf unser Motorrad und fuhren irgendwohin, wo es belegte Brötchen gab, und redeten über unrealisierbare Projekte.

Raimondo Vaiastri

Raimondo Vaiastri wohnte damals bei seinen Eltern am westlichen Stadtrand von Mailand und hatte genau wie ich nicht die geringste Ahnung, was er aus seinem Leben machen sollte. Wir hatten uns an der Uni kennengelernt, als wir beide versuchten, die höchstmögliche Anzahl von Prüfungen in der kürzesten Zeit abzulegen, einfach um nicht mehr daran zu denken und um uns damit zu beschäftigen, was wir später anstellen wollten. Es hatte eine Sendepause bei uns gegeben, und zwar während der schwärzesten Zeit meiner Story mit Cristina Castellino; doch als sich die Beziehung nach dem Motorradurlaub verschlechterte, sahen Raimondo und ich uns wieder beinahe täglich.

Von Anfang an hatte mich an Raimondo Vaiastri beeindruckt, daß es bei ihm keine klare Trennlinie zwischen Wirklichkeit und Einbildung gab. Ich selbst war von einem ähnlichen Syndrom befallen, doch bei mir ging es mehr in Richtung Auslegung von Geschichten, weniger um deren Rekonstruktion. Raimondo war kein Lügner, an Mythomanie litt er in keiner Weise: Nie geschah es, daß er etwas erfand, um sich bei anderen einen materiellen oder moralischen Vorteil zu verschaffen. Es war ganz einfach so, daß ein ununterbrochener Fluß imaginärer Empfindungen und Erinnerungen sein Gehirn durchzog, ebenso lebhaft und reich an Einzelheiten wie die realen. Obendrein hatte er tatsächlich eine ziemlich abenteuerliche Reise nach Marokko unternommen, hatte tatsächlich eine finnische Verlobte gehabt, war tatsächlich in Südfrankreich bei der Weinernte gewesen und hatte in London einige Wochen in einem besetzten Haus gewohnt. Davon sprachen die Fotos und die Gegenstände auf den Regalen in seinem Zimmer. All das bereicherte seine Beschreibungspalette enorm und brachte ihn auf die Idee, zu gleichen Teilen reales Material mit fiktivem zu vermengen, als er mir von einem Winter in Thailand inmitten von Opiumhändlern oder von einem Sommer in einem israelischen Kibbuz erzählte, wo er mit zehn Mädchen unterschiedlicher Nationalität geschlafen habe.

Raimondo Vaiastris Problem war ganz simpel: Ihm gefiel die alltägliche Wirklichkeit nicht, genausowenig wie mir. Es war diese Frustration, die mich antrieb, mir andere Lebenswege einzubilden, und ihn dazu brachte, mir mit wahnwitziger Detailtreue Fußmärsche quer durch Sibirien zu schildern; dabei vergaß er auch nicht die spezifische Beschaffenheit des Schnees, die Tonlage des Wolfsgeheuls, die vereitelten Überfallsversuche auf ihn oder die Begegnungen mit mysteriösen Frauen, die am Abend zuvor, unmittelbar nachdem wir uns voneinander verabschiedet hatten, stattgefunden haben sollten. Seine Erzählungen klangen sehr überzeugend, und ich hätte sie ohne weiteres für wahr durchgehen lassen, hätte der Reizmangel, unter dem meine wie seine Sinne litten, nicht meine Fähigkeit geschärft, auf Einzelheiten zu achten und Unstimmigkeiten abzuwägen.

Als ich zum erstenmal mitkriegte, daß eine der Geschichten von Raimondo Vaiastri völlig an den Haaren herbeigezogen war, kam ich mir ziemlich verschaukelt vor; so wie damals in der Grundschule, als mein Banknachbar mir monatelang von seinen zwei Pferden berichtet hatte, die es am Ende gar nicht gab. Dann wurde mir bewußt, daß Raimondos Erfindungen ein beinahe unvermeidliches Produkt unserer Lebens- und Umweltbedingungen und eine Art Gegengift gegen die ausweglose Oberflächlichkeit darstellten, die uns Tag um Tag immer mehr die Luft zum

Atmen entzog. Unser Sehnen nach Licht und Farbe und Überraschungen war so heftig, daß es uns halbwegs in einen halluzinatorischen Zustand versetzte, wo die gewohnte Flachheit unserer Leben von dem bunten Feuerwerk des Was-könnte-sein-Wenn elektrisiert wurde. Anstatt seine Geschichten zu entlarven, fing ich damals an, sie zurechtzustutzen, sie solider und authentischer zu machen: Ich füllte die Leerstellen und fügte die fehlenden Einzelheiten hinzu, ich schuf Verzweigungen, die rasch mit anderen Imaginationen und Wörtern zu durchlaufen waren.

Raimondo erzählte beispielsweise, daß er in Costa Rica mit der jungen Witwe eines kolumbianischen Drogenmilliardärs zusammengelebt habe, den die CIA erschossen hatte. Ich sagte ihm, daß Costa Rica möglicherweise genau der richtige Ort sei, wo wir leben sollten. Raimondo meinte, er könne ja versuchen, die junge Witwe, falls sie nicht wieder geheiratet hatte, ausfindig zu machen, um sie zu fragen, ob sie uns in einer ihrer spektakulären Villen wohnen ließe. Ich sagte, wenn wir dann schon mal dort seien, könnten wir an der Pazifikküste auch einen italienischen Eissalon aufmachen; ich nahm den Atlas zur Hand und suchte nach dem Namen einer Ortschaft, die in Frage käme. Raimondo sagte, wir könnten es zur besten Eisdiele von ganz Costa Rica bringen; später würden wir sie an einen finanzkräftigen Unternehmer verkaufen und das Geld in andere Projekte stecken. Ich spann den Faden weiter und sagte, daß wir ein kleines Hotel, gut eingepaßt in die Hügellandschaft rings um den Arenalsee, aufmachen könnten. Und Raimondo ließ dieses Hotel so schick werden, daß wir mit einem Schlag steinreich wären. Ich gab zu bedenken, daß wir an diesem Punkt auf die milliardenschwere kolumbianische Drogendealerwitwe nicht länger angewiesen wären, denn wir hätten freie Auswahl unter all den schönen Mädchen, die arm und nett waren. Raimondo stimmte mir bei: »Sicher, aber *sicher doch*!«

und begann, aus seinem imaginären Erinnerungsschatz zu schöpfen. Er zauberte strahlende Sequenzen von Stränden, Dschungellandschaften, exotischen Schönheiten, seltsamen Tieren, vielfarbigen Stoffen, Musikanten mit Charangos, Hondurasharfen und Andentrommeln in die Luft. Mit den Händen schlug er den Rhythmus auf den Tisch, hüpfte herum und schrie: »Lebwohl, Mailand! Ich verabschiede mich von dir, du kleines, mieses, engstirniges Italien!« Das war unsere Hauptbeschäftigung: Wir konstruierten Fluchtwege hin zu eindrucksvollen Szenarien, kreisten mit so viel Hingabe im Leerlauf, daß es fast schon kreativ war.

Eines Nachmittags im Oktober saßen Raimondo und ich in meinem Zimmer, ich auf dem Tisch am Fenster und Raimondo auf der Kommode an der gegenüberliegenden Wand. Das Licht draußen war dumpfgrau, der gleichmäßig bedeckte Himmel entsandte einen feinen Nieselregen, die Luft war schwer. Wieder glitten wir einem Mailänder Winter entgegen, der ein formloses Etwas sein würde. Zum millionsten Male sprachen wir über unsere Stadt, die wir haßten, und über unser Land, das keinerlei Anstalten machte, uns etwas zu bieten. Es war keine bloße Wiederholung bereits gehörter und gesagter Dinge: Wir fühlten uns beinahe an dem Punkt, wo es keine Rückkehr mehr gab und wo wir auch den Entschluß hätten fassen können, uns das Leben zu nehmen, nur um ja aus den Wiederholungszyklen auszuscheren, die uns in der Zange hatten.

Dann kam mir mit einem Schlag die Erleuchtung, und ich sagte: »Damiano Diamantini. Bernard Ohanian.«

»Was sagst du da?« fragte Raimondo und reckte sich, um zu hören, was ich mir jetzt schon wieder hatte einfallen lassen.

Ich war nicht in der Lage, zusammenhängend zu sprechen; die Bilder gerannen zu Ideen und verwandelten sich in

Wörter, die zu ordnen mir die Zeit fehlte. Ich hatte das Bild von Damiano Diamantini im Kopf, wie er bei seiner Mutter auf der Terrasse mit Blick aufs Castello sitzt, und erkannte seine Überheblichkeit, seine Eitelkeit, seinen Geltungsdrang, sein Halbwissen und seine grundsätzliche Unkenntnis der Rockmusik. Das andere Bild war Bernard Ohanian im Haus seines Verlegers, sein Gesicht, seine Kleidung, seine Art, sich zu bewegen, zu sprechen und den Frauen zuzulächeln. Ich sagte zu Raimondo: »Wir verkaufen Damiano Diamantini ein außergewöhnlich langes Interview mit Bernard Ohanian, er macht daraus das Buch seiner Träume, und wir lassen uns von ihm genügend Geld geben, um von hier abzuhauen und nach Costa Rica oder nach New York zu gehen. Wir nehmen einen Flieger, wohin es uns gefällt, und beginnen ein neues *Leben.*«

»Was für ein Interview?« fragte Raimondo, denn die Erfahrung lehrte uns, auch von unseren verrücktesten Einfällen ein Minimum an Kohärenz zu fordern. »Du hast noch nicht einmal das Wort an Bernard Ohanian richten wollen. Zu dieser Stunde wird er bereits wieder zu Hause sein, in New Mexico oder wo er sonst lebt; noch einmal seinen Weg zu kreuzen – das kannst du vergessen!«

»Wir brauchen ihn doch gar nicht für das Interview«, ließ ich ihn abblitzen. Jetzt war ich schon viel ruhiger und sah langsam alles in einem seltsam klaren Licht. Ich fuhr fort: »Auch wenn ich es an jenem Abend geschafft hätte, ihn um ein Interview zu bitten, wäre das niemals lang genug geworden, um daraus ein Buch zu machen.«

»Ja und?« meinte Raimondo mit wolkigem Blick, den er immer dann aufsetzte, wenn ein dünner Fetzen von dem, was wir uns gerade ausdachten, in den Schwingungsbereich einer möglichen Umsetzbarkeit geriet.

»Wir haben ihm stundenlang zugehört«, sagte ich. »Bei seiner Buchpräsentation und dann im Haus des Verlegers.

Der Ton seiner Stimme, seine Gesten sind mir so deutlich in Erinnerung, als stünde er leibhaftig vor mir. Es ist, als hätte ich bereits zehn Interviews mit ihm geführt.«

»Und was sollen wir machen?« fragte Raimondo. »Wir stapfen zu Diamantini und erzählen ihm, daß wir stundenlang aus wenigen Metern Abstand Bernard Ohanian zugehört haben ... und einige Wochen später beschlossen haben, das Gehörte wortgetreu niederzuschreiben?«

»Nein«, wehrte ich ab. »Du bist von jetzt an ein international bekannter Rockjournalist.«

»Wie meinst du das?« fragte er, den Kopf vorgestreckt.

Ich erklärte ihm: »Du bist ein Journalist von Weltruf, der über Rockmusik schreibt und mit Bernard Ohanian ein außergewöhnlich langes Interview geführt hat; und genau das bietest du ihm jetzt an.«

»Ein Journalist von Weltruf, der über Rock schreibt?« sagte Raimondo Vaiastri, und auch wenn er die Lider halb geschlossen hatte, sah ich das Funkeln seiner Augen.

»Ja, genau«, sagte ich.

»Einer, der seit Jahren in London lebt, sein Italienisch klingt mittlerweile etwas gebrochen?« phantasierte Raimondo.

»Ja«, meinte ich wieder. »Einer, der für mehrere ausländische Zeitschriften gearbeitet hat und der alle wichtigen Sänger und Bands aus nächster Nähe kennt. Einer, der mit ihnen unglaublich vertraut ist.«

»Einer, der selbst eine Art Rockstar ist?« fragte Raimondo. Er war von der Kommode heruntergerutscht und ging im Zimmer auf und ab. »Er ist zugleich Freund und Fan, Erpresser und Promoter all derjenigen, die er interviewt?«

»Hm«, sagte ich, »einer, der mit ihnen gleichberechtigt auf derselben Ebene sprechen kann.«

»Denn er ist wie sie, in seinem Metier«, ergänzte Raimondo.

»Was er schreibt, ist so authentisch, so ausgefeilt und gut aufbereitet, es hat nichts von ›ach, das haben wir doch schon mal gehört‹; damit erweist er sowohl dem Interviewten als auch den Lesern einen wichtigen Dienst«, sagte ich.

»Keiner würde ihm ein Interview abschlagen«, sagte Raimondo.

»Keiner«, bekräftigte ich.

So waren wir damals: Ohne komplizierte Bindungen, Alltagsroutine, dauerhafte Beziehungen oder materiellen Besitz. Wir hatten uns um nichts zu kümmern. Wir hatten keine Häuser und Terminkalender, wir hatten nicht die geringste Vorstellung davon, was in der nächsten Woche oder im nächsten Monat aus uns werden würde. Wir schwebten durchs Nichts, es bedurfte nur einer winzigen Ideenbrise, und schon stiegen wir auf wie Segelflieger.

Doch es gab auch eine Seite in uns, die uns zwang, von Zeit zu Zeit den Boden der Tatsachen zu berühren. Raimondo fragte: »Und wieso kennt niemand diesen großartigen Rockjournalisten?«

»*Hier* kennt ihn niemand«, erwiderte ich.

»Und in England? Und in Amerika?« fragte Raimondo zurück. »Ist er etwa einer, der unter Pseudonym in den großen Zeitschriften schreibt?«

»Nein«, sagte ich und ging im Geiste mit rasender Geschwindigkeit eine Reihe von Alternativen durch. »Er firmiert unter eigenem Namen.«

»Ja, aber wie ist sein Name?« fragte Raimondo. Er war längst Feuer und Flamme: »Nehmen wir einen der ganz großen Namen? Und ich tue so, als sei ich er?«

»Nein«, beschied ich ihn. »Du würdest es niemals schaffen, dich als Engländer oder Amerikaner auszugeben. Und selbst wenn – wir würden nie den Scheck von Diamantini einlösen können, wenn er ihn auf einen anderen Namen ausstellt.«

»Also dann?« fragte Raimondo.

»Wir nehmen deinen Namen«, erklärte ich.

»Und woher kommt dieser Raimondo Vaiastri, dieser göttergleiche Rockinterviewer?« bohrte Raimondo weiter. »Wer zum Teufel ist das?«

»Ein seltsamer Kauz«, erwiderte ich. Auch wenn mir einer die Pistole auf die Brust gesetzt hätte, von dieser Geschichte hätte ich nicht mehr abgelassen. Mit aller Gewalt klammerte ich mich daran und hatte bereits den Punkt erreicht, wo es kein Zurück mehr gab.

»Was heißt hier seltsam?« fragte Raimondo, und die Bilder rasten wohl ebenso schnell hinter seiner Stirn dahin.

»Merkwürdig«, sagte ich. »Exzentrisch, ein Dadaist. Er lebt weder in London noch in New York, er schreibt nicht für die großen internationalen Blätter.«

»Sondern? Wo lebt er dann?« fragte Raimondo und biß sich auf die Lippen. »Für wen schreibt er?«

»Er lebt in Amsterdam«, erklärte ich. »Er schreibt für Alternativzeitungen, die hier niemals jemand zu Gesicht bekommen hat, schon gar nicht einer wie Damiano Diamantini.«

»Und wieso kommt er jetzt nach Italien, um sein außerordentlich langes Exklusivinterview mit Bernard Ohanian zu verkaufen?« wollte Raimondo wissen.

»Weil er zurückgekommen ist, um seinen kranken Eltern einen Besuch abzustatten«, phantasierte ich. »Nach so vielen Jahren, da er sie weder gesehen noch gehört hat. Der letzte Besuch des verschollenen Sprößlings. Und rein zufällig entdeckte er in einer Buchhandlung die Bücher aus der Reihe von Damiano Diamantini.«

»Und die haben bei ihm eingeschlagen wie der Blitz«, sagte Raimondo.

»Er war schwer beeindruckt«, sagte ich.

»Augenblicklich beschloß er, daß eine Buchreihe wie diese eines Interviews, wie er es in der Tasche hatte, würdig wäre«, sagte Raimondo.

»Oder umgekehrt«, sagte ich.

»Stark«, sagte Raimondo Vaiastri. *»Echt stark.«*

Buffalo Bill

Dann widmeten wir uns der konkreten Konstruktion des Obergurus des Rockinterviews. Mit den langen Haaren, dem Schnauzer, der berühmten Wildlederjacke mit Fransen und den Halbstiefeln mit abgeschrägtem Absatz näherte sich Raimondo Vaiastri bereits dem Erscheinungsbild der Figur, die wir uns vorstellten. Es war ein guter Ausgangspunkt, und von dort aus machten wir weiter. Wir stellten eine Liste mit den wichtigsten Elementen zusammen, dann noch eine zweite mit zusätzlichen Details: Haltungen und Gesten, Dinge, die man sagen, und Dinge, die man tun und die man haben sollte. Ständig hatten wir neue Einfälle: Wir nannten Orte, Persönlichkeiten, Episoden, Gesten, Akzente, Ticks, Phobien. Tag um Tag ließen wir uns mit immer größerer Macht von unseren vereinten Vorstellungen mitreißen. Zum erstenmal fanden sie eine praktische Anwendung – oder zumindest eine potentiell praktische. Und das Ergebnis war berauschend.

Cristina Castellino konnte nicht begreifen, was mich den ganzen Tag über so auf Trab hielt: Am Telefon hatte sie einen Verhörton drauf, der kalt war wie all ihre Äußerungen. Ich hatte keine Lust, ihr irgend etwas zu erzählen, denn ich traute ihr nicht, und mir schien, als gäbe es keine echte Grundlage, auf der ich mit ihr diese Art von Geschichte hätte teilen können. Ich hatte bereits am eigenen Leib erfahren, wie unfair sie im Grunde war, als sie sich im Beisein von anderen von meinen musikalischen, politischen oder literarischen Positionen distanzierte: Sie zeigte dann einen Ausdruck von Nichtbeteiligung, der ihr Gesicht aalglatt werden ließ und bedeutete: »*Ich* bin ganz und gar nicht einverstanden.« So habe ich ihr einfach nur gesagt, daß Raimondo und ich uns auf eine Studienprüfung vorbereiteten. Wir wurden uns immer fremder, obwohl wir täglich miteinander telefonierten; Strömungen in unterschiedliche Richtungen trugen uns immer weiter voneinander fort.

Raimondo und ich standen gewöhnlich recht früh auf und verabredeten uns irgendwo, um mit der Kreation des Stars des Rockinterviews da weiterzumachen, wo wir tags zuvor aufgehört hatten. Wir dachten an die niederländischen Gulden, die er in der Tasche haben mußte; an die Geste, mit der er sie vor Diamantini auf den Boden fallen lassen könnte. Wir dachten an die Fotomontagen mit bekannten Sängern und Bands, die wir abfotografieren, in einem handlichen Format drucken und dann verknautschen wollten, um ihnen eine schöne Patina zu verpassen. Wir hatten Tonbandaufnahmen mit Stimmen im Kopf, die mit englischem und amerikanischem Akzent sprachen; Taschennotizbüchlein, die dicht beschrieben waren mit ausländischen Namen und Telefonnummern.

Je mehr wir uns in die Sache hineinsteigerten, um so klarer wurden unsere Rollen festgelegt: Ich schuf die Figur, und Raimondo verkörperte sie leibhaftig. Er spazierte im Zimmer auf und ab und versuchte, den richtigen Grad der Kniebeugung zu finden, den genauen Punkt, an dem die Ferse aufsetzen mußte. Er sagte: »Nur ruhig, ich bin auf dem besten Weg, ich werde es hinkriegen! Er ist doch einer von den Typen, die mit einer gewissen Leichtigkeit – ein bißchen zerstreut, ein bißchen überheblich – durchs Leben gehen. Eine Art Buffalo Bill, oder nicht?«

»Ja, aber ein Buffalo Bill von der raffinierteren Sorte«, fügte ich hinzu. »Ein Buffalo Bill, der ab und an einen Blick ins Van-Gogh-Museum wirft, der seine Klassiker gelesen hat und die besten Sorten Gras geraucht hat. Ein Buffalo Bill, der sich langweilt, wenn er geistig nicht auf Trab gehalten wird.«

Wir mußten nicht lange herumdebattieren, auch keine besonderen Entscheidungen treffen: Die Rollenverteilung ergab sich ganz von allein, ausschlaggebend waren unsere Charaktere. Raimondo war glücklich, ein Drehbuch zu haben, an das er sich halten mußte, und ich war froh, einen so begeisterten und engagierten Darsteller zu haben; keiner von uns hätte seinen Part gegen den des anderen eintauschen wollen. Aber unser Verhältnis war nicht das wie zwischen Regisseur und Schauspieler, denn alles war viel realistischer, zwingender, absurder. Und auch riskanter. Wir wußten, daß wir weder Filmproduzenten noch Assistenten, noch gar Versicherungsleute hinter uns hatten. In dieser Geschichte waren wir ganz auf uns gestellt, ohne künstliche Distanz und ohne berufliche Giftmäuligkeit, um uns dahinter zu verschanzen. Die einzigen Ressourcen, über die wir verfügten, waren unsere vereinte Imaginationskraft und die glasklare Erkenntnis, daß es zum Umkehren bereits zu spät war. Längst waren wir in einem anderen Territorium, und wir gingen immer forscheren Schrittes voran.

Alberto Scarzi

Mein Vater war Forscher in der Chemieindustrie und arbeitete, wenn er nicht im Ausland auf Kongressen weilte oder Laboratorien besuchte, immer bis spätabends. Wir sahen uns so gut wie nie. Meine Mutter kümmerte sich um das Archiv einer Stadtbibliothek und brachte ab und an ein Buch über Reisen und Erkundungsfahrten mit nach Hause; sie ließ es auf dem Wohnzimmertisch liegen, und prompt las ich es auch, und das bereits im Alter von sieben oder acht Jahren. Meine Schwester interessierte sich von klein auf für Wasservögel, auch wenn ich nicht glaube, daß sie sich damals vorstellen konnte, eines Tages nach Heidelberg zu gehen, um deren Verhalten zu studieren, wie sie es dann getan hat. Meine Schwierigkeiten mit dem Realitätsbezug begannen, schon als Kind, doch ich bin sicher, daß meine Familienangehörigen, wäre es ihnen aufgefallen, nicht viel hätten ausrichten können: Sie selbst besaßen ja keine brauchbaren Lebensmodelle, die sie an mich hätten weitergeben können. Ich bezweifelte, ob mein Vater überhaupt die richtige Reihenfolge von Sätzen und Gesten kannte, um in einem Restaurant zu bestellen; oder ob meine Mutter eine Vorstellung von der Prozedur für die Zahlung der Miete hatte.

Als ich fünf Jahre alt war, steckte ich meine Finger in eine Steckdose. Ich war in dem Zimmer unterm Dach, in das man vom Wohnzimmer aus über eine Holztreppe gelangte; eine Fenstertür führte auf eine kleine Terrasse, die ins Dach eingelassen war; im Winter lagerte sich eine Rußschicht auf den Wand- und Bodenfliesen ab. Gleich neben der Terrasse war ein Waschraum, und darin stand eine Wäschepresse mit

Walze. In die schob man den nassen Stoff und drehte an einer Kurbel, so daß das Wasser herausgepreßt wurde. Ich war fasziniert von dieser Funktionsweise, ebenso wie von der Nähmaschine mit Fußpedal bei einer unserer Nachbarinnen. Jenseits der Waschküche lagen unzählige Speicherräume, einer hinterm anderen, die heute höchstwahrscheinlich, mit Isolationsmaterial ausgekleidet und mit Dachlukenfenstern versehen, zu Mansardenwohnungen für Singles oder junge Paare geworden sind; damals waren sie vollgestopft mit alten Ziegeln, Brettern und leeren Flaschen.

Ich kann mich nicht mehr erinnern, warum ich damals meine Finger in die Steckdose gesteckt habe. Es war eine ziemlich primitive Steckdose, wie man sie eben damals hatte, mit zwei ungeschützten großen Öffnungen, in die problemlos kleine Kinderfinger paßten. Ich glaube, ich tat es aus einer Art Neugier, um zu begreifen, was genau da durchfloß und imstande war, ein Radio zum Leben zu erwecken oder ein Licht zum Leuchten zu bringen. Woran ich mich jedoch ganz genau erinnere, ist der Stromstoß, der mich durchzuckte: Finger, Hand und Arm zitterten, die Haare auf dem Kopf stellten sich auf, und ich flog einige Meter nach hinten. All das geschah viel zu schnell und viel zu unerwartet, als daß es mich wirklich hätte erschrecken können; ich saß einfach nur auf dem Fußboden, verdattert über meine eigene Dummheit und über das, was da geschehen war.

Gewöhnlich mißt man Vorfällen dieser Art einen erzieherischen Wert bei, zumindest für denjenigen, der sie überlebt. Bei mir verhielt es sich anders. Als ich zehn Jahre alt war, kaufte ich mir von meinen Ersparnissen ein netzbetriebenes Aufnahmegerät. Es war aus weißem Plastik mit einer roten, einer gelben und einer grünen Taste, wie eine Straßenampel einfach zu begreifen. Kaum hatte ich es aus der Schachtel geholt, begann ich einen Sketch aufzunehmen, der mir gerade in den Sinn gekommen war. Ich machte die

Entdeckung, daß ich mit einfachen Haushaltsgegenständen eine ganze Reihe von Klangeffekten erzielen konnte: das Pochen eines Bleistifts auf einem Schreibheft, das Klicken der Feder einer Tischlampe, das Einrasten der Kühlschranktür. Je mehr neue Geräusche ich auf diese Weise entdeckte, desto mehr Ideen für meine Geschichte kamen mir. An einer bestimmten Stelle beschloß ich, die Figuren meiner Erzählung einen Bootsausflug machen zu lassen. So habe ich Wasser ins Küchenspülbecken laufen lassen; als es voll war, ging ich ins Badezimmer, um den Fön zu holen, und steckte ihn in die Steckdose. Meine Absicht war, das Geräusch eines Motorboots im See zu erzeugen. Ich schaltete den Fön ein und hielt ihn ins Wasser des Beckens. Der Strom durchfuhr mich von den Zehenspitzen bis zu den Haarspitzen wie in einem Comic, ich sah die Umrisse meines Körpers, wie sie sich wellten, kurz bevor ich in die Luft schoß und gegen die Wand auf der anderen Seite knallte. Als ich mich wieder aufgerappelt hatte, mußte ich lachen, nicht weil ich die Szene so lustig fand, sondern weil ich einfach nicht glauben wollte, denselben Fehler, der potentiell ein endgültiger war, ein zweites Mal gemacht zu haben. Und zwar auf eine noch idiotischere Weise.

Es ist wahrscheinlich, daß gewisse Fehler in der Einschätzung und Reaktion für die Entwicklung eines Heranwachsenden notwendig sind: Sie legen Signale fest und produzieren Antikörper, sie haben einen Kern in sich, der ihre Wiederholung verhindert. Aber es ist ebenso wahrscheinlich, daß alles von der Art des Fehlers abhängt und von dem, der ihn begangen hat. In gewissen Fällen errichten Fehler unüberwindbare Barrieren, in anderen hinterlassen sie lediglich Furchen und werden mit großen oder kleineren Veränderungen unzählige Male wieder begangen. Es kommt auch vor, daß Fehler überhaupt nichts bewirken und sich einzig und allein darauf beschränken, das Gefühl bodenlosen Staunens zu verstärken, das jede sensible Person der Welt gegenüber empfindet.

Als die Geschichte des fiktiven Interviews mit Bernard Ohanian Fuß faßte, hatte dieses Staunen seinen Höhepunkt erreicht und brachte jede meiner Gesten und geistigen Bilder zum Vibrieren.

Luna Avogadro

Luna Avogadro war über lange Zeit meine beste Freundin; ich kannte sie seit der Zeit, als wir zusammen ins Gymnasium gingen. Ihr Vater war Astronom, und deswegen hatte ich ihr diesen Namen verpaßt, lange vor der Zeit, als die Alternativkultur zur Verbreitung dieses Namens beigetragen hat. Jahrelang war sie die einzige Luna, die ich kannte. Sie war ein unglaublich witziges und kommunikatives Mädchen, sie war rundlich, hatte rote Haare und eine sehr helle Haut, vielleicht war sie das einzige weibliche Wesen, mit dem es mir gelungen ist, ohne sexuelle oder sentimentale Verstrickungen eine Freundschaft zu halten. Ich weiß nicht, ob es sich bei ihr genauso verhielt; ihr Gefühlsleben war von allen Themen, auf die sie sich liebend gern und mit dem für sie typischen Ungestüm stürzte, eines der allerletzten.

Heute ist Luna Avogadro etwas verändert, aber damals war sie eine Art Kamikaze in Sachen Kommunikation: Es genügte, die Unterhaltung voranzutreiben, und schon stürzte sie sich hinein, ohne sich von irgend jemandem einschüchtern zu lassen. Jahrelang bediente ich mich dieser ihrer Fähigkeit, um Mädchen kennenzulernen, um mir Zutritt zu geschlossenen Kreisen zu verschaffen, oder ganz einfach nur, um mich peinlichen Situationen zu stellen, denn Luna kompensierte auf wunderbare Weise meine lähmende Zurückhaltung. Luna wiederum vertraute sich gern meinem Urteilsvermögen an, war sie doch beinahe unfähig, Personen, besonders solche männlichen Geschlechts, richtig einzuschätzen. Genauso hielt sie es mit dem Essen: Man konnte ihr jedes Gericht vorsetzen, sie verspeiste es ratzeputz und ohne sich richtig bewußt zu werden, was sie da eigentlich auf dem Teller hatte. Genau das war ihre Grundhaltung auch dem Leben gegenüber: gierig alles verschlingend. Und diese Haltung stimmte mich abwechselnd euphorisch, machte mich wahnsinnig, oder ich streckte vor ihr die Waffen.

Wenn ich es heute bedenke, habe ich die Freundschaft über lange Zeit als eine Selbstverständlichkeit betrachtet, als eine Gabe, die einer vorfindet, weil alle auf der Welt eben Freunde haben. Es war so ähnlich wie mit der Auffassung, die ich mir später von der Landwirtschaft machte: Ich tappte vollkommen im dunkeln, was die elementarsten Prinzipien anging, nach denen die Sache lief. Beispielsweise habe ich während meiner Anfangszeit auf dem Land ein Apfelbäumchen auf dem Markt gekauft und es in die Wiese vor dem Haus gepflanzt. Es hing ein Etikett mit der Fotografie der gelben Früchte dran, die es hervorbringen würde, und ich war bereits ungeduldig, sie pflücken zu können. Statt dessen verkümmerte das Bäumchen innerhalb weniger Tage, und je mickriger es aussah, um so enttäuschter und verbitterter war ich. Erst als es unter meinen Augen völlig vertrocknet war, erklärte mir jemand, daß ich es jeden Tag hätte gießen müssen.

Ach ja, ich war bei Luna Avogadro. Als wir uns kennenlernten, lebte sie bei ihrer Mutter und deren zweitem Ehemann in einem modernen Apartmenthaus im Zentrum. Als ich zum erstenmal bei ihr zum Essen eingeladen war, nahm mich ihre Mutter beiseite und vertraute mir an, sie sei besorgt, weil ihre Tochter immer dicker wurde: selbst wenn sie nur völlig normale oder ganz kleine Portionen von dem aß, was sie auf den Tisch brachte. Ich verriet ihr nicht, daß ich jeden Tag zusah, wie Luna vor der Bäckerei an der Ecke zur Schule mit beeindruckendem Heißhunger Pizzastücke oder weißes Focacciabrot in sich hineinstopfte; auch die Geschichte, als Luna mich vor Weihnachten mit einem Panettone besuchen kam und auf dem Weg zu mir bereits drei Viertel davon verschlungen hatte, behielt ich für mich.

In Wahrheit hatte Luna Avogadro mehr Hunger nach Zuwendung als nach Essen. Während der Zeit der Trennung von ihrem Vater hatte ihre Mutter einen Nervenzusammenbruch erlitten und die Tochter in ein Waldenser-Internat geschickt, das völlig abgeschieden in den Hügeln des Piemont lag. Luna blieb zwei Jahre dort, und als sie aus dem Exil zurückkehrte, hatte sie ein wahnsinniges Bedürfnis nach zwischenmenschlicher Auseinandersetzung, nach Gesten, Blicken, Antworten, Lächeln, Programmen, Angeboten, die ihr kommunikationsfreudiges Wesen wieder in Gang bringen sollten. Auf einer Zündapp, die aussah wie ein leichtes Militärfahrzeug, kurvte sie durch die Gegend und beobachtete die Gesichter der Leute, hörte ihre Stimmen, warf sich ins Getümmel, und wenn sie hautnah dran war, redete und lachte sie, brachte alles ins Spiel, was sie hatte. Nicht im entferntesten kam ihr in den Sinn, daß sie vielleicht aufdringlich sein könnte, denn aufgrund ihrer Sehnsucht nach menschlicher Nähe verstreute sie Signale von Freundschaft und Dankbarkeit und Disponibilität in Hülle und Fülle und brachte damit jeden Widerstand zum Schmelzen. Sie war bereit, den Clown zu spielen, bloß um sich jemanden zum Freund zu machen; sie brachte es fertig, auf einen Tisch zu steigen, Gedichte aufzusagen und zu tanzen oder im Kino und Theater auf Kommando ihr schallendes Gelächter zu wiederholen, woraufhin die anderen Zuschauer sie dann angifteten, doch gefälligst still zu sein.

Im Gymnasium war sie eine Klasse unter mir, weil das Miststück von Griechischlehrerin sie in der Untertertia hatte durchfallen lassen. Was die Lehrer an Luna Avogadro zum Wahnsinn trieb, war ihr nichtselektives Gedächtnis. Ich habe nie wieder jemanden kennengelernt, der wie sie Namen, Daten und Zahlen speichern konnte: Sie war in der Lage, das gesamte Telefonbuch oder eine Reihe von dreißig Autokennzeichen auswendig zu lernen und diese Daten Monate später abzurufen. In der Schule machte sie sich diese Fähigkeit zunutze, um Jahreszahlen und Namen zu einem beliebigen Thema zu speichern, auch wenn sie es gar nicht verstanden hatte. So konnte es vorkommen, daß ein Lehrer sie aufforderte, über das Trienter Konzil zu sprechen: Sie war nicht imstande zu erklären, worum es dabei ging oder welche Bedeutung das Konzil in einem weitergefaßten geschichtlichen Zusammenhang hatte. Statt dessen konnte sie mit absoluter Sicherheit die Namen der Teilnehmer, das Jahr, den Monat und die Tage, an denen es stattfand, herunterbeten. In einem rigiden Schulsystem des reinen Faktenwissens brachte dies die Lehrer in eine schier unhaltbare Position, denn sie konnten ihr kaum eine gute Note geben, sie aber auch nicht bezichtigen, nicht gelernt zu haben.

Da ich angefangen habe, von Luna Avogadro zu erzählen, möchte ich jetzt ehrlich sein und klarstellen, daß ich es war, der unsere Freundschaft verraten hat. Das war zu der Zeit, als ich mich mit Minna Torre zusammentat. Wie bereits gesagt, litt Minna unter einer Art paranoidem Syndrom und hatte es in kürzester Zeit fertiggebracht, alle Bindungen zu kappen, die ich mühsam mit einem winzigen Teil der Welt geknüpft hatte. Es war meine erste richtige Liebesgeschichte, und ich war außerstande, diese Eingriffe in mein Beziehungsleben zu verhindern. So hatte ich fast von einem Tag auf den anderen keine Gelegenheit mehr für erregte Diskussionen mit Luna Avogadro in Bars oder Programmkinos oder einfach quer durch die Stadt spazierend auf der Suche nach Inspirationskicks. Sie hat weiterhin bei mir angerufen, aber ihr Enthusiasmus ließ deutlich nach, da ich ihre Einladungen systematisch ausschlug, und so wurden unsere Kontakte immer unregelmäßiger: Wir sahen uns in immer größeren Zeitabständen und jedesmal für viel zu kurze Zeit.

Ohne die Stoßdämpfer meines kritischen Geistes hatte Lunas Kontakthunger sie auf Freunde und Situationen zuschlittern lassen, die mir auf den ersten Blick richtig widerlich vorkamen. Ihre Auswahlkriterien basierten auf völlig oberflächlichen Elementen: Ihr genügte es bereits, daß eine Person nicht in der bürgerlichen Normalität verankert war oder zumindest vorgab, es nicht zu sein. Für sie war es unwichtig, ob diese Person dann dumm, vulgär, unscheinbar oder sogar anrüchig war: Für Luna Avogadro zählten nur einfache Identifikationssignale, genau wie ein Hund sich nach der Farbe des Fells richten könnte, um einen Wolf von einem Schaf zu unterscheiden. Einer der Sätze, die sie ständig wiederholte, war: »Sind wir Freaks oder Militärheinis?« Ihr genügte es schon, wenn ein Typ ganz allgemein als Freak einzuordnen war, und schon betrachtete sie ihn als Freund. Fast alle, die Luna zu jener Zeit über den Weg liefen, als meine Beziehung mit Minna Torre wie ein Gefängnis für mich war, entpuppten sich als falsche Wölfe oder falsche Schafe.

Luna Avogadro war der Typ von Frau, der in einer abweisenden, farblosen Stadt wie Mailand immer sehr gefragt ist. Ihre Art, zu denken oder sich zu bewegen, war so unkonventionell, so wenig kopfgesteuert, daß sie manchmal dumm oder naiv wirken mochte, nie jedoch fand jemand sie langweilig. Die Leute lachten über sie, wenn sie laut redete und ausholend gestikulierte, schwitzend auf und ab ging und sich über Dinge wunderte, die als ganz normal galten, oder umgekehrt, wenn sie sich in vollkommener Gelassenheit den merkwürdigsten Situationen stellte. Die Tatsache, daß sie anderen Menschen Vergnügen bereitete, empfand sie als Anerkennung, es bedeutete, daß man sie akzeptierte; sie war nie beleidigt oder verstimmt. Einmal sagte ich zu ihr, sie solle sich für ihre Auftritte in der Öffentlichkeit doch bezahlen lassen, aber sie starrte mich ungläubig an und verstand nur Bahnhof.

Wo auch immer sie hinging, gleich in welcher Situation, begegneten ihr wie durch ein Wunder Personen, die sie ohne zu zögern als »großartig« oder »phantastisch« oder »göttlich« bezeichnete. Ihre Unfähigkeit zu unterscheiden hinderte sie daran, negative Merkmale wahrzunehmen, die jeden anderen an ihrer Stelle auf Abstand gehalten hätten; und das ging so lange, bis sie mit dem Schädel dagegenstießen. Von Zeit zu Zeit versuchte ich ihr klarzumachen, daß sie auf dem Holzweg sei, aber es half nichts; im Gegenteil, es bereitete ihr immer wieder großen Kummer, wenn sich ihre Freunde untereinander nicht vertrugen. In ihren Augen gehörten alle Personen, mit denen sie es zu tun hatte, zu ein und derselben Kategorie.

Einmal beispielsweise kehrte sie von einer Reise nach Ecuador zurück und war total verschossen in einen Typ namens Camilo Hiengos. Ihrer Meinung nach war er ein Guerillapriester, und seine Herzensstärke, seine Menschlichkeit, seine Intelligenz und seine politische Kohärenz waren so immens, daß diese Qualitäten, selbst auf ein Dutzend Leute verteilt, noch immer bei jedem Großartiges ausrichten würden. Er hatte mit Che Guevara in Bolivien gekämpft und war in tausend andere Kämpfe gegen südamerikanische faschistische Regime verwickelt gewesen, hatte sich für die Sache der Armen geschlagen; er kannte sich aus in der Literatur, in der Kräuterheilkunde und in verschiedenen Meditationstechniken, mit deren Hilfe er jede Art von körperlicher und seelischer Störung, von der Verstopfung bis hin zur Depression, heilen konnte. Camilo Hiengos war in Luna Avogadros Heldengalerie aufgenommen worden, und bei jeder Gelegenheit verwies sie auf ihn als auf ihr großes Vorbild und ihren festen Bezugspunkt.

Einmal fuhren wir mit dem Wagen nach Frankreich, und als wir in Paris eintrafen, sagte sie zu mir: »Weißt du, wer zur Zeit in einem Ort nur ein paar Stunden von hier entfernt ist? *Camilo Hiengos!* Er ist bei einer befreundeten Familie zu Gast, er sagt, wir können ihn besuchen und dort bei ihnen wohnen!« So fuhren wir bis zu diesem Dorf, lieblich wie in einem Zeichentrickfilm, harmonisch zwischen Felder, Tal und Wald ringsum eingepaßt. Innerhalb weniger Stunden war ich dahintergekommen, daß ihr Camilo Hiengos ein Halunke war, der sich als Schmarotzer in der Familie eines ehemaligen französischen Konsuls aus Ecuador breitgemacht hatte; aus ethischen Gründen hatte der Konsul nämlich beschlossen, seine Diplomatenkarriere an den Nagel zu hängen und sich in die Provinz zurückzuziehen, wo er als Schreiner arbeitete. Frühmorgens verließ er das Haus, ging in seine Werkstatt und kehrte spätabends wieder heim. Unterdes tat sich Camilo Hiengos an seinem Apfelwein gütlich, turtelte mit der Frau des Hauses und versuchte sogar, die beiden fünfzehn- und sechzehnjährigen Töchter zu verführen; die fanden ihn zwar viel zu bescheuert, fühlten sich aber aufgrund seiner intellektuellen Spielchen und ideologischen Erpressungen zu ihm hingezogen. Im Garten, der ringsum von einem Steinmäuerchen eingeschlossen war, hatte ich Luna bei einer endlosen Partie Federball meine Erkenntnisse dargelegt, sie aber hatte sich schlichtweg geweigert, meinen Worten zu glauben. Sie sagte: »Das ist ganz einfach seine Art, *expansiv* zu sein, das begreifst du nicht!« Erst als Camilo Hiengos in der Nacht darauf völlig besoffen versucht hatte, Luna in sein Schlafzimmer zu zerren, war ihr Bild von ihm um einige Punkte von dem Verklärungsporträt abgerückt, das sie mir bis dahin präsentiert hatte.

Dennoch blieb Luna Avogadro eine der wenigen Quellen des Lichts und der Farbe in meinem Leben vor der Zeit mit Diamantini. Ständig unternahm sie Reisen in die weite

Welt, angetrieben von ihrer alles verschlingenden Gier; sie brach mit Freunden zusammen auf, die mir ganz und gar nicht gefielen, und in einer Geistesverfassung, die in meinen Augen miserabel und irritierend war. Jedesmal blieb sie monatelang weg. Wenn sie zurückkehrte, war sie oft in übelster Verfassung: Bei einer Reise hatte sie sich durch einen frischgepreßten Fruchtsaft, den sie an einem Straßenstand in Neu-Delhi getrunken hatte, eine Form der Amöbenruhr zugezogen, auf einer anderen hatte sie eine Blutvergiftung bekommen, nachdem sie sich in Bombay einen Silberohrring ins Ohr hatte stechen lassen. Als ich sie im Krankenhaus besuchte, war sie in ihrem Schlafanzug aus hellblauem Flanell nur mit Mühe aus dem Bett gestiegen und hatte, obwohl sie schwach auf den Beinen war, eine Pirouette vollführt und gesagt: »Zum erstenmal in meinem Leben habe ich so etwas wie eine *Linie.*«

Wenn sie von ihren Reisen erzählte, häuften sich Namen, Zahlen, Wohlgerüche, Atmosphären, winzige Einzelheiten, so daß ich mir jedesmal wie ein Gefangener und ein Idiot vorkam, weil ich nicht mit ihr losgezogen war. Auch dabei konnte sie auf ihr außerordentliches Gedächtnis zurückgreifen, denn jede ihrer Reiserouten schien wesentlich präziser und detaillierter als die anderer Reisender. Sie erinnerte sich an ganze Sätze in der jeweiligen Landessprache; sie brachte Redewendungen, Kleidungsstücke und farbige kleine Gegenstände mit, die ihren Erzählungen Dreidimensionalität verliehen. Was mich am meisten verblüffte, war ihre Fähigkeit, die Energie eines Ortes in sich aufzunehmen und zu bewahren; das geschah in Form von überschäumender Begeisterung für all das, was sie gesehen, gekostet, berührt und gehört hatte. Ich habe noch Bilder von mir und Luna Avogadro im Kopf, wie wir uns quer über einen kleinen Tisch in der Bar anschauen: Sie redet wild gestikulierend und gibt wie ein Sonnenkollektor, gespeist mit geschmuggelten Empfindungen, inmitten der städtischen Steinwüste ihre Reiseschilderungen zum besten.

Zum Zeitpunkt des fingierten Interviews mit Bernard Ohanian waren wir uns trotz der dumpfen Feindseligkeit, die Cristina Castellino für Luna Avogadro hegte, erneut ein wenig nähergekommen. Ein paarmal haben wir uns zu dritt getroffen, doch es genügte bereits die vollkommen entgegengesetzte Einstellung der beiden Frauen zum Essen, um sie Welten voneinander zu entfernen. Ich hatte von Anfang an gewußt, daß es besser war, allein mit Luna zu verkehren.

Eines Nachmittags machte ich mich auf und besuchte sie in ihrer kleinen Wohnung im zweiten Stock in einer sehr lauten Straße. »Kennst du dich gut aus in Amsterdam?« fragte ich.

»Amsterdam ist meine *zweitliebste Stadt*, nach Delhi«, lautete ihre Antwort. Ihr Verhalten war keine Masche, sie war einfach so. Sie erklärte: »Ich fahre ständig hin, um Dieter zu besuchen. Er ist einer meiner *beiden* Verlobten und lebt im Hausboot auf einer Gracht.«

Und ich weiter: »Also kriege ich von dir die Informationen, die ich brauche.«

»Was für Informationen denn?« fragte Luna zurück und holte eine Schachtel Amaretti und eine mit Schokoladenküssen aus Wien aus dem Schrank und stellte sie auf den kleinen Tisch. Sie tauchte die Hände hinein und forderte mich auf: »Nimm, greif zu!«

»Ich brauche die Namen von Veranstaltungsorten für Konzerte, Namen von Rockgruppen, Zeitungen, Stadtteilen und Straßen«, sagte ich.

Sie kaute rasch, Krümel von Mandelteig und Schokolade fielen auf ihren amarantfarbenen Pullover; sie klopfte sie mit dem Handrücken ab und sagte: »Wenn du Namen brauchst, dann bist du bei mir richtig.«

Olivetti Lettera 22

Raimondo Vaiastri und ich klapperten die Buchhandlungen ab und klauten alles, was wir über Bernard Ohanian finden konnten. Raimondo war gut in solchen Sachen: Er nahm das Buch, das uns interessierte, verzog sich damit in eine abgeschirmte Ecke des Ladens und steckte es sich so in den Hosenbund, daß es unter seinem Jackett gut verdeckt war. Genauso machte er es mit Zeitschriften. Dann strich er ein Weilchen unschlüssig in der Nähe der Kasse herum und verließ das Geschäft, als hätte er nicht das Passende gefunden.

Wir gingen in das Plattengeschäft im Zentrum, das seinerzeit noch Hörkabinen hatte, in die man sich, sooft man wollte, mit einem Stapel 33er-Schallplatten zurückziehen konnte. Stundenlang hörten wir Musik in dem winzigen Raum, der heiß wie eine Sauna wurde. Ich notierte die Liedtexte von Bernard Ohanian, und wenn ich eine Strophe nicht richtig verstand, machte ich Raimondo ein Zeichen, und er setzte die Nadel des Tonarms zurück. Andere Kunden, die ebenfalls Platten probehören wollten, klopften vergeblich an die Doppelglastür.

Bei mir zu Hause machte ich mich dann an die Arbeit. Ich las die wenigen Interviews und Artikel durch, die wir hatten auftreiben können, und studierte noch einmal die Daten, die ich von den Schallplattenhüllen abgeschrieben hatte. Mit einem schwarzen Filzstift machte ich mir Notizen, ich schrieb die Schlüsselwörter in Druckbuchstaben, fügte Unterstreichungen und Sternchen hinzu und versuchte, einen Entwurf zustande zu bringen. Als all diese Schritte abgeschlossen waren, setzte ich mich an meine rote Olivetti

Lettera 22 und machte mich ans Tippen. Ich schrieb nichts ab, abgesehen von den reinen Daten. Der Interviewtext floß mir Taste um Taste in die Finger, als würde ich Ohanian live hören. Ich achtete penibel auf den Stil, den ich mit größter Aufmerksamkeit in den Interviews in *Rolling Stone* und *Melody Maker* studiert hatte. Da waren der komplizenhafte Ton des Interviewers, die Lustlosigkeit auf seiten des Interviewten, die berühmten Kollegen, die mit Vornamen zitiert wurden, die lässig erwähnten mythischen Orte, die großen Musiker der Vergangenheit, denen nur en passant Aufmerksamkeit geschenkt wurde, die Jargonbegriffe; und dann, zwischen Klammern, die Angaben über Lacher oder Gesten, die Auslassungspünktchen, wenn die Unterredung unterbrochen wurde, die Sachlichkeit und Sorgfalt ... Und all das war meilenweit entfernt von der Tendenz zur Umschreibung und Vereinheitlichung, wie sie im italienischen Journalismus vorherrschte.

Ich hatte meinen Spaß daran. Der intellektuelle Ton, den ich nachempfinden konnte, die zwei Stimmen in meinem Innern, die zusammengefügten Bilder, all das bereitete mir echtes Vergnügen. Ich genoß es, zugleich Interviewer und Interviewter zu sein, mit einer simplen Handbewegung den Schlitten der Schreibmaschine an den Anschlag zu schicken und dabei von der einen in die andere Rolle zu schlüpfen. Vergnügt lauschte ich dem Klappern der Tasten und verfolgte das Entstehen der Wörter Buchstabe um Buchstabe auf dem weißen Papier. Die Reihenfolge der Fragen und der Antworten festlegen, die Themenpunkte auswählen, die offiziellen Daten berücksichtigen, zugleich aber auch meine Ansichten einfließen lassen, all das war mir ein echter Lustgewinn. Es war, als wäre ich in die Haut einer anderen Person geschlüpft, die ich jetzt von außen beobachtete und lenkte und von der ich mich wiederum leiten ließ. Es war ein Hin und Her zwischen Teilnahme und Distanziertheit,

Angezogensein und kritischem Blick. Mit einer Sicherheit, die mich selbst überraschte, folgte ich dabei einem noch unerprobten Instinkt. Das Interview gelang mir gut, es war faktentreu, und die Sprache war leicht holprig. So muß eine Übersetzung aus dem Englischen eben sein, gespickt mit geringfügigen Mißverständnissen, sprachlichen Ausrutschern, wie sie in diesen Fällen beinahe unvermeidlich sind, sowie erklärenden Fußnoten.

Eines Nachmittags rief mich Cristina Castellino an. Noch unterkühlter als sonst sagte sie: »Ich muß mit dir sprechen.«

»Bedaure, aber ich habe nicht eine freie Minute«, erwiderte ich, was zum Teil auch stimmte. Ich ahnte jedoch den Grund, weshalb sie mit mir reden wollte.

Da sagte sie ganz einfach: »Ich gehe jetzt mit einem andern.«

»Ach ja?« kam es mir über die Lippen, und trotz unseres distanzierten Verhältnisses in der letzten Zeit fühlte ich mich etwas wacklig auf den Beinen. Ich fragte: »Wer ist es?«

»Giorgio Minnelli, du kennst ihn nicht«, erklärte sie. »Er ist älter als du, ein richtiger Mann. Er ist Arzt.« In ihren Worten lag eine gehörige Portion Sadismus. Zu jener Zeit war es nämlich Mode, nach dem Fremdgehen den betrogenen Partner reichlich mit Einzelheiten über die Seitensprünge zu versorgen.

»Was für ein Arzt?« wollte ich wissen und versuchte, meine Stimme möglichst unter Kontrolle zu halten.

»Frauenarzt. Aber wie geht es dir denn?« fragte Cristina Castellino und schien enttäuscht von meiner Reaktion.

»Bestens«, sagte ich. »Ich freue mich für dich.«

Nachdem wir uns verabschiedet hatten, war ich für einige Sekunden wie weggetreten: Es rauschte in meinen Ohren, und ich verspürte ein Gefühl der Leere unter den Füßen. Zu jedem anderen Zeitpunkt wäre es mir sehr schlecht ergangen, doch jetzt hatte ich ja das Interview mit Bernard Ohanian zu schreiben; der bloße Gedanke daran genügte, und im Handumdrehen waren meine Gedanken wieder neu besetzt.

In den folgenden Tagen machte ich mich mit noch größerem Engagement an die Arbeit. Vier- oder fünfmal schrieb ich das ganze Interview in voller Länge neu, und jede Version geriet mir immer etwas ausführlicher als die vorige, die ich zerknüllte und in den Papierkorb unterm Schreibtisch warf; ich fand es richtig klasse, zuzusehen, wie er sich langsam füllte. Von Zeit zu Zeit griff ich zur Gitarre und spielte ein Lied von Bernard Ohanian; ich sang seine Texte in einem Timbre, das dem seinen nahekam, so glaubte ich zumindest. Dann machte ich mich wieder ans Schreiben: Frage um Frage, Antwort um Antwort, so durchforstete ich seine Kindheit, die ersten Einflüsse seiner Umgebung; welche Musik ihn während seiner Ausbildung beeindruckt hatte; die Berührungspunkte zwischen Privat- und Künstlerleben; seine Ansichten über Politik, Sex und Literatur; wie er seine Kollegen einschätzte; den Werdegang seiner Lieder, von der Inspiration über die Niederschrift bis zur Aufführung; die Gründe für das, was er machte. Heraus kam ein überlanges Interview von rund neunzig getippten Seiten, das ich in Abschnitte unterteilte, um es lesbarer zu machen. Es fehlten nur noch die Fotos, und dann mußte es in Buchform gedruckt werden.

Ich ließ das Geschriebene die Nacht und den nächsten Tag über in einer Schublade ruhen und las es dann noch einmal durch: Es schien mir gut zu sein. Sämtliche Informationen, also Daten, Namen, Orte, Personen und Phasen, waren genauestens recherchiert. Es war ein ausführliches, abgerundetes Interview, wie Bernard Ohanian es vermutlich nie gegeben hätte. Ich war mir sicher, er hätte beim Lesen nichts Falsches oder Ungenaues darin gefunden. Es kam mir nicht vor wie ein Betrug oder ein Scherz, jetzt, da ich es fein säuberlich getippt und mit ordentlichem Seitenlayout vor mir liegen hatte: Das Opus verriet Engagement, es war glaubhaft und vielschichtig, es besaß Kohärenz und bot sich der Aufmerksamkeit, der Neugier und dem Intellekt des geschätzten Lesers dar.

Raimondo A. Vaiastri

Raimondo war begeistert von dem Interview. Er hatte es zweimal sehr aufmerksam durchgelesen. Sein Kommentar war: »Es klingt echt. Es *ist* echt.«

»Ich weiß nicht«, sagte ich und war genauso überrascht wie er.

Mit noch größerem Eifer machten wir uns nun daran, die Figur des internationalen Rockjournalisten, dessen Unterschrift das Interview tragen sollte, aus der Taufe zu heben. Wir redeten über zehn Punkte zugleich, und mitten im totalen Querreden vertraute Raimondo mir an, daß sein zweiter Vorname Arrigo sei, und der gefalle ihm ganz und gar nicht.

Ich meinte: »Aber ein A mit Abkürzungspunkt ist gar nicht übel, wenn du es geschrieben siehst. Es verleiht dem Namen mehr Gewicht.«

»Raimondo A. Vaiastri?« vergewisserte sich Raimondo.

»Hm, ja«, bestätigte ich.

»Das klingt irgendwie indisch«, meinte er. »A. Vaiastri, A. Vaiastri.« Und er stimmte eine Kantilene an und machte Schlängelbewegungen mit den Armen wie die Göttin Kali.

»Das ist deine Signatur«, sagte ich. »Im Detail liegt die Würze.«

Längst waren wir bei der Feinschliffarbeit. Luna Avogadro hatte die Stadt Amsterdam auseinandergenommen und wieder zusammengesetzt, sie hatte mir eine seitenlange Liste mit Namen diktiert, und Raimondo hatte sie bereits auswendig gelernt. Sie hatte mir auch eine holländische Aktenmappe aus Pappe mit Gummizug gegeben, in die ich das Interview stecken sollte, außerdem eine Schachtel holländische Zigaretten, ein Päckchen holländische Kaugummis, zwei Theaterkarten aus Amsterdam, die Quittung eines Restaurants in Amsterdam, ein Foto von ihr, wie sie auf dem Deck eines Hausboots in einer Gracht in Amsterdam steht.

»Wozu brauchen wir diese Wuchtbrumme denn?« fragte Raimondo, als ich ihm das Foto zeigte.

»Das ist keine Wuchtbrumme«, erklärte ich, nicht aus Loyalität zu Luna Avogadro, sondern weil ich sie noch nie als fett und unförmig wahrgenommen hatte. »Sie ist deine Verlobte.«

»Was für ein mickriger Star des internationalen Rockjournalismus bin ich bloß, mit einer solchen Verlobten?« begehrte Raimondo auf und starrte das Foto an.

»Solange du mir nicht eine andere Aufnahme mit einem Mädchen auf einem Hausboot in Amsterdam findest, bleibt sie deine Verlobte«, beschied ich ihn. »Und du trägst ihr Bild immer bei dir. Es ist das Hausboot, auf dem ihr zusammenlebt. Merk dir die Namen.« Aus der Liste hatte ich einen Namen für Luna und einen für das Hausboot ausgesucht und für ihn unterstrichen.

In meinem Zimmer hatte ich einen Stadtplan von Amsterdam aufgehängt, und so hatte Raimondo stets alle Stellen im Blick, deren Namen er mit größtmöglicher Natürlichkeit aussprechen sollte: Die Gracht, wo sein Hausboot lag, hatten wir rot angekreuzt.

Eines Nachmittags wurde uns klar, daß es eher abträglich wäre, wenn wir die Figur unseres internationalen Rockjournalisten oder sein Umfeld noch weiter ausschmückten.

Also sagte ich: »Gut jetzt, es reicht.«

»Ja, wir haben es«, stimmte Raimondo zu.

»Jetzt bist du vollkommen überzeugend«, sagte ich.

»Und was machen wir nun?« fragte Raimondo.

»Ruf Damiano Diamantini an«, schlug ich vor. »Du verklickerst ihm die ganze Story, von wegen du bist nur wenige Wochen in Mailand und hast seine Interviewbände in den Buchhandlungen entdeckt; darauf sei dir die Idee gekommen, ihm dein außerordentliches Exklusivinterview mit Bernard Ohanian anzubieten.«

»Wann habe ich das Interview denn gemacht?« wollte er wissen. In seinen Augen standen Erschrecken und Angriffslust wie bei einem Elitesoldaten, der vor eine Aufgabe mit ungewissem Ausgang gestellt wird.

»Was soll das heißen, ›wann?‹«, fragte ich zurück, schließlich hatten wir diesen Punkt bereits dreißigmal durchgekaut. »Letzten Monat in Amsterdam. Du hast den Text hier in Mailand ins Italienische übersetzt, während du bei deinen kranken Eltern zu Besuch warst.«

»Und wieviel soll ich dafür verlangen?« fragte Raimondo.

Das war der einzige noch nicht genau geklärte Punkt: Wir hatten immer nur von einem »Haufen Kohle« gesprochen, ohne uns genauer festzulegen. Wir sahen uns ein paar Sekunden lang an, unschlüssig über ebenfalls völlig abstrakte Zahlen.

Schließlich sagte ich: »Eine Million Lire«, auch wenn ich nicht die geringste Ahnung hatte, wieviel ein Exklusivinterview mit Bernard Ohanian wert sein könnte. Doch wir bewegten uns seit Wochen im Reich der Phantasie, und so sah ich nicht ein, weshalb wir weniger verlangen sollten.

Raimondo nickte und sagte: »Und dann teilen wir, fifty fifty. Du bringst die Originalidee und das Interview, ich verkaufe mein Gesicht und meine Unterschrift.«

»Genau!« sagte ich.

Wir gingen nochmals einige Frage-Antwort-Möglichkeiten zwischen ihm und Damiano Diamantini durch. Obwohl wir diese Simulation mehrfach durchgespielt hatten, stellte sich Raimondo bei den Wörtern ungeschickt an, sprach die Namen schlecht aus und zeigte keinerlei Spontaneität. Mit einem Schlag bekam ich Angst, daß unsere Idee nichts als eine Illusion sein könnte, so wie wir in der Vergangenheit bereits viele gehabt hatten, und daß sich unser großartiges Vehikel beim ersten Hindernis in seine Bestandteile auflösen könnte.

Ich sagte zu Raimondo: »Sollen wir noch ein paar Tage warten? Willst du weiter proben, und wir überlegen uns die Sache besser?«

Ohne mich eines Blicks zu würdigen, strich er sich über den Bart. Tief einatmend streckte er die Hand aus und stieß hervor: »Die Telefonnummer bitte.«

Ich schrieb sie ihm groß auf einen Zettel und ging ans andere Ende des Korridors, während er die Nummer wählte. Mein Herz raste.

Ich sah zu ihm hin, er wartete, dann nannte er der Verlagssekretärin seinen Namen, wieder Warten. Er antwortete: »Ja«, »nein«. Noch immer Warten.

Nachdem er sich geräuspert und gesagt hatte: »Damiano Diamantini?«, hielt ich es nicht mehr aus und näherte mich.

Raimondo lieferte Diamantini einen Abriß seines Lebens und seiner Arbeit in Amsterdam, er erzählte ihm die Geschichte von seiner Rückkehr nach Italien der Eltern wegen, und wie er dann Diamantinis Rockbuchreihe entdeckt und es ihn gedrängt habe, seine Nummer im Telefonbuch zu suchen, um ihm ebendieses phantastische Exklusivinterview mit Bernard Ohanian anzubieten. Anfangs war er ein wenig steif, doch bald schon traf er den richtigen Ton und wirkte glaubhaft.

Ich machte ihm ein Zeichen, daß es okay sei, nickte ihm zu, hob die Daumen, um ihn anzufeuern, als seine Stimme aus Verwirrung oder Unsicherheit dünner zu werden drohte.

Doch Raimondo hatte seinen Ton gefunden, und nach

einigen Minuten gefiel der ihm richtig gut, er mußte überhaupt nicht ermutigt werden. Es gelang ihm, mit einem fremdländischen Einschlag zu sprechen, der schwierig einzuordnen war, er benutzte englische Schlüsselwörter mit einem amerikanischen Akzent, der einfach gut klang, obwohl er dieser Sprache eigentlich nicht mächtig war; er vermittelte den Eindruck, als müsse er eine kleine Anstrengung vollbringen, bis ihm die italienischen Namen über die Lippen kamen. Nach all den Proben und Anpassungen, die wir über Wochen gemacht hatten, war nun die Metamorphose geglückt, und ich war beinahe gerührt.

Stellenweise schienen Diamantinis Fragen ihm richtig auf die Nerven zu gehen, denn er sagte: »Selbstverständlich habe ich das Interview in englischer Sprache geführt.« Oder: »Die Übersetzung liegt bereits vor, sonst hätte ich Sie doch nicht angerufen.« Dann wieder: »Nein, ich kenne die anderen Titel aus Ihrem Verlag nicht.« Und gewichtig: »Aber ich glaube, daß ihm ein wenig internationales Flair guttäte.« Er genoß es: Der Ton, seine Rolle, auch die Details, alles gefiel ihm. Es war, als hätte seit eh und je ein internationaler Rockjournalist in Raimondo geschlummert, der jetzt geweckt worden war und das Ruder übernommen hatte. Er behauptete: »Bernie hat sich mir gegenüber einfach geoutet, wie er es immer tut.« Und: »In Italien arbeite ich seit vielen Jahren nicht mehr, für den Rock ist das ein zweitrangiger Markt.« Und weiter: »Hm, schauen wir mal, ob wir uns einigen können.« Und schließlich: »Darüber sprechen wir am besten unter vier Augen, nicht wahr?«

Schließlich legte er auf und ging wortlos, gesenkten Hauptes in mein Zimmer zurück, als bräuchte er eine Dekompression, um wieder normal atmen zu können.

»Also, was ist?« fragte ich. »Was nun?«

»Ja, er will es«, antwortete Raimondo. »Er ist *ganz scharf* darauf.«

»Tatsächlich?« fragte ich zurück, und hätte ich das Gespräch nicht mitverfolgt, hätte ich geglaubt, es handele sich wieder um eine seiner erflunkerten Geschichten.

»Er kann's kaum abwarten«, erklärte er. »Er ist gepanikt, daß ich es jemand anderem verkaufen könnte.«

»Und wie seid ihr verblieben?« fragte ich.

»Wir treffen uns morgen abend um sieben bei ihm im Verlag«, sagte Raimondo.

Wir sahen uns von vorn und von der Seite an, und es war uns zum Lachen zumute, aber wir versuchten, ernst zu bleiben. Ich rüttelte ihn an den Schultern und sagte: »Du warst großartig, Teufel noch eins.«

»Ich war nicht übel, oder?« fragte er.

»Du warst unglaublich«, lobte ich weiter. »Einfach unglaublich.« Ich zitierte: »*Bernie* hat sich mir gegenüber einfach geoutet, wie er es immer tut.«

»Das kam mir ganz spontan«, sagte Raimondo. »Einfach so, in dem Moment.«

Wir spazierten von der Wand zum Fenster und wieder zurück und waren zu gleichen Teilen voller Zweifel und absoluter Gewißheit, voller Erschrecken und wahnsinniger Lust weiterzumachen.

Viale Regina Giovanna

Am nächsten Tag machten Raimondo und ich die letzten Proben und tasteten unser Geschöpf auf allerletzte Schwachstellen ab. Ich schlüpfte in Diamantinis Haut und stellte Raimondo einen Haufen Fragen über seine Arbeit, sein Privatleben, seine Vergangenheit, seine Reisen, seine Kontakte. Wir hatten beide nicht die geringste Ahnung, welche Kontrollen überhaupt gemacht werden würden, welche Informationen sie von ihm haben wollten, um das Interview abzurunden. Die Idee, die Wirkung des Telefonats vom Vortag wiederaufleben zu lassen, war für uns wie eine uneinnehmbare Festung oder wie ein höchst zerbrechliches Konstrukt – je nach der Perspektive, die sich ständig änderte. In einem Moment streckte uns ein plötzlicher Anfall von Realitätsbewußtsein zu Boden, im nächsten sprachen wir uns gegenseitig Mut zu und waren voller Vertrauen in Gott und die Welt.

Raimondo probierte wieder und wieder Sätze und Satzbrocken, beispielsweise: »Als ich mit Mick redete …«; oder: »Das letztemal, als ich Bob gehört habe …«; und noch: »Letzten Monat im Haus von Paul, in Schottland …«

»Wirf die Namen einfach so in die Runde«, sagte ich. »Dich lassen sie ja kalt, sie bringen jetzt die anderen aus dem Häuschen, du aber willst ganz klar zu verstehen geben, daß sie dir piepegal sind.«

»Letzten Monat im Haus von Paul, in Schottland …«, wiederholte er.

»So ist es richtig, genau so!« lobte ich.

Jeweils vier- oder fünfmal probten wir, wie er durch

einen Haupteingang eintritt, wie er eine Sekretärin begrüßt, wie er sich an einem Schreibtisch niederläßt, wie er seinen Notizkalender aus der Jackentasche zieht, wie dabei die Gulden und ein Päckchen holländische Zigaretten herausfallen. Raimondo zog sich die Lederjacke mit Fransen à la Buffalo Bill über, ging ins Bad, um sich Schnauzer und Haare zu kämmen, und studierte ausgiebig sein Spiegelbild. Dann zog er ein Fläschchen Patschuli heraus, tupfte sich je einen Tropfen hinter die Ohren und auf die Handgelenke. Zum Schluß wischte er noch den Staub seiner Stiefeletten an den Hosenbeinen ab.

Es war nur noch eine Stunde bis zur Verabredung; wir steckten das Manuskript in die kleine rote Dokumentenmappe, die Luna Avogadro mir gegeben hatte, gingen runter und kletterten auf mein Motorrad. Gemächlich fuhren wir die Allee entlang, die dem Verlauf der vor langer Zeit verschwundenen Stadtmauern folgt, und stoppten vor einer Bar an der Ecke einer Straße, die auf den Viale Regina Giovanna ging, wo der Verlag von Damiano Diamantini seinen Sitz hatte. Die Bar war öde und fast leer, wir bestellten zwei Gin Tonic, um in die richtige Stimmung zu kommen. Wir waren nervös: Ständig sahen wir prüfend umher aus Angst, daß jemand uns erkennen könnte.

Mit wenigen Schlucken leerte Raimondo sein Glas und sagte: »Aber was, wenn sie mir auf die Schliche kommen?«

»Die kommen dir nicht auf die Schliche«, beruhigte ich.

»Ja, aber stell dir vor, sie schnappen mich«, insistierte er.

»Ruhig Blut«, sagte ich. »Sie werden dir dann lediglich mitteilen, daß die Sache sie nicht interessiert, und damit hat sich's.«

»Bist du sicher?« fragte Raimondo. »Nicht daß sie mich da drinnen festhalten und die Polizei rufen?«

»Ach geh«, beschwichtigte ich. »Weshalb denn?«

»Weil das Interview eine Fälschung ist«, sagte er mit verhaltener Stimme und warf dem Barkeeper, der uns beobachtete, einen bösen Blick zu.

»Das könnten sie niemals beweisen«, sagte ich. »Und außerdem wäre das kein schweres Vergehen. Es ist vermutlich überhaupt keines.« In Wahrheit hatte ich keine Ahnung und fragte mich, ob wir nicht besser einige juristische Informationen hätten einholen sollen.

Wir sahen uns an und waren gleichermaßen ratlos. Doch es war bereits zu spät, das war uns klar. Wir wußten aber auch, daß wir imstande wären, uns wesentlich illegalere Sachen einfallen zu lassen, die viel größeren Schaden anrichten könnten. Es waren nur noch zehn Minuten bis zum Termin, und so verließen wir das Lokal. Wir wollten diese Warterei so schnell wie möglich hinter uns bringen und unsere Vorstellungskraft mit der Macht der Wirklichkeit verschmelzen lassen.

Raimondo rückte sich den Kragen der Fransenjacke zurecht und meinte dann: »Ich gehe jetzt.«

»Geh«, ermutigte ich ihn, »und vergiß nicht, sie sind es, die dich brauchen, nicht umgekehrt.«

Und er: »Claro que si«, was zu jener Zeit einer seiner Lieblingssprüche war.

»Fühl dich einfach sicher in deiner Haut«, sagte ich. »Sei Herr der Situation.«

»Oh, yeah«, meinte Raimondo. Er war schon wieder voll in seiner Rolle aufgeblüht und sagte: »Ich verlange eine Million, eine ganze Million will ich von ihm.«

Ich gab ihm einen Klaps auf die Schulter und beobachtete, wie er übers Trottoir Richtung Viale Regina Giovanna davonging. Er drehte sich nur einmal um, kurz bevor er um die Ecke bog. Dabei hob er vage die Hand, als wollte er Optimismus signalisieren, doch er war bereits zu weit entfernt, und es war auch nicht mehr hell genug, als daß ich es mit

Gewißheit hätte deuten können. Dann verschluckte ihn die Dunkelheit des Spätoktoberabends.

Ich nahm das Motorrad und rollte langsam über die Ringstraße; ich wußte nicht, wie ich die Zeit totschlagen sollte, und hatte auch keine Ahnung, wieviel Zeit vergehen würde. Ich fragte mich, wo die Grenzen waren zwischen dem, was geschehen könnte, und dem, was trotz allem geschieht. Weiter stellte ich mir die Frage, ob Raimondo und ich tatsächlich schon unterwegs zu anderen Szenarien wären oder ob wir uns mit eingezogenem Schwanz zum alltäglichen Schauplatz trollen müßten. Ich hielt an und schaute mir durch die Maschen der Rollgitter die Auslagen in den Schaufenstern an: Kleidungsstücke, Papierwaren, Küchenmöbel, Lampen. Ich fühlte mich schrecklich ausgeschlossen, weil ich nicht mit zu Diamantini gehen durfte: Mir schien, als hätte ich mir bei der Aufteilung der Rollen die bequemste und bedeckteste ausgesucht: Liebend gern hätte ich mit Raimondo getauscht.

Nach vielleicht einer Stunde kehrte ich zu der Straßenecke zurück, wo wir uns verabschiedet hatten: Er war noch nicht da. Ich wußte nicht, ob das ein gutes oder ein schlechtes Zeichen war; oder ob er womöglich recht gehabt hatte, als er fürchtete, sie könnten ihn festhalten und die Polizei rufen. Ich saß im Sattel meiner BMW Baujahr 1959 und wartete. Nach einem Weilchen stieg ich ab, spazierte herum, sah mir die Schaufenster, die Fenster der Häuser, die geschlossenen Türen an und ging wieder zum Motorrad. Es war ein kalter, nebliger Abend, und außer ein paar vorbeirasenden Autos war keine Menschenseele zu sehen.

Ich begann, mir ernsthaft Sorgen zu machen, als ich eine Person die schmale Straße entlangkommen sah. Es war Raimondo. Er ging nicht auf dem Bürgersteig, sondern er spazierte mitten auf der Straße, ohne die holländische Mappe mit dem Interview in der Hand. Nach einigen Metern fing er an, mit den Armen herumzuwedeln, sprang in die Höhe und rannte wie ein Irrer los. Dabei stieß er eine Art *»Eeeeeeeeeeeh«* aus, was nicht mehr wie ein menschlicher Laut klang.

Ich startete ebenfalls, und eine Sekunde vorm Zusammenstoßen stoppten wir und kreisten wie im Taumel umeinander.

»Also? Los, sag schon, wie ist es gelaufen?« stieß ich atemlos hervor.

»Verkauft!« rief Raimondo. »Verkauft, verkauft, verkauft!«

»Stimmt nicht«, erwiderte ich ungläubig.

Raimondo bewegte Arme und Beine wie bei einer übertriebenen Version von Skilanglauf und meinte: »Für wieviel? Wieviel? Rat mal!«

»Ich habe keine Ahnung«, sagte ich.

»Jetzt sag mal was«, drängte Raimondo und drehte sich einmal um sich selbst.

»Eine halbe Million?« fragte ich, um in einem Kontext, der rapide seine Formen veränderte, wenigstens ein Mindestmaß an Realismus zu bewahren.

»*Zwei* Millionen!« triumphierte Raimondo, drehte sich noch zweimal um sich selbst, machte einen Sprung und ruderte mit den Armen in der Luft.

Wieder sagte ich: »Das ist nicht wahr« und folgte mit den Augen dem Auf und Ab kurviger Bewegungen.

Er zog ein Blatt Papier aus der Tasche seiner Buffalo-Bill-Jacke und wedelte mir damit vor den Augen herum, aber ich konnte das Geschriebene nicht entziffern.

Ich sagte: »Steh doch still« und wollte ihm das Papier aus der Hand reißen.

Raimondo war viel zu aufgeputscht, um sich zu beruhigen: »Ist dir das klar? Kapierst du? Ich hab ihm diese Zahl einfach so genannt, ich dachte: Wieso sollten wir an diesem Punkt noch irgendwie vernünftig sein?«

»Und Diamantini?« fragte ich.

»Diamantini hat bös geschaut«, berichtete Raimondo. »Ich dachte, jetzt jagt er mich mit Fußtritten raus. Statt dessen, nach fünf oder sechs Sekunden, nickte er bloß. Er hielt das Interview zwischen den Fingern, als hätte er Angst, daß einer es ihm wegnehmen könnte, und sagte: ›Ja, einverstanden, geht in Ordnung.‹«

»Und er wird ein Buch daraus machen?« fragte ich, denn die heftige und plötzliche Fusion zwischen Phantasie und Wirklichkeit rief bei mir weiterhin Begeisterungsblitze und Blackouts hervor.

»Natürlich macht er ein Buch«, sagte Raimondo. »Er macht das Buch seiner *Träume*. Und ich habe ihm versprochen, Interviews mit *sämtlichen* anderen großen Rockstars der Welt zu liefern. Wenn das mit Ohanian gut läuft, kauft er mir alle anderen ab!«

Ich sagte: »Ja, schnallst du, was das heißt?« Denn ich selbst war unfähig, mir über die Verwicklungen vollkommen bewußt zu werden.

»Natürlich ticke ich es«, sagte Raimondo. »Das bedeutet, daß wir jetzt machen können, was wir wollen, Albert! Unser Leben wird nie mehr sein wie zuvor!«

Es war aussichtslos, ruhig und in normalem Ton miteinander zu reden; wir wurden mitgerissen von Bildern und Empfindungen, die uns in Lichtgeschwindigkeit über den Gehsteig sausen ließen.

BMW Baujahr 1959

In Bernard Ohanians Haut zu schlüpfen, um das Interview mit ihm zu schreiben, hatte eine Reihe von Nebenwirkungen bei mir gezeitigt, von denen einige bis heute fortdauern. Als erstes überkam mich die unbezähmbare Lust, nach Amerika zu gehen. Seit Jahren schon träumte ich davon, denn aus Amerika kamen die Bücher, die Musik, das Kino, die Malerei, die mich seinerzeit interessierten. Jetzt aber war es anders. Es war nicht mehr pure Neugier, es war nicht einmal eine intellektuelle, wiewohl heftige Notwendigkeit. Jetzt hatte ich ein sinnliches Bedürfnis, durch die Städte zu spazieren, die Autos zu fahren, die Häuser zu bewohnen, die Personen zu treffen, die Sprache zu sprechen, die Speisen zu verzehren, die Fernsehprogramme anzuschauen, das Radio zu hören, worüber ich mit Ausschmückungen oder nur beiläufig geschrieben hatte, als gehörten sie untrennbar zu mir und meinem Leben. Ich brauchte die Räume, die Landschaften, die Temperaturen, die Düfte, die Klänge. Mailand rief bei mir binnen kurzer Zeit Symptome der Freiheitsberaubung hervor. Ich war gereizt wie ein Tiger im Käfig, wohin ich mich drehte und wendete, nichts als Eisengitter.

So erwachte ich eines Morgens wild entschlossen, mein Bündel zu packen und aufzubrechen. Ich ging zur Uni und befestigte einen Aushang am Schwarzen Brett, um meine BMW Baujahr 1959 zu verkaufen; im Text unterstrich ich ihren Sammlerwert und die originalgetreue Restaurierung. Zwei Tage später kam ein reicher Student der Betriebswirtschaft, ein richtiger BMW-Fanatiker, um sich das Motorrad anzusehen; er machte eine Probefahrt ums Viertel, dann riß er einen Scheck aus seinem Scheckheft, ohne auch nur eine Silbe über die von mir geforderte Summe zu verlieren. Es reichte für ein Flugticket in die Vereinigten Staaten und für einen Monat Leben dort, bis mein Anteil für das Interview eintreffen würde. So verdankte ich es zum Schluß der BMW Baujahr 1959, die ich haßte, seit sie mir in Jugoslawien beinahe das Genick gebrochen hatte, daß ich nach Amerika abhauen konnte. Zuweilen mache ich mir so meine Gedanken über die Schicksalsfunktion, die gewisse Gegenstände im Leben übernehmen.

Meine Eltern waren besorgt wegen der Uni, sie bohrten nach, wie ich denn in Amerika über die Runden zu kommen gedachte. Ich konnte ihnen natürlich schlecht von dem *Interview* erzählen, aus dem bald ein Buch entstehen würde. So erklärte ich ihnen, daß ich jobben würde. Sie meinten: »Tu, was du nicht lassen kannst.« Ich glaube, sie waren felsenfest überzeugt, mich in ein paar Wochen zurück in der Heimat zu sehen.

Raimondo Vaiastri jedoch machte mir auf seine superenergische Art Mut: »Wenn wir jetzt nicht versuchen, das umzusetzen, was wir uns erträumt haben, worauf zum Teufel sollten wir noch warten?« Er meinte, daß er ja mitkommen würde, müßte er nicht in Mailand das Erscheinen unseres Buchs abwarten. Er sagte außerdem, daß er mir sofort meine Hälfte des Honorars von Diamantini mit einer internationalen Bankanweisung schicken würde, sobald er es einkassiert hätte. Er sagte: »Du Glückspilz, Alberto, jetzt kannst du in das schärfste Land der Welt fahren!«

Am seltsamsten war jedoch aus heutiger Sicht, daß ich mit Cristina Castellino losgezogen bin, obwohl wir bereits seit über einem Monat nicht mehr miteinander gingen und uns von Herzen verabscheuten. Aber ich bin noch nie gern alleine gereist, und da wir schon tausendmal davon gesprochen hatten, nach Amerika auszuwandern, und sie mich angerufen hatte, weil ihr Frauenarzt ihr den Laufpaß gegeben hatte, fühlte ich mich moralisch verpflichtet, sie zu fragen, ob sie mitkommen wollte. Sie sagte spontan zu, ohne die geringste Gefühlswallung, ganz nüchtern, als ginge es schlicht und ergreifend darum, eine Gelegenheit beim Schopf zu packen.

Am Abend vor unserer Abreise sahen wir uns im Kino einen Film an, der in New York spielte und von einem Großkotz in den Anfängen seiner Laufbahn handelte. Er strotzte vor sinnloser Gewalttätigkeit. Als wir das Kino verließen, war ich geschockt von dem wütenden Stumpfsinn der Filmfiguren und dem hoffnungslosen Elend der Szenarien. Der totale Kommunikationsmangel zwischen uns hatte mich fast zur Salzsäule erstarren lassen. Ich fragte mich, ob Amerika tatsächlich der Ort war, den ich mir vorgestellt und mit den Worten Bernard Ohanians je nach Bedarf in groben Zügen oder bis in die kleinsten Einzelheiten beschrieben hatte; ich fragte mich, ob es überhaupt einen Sinn hatte, zusammen mit Cristina Castellino dorthin zu fahren. Wir schienen Gegner zu sein, die wegen eines Waffenstillstands aneinander festhielten, der aber keineswegs die Gründe für ihre Feindseligkeit auslöschte; unsere Wortwechsel beschränkten sich auf Fahrzeiten, Städtenamen, Wettervorhersagen, Umrechnung der Meilen in Kilometer. Wir ließen Vorsicht walten, kontrollierten den Ton beim Sprechen; wußten wir doch, daß bereits eine ungeschickte Geste, ein falsches Wort uns in den offenen Kriegszustand stürzen könnte.

Trotzdem sind wir am nächsten Tag auf unbestimmte Zeit gemeinsam aufgebrochen.

Yoko Williams

Die einzige Kontaktadresse, die ich in den Vereinigten Staaten hatte, stammte von Luna Avogadro. Als ich ihr von meinen Auswanderungsplänen erzählte, überlegte sie kurz und meinte: »In Boston habe ich eine phantastische Freundin, sie heißt Yoko Williams und lebt mit einem dreißig Jahre älteren armenischen Galeriebesitzer zusammen; sie haben ein Traumhaus in der Universitätsgegend und sind die lustigsten und gastfreundlichsten Menschen der Welt!« Am selben Abend noch rief sie mich, überschäumend vor Enthusiasmus, an und sagte, Yoko Williams und der Armenier erwarteten mich und ich könne bei ihnen wohnen. Sie diktierte mir aus dem Gedächtnis Adresse, Postleitzahl und Telefonnummern.

Im Flugzeug – Cristina Castellino schlief, den Kopf gegen die Fensterluke gelehnt – fragte ich mich, wie sehr man Luna Avogadro und ihren Begeisterungswogen vertrauen dürfe, blickte ich doch auf einige Vorfälle in der Vergangenheit zurück, die keineswegs ermutigend waren; doch ich dachte auch, daß ich rein statistisch gesehen nicht der einzige akzeptable Freund von ihr sein konnte, trotz der ungebremsten Flut von Fehlern bei ihrer Einschätzung von Menschen. Es war viel wahrscheinlicher, daß es noch andere Fälle gab, bei denen ihr Enthusiasmus auf einigermaßen solidem Boden stand. Ich zwang mich, optimistisch zu sein.

Als wir in Boston landeten, war mein Verhältnis zu Cristina keineswegs besser geworden. Wir schauten uns auf dem nächtlichen Flughafen um, während wir an der Gepäckausgabe warteten, und im irrealen Schein der Neonlichter wurde uns klar, daß wir uns in keine gute Situation manövriert hatten. Wir waren kein ehemaliges Freundespaar, bei dem sich der Trennungsschmerz verflüchtigt hatte und eine wundervolle Kommunikationsfähigkeit an die Stelle der Leidenschaft getreten war. Wir hatten vielmehr das Stadium erreicht, in dem keiner die Gesichtszüge, die Stimmlagen, die winzigsten persönlichen Gewohnheiten des anderen ertragen konnte. Und wir waren gemeinsam in einem fremden Land, verfügten über eine einzige Kontaktadresse und über fast kein Geld, ohne eigentlich genau zu wissen, was wir suchten oder wie wir es suchen sollten.

Wir stiegen in ein klappriges Taxi mit einem fetten schwarzen Typen am Steuer. Als er mich Einzelheiten über die Zieladresse fragte, verstand ich so gut wie nichts. Jahrelang hatte ich Songtexte auswendig gelernt, mir Fachzeitschriften und Bücher reingezogen und war voll überzeugt, Englisch zu können. Die Entdeckung, wieviel anders das Alltagsenglisch klang, stieß mich jetzt völlig vor den Kopf. In der von bläulichem Licht durchzuckten Dunkelheit kam mir die Städtelandschaft bedrohlich vor wie in dem Film vom letzten Abend in Mailand. Ich hoffte nur, daß ich wegen Luna Avogadro keinen weiteren Reinfall erleben mußte.

Als wir vor dem Haus an der genannten Adresse standen, dauerte es eine ganze Weile, bis jemand kam und die Tür öffnete. Der Taxifahrer wollte schon weiterfahren, aber ich bat ihn zu warten. Allem Anschein nach war das Haus nicht übel, es hatte einen Garten ohne Pflanzen hinter einem hölzernen Gatter. Schließlich zeigte sich eine kräftig gebaute Frau von japanischem Aussehen an der Tür. Sie schaute uns an, schaute unser Gepäck an wie jemand, der keinen Menschen erwartete. Der Taxifahrer düste hinter unserem Rükken ab, viel zu abrupt, als daß wir ihn noch hätten stoppen können.

Ich sagte: »Wir sind die Freunde von Luna. Luna Avogadro.«

Die Frau sah mich an; im Licht der Eingangstür kam es mir so vor, als sei ihr Blick nicht besonders klar. In leicht schleifendem Tonfall wiederholte sie fragend: »Die Freunde von Luna?«

»Ja«, sagte ich, »die Freunde von Luna. Sie hat euch letzte Woche angerufen.« Ich spuckte die Worte in meinem Sprachlaborenglisch aus und fragte weiter: »Du bist Yoko Williams?«

Sie nickte, und ich war sehr erleichtert, daß zumindest der Name stimmte.

Ich sagte: »Luna hat uns erzählt, daß wir einige Zeit bei euch wohnen könnten.«

Yoko Williams entgegnete: »Ich habe Luna erklärt, daß dies eine etwas schwierige Zeit sei.«

Ich schaute zum Ende der Straße hin, das Taxi war verschwunden. Cristina Castellino starrte mich mit besonders eisiger Miene an, sie war stocksteif von Kopf bis Fuß und verströmte nur Feindseligkeit.

Am liebsten hätte ich Luna Avogadro augenblicklich angerufen, um sie zu beschimpfen.

Doch dann bedeutete uns Yoko Williams mit einer schwachen Kopfbewegung, wir sollten eintreten. Cristina Castellino und ich folgten ihr, ohne uns anzusehen, und setzten unser Gepäck auf dem Wohnzimmerboden ab. Meine Sinneswahrnehmung war überscharf, wie immer in einem neuen Ambiente: Ich registrierte jedes Knacken im Holz, jeden Gegenstand auf dem Regal, jeden schwachen Geruch aus der Küche.

Yoko Williams bewegte sich mit seltsamer Langsamkeit. Anstatt uns das Haus zu zeigen, uns in unser Zimmer zu führen oder irgendeine einladende Geste zu machen, ließ sie sich mit den Worten: »Ich bin schrecklich müde« in einen großen Sessel mit hoher Rückenlehne fallen. Ich machte einige Versuche, ein Gespräch in Gang zu bringen, auch ich war müde und am Boden zerstört und stolperte über die Sprache, doch sie nahm keinen Gesprächsfaden auf, sondern nickte nur von Zeit zu Zeit. Nach einer Weile erzählte sie uns dann, daß der armenische Galerist, mit dem sie zehn Jahre lang zusammengelebt hatte, sie wegen einer achtzehnjährigen Blondine verlassen habe. Daraufhin hatte sie einen Nervenzusammenbruch erlitten, ihren Job im Fachbereich Physik an der Uni aufgeben müssen, und noch heute, fast drei Monate danach, war sie nicht in der Lage, Leute um sich herum zu ertragen. Auch die einfachsten Handgriffe kosteten sie eine unglaubliche Anstrengung.

Als sie sah, daß Cristina Castellino und ich vor Müdigkeit bald zusammenbrachen, sagte sie, wir könnten in dem Zimmer oben am Ende der Treppe schlafen. Sie begleitete uns nicht hinauf, sondern sagte bloß: »Macht ruhig.«

Das Zimmer hatte beidseitig Dachschrägen; ein Doppelbett, Kisten, Truhen und ein Hometrainer mit rosafarbener Verkleidung standen darin. Das Bett war ein Wasserbett, sein Inneres bewegte sich schwappend unter uns, sobald wir uns voll bekleidet darauf ausgestreckt hatten; wir deckten uns mit der synthetischen Steppdecke zu, die wir in einer Truhe gefunden hatten, denn die Heizspirale für die Wasserfüllung funktionierte nicht, und die Matratze war eiskalt. Auch mit der Heizung in der Wohnung mußte es Probleme geben, und der Winter war in jenem Jahr besonders streng. Todmüde versuchten Cristina Castellino und ich, auf der schwankenden Masse, vor Kälte bibbernd und noch immer das Brummen des Flugzeugs überm Ozean in den Ohren, Schlaf zu finden. Dabei wälzten wir uns ständig hin und her, um ja auch den körperlichen Abstand beizubehalten, der unserer geistigen Distanziertheit entsprach.

Boston, MA

Den ganzen Tag waren wir unterwegs und machten kilometerlange Fußmärsche durch die Stadt. Alles, was ich sah und hörte, faszinierte mich: die Ampeln an den Straßenkreuzungen, die Gesichter und die Körper der Leute, die Waschsalons mit Münzwaschautomaten, die Riesenäpfel in den Obstläden, die Ladenschilder, die Autokennzeichen, die Altkleidersammlung der Heilsarmee, die Leuchtreklamen der Filmtheater, die Milchmixgetränke in den Bars, die Gitarren in den Schaukästen der Pfandhäuser, die Musik, die im Vorbeigehen an mein Ohr drang, das Rot der Feuerwehrautos, der Geschmack der Cheeseburger, die wir im Gehen aßen, die kleinen Universitätsbuchhandlungen, die auf ihren Fahrrädern vorüberrauschenden Studenten, die Riesenbrüste der Truthähne, die schon für Thanksgivingday bereit waren, die glasklare eiskalte Luft, die jeder Form, jeder Farbe, jedem Klang eine überraschende Intensität verlieh. Es war genau so, wie ich es erwartet hatte, zugleich aber vielschichtiger und absolut überraschend. Es war, wie wenn ich einer Person begegnete, von der man mir schon seit Jahren erzählt hat, deren Fotografien und Filme ich gesehen, deren Tagebuchaufzeichnungen ich gelesen und deren Stimme auf Tonband ich gehört hatte: Ich verspürte ein Schwanken zwischen Vertrautheit und Fremdheit, unmittelbarem Verstehen und Distanziertheit, mein Blickwinkel änderte sich innerhalb weniger Minuten.

Beispielsweise war Bernard Ohanian von Italien aus gesehen für mich wie eine Art Monolith, der zwischen anderen Monolithen in der amerikanischen Landschaft aufragte.

Jedoch vor Ort in Amerika war er nur einer der tausend und abertausend Punkte und Zeichen, die die Landschaft überziehen und sich mit wahnsinniger Geschwindigkeit vermehren; es gab nichts, was auf seine Existenz verwies, während ich auf der Straße ging, nicht einmal in den Plattengeschäften war es selbstverständlich, seine Titel auf Anhieb zu finden. Der Monolith war ein x-beliebiger Stein in einem unendlichen Meer von Steinen. Das Interview, das mit ihm gemacht zu haben ich vorgab, wirkte so besehen wie eine winzige Episode.

Wie gern wäre ich glückselig von einem Punkt zum anderen, von einer Schaulust zur nächsten gehüpft wie ein Kind auf der Kirmes, wäre da nicht Cristina Castellino gewesen. Sie teilte nicht im geringsten meine Empfindungen, sie tappte an meiner Seite durch die Stadt, ihr Blick ein Ausbund an Gefühllosigkeit und Desinteresse. Wann immer ich innehielt, um mir irgend etwas genauer anzusehen, schaute sie verärgert und zog einen Flunsch. Sie verspürte keinen Hunger und keinen Durst; keine Lust und kein Bedürfnis regten sich in ihr. Ich sah sie verstohlen an, und sie kam mir wie ein hochaufgeschossener, äußerst wählerischer Raubvogel vor, der lange Hungerphasen ertragen kann und alles aus seinem Wahrnehmungsfeld ausschließt, was nicht fürs nackte Überleben notwendig ist.

Trotzdem machten wir weiterhin alles gemeinsam. Wir schliefen auf dem eisigen Wasserbett, und unsere Muskeln waren verkrampft vom anhaltenden Bemühen, uns in der Nacht ja nicht zu berühren; morgens trank sie Tee und sah ins Leere, während ich zum Frühstück Müsli mit Haselnüssen verzehrte und die faszinierenden Aufschriften auf den Verpackungen studierte.

Tagsüber machten wir unsere Rundgänge auf der Suche nach Informationen und Anregungen. Sie hatte ein selbstgezeichnetes Kinderbuch dabei und hoffte, einen Verleger zu finden. Sie hatte es in den Monaten gezeichnet, in denen wir uns nicht gesehen hatten. Ihr akribisches Können überraschte mich, offenbar hatte sie diese Begabung von ihrem Vater, dem Kunstschreiner, geerbt. Die Handlung spiegelte ihren allgemeinen Mangel an Lebensfreude wider, doch es war recht gut aufgemacht und deshalb möglicherweise verkäuflich. Wir suchten im Telefonbuch drei oder vier Verlage heraus, und da sie kein Englisch sprach, rief ich für sie an. Die Sekretärinnen oder Lektorinnen erklärten: »Danke für Ihr Angebot, aber im Augenblick haben wir kein Interesse.« Oder: »Wir planen in der nächsten Zeit keine neuen Titel.« Oder: »Für den Moment nicht.« Infolge dieser Absagen wurde Cristina wahrlich nicht herzlicher oder redseliger. Ich hängte den Hörer ein, und unsere Blicke glitten über den anderen hinweg, und wir versuchten, uns durch Trampeln aufzuwärmen.

Ein paarmal telefonierte ich mit Raimondo, um zu hören, ob das Interviewbuch über Bernard Ohanian erschienen sei oder ob Damiano Diamantini ihm jedenfalls das Geld gegeben habe. Raimondo sagte: »Noch nichts.« Er fragte, wie die Dinge in Amerika denn liefen. »Hervorragend«, sagte ich nur, denn Cristina Castellino stand wenige Zentimeter von mir entfernt und hörte zu. Und Raimondo: »Vergnüg dich auch für mich, du Schweinehund!« »Darauf kannst du Gift nehmen«, versicherte ich. Als ich auflegte, wurde mir klar, daß ich bereits vergessen hatte, mit welch nervtötender Langsamkeit die Dinge in Italien vorankamen.

Am Abend ging Cristina früh zu Bett; ich blieb mit Yoko Williams im Wohnzimmer und verfolgte mit ihr das Wrestlingmatch im Fernsehen. Es war die einzige Sache, der aus unerfindlichen Gründen ihr Interesse galt. Anfangs wußte ich nicht, daß die Ellenbogenhiebe, das Zerquetschen und die Würgegriffe vorgetäuscht waren, ich war völlig außer mir, daß jemand mit größter Gleichgültigkeit einem so grausamen Spektakel beiwohnen konnte. Dutzende Male fragte ich Yoko Williams, ob diese Riesenkerle im Ring sich wirklich weh taten. Sie meinte nur: »Ahà«, was soviel bedeutete wie: Aber sicher doch. Jeder von uns hatte sich in eine Decke gewickelt, sie auf ihrem Sessel mit der hohen Rückenlehne, ich auf einem alten Sofa; wir schauten uns also diese mit Hormonen vollgepumpten Monstertypen an, wie sie die Zähne fletschten, Gurgellaute ausstießen und einander zum Schein in Stücke schlugen, während die Kinder im Publikum lachten und mit komischen Schildern herumwedelten. Von Zeit zu Zeit schilderte Yoko Williams mir Einzelheiten über die unfeine Art, mit der ihr armenischer Galeriefuzzi sie wegen der achtzehnjährigen Blondine hatte sitzenlassen. Ich sagte immer nur kopfschüttelnd: »Es ist ja nicht zu fassen«, ohne den Blick von der Mattscheibe zu wenden.

Es hatte zu schneien begonnen: Der Schnee blieb auf den Straßen und den Häusern liegen und schluckte einen Teil der Geräusche und Farben; die Temperatur sank noch weiter. Dieser Winter war viel strenger als die, die wir kannten, und weder ich noch Cristina Castellino waren dafür ausgerüstet. Wenn wir rausgingen, trugen wir drei Pullover übereinander, behielten die Hände in den Manteltaschen und stampften immer wieder fest mit den Füßen auf. Wenn wir heimkehrten, hatten wir völlig durchnäßte Schuhe, unsere Zehen waren halb erfroren, Nase und Ohren taten weh. Im Haus erging es uns nicht viel besser als draußen, denn Yoko Williams hatte kein Geld, um die Heizanlage reparieren zu lassen, und der armenische Galeriebesitzer zeigte nicht die mindeste Absicht, ihr zu helfen, trotz zahlreicher Anrufe bei ihm. Auch im Haus bemühten wir uns also, möglichst viel in Bewegung zu bleiben; wir waren ständig in der Küche, um Kräutertees zu kochen, ich war schon ganz ausgezehrt vor Hunger und wütend zugleich, denn Cristina mit ihrer chronischen Appetitlosigkeit schaffte es sogar noch, mich daran zu hindern, Lebensmittel nach meinem Gusto zu kaufen.

Der vermeintliche Notgroschen, den ich zusammengetragen hatte, während ich das erfundene Bernard-Ohanian-Interview schrieb, löste sich in nichts auf; was blieb, war das angespannte Verhältnis zwischen mir und meiner mir übelgesinnten Exfreundin. Die Dauerkälte, das rasch dahinschwindende Geld, das Bedürfnis nach praktischen Vorsätzen und wirksamen Hilfsmitteln, all das schien dem Szenario ringsum zu entspringen.

Yoko Williams sagte in einem ihrer mitteilsamsten Momente: »Das ist ein schwieriges Land.« Dazu schüttelte sie den Kopf, tief in ihren Sessel gesunken, die Wolldecke mit den grün-gelben Karos bis zum Hals hochgezogen.

Dan Hightower

Im Haus neben dem von Yoko Williams lebte ein langer Lulatsch namens Dan Hightower; eines Tages kam er, um sich eine Schaufel auszuborgen, und begann Cristina Castellino anzubaggern. Sie biß an, und obwohl sie nur zwanzig Wörter Englisch konnte, hörte ich sie vom Eingang her kichern und sagen: »He no boyfriend«, auf mich bezogen, »yes, no, yes, yes« und wieder Gelächter. Und auch wenn ich ihrer überdrüssig war und keinerlei Beziehung mehr zu ihr haben wollte, bereitete mir die Sache kein Vergnügen. Die Vorstellung, daß sie sich auf so schamlose Weise anschleimen ließ, rief bei mir einen unerklärlichen Ekel hervor, der der Eifersucht nahekam: Ich verließ die Küche, stieg die Treppe hoch, kam wieder runter, sagte was zu Yoko Williams, hörte gar nicht hin, ob sie etwas sagte, ging in die Küche zurück, verschob hektisch die Küchenstühle. Ich fragte mich, ob es damit zusammenhing, daß sie es gewesen war, die mich verlassen hatte, und daß seitdem noch zuwenig Zeit verstrichen war. Vielleicht hätte unsere wacklige Situation von allen beiden ein Mindestmaß an Fairneß erfordert, das war's!

Als Dan Hightower sich mit seiner Schneeschaufel endlich trollte, kam Cristina Castellino zu mir in die Küche. Um ihre Mundwinkel spielte ein sattes Lächeln, als sie sagte: »Er ist sympathisch, unser Nachbar.«

»Tatsächlich?« meinte ich nur und tat so, als sei ich Feuer und Flamme für ein Tetrapak Orangensaft, das ich längst bis ins kleinste Detail untersucht hatte.

»Und wie!« sagte sie, und ihre Stimme hatte den stumpfsinnig-sadistischen Klang wie seinerzeit, als sie mich anrief, um mir zu sagen, sie sei jetzt mit einem Gynäkologen liiert. Und weiter: »Da wir nun schon mal hier sind, ist es doch nur recht und billig, daß wir jemanden aus der Gegend kennenlernen, oder etwa nicht?«

»Gewiß«, erwiderte ich. »Ich bin ganz deiner Meinung.«

Die Temperatur im Haus von Yoko Williams sank weiter, die Telefonate mit dem armenischen Galeristen mehrten sich, wurden lautstärker.

Cristina ging mit Dan Hightower zum Essen aus, während ich mit schwer definierbaren, aber unangenehmen Gefühlen einen Hamburger aß und anschließend allein ins Kino ging. Er gab ihr die Telefonnummer und die Adresse des New Yorker Malers Tony McVrie, der uns bestimmt in seiner Atelierwohnung aufnehmen würde. Möglicherweise könnte er Cristina sogar behilflich sein, einen Verleger für ihre bebilderte Geschichte zu finden. Ich gab überhaupt nichts auf die Freunde von Dan Hightower und war mir nicht einmal sicher, ob Cristina seine Worte richtig verstanden hatte. Eines stand jedoch fest: Wir konnten nicht länger in der jetzigen Situation bleiben. So bedankten wir uns bei Yoko Williams, klaubten unsere Sachen zusammen – die Koffer von Cristina, ihre braune Schultertasche mit der bebilderten Geschichte, den schwarzen Instrumentenkasten mit meiner Gitarre, den kleineren grauen mit meiner Schreibmaschine – und nahmen den Zug nach New York.

Tony McVrie

In New York fuhren wir mit der U-Bahn nach Greenwich Village, das Gepäck schleiften wir hinter uns her bis zur Atelierwohnung an der Adresse, die Dan Hightower für Cristina auf einen Zettel geschrieben hatte. Tony McVrie war ein sehr blasser Typ mit rabenschwarzen, zu Büscheln verklebten Haaren, seine Augen waren rot umrandet, seine Arme außergewöhnlich lang. Er gefiel mir nicht, schon vom ersten Augenblick an nicht, als er sich in der Tür gezeigt und gesagt hatte: »Eh-hey!« Seine Atelierbehausung, eine ehemalige Lagerhalle, war kahl und in üblem Zustand: Die großen Fenster waren schmutzig, an den Wänden lehnten Gemälde in hyperrealistischem Stil, über allem lag der Geruch von Acrylfarbe. Auch dort war es eisig: Es gab zwar bis zur Decke reichende Heizkörper, aber die wurden höchstens lauwarm. Vielleicht stand Tony McVrie deshalb nie still und hatte stets eine Buddel Kentucky-Whiskey in Reichweite, aus der er von Zeit zu Zeit einen Schluck nahm.

Dan Hightower mußte ihm Cristina Castellino wie eine potentielle Sexbeute geschildert haben, denn er begann sofort, mit schmierigem Getue um sie herumzuschleichen. Hin und wieder grinste er mir verschwörerisch zu, als habe er keinerlei Zweifel, daß mich das Ganze völlig kalt ließ. Er bewegte die Arme auf eine Weise, die in seinen Augen wohl sexy war: Er machte Gesten, ging auf und ab, fummelte an einer alten Stereoanlage mit Riesenlautsprechern herum, rückte eine Stehlampe zurecht, hantierte mit einem hohen Kerzenleuchter, der in eine gotische Kirche gepaßt hätte.

Er faselte was von Andy Warhol und Roy Lichtenstein, als wären sie seine Kumpels; er spuckte die Namen von Michelangelo und Leonardo, von Florenz und Rom aus, wo er einige Monate zugebracht hatte und wo er, seiner Behauptung nach, tausend wundervolle Freunde hatte. Er wollte Eindruck schinden bei Cristina und gebärdete sich wie ein großer Anarchokünstler; er steckte sich Joints an, soff Bourbon aus der Flasche und erläuterte uns seine Bilder, als würde er aus einer Abhandlung über zeitgenössische Malerei vorlesen, er zog die Wörter in die Länge, als hätte er zwei arme Wilde vor sich.

Cristina Castellino zog vor ihm die gleiche Nummer ab wie damals, als wir uns kennenlernten und sie mich schwer beeindruckt hatte: Sie rauchte und trank, stellte Fragen, zeigte sich über die Antworten erstaunt, legte den Kopf schief, strich die Haare zusammen, löste sie wieder und schüttelte den Kopf, damit die Haare im Licht schön glänzten. Wie immer lief sie auf Sparflamme. Ich konnte spüren, welch Vergnügen es ihr bereite, mich als Zuschauer zu haben. Ich überlegte, daß ich gut daran täte, schnellstens von der Bildfläche zu verschwinden, wenn ich nicht von einem Mechanismus verdorbener Gefühle aufgerieben werden wollte.

Dann begann sie nach ihrer braunen Tasche zu suchen, um Tony McVrie ihre bebilderte Geschichte zu zeigen. Doch da stellte sich heraus, daß sie diese im Zug vergessen hatte. Sie brach in Tränen aus, warf unsere Sachen in der Gegend herum, schrie, daß alles meine Schuld sei, ich mit meinen Kästen, die ich mitschleifte. Ich konnte sie ja verstehen, denn sie hatte viele ihrer Hoffnungen in diese bebilderte Geschichte gesetzt, um in Amerika beruflich landen zu können. Gleichzeitig aber war sie mir genauso unangenehm wie die kalte, rauchige Werkstattwohnung, die nach Acrylfarbe stank, und der aufgemotzte, arrogante Unbekannte, der sie vor meinen Augen anmachte. Unser inneres Gleichgewicht war wie ein Kartenhaus, wie sehr wir uns auch bemühten, die Weltreisenden zu spielen, die lässig von einem Kontinent zum nächsten jetteten. Es bedurfte nicht viel, und wir gerieten tief in Paranoia, fühlten uns völlig verloren und uns selbst fremd.

Tony McVrie schwenkte seine affenlangen Arme, was Zuversicht ausdrücken sollte, und sagte: »Uoh, uoh, uoh! Es gibt doch keinen Grund zu verzweifeln, jetzt bringen wir alles wieder auf die Reihe!«

Tränenüberströmt hauchte Cristina: »Danke«, als wäre sie eine arme Schiffbrüchige, die ein Held zu retten kam.

Tony McVrie ließ sich die Tasche beschreiben und rief dann beim Auskunftsbüro der Amtrak an. Unsere Angaben ausschmückend, sagte er: »Eine Tasche in der Farbe *Sienna.*« Und: »Ja, *Tierra de Sienna.*«

Auch wenn ich nicht viel über die Mitarbeiter der amerikanischen Eisenbahn wußte, schien es mir höchst unwahrscheinlich, daß sie begriffen, was er eigentlich meinte. Ich legte ihm nahe: »Braun, sag ihnen doch einfach braun.« Doch er machte eine Geste, ich solle ruhig sein, und war völlig hingerissen von seiner Exklusivshow für Cristina: der große Maler, der nicht einmal in Notsituationen seine besondere Beziehung zu den Farben aus dem Spiel lassen konnte.

Cristina war ganz auf seiner Seite, als er mich zum Schweigen bringen wollte, doch da die Zeit und die Erklärungen aus dem Mund McVries nichts fruchteten, machte sich nach und nach auf ihren Gesichtszügen der Verdacht breit, daß er nicht zielstrebig und forsch genug vorging.

Am Ende legte McVrie auf, nachdem er mehrere Angestellte der Amtrak mit seinen Farbtönungen eingedeckt hatte, und meinte kopfschüttelnd: »Für den Augenblick nichts, morgen vielleicht.«

Ich konnte die Enttäuschung von Cristinas Augen ablesen, und auch wenn es mir wegen der verlorenen Geschichte leid tat, war ich doch froh, daß sie zumindest einen Teil der Schuld auf McVrie abwälzte.

Wir knabberten chinesische Glückskekse, tranken noch mehr Bourbon, um uns aufzuwärmen, und wandelten auf den rauhen Bodendielen auf und ab. Tony McVrie fragte mich in herablassendem Ton, was ich denn Schönes im Leben machte. Ich antwortete, daß ich Interviews schreibe. Er fragte zurück: »Interviews, mit wem?«

Ich erklärte ihm, daß ich gerade eins mit Bernard Ohanian gemacht habe, das demnächst in Buchform erscheinen werde.

Er nickte, offensichtlich schwer beeindruckt, und fragte: »Bezahlen sie dich gut dafür?«

Und ich: »Sehr gut.« Doch die Geschichte mit dem Interviewbuch hatte mittlerweile an Bedeutung verloren, war eine nebensächliche Episode geworden, die beileibe nicht die besorgniserregende Unklarheit der Umstände beeinflussen konnte.

New York, NY

Rund zehn Tage verbrachten wir in der Künstlerwohnung von Tony McVrie im Village, schliefen voll bekleidet unter alten Decken auf zwei harten Gymnastikmatten und zitterten vor Kälte. Die Tasche in der Farbe Terra di Sienna mit der bebilderten Geschichte von Cristina wurde nicht wiedergefunden, womit McVrie sich auf immer und ewig vor ihr blamiert und seine Möglichkeiten, eine herrliche Sexaffäre zur Stärkung seines männlichen Egos mit ihr zu haben, zunichte gemacht hatte. Cristina machte ihn für den Verlust mit verantwortlich, und mehrfach vertraute sie mir an, daß ihr seine endlosen Arme überhaupt nicht gefielen. Als er sie eines Abends drängte, zu ihm ins Bett zu schlüpfen, wo sie es doch viel bequemer habe, ließ sie ihn mit einem »Nein, danke« ziemlich barsch abfahren.

Die Stadt war energiegeladen; sie glich einem riesigen, stellenweise modernisierten Monumentalfriedhof; inmitten von Dampfwolken, pausenlosem Hämmern, Kreischen, Vibrieren wurde sie zu ihrem Arbeitsrhythmus getrieben. Wir hatten nicht die geringste Ahnung, mit welchem Instrumentarium wir sie angehen könnten, von welchen Startlöchern aus wir das versuchen sollten. Alle Aktivitäten und Angebote richteten sich offenkundig an Personen mit knallhartem Durchsetzungsvermögen und ausgefeilten Kenntnissen über die zu beschreitenden Wege; oder an solche, die zumindest genügend Standfestigkeit besaßen, um den eigenen Überlebensraum zu verteidigen. Es war offensichtlich kein Ort, an dem jemand in Ruhe verweilen konnte, bis ihm die richtigen Ideen kamen. Schon gar nicht jemand wie wir: ohne

Geld, ohne verbriefte Fähigkeiten, ohne Gleichmaß auf der Gefühlsebene oder gar Solidarität von Freundesseite. Ich dachte an die Worte, die ich in meinem gefälschten Interview Bernard Ohanian zu New York in den Mund gelegt hatte: Es war eine Mischung aus Vertrautheit, Arroganz, kleiner persönlicher Märchendichtung, in Szene gesetzter Sehnsucht nach den Zeiten, als seine Beziehung zu dieser Stadt noch nicht von den getönten Scheiben seiner Limousine oder seines Apartments mit Blick auf Central Park abgeschirmt und gedämpft wurde.

Von einer öffentlichen Telefonzelle aus versuchte ich noch einmal, von Raimondo zu erfahren, wie es mit Diamantini stand. Er erklärte mir: »Noch immer nichts. Ich bleib am Ball, er zögert immer wieder das Erscheinungsdatum und das Bezahlen hinaus!« Er klang genauso genervt wie ich wegen der Warterei, doch zumindest bewegte er sich auf seinem Territorium und nicht auf einer Straße, durch die ein eisiger Wind fegte, wo allerlei Maschinen lärmten und sich ein Strom von Menschen dahinwälzte, Welten von mir entfernt.

Tony McVrie erhielt einen Anruf von seiner Hauswirtin, die ihm mitteilte, er müsse innerhalb einer Woche die Behausung räumen, da sie beschlossen habe, sie umzubauen und zu verkaufen. Mir war nicht klar, ob das den Tatsachen entsprach oder ob er alles erfunden hatte, um sich uns vom Hals zu schaffen – zumal seine Hoffnungen, Cristina herumzukriegen, mittlerweile null und nichtig geworden waren. Er spielte jedoch die Rolle des betrübten Gastgebers gekonnt bis zum Ende. Er begleitete uns zu einer Art Armenherberge, wo wir seinen Worten nach schlafen könnten, bis wir was Besseres gefunden hätten. Doch dort war kein Platz frei, oder, anders gesagt, wir gehörten nicht zu der Gruppe von Personen, die man dort aufnahm; der Portier hinterm Schutzgitter schüttelte nur den Kopf. McVrie sagte: »Also gut, ihr habt noch sechs Tage, um euch was anderes zu suchen.«

Ich war immer schon der Überzeugung gewesen, daß ich keine besondere Bindung an einen Ort, eine Wohnstätte oder deren schützende, beruhigende Eigenschaften hätte. Noch nie jedoch war mir widerfahren, überhaupt nichts von alledem zu haben. Mir kamen Ausdrücke in den Sinn wie »Kein Dach überm Kopf haben« oder »Auf der Straße stehen«. Mir wurde bewußt, daß dies zum erstenmal in meinem Leben keine abstrakten Metaphern waren.

Wie zwei gehetzte Tiere durchstreiften Cristina Castellino und ich New York, nahmen Signale und Reize bis zum Überdruß in uns auf. Die Kälte war so durchdringend, daß wir schon nach wenigen Häuserblocks in einer Bar oder einem Laden Zuflucht suchen mußten, um wieder auf eine annehmbare Körpertemperatur zu kommen. In einem Geschäft für gebrauchte Militärkleidung erstand ich eine dunkelblaue Matrosenjacke, die, wie s.ich ziemlich bald herausstellte, zwar schwer war, aber nicht wärmte. Ich hielt den Jackenkragen immer hochgeklappt: Cristina und ich redeten so gut wie nicht miteinander, wir versuchten nur zu entscheiden, was wir jetzt tun sollten.

Im Caffè Bella Roma, einer Bar im Village, tranken wir einen kochendheißen Cappuccino mit vier Löffeln Zucker, und ich fragte einen der beiden italienischen Barkeeper, ob sie zufällig einen Hilfskellner bräuchten. Er meinte, er könne mit dem Besitzer reden; ich solle am nächsten Tag wiederkommen.

Der Besitzer war ein stämmiger kleiner Typ mit einer ulkigen weißen Haartolle; er stellte uns beide auf Probe ein. Die Idee schien ihm ein leises Vergnügen zu bereiten; er riskierte auch nicht viel, denn er zahlte uns so gut wie nichts, er behauptete, der Verdienst käme übers Trinkgeld rein. Sobald wir uns mit Tassen, Tellern, Gläsern, Seifenbürsten und Bestellungen herumzuschlagen hatten, war mir ebenso wie Cristina klar, daß wir für diese Art von Arbeit keine wahre Berufung hatten. Ungeschickt bewegten wir uns zwischen dem Tresen und den zwei kleinen Gasträumen. Ich dachte, daß wir Wochen bräuchten, um uns ein Minimum an Wendigkeit zuzulegen. Die zwei Barkeeper ließen uns keinen einzigen falschen Handgriff durchgehen, die ganze Zeit über zischten sie: »Das macht man so«, »So geht das nicht!«. Es war eine faszinierende Erfahrung, wie sie in den Büchern von Kerouac oder den Liedern von Bernard Ohanian vorkam. Doch jetzt, da ich sie am eigenen Leib erfahren durfte, kam sie mir nicht mehr so beeindruckend vor. Vielleicht lag es an mir, wenn ich nicht die richtige Gemütsverfassung fand, vielleicht hing es mit den fortwährenden Spannungen zwischen mir und Cristina zusammen; vielleicht aber verstand ich auch nicht, wie daraus eine nicht unbedeutende Kette von Begegnungen und Zufällen entstehen sollte, aus der sich ein Mythos konstruieren ließ.

Die Stammgäste der Bar gehörten zu einem zweitrangigen Mafiosozirkel, der sich freundlich, ja sogar beschützerisch gab. Als Tony McVrie aus unser beider Leben verschwand und wir mit unserem Zeugs auf der Straße standen, erklärte sich einer von ihnen, ein besonders eleganter Typ mit geschliffenen Manieren namens James Contrato, bereit, uns einige Zeit in sein Haus aufzunehmen. Er machte uns dieses Angebot in einem seltsam vagen Ton, als steckte irgendeine anzügliche oder halbseidene Geschichte dahinter. Als er sah, daß Cristina und ich zurückwichen, beeilte er sich zu erklären, daß seine Frau, eine ehemalige Jazzsängerin, an einer Zwangsphobie leide; ihr Psychiater habe ihr als Therapieversuch geraten, Leuten ihr Haus zu öffnen. Wir nahmen das Angebot an, denn wir standen allein auf weiter Flur und wollten nicht die paar Kröten, die wir noch besaßen, für ein Hotelzimmer drangeben; außerdem wollten wir auch dem geneigten Plan der Schicksalsfügung folgen.

James Contrato lebte in einem Hochhaus im sechsundvierzigsten Stock am Ufer des Hudson; als er die Wohnungstür öffnete, schlug uns ein Schwall heißer Luft entgegen. Er drängte uns weiter in ein großes Wohnzimmer, das ganz aus Glaswänden bestand, mit Blick auf die Stadt und das Lichtermeer. Es gab helle Teppiche, eine Zwergpalme, zwei Ficus benjamina, und alles zusammen wirkte wie ein Terrarium für tropische Reptilien.

Die ehemalige Jazzsängerin erschien kurz darauf. Sie trug einen azurblauen Turban und machte den Eindruck, als wollte sie gleich in die Luft gehen. Als sie sah, daß ich die Tasten des Flügels berührte, bellte sie mich an: »Laß die Finger davon, du verstimmst ihn mir nur.«

Als ihr Ehemann uns in sein Haus eingeladen hatte, wiederholte er ein paarmal, wir sollten sie immer anlächeln, leise reden, uns langsam bewegen, ihr nie zu nahe kommen. Cristina und ich versuchten, seinen Anweisungen zu folgen, trotz der Müdigkeit von der Arbeit in der Bar und dem Obdachlosensyndrom, unter dem wir litten.

James Contrato hieß uns auf dem Sofa Platz nehmen, und zwar in gehörigem Abstand von seiner Gattin. Er bemühte sich mit allen Mitteln, uns in ihren Augen als harmlos, liebenswert und lustig erscheinen zu lassen, und sagte: »Alberto und Cristina sind zum erstenmal in den Staaten. Ist das nicht verdammt romantisch?« Und dann sagte er: »Sieh doch nur, sind sie nicht nett?« Und: »Man merkt kaum, Gäste um sich herum zu haben.« Wenn sie ihren Blick von ihm abwendete, bedeutete er uns, mehr zu lächeln, uns langsamer zu bewegen, leiser zu sprechen. Die Exjazzsängerin schien ganz und gar nicht begeistert von uns, mit flammenden Blicken kontrollierte sie jede unserer Bewegungen.

Obwohl wir als Therapiemittel nicht besonders taugten, ging die Sache ungefähr eine Woche weiter. Im Gegenzug dazu wurden auch wir langsam verrückt, weil wir die ganze Zeit über gezwungen waren, das reizende junge Liebespaar zu spielen. Die Contratos gaben uns nicht einmal etwas zu essen, denn die ehemalige Jazzsängerin duldete nicht, ihren Kühlschrank mit anderen zu teilen. Zu später Stunde verschlang ich also ein Thunfischbrötchen und Eier, die ich mir von der Arbeit mitgebracht hatte, und Cristina knabberte an einem trockenen Keks. Wir hockten auf den schmalen Betten im Gästezimmer, blickten einander nicht an, um ja nicht aus Versehen ein falsches Wort zu sagen. Nachts schafften wir es kaum, ein Auge zuzutun, weil wir einfach übermüdet und nervös waren; aber auch weil James Contrato und seine Frau wie die Wahnsinnigen stritten, mit Sachen durch die Gegend warfen und sich gegenseitig androhten, den Arzt oder die Polizei zu rufen.

Tagsüber in der Bar versuchten wir, unsere Fähigkeiten als Tassenwäscher, Gläserpolierer und Tablettbringer zu verbessern, ohne sichtlichen Erfolg. Hin und wieder aber erlaubte mir einer der beiden Barkeeper, die Kaffeemaschine zu bedienen, was ich mir schon als Kind sehnsüchtig gewünscht hatte. Ich durfte auch einige Experimente wagen, wie beispielsweise einen Cappuccino statt eines Caffè macchiato zuzubereiten, oder auch vier- oder fünfmal hintereinander dieselbe Kaffeepulverportion verwenden, ohne daß die Kunden es merkten.

Eines Abends dann, als wir von der Arbeit kamen, hatte Cristina den Einfall, bei einem Straßenhändler eine Pfauenfeder als Geschenk für unsere Hausherrin zu kaufen. Wir überreichten sie ihr mit Gesten und Verneigungen an der

Tür zu ihrer perfekten Einbauküche; sie streckte die Hand aus und nahm sie mit einem sehr angespannten Lächeln entgegen; dreißig Sekunden später fing sie an, Teller, Tassen, Gläser zu zerschmettern. Sie kreischte wie ein Raubvogel und behauptete, wir hätten sie angegrapscht, beleidigt und durch den Kakao gezogen. James Contrato stürzte herein und hieß uns, unsere Siebensachen zu packen, für diese Nacht würde er uns ein Hotel bezahlen. Das Experiment könne man als beendet betrachten.

Tags darauf bedankten wir uns beim Besitzer der Bar und ließen uns das bißchen Lohn ausbezahlen, das uns noch zustand. An der Straßenecke sahen Cristina und ich einander an, zu unseren Füßen lag der Haufen Gepäck. Ich dachte, wenn wir wenigstens in der Lage wären, uns zu umarmen oder uns zuzulächeln, würde das unglaublich große Erleichterung bringen.

Jemand hatte mir von den Drive-away-Agenturen erzählt, wo sie jedem x-beliebigen, der im Besitz eines Führerscheins ist, einen Wagen überlassen, der im Auftrag ihrer Kunden in andere Städte überführt werden muß. Auf diese Weise kann man beinahe umsonst reisen, nur den Sprit muß man selbst bezahlen. Ich suchte im Telefonbuch die Nummern dieser Agenturen heraus und sagte bei der Anmeldung, daß mir jeder Bestimmungsort recht sei, Hauptsache er liege im Süden oder im Westen, also außerhalb des Schneefallgürtels. Beim vierten Versuch hieß es, sie hätten da einen Wagen nach Santa Barbara in Kalifornien zu transportieren. Das einzige Problem sei, daß sich das Fahrzeug nicht bei der Agentur, sondern noch in Syracuse befinde, in der Obhut der ehemaligen Hausnachbarn des Besitzers. Ich sagte, das sei kein Problem, ich würde hinfahren und es abholen.

Sergej und Ada Rastolkoff

Wir nahmen einen Autobus der Linie Greyhound. Die Fahrt bis nach Syracuse war lang und zog sich noch länger hin, weil wir in Ortschaften wie Dunmore, Binghamton, Homer stoppten. Mit den Greyhound-Pullmans hatte ich eine gewisse indirekte Vertrautheit, die aus Büchern und Liedern stammte; auch in diesem Fall war der Reiz fast völlig verflogen, wenn man einmal darin saß. Es war nur ein langsames, tristes Transportmittel für arme Leute, die vor sich hin dösten oder leere Blicke über die eisige Landschaft gleiten ließen. Keiner wechselte ein Wort mit dem anderen, und schon gar nicht erzählte man sich außerordentliche Geschichten oder knüpfte faszinierende Beziehungen.

Als wir in Syracuse haltmachten, war es bereits dunkel; links und rechts der Straßen und um den Busbahnhof herum ragten Schneewände in die Höhe, und die Leute bewegten sich wie beim Schlittschuhlaufen, um nicht auszurutschen. Ich sinnierte gerade, wie öde es doch sei, an einem Winterabend in einem unbekannten Ort einzutreffen, wo niemand auf dich wartet. Da erblickte ich ein Pärchen, das ein Schild mit meinem Namen in die Höhe hielt. Es kam mir vor wie ein Wunder: In der eisigen Luft ging ich ihnen entgegen, und das weiße Licht der Busscheinwerfer leuchtete mir den Weg, so als zweifelte ich an der konkreten Existenz der beiden Personen.

Es waren die ehemaligen Nachbarn der Autobesitzer, Sergej und Ada Rastolkoff. In der Agentur hatten sie mir ihre Adresse gegeben, doch ich hatte mir nicht vorgestellt, daß die Angelegenheit des Drive-away menschliche Kontakte dieser Art mit sich bringen würde. Für mich war es eine durch und durch formale Operation: angekreuzte Kästchen, Unterschriften auf Formularen, Angaben, die zu befolgen, Schlüssel, die abzuholen waren. Statt dessen standen wir mit zwei freundlichen Menschen auf dem Parkplatz, wurden angelächelt und gefragt, wie denn die Reise gewesen sei, und unser Gepäck wurde in ihrem Wagen verstaut.

Die Rastolkoffs waren amerikanisierte Russen in der zweiten Generation; sie waren sehr traurig, weil ihre Hausnachbarn und besten Freunde sie verlassen hatten, um an die Westküste zu ziehen. Auf der Fahrt zu ihnen nach Hause schüttelte Sergej, am Steuer sitzend, immer wieder den Kopf und klagte: »Ein schwerer Verlust ist das. Zurück bleibt eine richtige Leere.«

Ada meinte: »Andererseits, für Jims Karriere bedeutet es eine optimale Chance, er konnte einfach nicht ablehnen.«

»Ich weiß«, sagte Sergej. »Doch einfach so, mitten im Winter.«

Als wir bei ihnen zu Hause ankamen, wollten sie uns unter keinen Umständen zu nächtlicher Stunde mit einem Auto, mit dem wir nicht vertraut waren, abfahren lassen und zeigten uns das Gästezimmer. Obendrein hatten sie ein köstliches Mahl zubereitet: Truthahn, ofengebackene Kartoffeln, dazu Bier aus Riesendosen, ferner selbstgemachte kleine Süßigkeiten aus Eierschaum und Mandelsplittern.

Wie gewöhnlich rührte Cristina so gut wie nichts an und brachte kaum ein Wort über die Lippen. Ich aber ließ es mir schmecken, trank, plauderte und hörte ihnen zu, als söge ich puren Kommunikationsnektar ein. Mir wurde bewußt, wie sehr ich in den letzten Wochen darauf hatte verzichten müssen; meine Nerven schmerzten beinahe wegen der Anteilnahme, die sie mir entgegenbrachten. Meine Augen füllten sich mit Tränen, sobald die Rastolkoffs wieder anfingen, vom Verlust ihrer Nachbarn zu erzählen.

Sie stellten uns weitere Fragen zu unserer Reise durch Amerika, sie waren einfach wißbegierig. Ich sagte ihnen, daß es sich nicht um eine Reise, sondern um ein Auswandern handelte. Sie nickten bedächtig, denn sie wußten, wovon ich sprach. Ada schilderte ihre Arbeit in einer Farbenfabrik, wo sie für die Qualitätskontrolle zuständig war. Unvermittelt packte Sergej mich beim Arm und sagte: »Ich weiß nicht, ob du dir im klaren bist, was Einsamsein in einem Land wie diesem bedeutet.«

»Ein wenig habe ich es bereits erfahren«, erwiderte ich.

Seine Augen glänzten, er setzte das Glas an die Lippen und trank. Dann sagte er: »Die Leute wechseln ihre Arbeitsstelle, ziehen um, fangen ein neues Leben an, wandern die ganze Zeit von einem Punkt zum anderen, das ist schön. Doch die Fäden, die einen festgehalten hatten, zerreißen, einfach so«, und dabei machte er eine Geste, um das Zerreißen und das Sichentfernen anzuzeigen.

Ada sagte: »Mit einem Schlag ist es, als wäre nie jemand dagewesen.«

Sergej fügte hinzu: »Eine vorläufige Telefonnummer, das ist das einzige, was dir bleibt, und die ist nach ein paar Wochen bereits ungültig.«

Später zog Ada eine kleine Handharmonika heraus, und Sergej griff zur Gitarre, gemeinsam spielten sie eine traurige, sich wiederholende Melodie. Und so nahm auch ich meine Gitarre zur Hand und spielte ihnen nach: Es waren immer dieselben drei Akkorde, doch mit kleinen Variationen machten wir fast eine Stunde weiter.

Am nächsten Morgen begleitete Sergej Rastolkoff mich zu dem Wagen, den ich nach Santa Barbara überführen sollte. Die Kälte war noch beißender als in Boston und in New York; wir rutschten auf dem kiesbedeckten Gartenweg aus. Die Fenster des Hauses der Exnachbarn waren verschlossen, und auf dem schneebedeckten Rasen stand ein halb zugeschneites Schild mit der Aufschrift »Zu verkaufen«.

Sergej Rastolkoff zog das Schwingtor der Garage hoch und trat ein: Er zeigte mir einen tiefliegenden braunen Straßenkreuzer, dessen Kotflügel und Seitenteile mit verrosteten Löchern übersät waren. Sergej meinte: »Plymouth Fury II Coupé, der von Pal Harrington aufgepeppt worden ist. Achtzylinder, Synchronisierung und Verteiler vollständig überholt, 420 effektive PS«; er schien richtig stolz auf den Wagen zu sein.

Ich sagte: »Aber der ist ja ganz durchlöchert« und wollte nicht glauben, daß er die fünftausend Kilometer bis nach Los Angeles schaffen würde.

Sergej entgegnete: »Das ist das Streusalz, das sie auf die Straßen werfen, um das Eis aufzutauen, es zerfrißt das Blech. Doch der Wagen fährt hervorragend, du brauchst keine Angst zu haben.«

Er erklärte mir die Hauptfunktionen und zeigte mir einen Reifensatz im Kofferraum; sobald wir außerhalb der Schneezone wären, sollte ich sie gegen die Spikesreifen austauschen. Ich fragte ihn nach dem Grund, und er sagte: »Nun, weil man mit Spikes den Asphalt löchert, oder etwa nicht?« In seinem Gesicht standen Resignation und Traurigkeit, jetzt, da es Tag geworden war und die letzte Spur ihrer geliebten Nachbarn sich bald in nichts auflösen würde.

Nachdem ich meinen Koffer und den von Cristina, den Kasten mit der Gitarre und den mit der Schreibmaschine eingeladen hatte, ließ Sergej den Motor des Plymouth Fury II Coupé an und fuhr ihn auf die Straße. Er stieg aus und machte mir ein knappes Zeichen, daß ich mich ans Steuer setzen solle. Dann sagte er: »Ich wünsche eine schöne Zeit in Kalifornien, viel Sonnenschein!«

Ada Rastolkoff: »Genießt den ewigen Frühling.«

Plymouth Fury II Coupé

Die ersten Meter auf der vereisten und schneebedeckten Straße genügten mir, um zu kapieren, daß ich noch nie einen so potenten Wagen gefahren hatte. Mit der Fußspitze tippte ich gegen das Gaspedal, und schon machte der Plymouth Fury II Coupé mit einem schrecklichen Donnerdröhnen einen Satz nach vorn, so daß Cristina und ich in die Sitze gepreßt wurden. Dann berührte ich das Bremspedal, und sofort blockierten die Spikesreifen, der Wagen geriet ins Schleudern, und wir flogen nach vorn. Cristina schrie: »Du Idiot, du bringst uns noch um!«

»Das bin nicht ich«, schrie ich zurück, »das ist der Wagen.« Ich stellte einen Radiosender ein, auf dem sie gerade *Let It Bleed* von den Stones spielten, und drehte volle Röhre auf. Cristina brüllte: »Mach leiser!« Wie die Irren streitend, fuhren wir aus Syracuse hinaus gen Westen.

Für die Fahrt quer über den Kontinent, von einer Küste zur anderen, waren wir nicht viel besser ausgerüstet als im Sommer zuvor für die Motorradfahrt nach Griechenland. Wir hatten weder Reiseführer noch Straßenkarten in kleinem Maßstab bei uns; wir orientierten uns mit Hilfe einer Landkarte der Vereinigten Staaten, die es vor Urzeiten mal als Beilage zu einer Ausgabe von *National Geographic* gegeben hatte; sie war gut zu gebrauchen, wenn es darum ging, Städte zu lokalisieren, die in Büchern und Liedern vorkamen. Aber mit ihrem Maßstab 1 zu 4 561 920, eine Daumenbreite pro hundert Kilometer, zudem mit Gräben und Rissen in den Falzen, gab sie allenfalls einen guten Gesamtüberblick.

Trotzdem gefiel sie mir, auch weil sie ein Flair von Vertrautheit verströmte.

Ich versuchte, Cristina in die Entscheidung zwischen zwei oder drei möglichen Wegstrecken einzubeziehen, aber ihre Gesichtszüge drückten aalglatte Gleichgültigkeit aus, und sie meinte nur: »Mach ruhig.« So nahm ich auf dem Highway 90 Kurs auf Buffalo, mit der Idee, am Eriesee entlangzufahren und in Cleveland die 77 Richtung Süden einzuschlagen. Wir hatten sieben Tage Zeit, um den Wagen in Santa Barbara zu übergeben; nach Überprüfung auf der Landkarte des *National Geographic* war es die längste Autofahrt querfeldein, die ich je in Angriff genommen hatte.

Wir fuhren durch den Schnee, bekamen die Spritzer der vorbeifahrenden Autos ab, hinein in eine vom Winter entblößte, entfärbte und vergiftete Landschaft. Der Achtzylindermotor dröhnte wie ein Jagdflieger, das Gebläse der Heizung lief auf Hochtouren im Kampf gegen die kalte Luft, die durch das perforierte Wagenblech einströmte, und das unaufhörliche *Trick, trick, trick* der Spikesreifen rundete den Lärm im Fahrergehäuse ab. Cristina und ich wechselten kein Wort. Ab und an lauschten wir im Radio irgendeinem Liedfetzen, der sich einen Weg zu uns bahnen konnte. Es schienen durchweg traurige Lieder zu sein, und sie trugen nicht zur Verbesserung der Stimmung zwischen uns bei. Ich versuchte, konzentriert zu fahren, aber die Servolenkung und die überreagierenden Scheibenbremsen verschafften einem das seltsame Gefühl des Nichteinbezogenseins. Mir kam es so vor, als würde ich von der Wegstrecke aufgesogen, mit der gleichen Geschwindigkeit wie die der anderen Pkws und Lastwagen ging es Meile um Meile durch Counties und Bundesstaaten. Die Namen der Städte tauchten kurz wie geographische Luftspiegelungen am Straßenrand auf: Geneva, Batavia, Hamburg, Dunkirk, Ashtabula, und wieder Geneva, Parma, Canton, Dover.

Südlich von Marietta, fast an der Grenze zwischen Ohio und West Virginia, setzte der Motor des Plymouth Fury II Coupé für kurze Zeit aus: Ich hörte, wie der mächtige Motor für einen Sekundenbruchteil stillstand, sich aber sofort weiterdrehte. Ich tat so, als wäre nichts. Der bloße Gedanke, den Verkehrsfluß verlassen zu müssen, um in das Gebiet im Maßstab eins zu eins vorzudringen und Kontrollen oder Reparaturen durchführen zu lassen, deren Ende ich nicht absehen konnte, erschien mir unerträglich wie der Gedanke an den Tod. Im Geiste sah ich uns bereits in einer verlassenen Randgebietsstraße vor einer Autoreparaturwerkstatt stehen, während die feuchte Kälte erneut bis in unsere Knochen dringt und das letzte Licht des Tages erlischt. Verbissen preschte ich vorwärts, um den Abstand zum Ziel zu verringern. Einige Minuten später war es so, als sei niemals etwas Außergewöhnliches geschehen.

In Charleston, West Virginia, nahm ich Kurs Richtung Westen, und nachdem wir ein kleines Städtchen namens Nitro passiert hatten, setzte der Motor erneut aus. Es war wie eine Luftblase inmitten einer hektischen Sequenz mechanischer Abläufe, Vorstellungen aller Art und angstbesetzte Empfindungen durchzuckten mich. Doch wie beim erstenmal fing sich der Motor sofort wieder, und wir fuhren weiter, ohne das Tempo zu drosseln und ohne daß Cristina irgend etwas davon mitbekam.

Westlich von Huntington geschah es wieder: Eine Sekunde lang trat mein Fuß auf dem Gaspedal ins Leere, einen Augenblick darauf setzten die Umdrehungen wieder ein. Ich hätte nicht mehr zweifeln dürfen, daß etwas Gravierendes vorlag; dennoch gelang es mir nach wenigen Minuten, mir einzureden, daß ich mir alles nur eingebildet hatte. Ich befürchte, daß dies immer schon meine Haltung gegenüber lästigen Gedanken gewesen ist: nicht innehalten, nicht über den eigenen Horizont hinausschauen und die

Geschwindigkeit eines Straßenkreuzers fahren, Kilometer fressen.

Draußen lag kein Schnee mehr, und die Landschaft schien wie verwandelt, doch eigentlich sah ich sie gar nicht: Ich schaute auf den Asphalt vor der Kühlerhaube, weiter, weiter, das war mein einziger Gedanke.

Als es bereits dunkel war und wir schon ein Weilchen an Versailles in Kentucky vorbei waren, setzte der Motor jedoch wieder aus, kurz darauf kam ein erneuter und längerer Leerlauf, dann nahm er dröhnend seine Umdrehungen wieder auf, bis er schließlich ganz ausging. Mit einem Schlag ließ sich das Lenkrad nicht mehr drehen, und die Bremsen blockierten; der Plymouth Fury II Coupé rutschte über die leicht abfallende Straße weiter und kam dann zum Stillstand. Cristina fragte: »Was ist los?«, und an ihrem Ton war zu erkennen, daß sie mich für das Geschehene verantwortlich machte.

Ich sagte: »Ich hab auch nicht mehr Ahnung als du.« Tatsächlich gingen mir ihre Stimme, ihre Art, zu schauen oder nicht zu schauen, die Form ihrer Nase, alles an ihr ging mir mittlerweile ziemlich auf den Keks. Ich drehte wieder und wieder den Zündschlüssel, bis die Batterie fast leer war, aber der Motor wollte nicht mehr.

Ich hatte eine Nebenstraße genommen, um schneller auf den Highway 65 zu stoßen: kein Wagen weit und breit. Ich schaute auf die Landkarte des *National Geographic*: Die Namen waren zu klein geschrieben, um sie im fahlen Schein des Deckenlichts entziffern zu können.

Ich stieg aus, ringsum Stille und eine von der Dunkelheit der Nacht ausgelöschte Landschaft; ein oder zwei Sekunden lang fürchtete ich, das Nichts ringsum würde uns verschlukken. Doch dann sah ich Lichter in nicht allzu großer Entfernung vor uns und erkannte, daß die Straße weiterhin leicht abschüssig verlief. So sagte ich zu Cristina, sie solle sich ans Steuer setzen. Dann schob ich den riesigen schweren Wagen auf die Lichter zu.

Vielleicht eine halbe Stunde später gelangten wir zu einer Ausbuchtung, und dort gab es eine Tankstelle und ein Lokal mit azurblauem Neonschild »Ronnie's Grill«. Rund ein Dutzend Pkws und Lieferwagen parkten davor, Countrymusic drang nach draußen. Der Typ von der Tankstelle trug einen Cowboyhut, seine Kinnlade war kantig, seine Augen waren schmal wie Schlitze, und als ich ihn fragte, ob er einen Blick auf den Motor des Plymouth Fury II Coupé werfen könne, nickte er knapp. Ich fügte noch hinzu: »Wenn es nicht zu schwierig ist, ich hab wenig Geld, und obendrein gehört mir der Wagen nicht.«

Er meinte daraufhin: »Wenn es zu schwierig ist, mach ich es sowieso nicht«, oder irgend etwas in dieser Richtung, sein genuschelter Akzent war kaum zu verstehen.

Cristina und ich gingen in das Lokal, ich bestellte zwei Cheeseburger und zwei Coca-Cola. Es war eher eine große Holzbaracke; die Männer an den Tischen, an der Theke und neben der Musikbox hatten allesamt stark ausgeprägte Kinnladen und schmale Augen, genau wie der Typ von der Tankstelle draußen. Sie beobachteten uns mit einem bestimmten Mißtrauen, das ich in verschiedensten Abstufungen aus zig Filmen kannte: die Bewegungen mit dem Kopf, das schräge Lächeln, das Zwinkern. Die Situation war mal wieder eine Mischung aus Befremden und Vertrautheit. Ich dachte, diese zwei Ebenen haben sich jetzt endgültig überlagert.

Als wir wieder draußen waren, hockte der Typ von der Tankstelle auf dem Motor des Plymouth Fury II Coupé und verpaßte ihm beim Schein einer Klemmleuchte mächtige Hammerschläge. Ich sah uns schon tagelang in diesem Ort festgehalten, stapfte auf und ab, den Blick ins Himmelsdunkel und in die Leere der Landschaft ringsum gerichtet, und versuchte mir vorzustellen, wie die Geschichte weitergehen könnte. Cristina stand still auf einem Fleck, sie hatte die Hände in den Jackentaschen vergraben und sah aus wie eine kleine Statue der Kommunikationsverweigerung. Für mich war es unglaublich, daß sie sich nicht einmal in einem Moment wie diesem zu einer Geste der Anteilnahme hinreißen ließ: Es hätte auch ein rein zweckgebundener Impuls auf der Suche nach menschlicher Nähe genügt. Ich konnte mir bereits lebhaft vorstellen, wie wir die Nacht stumm und steif in irgendeinem Motel in Versailles verbringen würden, vorausgesetzt, wir würden noch jemanden finden, der uns hinführe; dann die Warterei am nächsten Tag in irgendeiner Autowerkstatt, das Kopfschütteln der anderen Automechaniker mit den schmalen Augen, die Telefonate mit der Agentur des Drive-away.

Statt dessen sah ich plötzlich, wie der Typ von der Tankstelle sich hinters Steuer des Plymouth setzte, und hörte das Dröhnen des anspringenden Motors. Ich rannte zu ihm und rief: »Großartig! Phantastisch!!« Ich strahlte und hätte ihm am liebsten auf die Schulter geklopft, aber ich wagte es nicht.

Er sagte: »Ihr habt ja ziemlich übel an dem Motor herumgepfuscht. War er euch denn so, wie er war, nicht stark genug?«

Ich erklärte ihm, daß nicht ich den Motor hatte frisieren lassen, doch er schien mir gar nicht zuzuhören. Er verlangte nur zehn Dollar für die wundersame Rettungsaktion; und meinte noch: »Bring ihn zu einem richtigen Automechaniker, sobald du kannst. Und wechsle diese Spikes, die zerlöchern ja die ganzen Straßen.«

Ich erwiderte: »Aber sicher doch, gewiß, danke, tausend Dank.« Ich konnte es kaum erwarten, mich wieder ans Steuer zu setzen und mich in den Strom der fahrenden Autos zu stürzen, zum Maßstab 1 zu 4 561 920, hundert Kilometer pro Daumenbreite, zurückzukehren.

Ich brachte den Plymouth Fury II Coupé nicht zu einem richtigen Automechaniker, und ich wechselte auch nicht die Spikesreifen gegen andere. Mein einziges Sinnen und Trachten hieß Fahren, Fahren, Fahren. Nachts machte ich Stop in einem Motel längs des Wegs, wenn ich vor Müdigkeit nichts mehr sah. Am Tag hielt ich nur an, wenn ich tanken oder Pipi machen mußte. Ich hatte Angst, daß jeder Stop oder jede Drosselung der Geschwindigkeit das wacklige Gleichgewicht des frisierten Motors stören könnte; ich war bemüht, ihn immer auf hoher Drehzahl zu halten, ich klammerte mich am Lenkrad fest und zwang mich, im Geiste keinen neuerlichen unvermittelten Motoraussetzer heraufzubeschwören. Die Landschaften wechselten, es waren mir wohlvertraute Formen, die ich in Wirklichkeit gar nicht kannte. Jeder Name einer Stadt oder kleinen Ortschaft rief etwas in meiner Erinnerung wach, doch Cristina Castellino war inzwischen die letzte Person auf der Welt, mit der ich Freude oder Verzweiflung hätte teilen können. Steif hockte sie neben mir und fixierte das Nichts vor sich; wenn überhaupt eine Silbe auf dem Weg durch Tennessee, Arkansas, Oklahoma, Texas, New Mexico und Arizona zwischen uns gesprochen wurde, dann nur, um uns kurz über praktische Fragen auszutauschen.

Am vierten Tag ließen wir das wüstenartige Land hinter uns, und der Weg führte sanft inmitten von Orangenhainen bergab. Wir waren in Kalifornien angekommen.

Joe Barrick

Am Morgen erwachten Cristina Castellino und ich in dem Motel in Santa Barbara, bei dem wir spätnachts völlig erschöpft haltgemacht hatten, ohne zuvor eine Auswahl zwischen den zahlreichen beleuchteten Motelschildern getroffen zu haben. Es war eine durchschnittliche Anlage nahe der Küstenschnellstraße, von der wir gekommen waren; im sanften Tageslicht entpuppte es sich als ein Gebäude im lieblichen spanischen Kolonialstil; über die weißen Mauerbögen der Bungalows und der Rezeption rankten blühende Pflanzen. Vöglein zwitscherten auf den Zweigen, die Luft war seidig wie im Frühling, was ich mit wachsendem Unglauben wahrnahm.

Wir verließen das Haus und machten nach vier Tagen Autofahrt einen kleinen Spaziergang am Strand. Cristina war nicht warmherziger geworden, und ich sah sie auch nicht mit sympathischerem Blick, doch die Temperatur und das Licht waren so berauschend, daß wir nicht umhinkamen, ein paar Bemerkungen zu machen. Ich zeigte ihr die fast glatte Meeresoberfläche, über der die Möwen flogen, und sagte: »Der Stille Ozean, ist dir das klar?«

Sie blinzelte in die Sonne und sagte: »Es sind also keine leeren Worte, was man sich so über Kalifornien erzählt.«

Es blieben uns noch drei Tage, bis wir den Plymouth Fury II Coupé übergeben mußten, und so drehten wir einige Runden durch Santa Barbara. Es war eine kleine Villenstadt mit einem Ortskern, der wie unser Motel im Kolonialstil gehalten war. Die Straßen hatten spanische Namen, und die Häuser waren umgeben von üppigen Gärten. Die Automobile glitten langsam über die sauberen Straßen, stoppten an den Zebrastreifen, und lächelnde Menschen überquerten die Straße. Alle trugen leichte Kleidung und bewegten sich ohne Hektik. Die Ruhe und Gelassenheit, die der Ort verströmte, war geradezu unwirklich. Es war ein Riesenunterschied zu dem schrillen Treiben an der Ostküste.

Ich steuerte langsam über die Straßen auf die Hügel hinauf, die nicht weit von der Küste entfernt lagen; die laue, duftige Luft strömte durch die offenen Wagenfenster herein. Ich fragte mich, was wir nun tun sollten und könnten, da wir doch keinerlei Bindung oder Beziehung zu dieser Szenerie hatten – wie groß das Wohlgefühl auch sein mochte, das sie bei uns hervorrief. Mein Blick fiel auf die pastellfarben gestrichenen Holzhäuser und glitt mit einem seltsamen Gefühl von Sehnsucht über die Gärten hinweg. Da fiel mir auf einer olivenbaumgesäumten Straße ein Bursche auf, der auf einer kleinen Terrasse – einem Garagendach – hockte und E-Baß spielte. Es sah so aus, als sei dies für ihn ein reiner Zeitvertreib beim Sonnenbaden, aber er spielte wirklich gut: Er ließ die Finger über das Griffbrett gleiten, und mit der Rechten entlockte er seinem Instrument langgezogene Töne, die den Saiten in freiem Rhythmus entsprangen.

Ich machte ihm ein Zeichen, als wir in dem Plymouth voller rostiger Löcher an ihm vorbeifuhren. Seine Lider waren halb geschlossen, doch er hatte mich trotzdem gesehen und rief: »Hei, wie geht's?«

»Gut!« rief ich zurück. Ich dachte, daß ich alles auf der Welt dafür geben würde, an seiner Stelle zu sein. »Du spielst verdammt gut!« rief ich weiter zu ihm hinauf.

Er legte eine Hand ans Ohr, um zu bedeuten, daß er nichts verstanden habe; er trug einen dunkelblauen Baseballpulli mit gelbem Rand und dem Aufdruck: »Dos Pueblos«.

Ich hielt an und rief noch einmal lauter: »Hat mir gefallen, deine Musik, ich fand sie klasse!« Cristina sah aus ihrem Fenster und zeigte weder Interesse noch sonst irgendeine positive Gefühlsregung.

Da sagte der Typ mit dem Baß etwas zu mir, doch jetzt war ich es, der nichts verstand; ich stellte den Motor ab und öffnete den Wagenschlag. Cristina belferte: »Was machst du da?«

Ich erwiderte: »Ich rede mit ihm.«

Der Typ mit dem E-Baß hieß Joe Barrick. Er erzählte mir, daß er früher Akustikgitarre gespielt hatte, doch dann beschlossen habe zu wechseln, nachdem er Jaco Pastorius in einem Konzert der Weather Report gehört hatte. Wir unterhielten uns über Musik, er von seiner Garagendachterrasse aus und ich auf der Straße mit den Olivenbäumen stehend. Cristina saß im Wagen und schaute stur woandershin. Joe Barrick fragte mich, was ich denn so mache; ich erklärte, daß ich Interviews mit großen Rockstars schreibe. Und er meinte: »Wow!« auf seine coole, selbstverständliche Art. Er fragte mich weiter, wieso ich denn hier in Kalifornien sei. Ich erzählte ihm also von der abartigen Kälte an der Ostküste und der Agentur Drive-away. Er wollte wissen, wohin ich jetzt zu fahren gedachte. Ich gestand ihm, daß ich keinen blassen Schimmer hatte, und fügte hinzu, daß Santa Barbara für mich wie eine Art Traum sei, zumindest beim bloßen Hinschauen. Er deutete auf ein großes weißes Holzhaus hinter sich und meinte: »Wenn es euch interessiert, der Typ, der hier gewohnt hat, ist letzte Woche ausgezogen, sein Zimmer ist frei geworden.«

Sheila Thompson

In dem großen weißen Haus wohnten außer Joe Barrick ein hochgewachsenes Mädchen mit dunklem Teint namens Sheila Thompson, ein zierliches Mädchen mit rundem Gesicht, die Patty Threet hieß und einen Bernhardiner namens Louis hatte, sowie Tim Hotchinsky, ein schlaksiger Typ mit wachen Äuglein. Zwischen ihnen herrschte kein besonders freundschaftliches Verhältnis; jeder belegte einen Raum auf einem der drei Stockwerke, die vor Zeiten einer Großfamilie à la *american dream* gehört hatten, und alle teilten sich den Aufenthaltsraum, die Küche und den Garten auf der Rückseite, wo zwischen Orangenbäumen Unkraut und wilde Blumen wucherten.

Cristina und ich bekamen ein Zimmer im ersten Stock, die Fenster gingen auf die Grünfläche vor dem Haus und die Garagendachterrasse, aber auch auf die Straße mit den Olivenbäumen. Das Zimmer war groß und hell: Jeder von uns beiden wäre überwältigt gewesen, wäre da nicht der unerträgliche Gedanke, daß wir in denselben vier Wänden schlafen mußten. Doch es war das einzige freie Zimmer, und bestimmt hätten wir es uns nicht leisten können, noch nach einem anderen zu suchen. Wir erstanden zwei einfache Schaumstoffmatratzen und legten sie auf den Fußboden, eine an jede Wandseite. Wir achteten darauf, das Aufstehen, das Schlafengehen, jegliche Aktion zu unterschiedlichen Uhrzeiten zu tun.

So begann die Zeit in der Olive Street auf scheinbar völlig zufällige Weise, wie nun einmal die Abschnitte im Leben der meisten Menschen ihren Lauf nehmen. Im nachhinein könnte man natürlich sagen, es wäre anders gekommen, hätte ich nicht genau zu dieser Stunde in genau dieser Straße meine Runde gedreht und hätte Joe Barrick nicht auf der Terrasse der Garage E-Baß gespielt. Doch wenn einer anfängt, in diesen Koordinaten zu denken, dann gibt es nicht einen einzigen bedeutungsvollen Abschnitt in seinem Leben, der nicht von einer Kette größerer oder kleinerer Zufälle abhängt. Es genügt, einen x-beliebigen dieser Zufälle auszuklinken, und schon reißt die ganze Kette; es ist eine total entspannende Geistesübung.

Es lebte sich angenehm in dem Haus, das Städtchen war nett, die Umgebung reizvoll und das Klima wunderbar; Cristina Castellino und ich waren in eine erfreulichere Dimension des Lebens geglitten, abgesehen von der Tatsache, daß wir einander nicht ausstehen konnten, im selben Zimmer schliefen und das bißchen Geld, das wir hatten, in beängstigendem Tempo ausgaben.

Ich rief Raimondo in Italien an, um ihm meine neue Adresse mitzuteilen und ihn zu fragen, ob es Neuigkeiten gebe. Er sagte, Diamantini habe das Erscheinen des Interviewbuchs aufgrund von Schwierigkeiten mit dem Layout oder beim Druck des Bildmaterials verschieben müssen. Dann sagte er: »Albert, du bist in Kalifornien!«

Ich entgegnete: »Ja, aber ich werde nicht lange bleiben können, wenn der nicht endlich zahlt.«

»Ich bleib ihm auf den Fersen!« erklärte Raimondo. »Und du, bleib, wo du bist, bald wirst du ein reicher Mann sein!«

Ab und an lieh Joe Barrick mir seine weiße Fender Jaguar, die er nicht mehr benutzte, und zusammen spielten wir Bluesimprovisationen. Wir klangen nicht übel, doch als ich ihm sagte, wir sollten nach einem Schlagzeuger Ausschau halten und uns ein kleines Repertoire zusammenstellen, um dann irgendwo aufzutreten, wurde er noch ausweichender als gewöhnlich. Seine Eltern besaßen ein großes Bauunternehmen und eine fürstliche Residenz in Encino mit Pferden, Dalmatinern, Oldtimern; ihr Reichtum war dem Sohn in Form einer geschwächten und unbeständigen Konzentrationsfähigkeit ins Blut übergegangen. Gleich, was Joe Barrick tat, es wirkte stets so, als könne er beim geringsten Anzeichen von Langeweile davon ablassen, um sich einer anderen Sache mit denselben brillanten und gänzlich vorläufigen Ergebnissen zu widmen. Er war ein witziger und lustiger Typ; vorausgesetzt, man rückte ihm nicht allzusehr wegen irgendwelcher Freundschaftsdienste oder handfester, längerfristiger Verpflichtungen auf die Pelle.

Mit Sheila Thompson hatte ich eine dreitägige Affäre. Ihr Freund Marc war ohne sie mit seinem VW-Bus nach Mexiko gefahren, und sie war stinksauer, weil sie sich wie auf dem Abstellgleis vorkam. Was mich angeht, hätte ich mich, glaube ich, mit jeder zusammengetan, um so schnell wie möglich die trostlose Gefühlswelt hinter mir zu lassen, für die Cristina Castellino verantwortlich war. Die Dreitagesgeschichte mit Sheila Thompson erinnerte mich daran, daß es in dieser Welt noch andere Frauen gab und daß rein statistisch gesehen einige von ihnen mich nicht ganz übel fanden.

In diesen drei Tagen unternahmen wir Strandläufe und Wanderungen durch die Hügelwälder, gingen in ein paar Lokalen in der Stadt essen und schauten uns im Autokino einen alten Science-fiction-Film an. Am zweiten Abend sagte Sheila Thompson, sie werde nie mehr wieder eine Liebesbeziehung mit jemandem haben, mit dem sie zusammenwohne. Ich war verblüfft, weil sie offenkundig über ein äußerst strenges Regelsystem verfügte. Später in der Küche küßte sie mich jedoch hingebungsvoll, während der Bernhardiner von Patty Threet immer wieder ein langgezogenes Winseln ausstieß und um uns herumsprang. Am dritten Abend tranken wir in einer Bar auf den Hügeln vier Margarita pro Kopf, es gab mexikanische Live-Musik, und die Rhythmen wurden immer erregter. Als wir heimkehrten, fielen wir fast aus ihrem kleinen Ford, kletterten in ihr Zimmer hinauf und machten Liebe, was eher einer etwas wirren Form von Gymnastik glich.

Am vierten Abend kam Sheila Thompson in den Aufenthaltsraum, wo ich mir gerade mit Joe Barrick eine Quizsendung im Fernsehen ansah, und sagte zu mir: »Ich muß mit dir reden.«

Wir gingen in die Küche, und mehr oder weniger an derselben Stelle, wo wir uns zwei Abende zuvor geküßt hatten, erklärte sie mir, daß der Motor des VW-Busses ihres Verlobten Marc in Mexiko einen Totalschaden gehabt habe; da es sich um einen noch unter Garantie stehenden Gebrauchtwagen handelte, hatte er das Teil ausbauen und auf einem Holzfuß befestigen lassen; innerhalb von zwei Tagen war er per Anhalter nach Santa Barbara zurückgekommen, und der Motor war jetzt in der Werkstatt.

Ich mußte lachen; ich sah im Geiste Marc am Straßenrand stehen, den Daumen ausgestreckt, und als sein Begleiter stand neben ihm der Motor auf dem Holzsockel.

Doch Sheila Thompson meinte es ernst und sagte: »Zwischen uns ist nie was gewesen. Wir wohnen nur im selben Haus, sonst nichts, ist das klar?«

»Klar«, sagte ich.

Cristina Castellino hatte sich in der Zwischenzeit von Tim Hotchinsky umgarnen lassen.

Tim Hotchinsky

Tim Hotchinsky war in einem Dauerzustand der Unruhe: Er redete schnell mit brüchiger Stimme, machte abrupte Bewegungen, hockte sich hin, stand wieder auf, las Zeitung, schaute ab und an auf den Fernsehschirm, kam herein und ging wieder hinaus. Er bewohnte die Mansarde im dritten Stock, wo er ein eigenes Bad, einen eigenen Telefonanschluß und auch einen eigenen kleinen Kühlschrank hatte. Darin verwahrte er Speisen und Getränke, um sie vor den Abstaubern, die sich über den großen Gemeinschaftskühlschrank in der Küche hermachten, in Sicherheit zu wissen. Häufig ließ er witzige und scharfsinnige Bemerkungen fallen, und er besaß einen Überblick, der den anderen Typen im Haus abging: Er wußte beispielsweise, wo Europa lag, er kannte sich aus in Geschichte und hatte eine recht passable Anzahl von Büchern gelesen; obendrein plapperte er sogar ein paar Worte Französisch. Er stand vor seinem Abschlußexamen in Jura und zitierte oft seltsame Normen der amerikanischen Gesetzgebung oder Mechanismen der Justizordnung und des Verwaltungswesens; bei Einzelheiten über die Operationen der Interessenlobbies und die perversen Strategien der multinationalen Konzerne biß er sich hartnäckig fest.

Da Cristina Castellino genau das Gegenteil von ihm war, hatte sie ihn von der ersten Sekunde an fasziniert. Ich glaube, ihn reizte auch der Umstand, daß sie seine Sprache so gut wie nicht sprach und deshalb seine schlagfertigen Bemerkungen, versteckten Winke, schwer verständlichen Anspielungen auf Filme oder Songs hilflos über sich ergehen lassen mußte. Er machte ihr auf bissige Weise den Hof; in ironischem Ton stellte er ihr Fragen und machte ihr Komplimente, er lachte, wenn sie ein Wort falsch aussprach, äffte ihre Aussprache nach. Cristina war anfangs verärgert, doch nach ein paar Tagen sah ich die beiden im Haus und auch draußen immer öfter zusammen; immer mehr Worte, Lächeln und intime Blicke wurden ausgetauscht. Es war absurd, doch ich verspürte deswegen noch einmal einen winzigen Schmerz zwischen Herz und Magen, und das ärgerte mich zutiefst.

Tim Hotchinsky galt meine Neugier auch deshalb, weil er, so schien mir, über nicht allgemein zugängliche Informationen verfügte. Er wiederum war neugierig auf mich, weil ich nicht dem Stereotyp des italienischen Auswanderers entsprach, das ihm durch den Kopf geisterte. Beispielsweise wunderte er sich über meinen ziemlich reichhaltigen Wortschatz im Englischen, verglichen mit meiner geringen Vertrautheit mit der gesprochenen Sprache; manchmal machte er sich auf seine Weise über mich lustig, etwa wenn er sagte: »Es ist *frusddddrierend*«, wie meine Aussprache seiner Ansicht nach war. Wenn wir miteinander sprachen, dann in gebührendem Abstand, wir waren steif und mißtrauisch und immer bemüht, unseren Gesichtsausdruck unter Kontrolle zu halten.

Eines Abends lud Tim Hotchinsky mich zusammen mit Cristina zum Essen außerhalb ein; ich brachte es nicht fertig abzulehnen, denn meine Dreitagesstory mit Sheila Thompson war gerade zu Ende, und ich war noch immer ziemlich am Boden zerstört. Wir gingen in eine Art ungarische Taverne, wo es Gulasch auf Plastiktellern und Papiergedecke auf den Tischen gab; er bestellte für uns drei, als wäre er ein Wohltäter der Armen.

Er war aufgedreht und unangenehm spitzzüngig: Nach ein paar Glas Wein begann er, uns von einigen Tricks zu erzählen, die er zum Überleben kannte und die ihm bei seinen florierenden Geschäftchen zwischen Legalität und Illegalität halfen. Beispielsweise war es ihm gelungen, sich zwei Jahre Universität mit dem Versicherungsgeld von einem Typen zu finanzieren, der einen leichten Auffahrschaden an seinem Wagen verursacht hatte. Um auf überzeugende Weise darlegen zu können, daß er Verletzungen an den Zervikalwirbeln davongetragen hatte, vertiefte er sich in klinische Texte aus der Universitätsbibliothek und trug zwei Monate lang eine Gipshalskrause. Er sagte: »Das schönste war, daß ich im Flugzeug Anrecht auf Sonderbehandlung hatte. Einmal besuchte ich meine Eltern in Minneapolis, und die Stewardessen schafften mich im *Rollstuhl* aus dem Flugzeug. Meine Eltern warteten in der Ankunftshalle, und als sie mich erblickten, fielen sie fast in Ohnmacht.«

Nach der Anleitung einer Alternativzeitschrift hatte er sich eine ziemlich simple Vorrichtung konstruiert, mit der er den Stromzähler in seiner Mansarde *rückwärts laufen* ließ. Er erklärte: »Die anderen wollten nicht mitmachen, weil sie jämmerliche Feiglinge und Mamasöhnchen sind, ansonsten hätte ich das Ding liebend gerne an den Hauptzähler des Hauses angeschlossen. Es ist ein echter Genuß, zuzusehen, wie diese kleinen Ziffern unter deinen Augen rückwärts laufen!« Mit Hilfe eines seiner Freunde von AT&T gelang es ihm auch, eine Scheinverbindung für seine Telefonleitung zu installieren, mit der er nach Herzenslust gratis anrufen, nicht jedoch Telefonate empfangen konnte. Er sagte: »Keiner kann dir auf die Nerven gehen, aber du kannst jeden, wen und wo auch immer, sogar in Japan, anläuten, und es kostet dich nichts!«

Er behauptete, keine dieser Aktionen sei im eigentlichen Sinne echter Betrug. Den Zeigefinger eng an den Daumen gelegt, machte er eine Bewegung und sagte: »Der Punkt ist, du mußt dich in dem Zwischenbereich zwischen dem, was du *nicht machen solltest*, und dem, was du *machen könntest*, bewegen.« Und weiter: »Keiner, der wirklich reich geworden ist, war vollkommen ehrlich in seinem Leben, das gilt für dieses wie für jedes andere Land. Das Höchste, was dir passieren kann, wenn du bis auf die Knochen ehrlich bist und alles gut für dich läuft, ist, daß du ein bißchen Geld verdienst, doch das ist auch alles.«

Cristina lehnte sich weit über den Tisch zu ihm hin und hing an seinen Lippen. Sie war fasziniert von seinem Gehabe; an ihrem Blick war zu erkennen, daß Tim Hotchinsky der Typ von Mann war, nach dem sie immer gesucht hatte.

Ich fragte mich, ob mein fiktives Interview mit Bernard Ohanian in den Zwischenbereich gehörte, von dem Tim Hotchinsky gesprochen hatte. Mir schien es nicht so. Ich war der Meinung, die Informationen und Daten mit höchster Präzision gesammelt und mit echter Leidenschaft ausgearbeitet zu haben. Diese Operation mochte zwar auf wackligen Beinen stehen, dennoch war sie in meinen Augen ehrlich. Nie hatte ich mir vorgestellt, mein Interview als Sprungbrett zu benutzen, um wirklich reich zu werden. Ich überlegte, daß es sich wahrscheinlich aus diesem Grund in nichts auflösen würde, als hätte ich es nie geschrieben.

Ein paar Tage später traf ich Tim Hotchinsky im Wohnzimmer, und er sagte: »Wart mal, Alberto, ich hab da was für dich.« Er zog eine Pappschachtel aus der Tasche und entnahm ihr eine weiße Pille und sagte: »Hier, für dich, ein Geschenk.«

»Was ist das?« fragte ich voller Mißtrauen, etwas anderes flößte er mir nicht ein.

»Quaalude«, lautete Tim Hotchinskys Antwort.

»Ist das eine Art Halluzinogen?« fragte ich und war schon drauf und dran, es ihm zurückzugeben.

»Nein«, wehrte er ab. »Es ist der beste Stimmungsmacher der Welt.«

»In welchem Sinn?« fragte ich weiter. Ich sah mir die Pille aus nächster Nähe an, in der Mitte war ein R eingeritzt.

»Es löst deine inneren Knoten, macht die Gefühle gleitfähig, setzt deine besten Seiten frei«, sagte Tim Hotchinsky. Er spöttelte: »Ich habe immer gedacht, du wärst mehr der Abenteurertyp, sapperlot!«

Ich erklärte ihm: »Es ist nun mal so, daß ich nichts von Halluzinogenen wissen will, mein Gehirntyp ist sowieso schon viel zu empfänglich in dieser Hinsicht.«

»Es ist kein Halluzinogen«, entgegnete er. »Das nehmen auch die Leute vom Fernsehen und die aus dem Musikgeschäft, alle nehmen es, ist das klar? Und *sie arbeiten*, verdammt noch mal, die brechen nicht auf der Erde zusammen. Bis vor ein paar Jahren war es ein völlig normales Medikament gegen Depressionen.«

»Und jetzt ist es das nicht mehr?« fragte ich.

»Nein«, sagte Tim Hotchinsky. »Es ist viel zu gut, um legal zu sein.« Blitzschnell wie ein Wiesel war er auch schon an der Tür und meinte von dort: »Versuch mal, es mit ein wenig lauwarmem Wasser zu nehmen, so erhöht sich die Wirkung. Wenn du aber richtig high werden willst, trink Alkohol darauf. Aber paß auf, dann gehst du nämlich wirklich auf *Reisen*.«

Ich probierte also Quaalude, und es hatte bei mir mehr oder weniger die Wirkung, die Tim Hotchinsky vorhergesagt hatte. Ich spazierte über den Strand, und innerhalb weniger Minuten fühlte ich mich wie in einem Sog, warm und empfänglich gegenüber der Welt. Meine Fußballen waren ganz weich, ein wunderbar luftiges Gefühl durchströmte mich. Es war mir, als könnte ich mit vollkommener Leichtigkeit mit jedem Menschen auf der Welt in Beziehung treten, das Wort an fremde Mädchen richten, ohne dabei die geringste Verlegenheit zu spüren, mir Freunde machen, das Beste aus mir herausholen, meine edelsten Absichten zeigen, das auf die Waagschale werfen, was mir eigen war, ohne mich verstekken oder abschirmen zu müssen. Ich bedauerte nur, einen so abgelegenen Ort für dieses Experiment gewählt zu haben. Zugleich war ich in einem Stadium von viel zu intensivem Wohlgefühl, als daß mir irgend etwas leid tun könnte. Ich hatte ausschließlich angenehme Empfindungen ohne Kanten und Ecken, alle meine inneren Knoten hatten sich gelöst; ich spazierte auf dem Sand, ohne auch nur den Versuch zu machen, mich von außen zu betrachten.

Als ich nach Santa Barbara zurückkehrte, war die Wirkung beinahe verflogen und hatte sich in eine leichte Schlaffheit verkehrt. Im Verlauf von einer Stunde war ich erneut völlig klar im Kopf, es war ein Gefühl, wie auf die Erde zurückzukehren, nachdem man entdeckt hat, daß man fliegen kann. Ich verspürte das gleiche Gefühl der von neuem erworbenen Schwere, der von neuem verlängerten Abstände, der von neuem errichteten Barrieren.

Einige Tage später ging ich zu Tim Hotchinsky hinauf, um ihn zu fragen, ob er mir noch ein paar Quaaludes verkaufen könnte. Er lächelte wie der ausgekochte Beutevogel und meinte: »Also hatte ich doch recht?«

»Ziemlich«, gestand ich ungern ein.

Er sagte: »Aha!« und ging dann ins Bad, wo er einige Minuten herumhantierte. Mit einem Plastiktütchen, das vielleicht zwölf Pillen enthielt, kehrte er zurück und sagte: »Achtzehn Dollar für dich, weil du ein Freund bist.«

Ich erwiderte: »So viel hab ich nicht.«

Er sagte: »Dann gibst du mir das Geld später, wenn du es hast.«

Und ich: »Ich wollte nur ein paar ...«

Er winkte ab: »Du mußt sie ja nicht alle auf einmal schlukken. So hast du einen kleinen Vorrat, oder nicht?«

Als klar war, daß es entweder alles oder nichts gab, nahm ich die Tüte.

Zehn Tage später verließen Tim Hotchinsky und Cristina Castellino das große weiße Haus und bezogen in einem Mietblock ein Apartment, das er mit einer Schwindelei beinahe gratis ergattert hatte. Ich schaute zum Fenster unseres ehemals gemeinsam bewohnten Zimmers hinaus und sah den blonden Schopf von Cristina, der in seinem Schlitten verschwand, einer Corvette. Ein Gefühl des Verlorenseins überfiel mich, wie immer, wenn eine Geschichte, die längst zu Ende zu sein schien, tatsächlich zu Ende geht.

Patty Threet

Am 18. Dezember brüllte Patty Threet vom Treppenfuß her: »Alberto! Telefon!« Ihre kehlige Stimme drang ohne Schwierigkeiten durch die Noten von *Hotel California* der Eagles, die aus Joe Barricks Stereoanlage ertönten.

Ich rannte hinunter in den Vorraum, wo Patty in die Hörmuschel des großen schwarzen Telefons sagte: »Bleiben Sie am Apparat.« Ich nahm ihr den Hörer aus der Hand, und am andern Ende der Leitung brüllte Raimondo: »Wer war das denn, deine Sekretärin oder eine von diesen phantastischen Kalifornierinnen, die du dir bereits geschnappt hast?«

»Weder noch«, beschied ich ihn und fragte mich, ob es Störungen in der Leitung oder die ozeanweite Entfernung war, die ihn so brüllen ließen.

Er dröhnte weiter: »Ich gebe hier deinetwegen ein Vermögen aus, aber ich muß es dir einfach so schnell wie möglich erzählen! Halt dich fest: Das Interviewbuch ist erschienen! Ich habe dir heute früh ein Exemplar per Luftpost geschickt, ich habe einen Haufen Briefmarken draufkleben müssen! Und hier habe ich auch den Scheck von Diamantini in der Hand, morgen früh schicke ich dir per internationaler Geldanweisung deine Hälfte!«

Auf diese beiden Neuigkeiten war ich keineswegs vorbereitet; in Sekundenschnelle spürte ich, wie sich mein inneres Gleichgewicht gründlich veränderte. Ich brachte nur noch heraus: »Und wie ist es?«

»Es ist einfach phantastisch!« schrie Raimondo. »Es ist das unglaublichste Buch in der Verlagsgeschichte weltweit! Du müßtest das Cover sehen!«

»Wie ist es denn?« fragte ich. Ich fühlte mich wie eine Art Verbannter auf einem anderen Planeten, weil ich das Buch nicht sofort sehen und anfassen durfte.

Raimondo schrie: »Es ist ein Schwarzweißfoto von Bernie Ohanian drauf, und darüber ist der Titel, und noch weiter oben steht mein Name in Rot, die Buchstaben sind etwas kleiner als der Titel, aber immerhin ist es mein Name, der da steht! Du hattest recht mit der Geschichte mit dem A., es hat eine Wahnsinnswirkung: ›Raimondo A. Vaiastri‹, ich kann's kaum glauben, wie es da geschrieben steht! Ich hab's genau vor der Nase jetzt! Mir kommt es immer noch wie eine Geschichte vor, die du und ich uns nur eingebildet haben, aber sie ist vollkommen wahr, und wer weiß, wie viele Exemplare davon schon in ganz Italien im Umlauf sind! In sämtlichen Buchhandlungen, Alberto!«

»Wie ist der Titel?« fragte ich; auch ich redete jetzt sehr laut, als hätte er mich angesteckt.

»Bernard Ohanian, poeta in musica«, brüllte Raimondo. »Es ist nichts Besonderes, aber wen juckt's, alles andere ist irre! Die Fotos und der ganze Rest! Auch das Bild von mir auf der Umschlagklappe!«

»Und das Interview?« fragte ich. »Was für einen Effekt hat es, wenn du es liest?«

»Irrsinnig!« brüllte Raimondo. »Wart nur, bis du es selber siehst!«

»Die Drucktypen, wie sind die? Mittelgroß oder so winzig, daß einem beim Lesen bald die Augen rausfallen?« fragte ich wieder.

Raimondo wurde lauter. »Hör zu, ich kann hier keine Stunden mit dir verplaudern, auch wenn wir dabei sind, reich zu werden! In wenigen Tagen wirst du es sehen!«

Ich hätte gern noch tausend Einzelheiten gefragt, um auf virtuelle Weise das Erlebnis zu rekonstruieren, das Buch vor sich zu haben, doch er brüllte, daß er auflegen müsse und mir einen Brief schreiben werde. Wir sagten Ciao und legten auf.

Patty Threet war in der Küche, ein Vollkornsandwich mit Tofu und Alfalfasprossen in der Hand, und der Hund Louis sah sie hungrig an. Als ich eintrat, um mir etwas zu trinken zu holen, schaute sie mich mit großen Augen an und sagte: »Ihr Italiener brüllt immer so, ihr habt wirklich ein *überschäumendes* Temperament.«

»Das stimmt nicht«, widersprach ich. »Wir schreien nur, wenn es einen außerordentlichen Grund zur Aufregung gibt.«

»Wie jetzt?« fragte sie.

»Wie jetzt«, bestätigte ich. Teilweise ärgerte sie mich, andererseits mußte ich ja mit jemandem mein inneres Bedürfnis nach schneller Bewegung teilen. Ich sagte zu ihr: »Leg das Sandwich weg, wir gehen raus, ich lad dich zum Essen ein.«

»Wohin?« fragte sie.

»Wohin du willst, Damenwahl!« Und mit diesen Worten schleifte ich sie auch schon zur Tür.

Internationale Geldanweisung

Joe Barrick war mir behilflich, damit ich bei seiner Bank, wo sie ihn wegen seines Vaters sehr zuvorkommend behandelten, ein Konto eröffnen und darauf die telegrafische Geldanweisung von Raimondo gutschreiben lassen konnte.

Auch nach Abzug der italienischen Steuern und der Überweisungsgebühren und der Umrechnung war es bedeutend mehr, als ich jemals besessen hatte. Mit einem Schlag sah ich eine Bandbreite ungeahnter Möglichkeiten vor mir: Ich könnte Fahrten unternehmen, andere Orte besuchen, Sachen kaufen. Ich dachte, daß dies nur der Anfang einer Veränderung wäre, die wer weiß welche Ausläufer haben könnte: Ich stellte mir bereits Dutzende anderer Interviews mit den großen Namen der Musik vor, zig Bücher in der Reihe von Diamantini, haufenweise internationale telegrafische Geldanweisungen. Ich verspürte eine Erregung wie ein Entdecker von Goldminen: Mein Sinnen und Trachten galt den weiteren Ausgrabungsarbeiten, ein Feuerwerk von Chancen stieg in meinem Kopf auf.

Ich lud die Leute aus dem Haus in der Olive Street in eine Bar in den Hügeln ein, wo ich Lachsbrötchen und kalifornischen Sekt spendierte. Ich leistete mir eine lederne Fliegerjacke, auf die ich seit Wochen in einem Schaufenster ein Auge geworfen hatte. Ich kaufte fortan in einem wunderhübschen kleinen Lebensmittelladen ein, der eine breite Auswahl an frischen Fruchtsäften, Müsli, Datteln, Ziegenkäse und Keimen aller Art anbot.

Ich zog in die Mansarde, in der Tim Hotchinsky zuvor gehaust hatte, denn sie stand leer, und von den anderen wollte sie keiner. Ich probierte das Telefon, um zu sehen, ob die berühmte Blindleitung funktionierte, aber es blieb stumm. Wahrscheinlich hatte er alles abgeschaltet, bevor er wegging. Ich strich den Holzfußboden und die Wände weiß, kaufte eine Schaumstoffmatratze für zwei statt der Einbettmatratze und orangegelbe indische Stoffe, um dem Eindruck farblicher Verarmung entgegenzuwirken.

Von Zeit zu Zeit träumte ich nachts von Damiano Diamantini, wie er, feuerrot im Gesicht, auf Raimondo Vaiastri fluchte, und der wurde von zwei Carabinieri in Handschellen abgeführt. Ich erwachte, mein Atem ging schwer, und mein Herz klopfte wild. Ich sagte mir, daß wir uns in eine gesetzeswidrige Situation manövriert hatten, ohne je über die Konsequenzen nachgedacht zu haben. Ich fühlte mich Raimondo gegenüber schuldig, weil ich ihm die exponierteste Rolle überlassen hatte; ich fragte mich, ob er vorsichtig genug wäre oder ob die ihm eigene Neigung, seine Phantasiewelten hemmungslos ausufern zu lassen, ihn früher oder später zu Fall bringen würde.

Dann wiederum kam es mir so vor, als wäre das, was wir gemacht hatten, gar nicht so besorgniserregend; wieder betrachtete ich die Geschichte der Interviews als eine beinahe lautere Arbeit, die aus einer guten Intuition heraus mit Hilfe guter praktischer Fähigkeiten entstanden war und gute Ergebnisse für die betroffenen Seiten erzielte. Ich legte den Kopf wieder auf mein Kissen und lenkte meine Träume in Richtung verheißungsvoller Gestade.

Mailand, den 3. Februar

Mein lieber Albertone, Du ungetreuer Wahlkalifornianer,

hier laufen die Sachen großartig, großartiger geht's gar nicht, auch dann nicht, wenn wir, Du und ich, noch mehr Phantasie beweisen würden als bisher. Das Buch hat in Windeseile schon vier Auflagen auf dem Buckel, das sind jedesmal 5 000 Stück, unser guter Diamantini hat bereits eine weitere Auflage von 8 000 drucken lassen, und der Vertrieb verlangt noch mehr – und das, obwohl es Nachweihnachtszeit ist und, wenn man ihnen Glauben schenkt, fast völlig tote Hose herrscht. Nur damit Du Dir ein richtiges Bild machst: Von den drei Büchern über die italienischen Liedermacher wurden jeweils zwischen 1 800 und 2 000 verkauft. Du kannst Dir also lebhaft vorstellen, mit welch irrwitziger Begeisterung der gute Diamantini mir derzeit auf den Fersen ist. Er sagt, man müsse das Eisen schmieden, solange es heiß ist, und das heißt, er will alle zwei Monate ein Buch über eine große Nummer des Rock herausbringen, er will mir alle Interviews mit Stars vom Kaliber eines Bernie Ohanian abkaufen, die ich ihm beibringen kann. Anfangs ließ ich ihn ein wenig schmoren, machte mich etwas rar, faselte was von »ich hätte tausend andere Pläne und wäre mir unsicher, ob ich eine Verpflichtung dieser Art eingehen könnte«, usw., usw. Dann habe ich natürlich ja gesagt, auch weil ich Angst bekam, daß er vielleicht jemand anderen bitten könnte. Um Nägel mit Köpfen zu machen, hat der gute Diamantini bereits einen Vertrag für das nächste Interview gemacht und mir einen VORSCHUSS ÜBER DIE HÄLFTE DES GELDES gegeben; ich schick Dir morgen früh wie gehabt per telegrafischer Geldanweisung Deinen Teil! Also packen wir's mit vereinten Kräften an, denn wir haben es geschafft, bis zum Honig vorzudringen, machen wir uns dran, uns nach Bärenart den Bauch vollzuschlagen! Albert, ich sehe mich schon, wie ich in ein paar Jahren in einem Märchenschloß auf einer Trauminsel lebe. Es ist schwierig, die Ideen zu bändigen, die eine Geschichte wie diese hier in deinem Gehirn zum Blühen bringt. Es ist klar, daß wir ganz weit nach oben zielen, was den Interviewstar angeht, je größer, desto besser, denn wenn ich schon in den Knast wandern soll, dann lieber für einen wahren Koloß der Rockmusik und nicht für einen von der zweiten Garnitur. Also überleg Dir, wer Dich so inspirieren könnte; mach Dich aber baldmöglichst an die Arbeit. Ich denke nicht, daß Du dort Schwierigkeiten hast, an Material heranzukommen, oder? Es genügt, daß Du mir schnellstmöglich sagst, für wen Du Dich entschieden hast, damit ich Diamantini darauf vorbereiten kann; ich erzähle ihm jetzt peu à peu, daß ich die ersten Kontakte geknüpft habe und mit den Reisevorbereitungen zugange bin; ich werde ihm ein wenig den Kopf vernebeln und ihm ein paar kleine süffisante Einzelheiten einflüstern. Dann muß ich anfangen, meinen Eltern ebenso wie Margherita (eine Kleine, mit der ich eine Art Liebesgeschichte habe, ich habe sie auf einer Gemäldeausstellung im Zentrum kennengelernt, wo ich nur wegen der Cocktails hingegangen bin, sie ist ziemlich hübsch, aber ich weiß noch nicht recht … Frag mich bitte nichts, sie ist natürlich überzeugt, daß das Interview mit Bernie Ohanian vollkommen echt ist, usw., usw.), praktisch allen Leuten, die ich kenne, Lügenmärchen zu erzählen, und dann muß ich die entsprechenden Vorbereitungen für das Täuschungsmanöver treffen, für eine gewisse Zeit verschwunden zu sein (zum Glück kann ich die kleine Mansarde meines Vetters nutzen, der beim Militär ist und mir die Schlüssel dagelassen hat), usw., usw. Am wichtigsten ist, daß Du Dich beeilst, den Rockgiganten Deiner Wahl festzulegen, und Dich mit Karacho daranmachst, das Super-Mega-Interview zu schreiben und mir alles in Windeseile per Luftpost zu schicken. Ich kann's kaum erwarten, den zweiten Schlag zu landen und danach gleich zum dritten auszuholen und dann das vierte Interviewbuch in Angriff zu nehmen. Mir kommt das alles noch immer wie ein Traum vor, es ist, als schwebte ich durch die Luft, als hielte ich die Schlüssel der Welt in Händen. Es ist nun Schluß damit, uns den Zugang zu verwehren! Wirklich, Albert, Mamma mia!

Versuch trotzdem, aus Deinem Leben nicht einen einzigen Vergnügungspark zu machen, sonst werde ich nämlich arg neidisch, weil ich nicht auch dort in Kalifornien sein kann, zwischen Stränden, Ozean, Palmen, schönen Girls wie die, die am Telefon geantwortet hat, als ich bei Dir anrief. Ich konnte sie mir schon recht gut vorstellen, ich brauchte nur ihre Stimme zu hören, auch wenn ich fast nichts von dem verstanden habe, was sie sagte, mir genügte es, den Akzent zu hören, usw., usw.

Hasta la vista
Raimondo

Hencott Paper Co.

Natürlich, in Kalifornien war es wesentlich einfacher, Material für ein Interviewbuch über einen Rockgiganten aufzutreiben. Ich entdeckte eine Buchhandlung in der Nähe der Uni und eine andere im Shoppingcenter; beide hatten eine gut sortierte Auswahl an Musikbüchern. Ich klapperte die Regale ab, blätterte die Bücher durch, las hier und da ein wenig, um dann den Star der Rockmusik auszuwählen, über den ich schreiben wollte. Als mein Entschluß feststand, kaufte ich alles an Büchern und Zeitschriften, was ich auftreiben konnte.

Er war nicht der absolut Größte von allen – zu dem wollte ich stufenweise, Interviewbuch um Interviewbuch, vordringen. Dieser jetzt lag eine Stufe höher als Bernard Ohanian, der mit seinem Ehrgeiz als Romanautor und seinem Image als international anerkannter Intellektueller in Wirklichkeit gar nicht so unerreichbar war. Jetzt aber war ich dabei, den zwischenplanetarischen Bereich der Superstars zu betreten, an die man nur sehr schwer herankommt. Die Herausforderung reizte mich; Raimondo hatte recht, wenn er sagte, es gebe keinen Grund, sich mit der zweiten Garnitur zufriedenzugeben. Wir waren ja niemandem Rechenschaft schuldig, was unsere organisatorischen Limits oder die charakterlichen Schwierigkeiten bei einem Interview mit einem VIP in Fleisch und Blut angeht. Wenn schon, dann mußte die Losung sein: Ganz weit nach oben zielen.

Ich bediente mich derselben Methode wie beim Interview mit Bernard Ohanian, und dabei wuchs meine Selbstsicherheit wie beim Erlernen eines Handwerks. Jetzt wußte ich auf Anhieb, wie ich das Material auszuwählen und zu ordnen hatte, ich machte mir Notizen und verfaßte Gliederungen, ich hatte mir ein todsicheres Gespür dafür zugelegt. Dann machte ich mich ans Schreiben. Ich fand den richtigen Rhythmus im Wechsel von Frage und Antwort, der Charakter des interviewten Stars trat deutlich zwischen den Zeilen hervor. Ich bemaß seinen Tonfall je nach dem Stichwort, über das er sprach, ich arbeitete mit einer Palette von Nuancierungen zwischen Statements, Andeutungen und Auslassungen.

Das Wissen darum, daß Tausende meine Worte lesen würden, gab mir ein Gefühl der Verantwortung; es zwang mich, so glaubhaft wie möglich zu sein. Viele der Interviews, die ich aufgetrieben hatte, waren oberflächlich oder nichtssagend, ja, an manchen Stellen inhaltlich sogar falsch. Sie waren von den Presseabteilungen der Plattenfirmen, den Fanclubs oder den Agenten zusammengebastelt worden. Andere wiederum waren viel zu speziell zugeschnitten, als daß ich sie hätte verwenden können, ohne ein Plagiat zu begehen. Ich ließ mich von besagtem Gespür leiten, um zu verstehen, was ich übernehmen und was ich auslassen, was ich penibel rekonstruieren und was ich auf einleuchtende Weise erfinden sollte, um die noch verbliebenen kleinen Lakunen anzufüllen.

Es war keineswegs leichter als das erste Interview; die Arbeit war umfangreicher, komplexer, sie verschaffte mir aber auch mehr Befriedigung.

Ich hatte auch ein Schreibmaschinenpapier entdeckt, das mir besonders gefiel: Es war ganz weiß, dünn und zweimal widerstandsfähiger als die, die ich zuvor benutzt hatte. Es wurde in Mengen zu fünfzig oder hundert Blatt in roten Schachteln mit der Aufschrift »Hencott Paper Co.« verkauft. Es bereitete mir echten Genuß, ein paar von diesen

Packungen nach Hause zu tragen, eine zu öffnen, ein Blatt herauszuziehen, es in meine Lettera 22 einzuspannen, auf die Tasten zu drücken und zuzusehen, wie sich die schwarzen Buchstaben mit dem vollen schwarzen Rand auf dem Weiß aneinanderreihten.

Ab und zu waren Joe Barrick, Sheila Thompson oder Patty Threet Zeuge, wie ich höchst konzentriert im Wohnzimmer oder draußen in der Sonne auf der kleinen Garagendachterrasse in die Tasten hämmerte. Dann fragten sie mich, was ich denn schreibe. Ich sagte: »Noch eine Geschichte.«

»Wann zeigst du uns dein erstes Buch?« fragten sie weiter.

»Wenn sie es mir schicken«, vertröstete ich sie. Ich konnte ihnen ja schlecht erklären, daß mein Name nicht auf dem Umschlag stand.

Noch nie habe ich den Versuch gemacht, genauer zu ergründen, warum ich mich zum erstenmal hingesetzt und geschrieben habe. Eine Leidenschaft analysieren zu wollen, das wäre so ähnlich, wie bei einer Person, in die man verliebt ist, Röntgenaufnahmen und Blutuntersuchungen zu machen, um hinter die Ursachen der Verliebtheit zu kommen. Einer der Gründe ist mit Sicherheit der, daß ich mich schreibend von jedem beliebigen Ort entfernen und im Geiste an einem anderen Ort sein konnte, wie damals als Kind, als ich Reisebücher verschlang und mein reales Leben erst an zweiter oder dritter Stelle kam. Es ist dieses Anderswo, in das ein Lesender abdriftet, wenn ihn die Seiten vor seinen Augen tatsächlich packen; nur daß der Schreibende länger wegbleiben kann. Ein weiterer Grund fürs Schreiben ist die Vorstellung, aus der unendlichen Menge von Namen und Zeichen schöpfen zu können, einige auszuwählen, die dann den Sinn des ganzen Rests zum Ausdruck bringen. Das war es, was ich anhand der frisierten Interviews mit den Rockgiganten machte: Ich versuchte, eine kleine Scheibe der Welt in lesbaren Zügen neu zu schaffen. Dann gibt es noch einen viel simpleren, auch seltsameren Grund: die Kraft der Verzaubenrung, die den Wörtern eigen ist, wenn sie auf einem weißen Papier sichtbar werden und einen Satz bilden – das Spiel der Klänge und Bilder, die inneren Rhythmen.

Als ich das zweite Interview geschrieben hatte, las ich es noch einmal durch, verbesserte es, tippte es neu, bis ich einen ordentlichen Stapel knisternder Hencott-Blätter vor mir liegen hatte. Die steckte ich dann in ein Kuvert, schrieb Raimondo Vaiastri und seine Anschrift in Mailand darauf, ging zur Post und schickte es ab.

Am Abend schluckte ich eine halbe Quaalude und ging mit Patty Threet zum Konzert eines Strandsängers. Tim Hotchinsky hatte mir zwar gesagt, manche Leute nähmen zwei oder drei Quaalude und tränken obendrein Alkohol; doch hatte ich für mich entdeckt, daß mir bereits eine halbe Pille genügte, um richtig gut drauf zu sein. Ich fühlte mich so fließend, leicht und mitteilungsfreudig, als hockte ich zwischen Hunderten von Freundinnen und Freunden – und zu allen wollte ich etwas Nettes sagen. Sogar Patty Threet kam mir hübsch und begehrenswert vor; zwischen zwei Songs küßte ich sie zwei- oder dreimal flüchtig aufs Jochbein. Dann, auf dem Nachhauseweg, war die Wirkung des Quaalude fast völlig abgeklungen, und ich sah sie wieder zu meiner Rechten sitzen mit ihrem gewohnten froschartigen Aussehen. Im Wohnzimmer wünschte ich ihr ganz hastig gute Nacht, als wären die Husaren hinter mir her.

Plymouth Fury III Limousine

In einer Gratisanzeigenzeitung hatte ich einen grünen Plymouth Fury III Limousine aus vierter Hand entdeckt, den ich kaufte, ohne ihn richtig probegefahren zu haben. Joe Barrick begleitete mich am Abend mit seinem Klappverdeck-Mustang zu dem Bungalow am Stadtrand, wo die Familie lebte, die den Pkw verkaufte. Wir fuhren damit einmal ums Carré. Joe sah amüsiert nach draußen, die Wagenhalterin und ihr zwölfjähriger Sohn saßen mit leicht besorgter Miene auf dem Rücksitz. Das Auto fuhr sich wie ein alter Obus, der nur langsam auf die Kommandos reagierte und nicht die Spur der wilden Aggressivität des Fury II Coupé mit den Spikesreifen von meiner Coast-to-Coast-Fahrt besaß. Aber ich hatte keinen Bock, mich nach einem anderen Wagen umzuschauen, und als ich Joe Barrick nach seiner Meinung fragte, sagte der: »Wenn du ihn o.k. findest, nimm ihn doch«, als ginge ihn die ganze Geschichte überhaupt nichts an; so habe ich ihn also gekauft.

Mit meinem amerikanischen Riesenschlitten kurvte ich nun durch die Straßen von Santa Barbara; der große Motor rauschte schon bei geringer Umdrehungszahl, die Schaltautomatik wechselte mühelos die Gänge. Es war ein Wagen, der Mißverständnisse aufkommen ließ, wie es beinahe bei allen meinen Autos der Fall gewesen ist: je nach der Optik, mit der man den Wagen anschaute, konnte er als eine stark verspätete Verwirklichung des amerikanischen Traums erscheinen, eine gefühlsduselige Eroberung eines Auswanderers, eine ironische Provokation, wie es einem Schattenautor von Interviews mit Rockhelden zustand. In Wirklichkeit handelte es sich nur um eine bequeme und fatalistische Entscheidung, entsprechend der Vorstellung, daß es jedesmal, wenn ein Gegenstand oder eine Person unter Millionen von Gegenständen oder Millionen von Menschen in meine Nähe rückt, dafür einen bestimmten Grund gibt.

Wenn ich es überdenke, repräsentierte der Plymouth Fury III recht gut mein Verhältnis zur materiellen Welt: Ich war auf ihn gestoßen, ohne tatsächlich nach ihm gesucht zu haben, im Geiste hatte ich einen ganz anderen Wagentyp vor mir; vom ersten Augenblick an, da ich ihn ausprobiert hatte, überraschte er mich; dennoch schien mir, als sei er von einer nicht aufhaltbaren Grundbewegung in mein Leben gedrängt worden; ich hatte nicht daran gedacht, nach einem anderen zu suchen. Ich lebte weiterhin mit meinem Plymouth Fury III, den ich durch eine Fügung der Umstände, aufgrund meiner Trägheit und eines Namensmißverständnisses gefunden hatte, als handelte es sich um das Fahrzeug, das mir das Schicksal hatte zukommen lassen.

FIAT 1100

Als ich drei Jahre alt war, kaufte mein Vater sein erstes Auto. Ich kann mich an den Zeitpunkt deshalb so genau erinnern, weil ich da gerade aus Triest zurückgekehrt war. Ich hatte dort in der Obhut einer Cousine zweiten Grades dem Großvater für einige Tage einen Besuch abgestattet. Auch von der Reise nach Triest sind mir noch einige Episoden in Erinnerung, die in der Dunkelheit des Vorher und des Nachher leuchten wie Neonfische. Die eine ist, wie ich und der Großvater auf dem Gehweg gehen und ein junger Bursche in irrsinnigem Tempo aus einer Toreinfahrt herausschießt und uns beinahe zu Boden reißt. Mein Großvater ruft empört: »Du Hohlkopf, du ungehobelter!« Ich fragte den Großvater, was der Ausdruck bedeutete, und er erklärte es mir. (Er war ganz in Grau gekleidet, trug eine Brille mit schmalem Goldrand, und seinen Hut hatte er tief über den Schädel gezogen. Ich sah ihn vielleicht vier- oder fünfmal in meinem Leben, denn wir wohnten in verschiedenen Städten, und meine Mutter verabscheute Familienzusammenkünfte.) In einer anderen Szene gleite ich rücklings auf dem Fußboden des Zimmers entlang, das ich mit meiner Base zweiten Grades teilte: Als wäre es ein unschuldiges Kinderspiel, schiebe ich mich zwischen ihren Beinen hindurch, um ihr unter den Rock zu schauen, aber ich sehe nichts.

Ich nahm allein den Zug von Triest nach Mailand zurück, und als ich aus dem Zug stieg, erwarteten mich mein Vater und meine Mutter. Sie waren seltsam aufgeregt. Als wir den Bahnhof verlassen hatten, steuerten sie mit mir direkt auf einen gebrauchten azurblauen Fiat 1100 zu: geschwungene

Linienführung und kleine Fenster. Es war ihr erstes Auto, sie mußten damals siebenunddreißig oder achtunddreißig Jahre alt gewesen sein.

Mein erstes eigenes Fortbewegungsmittel war ein gebrauchtes Mofa Typ Dingo Cross. Es hatte ein Reifenprofil wie ein Geländemotorrad und einen militärgrünen Tank, was ihm ein kriegerisches Aussehen verlieh, aber wegen seines kleinen 50-ccm-Motors war das purer Schein. Dank meines Dingo Cross lebte ich für einige Monate in dem Glauben, in eine Lebensphase eingetreten zu sein, in der das Verhältnis zwischen Raum und Zeit nun völlig anders war. Die Stollenreifen rissen mich mit sich, von einem Punkt zum nächsten, als würde ich fliegen, weg von der unbeweglichen Öde der Hausmauern und Asphaltabschnitte, die sich beim Zufußgehen minutenlang in mein Blickfeld zwängten. Es war das Fortbewegungsmittel, das den Pferden am nächsten kam, so wie ich es mir als kleiner Junge erträumt hatte, als ich mir eine lange Folge von Westernfilmen anschaute. Sein Wesen war sanft, und es war jederzeit bereit, zu fremden Abenteuern loszupreschen. Ich raste durch die Stadt, fuhr auf die Trottoirs hinauf und wieder runter; wie hatte ich bloß den größten Teil meines Lebens, gefangen in unerträglicher Langsamkeit, zubringen können?

Dann wurde mir in der Faschingssamstagnacht die Dingo Cross aus dem Treppenverschlag eines Hauses am nordöstlichen Stadtrand geklaut; ich hatte sie dort untergestellt, um zu dem Fest im oberen Stockwerk zu gehen. Auf der Party spielten sie *Light my Fire* der Doors: Die lange hypnotisierende Intro hatte mich genauso fasziniert wie die Blicke der tanzenden Mädchen, die alle älter waren als ich. Die Mädchen lachten, der Hausherr legte immer und immer wieder dieses Stück auf. Als ich schließlich mit der Musik und dem Gelächter in den Ohren die Treppen hinunterstieg, war mein grünes Mofa mit den Geländereifen nicht mehr da. Um das festzustellen, brauchte ich Minuten, dort in dem düsteren Treppenverschlag, der die geballte Traurigkeit eines öden Lebens verströmte. Ich ging zu Fuß nach Hause, ich durchquerte die Stadt von Nordosten nach Südwesten in der fast leeren Nacht, und jeder einzelne Meter, der mich in der feuchten Kälte von meinem Ziel trennte, war mir schmerzlich bewußt.

Knapp zwei Jahre danach nahm mich ein Freund zu einem Motorradmechaniker mit, der Guzzi-Mopeds zu besonders günstigen Preisen verkaufte. Der Preis war deshalb niedrig, weil die Motorräder für andere Märkte bestimmt waren, doch das entdeckte ich erst sehr viel später, als ich bereits Tausende Kilometer gefahren war und der Kilometerzähler in Wirklichkeit eben ein Meilenzähler war. Die Motorräder hatten rote Tanks und eine gedrungene Linienführung: Sie besaßen den Reiz solider und vertrauenerweckender Maschinen, die nach Erwachsenenmaßstäben gebaut waren. Monatelang träumte ich über einem Katalog von einem solchen Motorrad: Es war darin in unterschiedlichen Ansichten fotografiert, und am Rand waren sämtliche technischen Eigenschaften aufgelistet. Es war das dritte- oder vielleicht viertemal in meinem Leben, daß ich träumte, einen bestimmten Gegenstand zu besitzen; mir genügten bereits die Fotos im Katalog, und schon hatte ich den Geruch von Metall, Benzin und Gewindefett in der Nase, hörte das Geräusch des Viertaktmotors, das auf das verchromte Auspuffrohr abgestimmt war.

Als ich es endlich zu diesem Motorrad gebracht hatte, machte ich mit zwei Freunden eine Fahrt längs der Westküste Italiens; auf dem Gepäckträger hatte ich ein kleines Kanadierzelt festgezurrt. Der eine, ein Schulfreund, war ein nihilistisches Genie, den anderen kannte ich seit meinen

Kindertagen. Der Schulfreund saß hinter mir auf der Guzzi, der andere hatte eine Lambretta 125, mit der er sich einen anderen Fahrstil leisten konnte; ihretwegen kam es häufig zu Scherzen und Konflikten.

Wir fuhren die ligurische, dann die toskanische Küste entlang und hatten uns in den Kopf gesetzt, den südlichsten Punkt Italiens zu erreichen, ja, vielleicht sogar die ganze Halbinsel zu umrunden. Aber es war ein glühendheißer August, und alsbald begann sich unter unseren Füßen der Asphalt zu verflüssigen. Kurz hinter Grosseto stoppten wir, auch weil wir faul waren und es uns eigentlich mehr darum ging, Motorrad zu fahren, als ein bestimmtes Ziel zu erreichen. Wir sogen die wechselnden Feuchtigkeitsgrade und Gerüche aus der Luft ein, während wir die Landschaften durchquerten, je nach Temperatur verringerten wir das Tempo oder beschleunigten es. Wo es uns gefiel, machten wir halt, ohne das zuvor geplant oder einen vernünftigen Grund dafür zu haben. Wir hatten nicht die geringste Absicht, Städte oder Baudenkmäler zu besichtigen: Uns interessierte einzig und allein, die schwere Sommerluft zu atmen, Eindrücke zu sammeln, miteinander zu reden, zu träumen.

Der dritte Freund verfügte über gewisse Kommunikationsmuster, die er vermutlich von seinem Vater übernommen hatte. Beispielsweise redete er mit Zäpfchen-R und brachte Sprüche wie: »Ich habe mir gestattet …« In einem Restaurant, wo wir Fritto misto bestellt hatten, das sich als ziemlich ungenießbar herausstellte, hatte er die Hand gehoben und gerufen: »Herr Ober, dieser Fisch ist faul.« Man nahm ihn nicht ernst, weil wir damals erst sechzehn Jahre alt waren und wie Landstreicher aussahen, aber mir drängte sich der Gedanke auf, wieviel einfacher (und auch banaler) die übernommenen Muster die Kommunikation mit der Welt machen konnten. Mir wurde auch bewußt, daß mir niemand jemals welche übermittelt hatte: weder mein Vater, der viel zu sehr von seiner Arbeit in Beschlag genommen war, noch meine Mutter, die viel zu unkultiviert und unkommunikativ war. Heute bin ich froh darum, doch damals empfand ich es als mühsam.

Eines Abends stoppten wir in einem Pinienhain, wo junge Leute und Ausbilder einer Alternativorganisation kampierten. Wir verbrachten einige Tage dort; ein durchgeknallter Ausbilder, der auf seinen Spitznamen »Dämon« mordsstolz war, brachte mir das Messerwerfen bei; als Zielscheibe diente ein Pinienstamm. Wir aßen zusammen mit den Jungen und den Mädchen der Organisation und badeten im Meer; unter ihnen war ein mageres und lebhaftes Mädchen mit roten Haaren. Ich ließ sie auf meine Schultern steigen, hielt sie an den Beinen fest, bis sie dann ins Meer sprang; wir lachten und schwammen unter Wasser.

Eines Nachts, es war schon spät, machten wir auf dem Heimweg zu einem anderen Strand, wo wir unsere Zelte aufgestellt hatten, an einem unglaublich hell erleuchteten Barackenstand eines Kokosnuß- und Zuckermelonenverkäufers halt. Auf einem kleinen Schwarzweißfernseher sahen wir, wie ein amerikanischer Astronaut auf dem Mond landete.

Mein erstes Auto war ein dunkelblauer VW Käfer aus vierter Hand mit bulliger, schön geschwungener Karosserie: wie Wellen aus dumpfem, beruhigendem Metall. Ich tankte immer für tausend Lire, was nicht lange reichte. Es war, als habe man ein Haus auf Rädern, und das in einer Zeit, als die Aussichten auf eine Unterkunft noch in sehr weiter Ferne lagen. Wenn ich mich konzentriere, kann ich mir heute noch seinen leicht muffigen Geruch in Erinnerung rufen. Da ich nicht nur kein Haus, sondern auch keine Stadt, keine Region und kein Land hatte, die ich als zu mir gehörig betrachtete, nahm ich den blauen VW Käfer, um auch aus nichtigem Anlaß unterwegs zu sein. Damals bildete sich bei mir die Neigung heraus, Stunden um Stunden am Steuer zu sitzen, ohne Rast zu machen.

Eines schönen Tages dann verkaufte ich den blauen VW, um mir ein Motorrad BMW Baujahr 1959 zuzulegen, das zur motorisierten Eskorte des französischen Ministerpräsidenten de Gaulle gehört hatte; es war bordeauxrot und hatte vergoldete schmale Besatzbänder um die Kotflügel und den Tank herum.

Mailand, den 7. April

Lieber »californian man«, Albert,

hoch lebe der Erfolg, hoch lebe er, hoch lebe er!! Vielleicht dringt der Trommelwirbel des Triumphs bis an Deine Ohren. Das zweite Buch läuft noch besser als das erste, das alle leicht verrückt gemacht hatte, denn der Riese ist noch riesiger! Das Interview ist Dir noch besser gelungen, die Fotos, die Grafik, der Titel, der ganze Rest ist besser geworden, ja sogar mein Name sieht jetzt schöner aus! Damiadiama (so nenne ich ihn mittlerweile) ruft mich ein übern andern Tag an, um mir von den begeisterten Reaktionen zu berichten, die er an allen Fronten erlebt; er erzählt mir dann auch, wie glücklich er ist, auch wenn es ihn schwarz ärgert, daß er mit den anderen sogenannten normalen Büchern – also seinen Romanen, Gedichtbänden und dem ganzen »ernsthaften« Schwachsinn, den er so auf den Markt bringt – nicht im Traum auf vergleichbare Auflagen hoffen darf. Dennoch erwartet er, daß der Erfolg der Musikbuchreihe sich am Ende doch auf seine anderen Buchreihen auswirkt; ehrlich gesagt, habe ich da so meine Zweifel, aber lassen wir ihm die Hoffnung. Fest steht jedoch, daß ich weiterhin Leuten begegne, die das erste und das zweite Buch gelesen haben und mir Komplimente machen; sie sagen mir, daß sie noch nie, nicht einmal in Amerika oder in England, auf so ausführliche, so informative Interviews gestoßen seien. In einem Plattengeschäft habe ich ein Mädchen getroffen (einen ziemlich steilen Zahn), die sagte mir, daß die Bücher auf sie die gleiche Wirkung hätten, als wäre sie in einem Film, als sähe sie die Bewegungen, als hörte sie die Stimmen, und nicht, als würde sie etwas lesen – und das, weil ich die Atmosphäre, den Ton, die Gesten, den ganzen Rest usw. so toll hingekriegt hätte. Oder dann wieder ein Typ von der ziemlich pingeligen Sorte, weißt du, einer von denen, die die gesamte Plattenproduktion ihrer Lieblinge mit sämtlichen Erscheinungsdaten auswendig wissen, sagte mir letzte Woche, als ich mit Damiadiama eine Runde durch die Buchhandlungen drehte, daß es ihm so vorgekommen sei, als läse er einen autobiographischen Roman, so reich an Einzelheiten, Reflexionen, Beobachtungen usw., usw. sei das Buch. Das verschafft mir natürlich immense Befriedigung und läßt meinen Kamm ein wenig schwellen, auch wenn ich versuche, ganz ruhig und normal zu bleiben. Keine Sorge, ich werde nicht verrückt spielen, aber das ist nicht so einfach, denn es passiert einem ja nicht so häufig, von einem Tag auf den anderen ein Star des internationalen Rockjournalismus zu werden und auf so viel Begeisterung zu stoßen, Teufel noch eins, Albert! Jedenfalls, der Ruf ist mittlerweile gefestigt, der Name ist ein Markenzeichen geworden, alle sagen nichts anderes als: Noch mehr, noch mehr, gib uns noch mehr. Also, ich warte mit Ungeduld, beeil Dich mit dem nächsten Interview, laß mich noch besser dastehen. Diese Geschichte wird ein richtig explosives Phänomen! Es ist einfach unglaublich, Albert, wir können sie jetzt nicht enttäuschen.

Nun gut, dieser Brief ist mal wieder viel zu lang geraten, ich schließe jetzt mit Gruß und Kuß, denn ich habe einem Schätzchen, mit dem ich mich zuweilen treffe, Margherita heißt sie (vielleicht habe ich Dir bereits von ihr erzählt, ich erinnere mich nicht, es passiert einfach zuviel zur Zeit), versprochen, sie zum Essen auszuführen und dann ins Kino; denn wenn einer reich und berühmt ist, erwarten die Frauen einen Haufen Dinge von ihm – große, kleine, aller Art. (Vielleicht trifft das auch zu, wenn einer arm und unbekannt bleibt, aber mir kommt es nun mal so vor, als sei jetzt alles ganz anders geworden, einfach alles, meine ich. Albert, die ganze Welt um mich herum ist im Begriff sich zu verändern, und das mit einer Geschwindigkeit, schneller als das Licht.)

Extrastronge Umarmungen von Deinem mittlerweile fast legendären
Raimondo A. Vaiastri

Via Magolfa

Auf diese Weise begann die Phase, in der Raimondo glaubte, tatsächlich ein Star des internationalen Rockjournalismus zu sein. Aus jedem seiner Briefe konnte ich herauslesen, daß er noch weiter in diese Richtung abgedriftet war. Seine Sprüche klangen immer irrer, und er führte immer mehr Reaktionen und Bestätigungen von seiten der Leute ins Feld.

In jedem meiner Antwortbriefe versuchte ich, ihn auf den Boden der Tatsachen zurückzuholen, ihm begreiflich zu machen, wie riskant es war, so aufzudrehen oder sich noch mehr zu exponieren, als er es sowieso schon mit der Signierung der Interviewbücher mit seinem Namen tat. Doch ich wußte, daß es keinen Weg gab, ihn zu bremsen: Seine hyperaktive Phantasie arbeitete eben wie die eines Bewohners zweier Parallelwelten. Er hatte jetzt viel zuviel Material zu verwerten, nachdem er über viele Jahre so gut wie nichts zwischen den Fingern gehabt hatte. Und er wurde mit Lobesbekundungen überhäuft, die selbst einem, der mit beiden Beinen auf der Erde steht, den Kopf verdreht hätten.

Der einzige Aspekt bei der ganzen Sache, der mich einigermaßen beruhigte, war seine umsichtige Vorgehensweise in den Zeitabschnitten, da er sich offiziell im Ausland aufhalten sollte, um die Rocktitanen zu interviewen. Er griff dann zum Hörer und teilte Damiano Diamantini mit, daß er kurz vor der Abreise nach New York oder London oder an die Französische Riviera stehe, wo die langwierigen Vorbereitungen für das Interview anlaufen würden: Gemeinsam ein Gläschen trinken, zusammen was rauchen, eine Runde im Ferrari drehen, bis Morgengrauen abhängen, Musik hören, sich Top-secrets anvertrauen, zwanglos schwatzen – aus alledem würde er am Ende dann sein ellenlanges Exklusivinterview stricken. Anschließend packte er seine Koffer, verabschiedete sich von seinen Eltern und seiner Freundin Margherita und den Hausnachbarn, fuhr mit dem Taxi zu der kleinen Mansarde seines Cousins in der Via Magolfa, wo er bereits einen Vorrat an Nahrung für Leib und Seele zusammengetragen hatte. Viermal drehte er den Schlüssel im Schloß, um die Tür gut abzuriegeln, und verbrachte bis zu zwei Wochen bei der Lektüre von russischen und französischen Klassikern sowie von Automobilzeitschriften; er ernährte sich von Thunfisch aus der Dose, Käse, Crackern. Er schlief viel. Er telefonierte mit keinem und öffnete auch nicht die Tür, wenn es klingelte, nicht einmal nachts setzte er einen Fuß auf die Straße. War die Zeit um, die er für die Dauer seiner Reise festgesetzt hatte, schlüpfte er aus der Mansarde in der Via Magolfa und kehrte mit Koffern voller schmutziger Wäsche und auch mit ein paar ausländischen Mitbringseln zu den Seinen zurück. Die Souvenirs hatte er irgendwo aufgetrieben, bevor er in Klausur gegangen war. In der Zwischenzeit hatte ich ihm das Interview geschickt, er öffnete den Umschlag, las es durch, einmal, zweimal, um zu wissen, was drinstand, wenn er mit Diamantini telefonierte und ihm sagte, daß alles fertig sei.

Sich in der Mansarde zu verstecken war für Raimondo kein Opfer, ja, nicht einmal eine simple Form der Vorsicht; ich glaube, es war für ihn vor allem ein Mittel, sich selbst glauben zu machen, nach Amerika oder England oder Frankreich gereist zu sein. Auf diesem Wege löschte er den kleinen, aber wesentlichen Teil der Wirklichkeit aus, der sich weiterhin nicht mit seiner Vorstellungswelt deckte.

El Encanto

Trotz der Nüchternheit, die ich mir dank der räumlichen Entfernung hinsichtlich der Geschichte mit den Interviewbüchern bewahrte, war meine geistige Verfassung nicht als ganz normal zu bezeichnen. Meine einzige konkrete Aufgabe bestand darin, Material zu sammeln und zu schreiben; was den Rest anging, ließ ich mich in ein undefinierbares Wohlbefinden treiben, das von keinem Wölkchen am Horizont getrübt wurde. Ich lebte wie einer, der ein ertragreiches Hobby pflegt – genau diese Distanziertheit wahrte ich auch gegenüber den alltäglichen Sorgen, deretwegen sich die Leute ringsum abstrampeln. Von Zeit zu Zeit wurde mir bewußt, wie diese Sorglosigkeit mir die Lust nahm, mit der Welt um mich konkrete Beziehungen zu knüpfen. Dann wiederum empfand ich dies als eine Gabe der Umstände, die ich so möglichst ausgiebig genießen wollte. Ich schlief lange, konzentrierte mich auf geringfügige oder sehr weitläufige Fragen, sah mich um, überlegte, suchte nach Wegen, meine Zeit zu verbringen.

Tagsüber drehte ich mit dem Wagen meine Runden, vorbei an großen Ranches auf den Hügeln zwischen Canyons und Eukalyptuswäldern; und dabei versuchte ich mir vorzustellen, auf der anderen Seite des Gatters zu sein. Ich fuhr am Ufer des Ozeans entlang, spazierte über den Strand. Manchmal ließ ich den Wagen auf dem Uniparkplatz und durchstreifte die schmalen Wege des Campus. Von Zeit zu Zeit setzte ich meinen Fuß in die Gänge der Fakultäten, und beim Anblick der Studenten, die mit Büchern und Heften unterm

Arm die Hörsäle betraten und verließen – allesamt gefangen in ihren Spielchen aus Blicken, Lächeln, Namen und kurzen Sätzen, Anbindungen, Bekanntschaften und Gründen, weshalb sie dort waren –, fühlte ich mich ausgeschlossen. Ich fragte mich, ob ich mich ebenfalls an der Uni einschreiben könnte; ich dachte, das wäre eine gute Chance, Mädchen kennenzulernen, Freundschaften zu schließen und wichtige Anknüpfungen an das Hier und Heute herzustellen. Endlich würde ich herausfinden, was ich eigentlich wollte oder wozu ich im Leben fähig war. Aber ich war viel zu faul und durch den Wind, um mich wirklich aufzuraffen und Erkundigungen einzuholen; im übrigen hatte ich ja bereits eine Arbeit, wollte ich meinen, und zwar eine kreative, anspruchsvolle und obendrein sehr gut bezahlte Arbeit. Ich fuhr in die Stadt zurück und parkte in der Main Street. Ich stieg aus, um die Gesichter zu beobachten und das Verhalten der Leute auf den Gehwegen zu registrieren, und betrat dann die Buchhandlungen, um Geschichtsbücher und Synonymenwörterbücher durchzublättern.

Abends sah ich mit meinen Mitbewohnern fern oder ging ins Kino. Von Zeit zu Zeit gab es ein Konzert im Arlington Theatre, das im Innern wie ein mexikanischer Pueblo aussah: kleine weiße Häuschen reliefartig an den Wänden hängend, das ganze Gewölbe dunkelblau getüncht wie der nächtliche Sternenhimmel. Wer auch immer spielte, ich ging hin und hörte ihn mir an; ich versuchte, die Details der Einsätze, der Finales und der Satzfetzen zwischen den Liedern mitzukriegen; ich sammelte Material für meine Arbeit, die eigentlich keine war.

Ab und zu lud Joe Barrick mich ein, in einer Bar auf den Hügeln was zu trinken, Musik zu hören. Wir schafften es jedesmal, recht hübsche Mädchen anzumachen, zu denen wir uns an den Tisch setzten oder die wir an den unseren baten. Manchmal gelang es uns auch, sie später noch mit nach Hause zu nehmen. Doch wie ich bereits sagte, Joe Barrick hatte keine Absicht, Bindungen oder Verpflichtungen einzugehen.

An den meisten Abenden schloß er sich in seinem Zimmer ein oder ging aus, ohne mir etwas zu sagen. Sheila Thompson hatte einen Verlobten, und Patty Threet war ein häßliches Entlein; oft fühlte ich mich allein, frei schwebend über dem Leben eines angenehmen Ortes, mit dem ich eigentlich nichts zu tun hatte, genausowenig wie mit den übrigen Plätzen auf der Welt.

Eines Abends nahm ich den Bernhardiner Louis auf einen Spaziergang über die Hügel mit, obwohl sein Frauchen außer Haus war und mir keineswegs die Erlaubnis dazu gegeben hatte. Ich dachte mir aber, es sei eine aufmerksame Geste gegenüber dem Hund. Ich spazierte also mit dem Bernhardiner an der Leine, und das gab mir das Gefühl, wesentlich mehr Teil des Geschehens zu sein.

Ich kam an der Bar El Encanto vorbei, wo ich mit Joe Barrick schon ein paarmal gewesen war, und hörte, wie sich ein Mann und eine Frau zwischen den geparkten Autos stritten. Sie kreischte: »Mach, daß du zum Teufel gehst!« Und er: »Geh du zum Teufel!« Und sie: »Du bist ein gefühlskalter Feigling!« Und er: »Und du bist eine wahnsinnige Neurotikerin!« In der Luft hing der Duft von Jasmin, aus der Bar drang die samtige Stimme einer Softsängerin, die fast jeden Abend dort auftrat, begleitet von den gebrochenen Akkorden einer Elektrogitarre. Die Stimme der Frau sagte: »Ich will dich nie mehr wieder sehen!« Die Stimme des jungen Manns: »Da kann man sehen, wie verrückt du bist!«

In der Dunkelheit konnte ich nur zwei verschwommene Schatten in der Nähe eines parkenden Autos ausmachen; dann eilte eine der Schattengestalten auf das Leuchtschild der Bar zu, ich erkannte ein recht ansehnliches Mädchen mit einem hübschen hellgeblümten Kleid. Der Typ, der mit ihr stritt, brüllte: »Jeannette?! Wie willst du verdammt noch mal nach Hause zurückkommen?!« Jeannette beschleunigte ihre Schritte und blieb ihm die Antwort schuldig. Der Typ schrie: »Hey, komm sofort hierher!«

Ich wartete ein paar Sekunden ab, um zu sehen, ob er sie verfolgte oder ob sie es sich anders überlegen und kehrtmachen würde. Doch er blieb im Schatten, und sie setzte ihren Weg fort. So zog ich Louis an der Leine und ging ebenfalls die abschüssige Straße hinunter.

Es war wie eine natürliche Reaktion über mich gekommen, das Mädchen einzuholen und ihr einen Satz zu sagen wie: »Sie gestatten, daß ich Sie mit meinem Hund heimwärts begleite?« Zwei oder drei Variationen davon hatte ich im Kopf, und alle im Ton des britischen Gentleman aus dem neunzehnten Jahrhundert. Ich hatte immer schon eine Neigung zu antiquierten Reaktionen gezeigt, wenn ich mich in gewissen Situationen befand; und die augenblickliche Situation gehörte dazu. Diese Neigung habe ich noch immer: Ich weiß nicht, woher sie stammt, aber die Bücher, die ich während meiner Bildungsjahre gelesen habe, spielten mit Sicherheit eine Rolle dabei. Es bedarf nur eines entsprechenden Auslösers, und schon purzeln bestimmte Sätze aus meinem Mund, und ich bewege mich in passender Weise.

Doch das Mädchen war bereits zu weit entfernt, es genügten nicht nur ein paar Schritte, um, zack, einfach so, an ihrer Seite zu sein. Ich hätte Tempo zulegen, ihr auf den Fersen bleiben müssen und wäre dabei Gefahr gelaufen, für einen Anmacher gehalten zu werden, der vorm Lokal auf seine Beute wartet. Als einzige Möglichkeit fiel mir ein, in den Laufschritt zu verfallen, so als wollte ich den Hund trainieren. Louis, der Bernhardiner, legte auf seine kraftstrotzende Art einen Galopp hin und schleifte mich in einem Affentempo mit. Innerhalb von drei Minuten waren wir auf der Höhe des Mädchens. Rasch schritt sie aus auf ihren hochhackigen Abendschuhen, den Blick starr geradeaus gerichtet, die Nase nach oben gestreckt. Sie hatte eine gerade Nase und ein edles Profil, aber es war mir nicht möglich, viel zu erkennen, denn als ich versuchte, Louis zum Stehen zu bringen, zerrte er mich wie verrückt weiter die Straße hinunter. Ich brüllte: »Halt! Stop!« und zog an der Leine, die Füße gegen das Straßenpflaster gestemmt, bis er am Ende nicht mehr konnte und stillstand.

Jeannette, das Mädchen, war jetzt vielleicht zwanzig Meter hinter uns, und es schien mir unmöglich, das Wort an sie zu richten; so hätte ich nämlich die Figur dessen gemacht, der ihr in der Dunkelheit an der Straßenkreuzung auflauert. Ich tat deshalb so, als würde ich mir die Schnürsenkel zubinden, und gab Louis mehrere Klapse auf den Kopf. Das Mädchen steuerte auf uns zu, den Blick in die Ferne gerichtet.

Ich sagte zu ihr: »Sie gestatten mir, Sie mit meinem Hund zu begleiten?«

Sie sah mich verdutzt an, weil ich wegen des Spurts noch keuchte und weil mein Tonfall des britischen Gentleman aus dem neunzehnten Jahrhundert ziemlich karikaturistisch klang.

Ich sagte: »Denn es ist ja bereits dunkel und keine Menschenseele weit und breit zu sehen.« Bei diesen Worten versuchte ich, meinen Ton zu modellieren und mich neben ihr zu halten.

Jeannette setzte zu einer Antwort an, da wurden wir von Autoscheinwerfern angestrahlt. Ein Wagen bremste heftig, und der Typ, mit dem sie zuvor gestritten hatte, schaute heraus und schrie sie an: »Los, steig ein, ich bring dich nach Hause.«

Sie würdigte ihn keines Blickes und setzte ihren Weg fort. Der Typ folgte ihr mit dem Wagen; er beugte sich zur Seite, um ihr den Wagenschlag zu öffnen, und sagte: »Los, Jeannette, bitte.« Sie warf mir einen Blick zu, als würde sie eine Sekunde lang zwischen zwei Möglichkeiten schwanken; dann stieg sie ein, schlug die Beifahrertür zu, und der Wagen fuhr weiter.

Ich stand da mit Louis an meiner Seite und sah den Rücklichtern nach, die sich in der Dunkelheit der abschüssigen Straße verloren. Unterdes kamen mir zwei oder drei treffende Sätze in den Sinn, die ich hätte sagen können, damit der Typ im Wagen sich als ungehobelter Schurke gefühlt hätte und Jeannette nachhaltig von mir beeindruckt gewesen wäre. Ich dachte, Reaktionen dieser Art kommen immer viel zu spät, vielleicht weil sie literarischen Ursprungs sind, das heißt nachträglich erstellten Texten entstammen; ich dachte, im alltäglichen Leben wären sie von recht geringem Nutzen. In meinem Leben gab es eine ganze Latte verpaßter Gelegenheiten, die auf meine mangelnde Schlagfertigkeit zurückzuführen waren. Blicke, Gesten, Andeutungen, auf immer vorbei.

Als ich nach Hause kam, stand Patty Threet auf dem Rasen vor dem Haus und war in höchster Aufregung; kaum erblickte sie mich mit Louis, dem Bernhardiner, fing sie an zu schreien: »Wer zum Teufel hat dir erlaubt, den Hund auszuführen, ohne mir etwas zu sagen? Ich habe geglaubt, er sei abgehauen oder man hätte ihn gestohlen! Wo, verdammt noch eins, hast du ihn denn hingebracht?«

»Hoch ins El Encanto«, erläuterte ich.

Sie achtete nicht einmal auf Louis' Freudenbekundungen und brüllte: »Untersteh dich nicht noch einmal, Aktionen dieser Art zu starten! Das nächstemal gehe ich gerichtlich gegen dich vor!«

Mailand, den 28. April

Albert, Du braungebrannter, surfverwöhnter Wahl-Santabarbarianer.

Hör Dir diese Geschichte an. Gestern ruft jemand bei meinen Eltern an, das ist die einzige Adresse, die ich Damiadiama hinterlassen habe, denn auf dem Hausboot in Amsterdam, hatte ich ihm erklärt, habe ich natürlich kein Telefon, und die Telefonnummer von der Mansarde meines Cousins habe ich niemandem gegeben, ich antworte ja sowieso nie. Jedenfalls ist da jemand am Apparat mit einer relativ vertrauten Stimme und sagt: »Ich suche Raimondo Vaiastri.« Ich frage zurück: »Aus welchem Grund suchen Sie ihn?« Ich war ziemlich kurz angebunden, wie Du Dir vorstellen kannst. Der Typ meint: »Ich bin Luigi Zuccatore, ich wollte ihn einladen, Donnerstag abend ins Rundfunkhaus zu kommen zur Sendung Pulsschlag Jugend, die diesmal den Beatles gewidmet ist. Wir würden uns sehr glücklich schätzen, wenn er unser Gast wäre.« Hast Du verstanden, Albertone, bis wohin mein Ruhm vorgedrungen ist?!! Signor Zuccatore mit seinem ganzen Getue als offizieller Fahnenträger der Jugend greift höchstpersönlich zum Telefonhörer, anstatt mich von der Sekretärin oder einem seiner Hanseln anrufen zu lassen. Du hättest hören sollen, was für einen Ton er drauf hatte! Er verneigte sich innerlich geradezu vor mir, ein bißchen mißtrauisch war er schon, aber alles in allem triefte er vor Komplimenten wegen der Vollständigkeit, der Ausführlichkeit, der unglaublichen Sorgfalt, mit der ich meine Bücher schreibe, usw., usw. Ich war mir nicht ganz sicher, ob ich zusagen sollte, weil Du ja immer nervst, von wegen ich solle vorsichtig sein, keinerlei Risiko eingehen, mich aus der Öffentlichkeit fernhalten, mich weiterhin rar machen, einfach nicht erreichbar sein, usw., usw. Auch ich hatte natürlich Angst, daß aufgrund hinterhältiger Fragen oder merkwürdiger Zufälle plötzlich ein Riesendebakel entstehen könnte. Am Ende habe ich jedoch beschlossen hinzugehen, denn es ist ein Weg, Damiadiama zu demonstrieren, wer ich wirklich bin, den er da bezahlt. In der Tat, als ich ihn anrief und ihm sagte, ich sei bei Pulsschlag Jugend mit von der Partie, drehte er bald durch vor lauter Glück und wiederholte mindestens zehnmal, ich müsse in der Sendung unbedingt den genauen Titel der Bücher nennen, auch den des im Mai erscheinenden Bands, vor allem aber müsse ich den Namen des Verlags deutlich aussprechen, denn mittlerweile habe ich ja einen fast fremdländischen Akzent, nach all den Jahren, die ich im Ausland verbracht habe. Wie Du siehst, nach den ganzen Proben, die wir zusammen gemacht haben, kriege ich das toll hin, richtig echt bin ich. Dennoch, Du brauchst Dir keine Sorgen zu machen, ich war hypervorsichtig im Radio und bin kein Risiko eingegangen; wenn ich nicht direkt befragt wurde, habe ich fast mit keinem der anderen Gäste gesprochen, und das war die Crème de la crème der sogenannten Rockexperten, auch wenn sie, wie wir wissen, die Hälfte der Zeit nicht einmal eine Ahnung haben, wovon sie eigentlich reden. Du hättest sehen sollen, wie sie mich anglotzten: allesamt sehr vorsichtig, allesamt bedacht darauf, zu begreifen, woher zum Teufel dieser Raimondo A. Vaiastri plötzlich kommt, der drei Interviewbücher geschrieben hat, von denen sie nur träumen können. Ich verstehe sie auch wiederum, die Ärmsten! Wenn ich bedenke, daß sie die echten Rockriesen nur von weitem, in einem überlaufenen Pressesaal durchs Fernrohr zu sehen kriegen; wenn das Glück ihnen hold ist, dürfen sie den Stars aus gebührender Entfernung und mit Hilfe eines Dolmetschers ein oder zwei Fragen stellen und kriegen ein oder zwei Standardantworten, und damit hat sich's. Und zack, steht da einer wie ich vor ihnen, der mit den Stars der Rockmusik pari pari reden darf, und zwar so lange, wie er will. Und über sämtliche Themen, die ihm einfallen, wie ein Freund, ein Intimus. Er ist einer, der sie dazu bringt, von sich zu erzählen: von der Kindheit, dem Liebesleben, davon, wie ihnen die Eingebung für ihre bekanntesten Lieder gekommen ist. Auf diese einfache Weise werden ganz automatisch, ohne großes Tralala, sämtliche Passagen ihrer Laufbahn rekonstruiert, usw., usw. Klar doch, daß sie mich wie eine Art Marsmensch anstarren! Sie können es einfach nicht begreifen, wie beim Leibhaftigen ich es nur geschafft habe. Sie sind zerfressen vom Neid, werfen mir Blicke zu, als wollten sie sagen, wer, verflixt noch eins, ist das bloß, was erlaubt der sich eigentlich, uns auf diese Art und Weise in den Schatten zu stellen. Doch zugleich sind sie scheißfreundlich – man weiß ja nie, ich könnte ihnen ja irgendwann mal nützlich sein, wenn sie einen Kontakt oder eine Telefonnummer brauchen, usw., usw.

Ich weiß schon, daß Du jetzt wieder mit Deinem Geplärre kommst, daß es hyperriskant ist, sich zu sehr zu exponieren, sich in der Öffentlichkeit zu zeigen, so viele Spuren zu hinterlassen, usw., usw. Aber ich versichere Dir, ich renne nicht zu Hinz und Kunz, ich gehe nur zu den großen Events, ich paß auf, was ich sage. Und ob! Ich geh nirgendwohin wie ein Schwachkopf und mach eine schlechte Figur. Andererseits, wenn man ein Star des Rockjournalismus wird, muß man auch etwas davon haben, ansonsten begreift man wahrlich nicht, was zum Teufel an der Sache dran sein sollte, außer Geld natürlich. Doch Du weißt besser als ich, daß die Knete bestimmt nicht der einzige Grund ist, weshalb man solche Dinge tut. Schreib mir also nicht wieder so, als hättest Du einen armen Bekloppten vor Dir, der keine Ahnung von nichts hat und nicht weiß, wie er die Sache anpacken soll. Ich habe den Eindruck, daß ich mich bis heute ziemlich wacker geschlagen habe, sonst würden wir jetzt auch nicht darüber reden, oder? Also, Alberto, sieh zu, daß Du Dein Leben dort in Kalifornien genießt, sorge Dich um nichts, hier ist alles unter Kontrolle. Beeil Du Dich vielmehr, mir das neue Interview zu schicken, denn Damiadiama sitzt mir bereits im Nacken; er hat immer Angst, daß die Goldmine unter seinen Augen versiegen könnte. Noch immer hat er nicht begriffen, daß es keine Grenzen gibt, was Raimondo A. Vaiastris Connections und seine Fähigkeiten angeht, Begegnungen auf den Weg zu bringen, die Leute zum Reden, zum Analysieren anzutreiben, die schönsten Songs der Geschichte zu rekonstruieren, wie es keinem bislang gelungen ist.

Hasta la vista
Dein
R.A.V.

Jeannette Rice

Eines Nachmittags klapperte ich die Musikregale einer Buchhandlung in der Main Street ab, als ich Jeannette sah, die ich einige Abende zuvor zusammen mit dem Hund Louis hatte nach Hause begleiten wollen. Sie hielt eine Songcollection der Fleetwood Mac in der Hand, und ich erkannte sie nicht auf Anhieb, denn sie trug Jeans und ein T-Shirt, aber ihre gerade Nase kam mir vertraut vor.

Seite an Seite waren wir eine Weile in unsere Nachforschungen in den Regalen vertieft, taxierten uns immer wieder flüchtig, bis sich mit einemmal unsere Blicke kreuzten. Lächelnd fragte sie: »Wo ist der Hund?«

»Zu Hause«, sagte ich und machte eine vage Handbewegung. »Er ist ein bißchen zu groß und zu schwerfällig, um ihn in die Geschäfte mitzuschleifen.« Den Tonfall eines britischen Gentleman aus dem neunzehnten Jahrhundert hatte ich mittlerweile abgelegt und redete, wie mir der Schnabel gewachsen war.

Sie sagte: »Jedenfalls, danke für dein Angebot.«

Ich sah sie an, als hätte ich keine Ahnung, was sie eigentlich meinte: Da hatten wir sie ja schon wieder, meine träge Auffassungsgabe.

Sie sagte: »Vorgestern abend« und machte ein Zeichen nach hinten.

Und ich: »Ach, nichts.« Und mit den Worten: »Mein Name ist Alberto Scarzi« reichte ich ihr meine Rechte.

Sie drückte mir die Hand und erwiderte: »Jeannette Rice.«

Wir verließen den Laden, spazierten noch einige Häuserblocks die Main Street entlang und machten dann halt, um ein exotisches Früchtemixgetränk zu schlürfen. Bevor wir uns verabschiedeten, gab sie mir ihre Telefonnummer.

Jeannette Rice lebte mit zwei Freundinnen in einem Canyon im Südosten von Santa Barbara. An dem Abend, als ich sie zum Essen in einem Restaurant abholte, führte sie mich erst kurz durch ihren Garten; dort gab es eine Wanne aus Zedernholz für Unterwassermassagen – das Ding sah aus wie ein riesiges Weinfaß – und einige Aloepflanzen, die ihrer Aussage nach Wunderkräfte besaßen.

Als ich sie in meinen grünen Plymouth Fury III einsteigen ließ, neigte sie den Kopf und lächelte, als hielte auch sie es für eine exzentrische Entscheidung, einen solchen Wagen zu fahren. Erneut fragte sie mich, wo denn der Hund sei, und ich sagte: »Zu Hause.« Mir war klar, daß es sich um ein dummes Mißverständnis handelte, doch jetzt schien es mir zu spät, um ihr zu sagen, daß ich mir das Tier nur für einen Abend ausgeliehen hatte.

Ich führte sie in ein kleines Lokal auf den Hügeln, wo es gute Forellen vom Grill gab. Es war eine Art Pioniershütte aus rohem Holz, die Tische standen in der Nähe der Fenster, und in der Ecke war ein Mikrofon, denn ab zehn Uhr abends wurde Musik gemacht. Jeannette gestand mir, daß ihr Vater, als sie ihm erzählte, sie würde mit mir ausgehen, gesagt habe: »Paß auf, das ist ein Typ, der die Mädchen in den Po kneift.« Offensichtlich hatte er nach der Universität während seiner Zeit in Italien viele Italiener auf der Straße oder im Bus gesehen, die den Frauen ans Hinterteil faßten. Jeannette wirkte wegen dieser Warnung nicht besonders beunruhigt, und lächelnd erkundigte sie sich: »Stimmt das?«

»Nicht ganz«, sagte ich.

»Nein?« drängte sie. Ihre Nase war sehr gerade und schien genauso geradewegs zu voreiligen Schlüssen zu neigen.

Ich sagte: »Die Italiener werfen den Frauen gerne schmachtende Blicke zu, verrenken den Kopf nach ihnen, rufen ihnen anzügliche Bemerkungen zu, pfeifen ihnen hinterher – aber die Geschichte mit dem Hinternkneifen ist nicht so häufig.«

»Nein?« sagte Jeannette wieder, und beim Lächeln bildeten sich Grübchen auf ihren Wangen.

Ich versuchte, Informationen über sie zusammenzutragen, wie ich es immer tue, wenn ich nicht einmal weiß, ob es eine gemeinsame Sprache gibt, in der man Zeichen austauschen könnte. Ich bereute es, vor dem Weggehen nicht eine halbe Quaalude eingeworfen zu haben; ununterbrochen mußte ich daran denken, daß die Situation dann viel lockerer und einfacher wäre. Ich war nicht nur verlegen, sondern ich hatte Angst vor der Nichtkommunikation, dem Nichtbewußtsein und den vielen anderen Nichts, die es zwischen uns gab. Jeannette erzählte mir, daß sie studierte, aber auch zeitweilig für den Mann ihrer älteren Schwester jobbte. Ich fragte, um welche Arbeit es sich dabei handle, und sie: »Um eine recht außergewöhnliche Arbeit.«

»Außergewöhnlich inwiefern?« fragte ich. Es war nicht einfach, mit ihr zu kommunizieren: Beide wußten wir, daß wir einen Part spielten, wir beobachteten unsere Gesten, unseren Gesichtsausdruck, und wir tranken unseren Weißwein in winzigen Schlucken.

Jeannette erzählte, der Mann ihrer Schwester habe im Alter von fünfzehn Jahren die Entdeckung gemacht, daß er mit vollkommener Sicherheit jede Musiknote erkennen und anstimmen konnte. Diese Fähigkeit machte aus ihm in der Schule ein Phänomen; ständig bedrängten ihn die Mitschüler und die Lehrer, sein Können unter Beweis zu stellen. Sie spielten ihm einen Ton auf der Blockflöte oder auf der Gitarre oder auf der Mundharmonika vor und fragten, welche Note das sei. Er erriet sie immer, lag nie daneben.

Andere Male wiederum sagten sie: »Sing uns ein As«, oder: »Pfeif ein Fis.« Wenn sie es dann auf dem Klavier überprüften, war es perfekt. Nach dem Abschluß des Gymnasiums erfand er eine Methode, die er »Das absolute Gehör« nannte; er ließ sie auch patentieren und schaffte es, sich von seinem Vater die Produktion eines Schubers mit einem Buch und drei Hörkassetten bezahlen zu lassen. Diesen Schuber verkaufte er per Korrespondenz oder auf Publikumsdemos.

Ich fragte: »Du meinst *Das absolute Gehör* von Steven Culligan?« Mehrfach war mir in Musikzeitschriften eine doppelseitige Werbebeilage in die Hände gefallen, worin neben der Abbildung eines strahlenden Steven Culligan mit gewelltem Haar die ganze Geschichte erzählt wurde.

Jeannette sagte: »Genau.«

Sie erklärte mir, daß sie zusammen mit ihrer Schwester ebendiese Werbedemos der Methode Culligan in Schulen, Universitäten, Buchhandlungen oder Kaufhäusern organisiere. Sie sagte: »Papa ist gar nicht begeistert davon, aber für mich bedeutet es, eigenes Geld zu verdienen.«

»Wieso ist er dagegen?« fragte ich.

»Weil niemand aus der Familie Rice sich jemals mit so banalem Kram abgegeben hat«, erklärte sie, den Tonfall ihres blasierten Vaters nachahmend, und machte eine abfällige Handbewegung. Aber ein wenig Stolz auf den Vater war dennoch herauszuhören.

Ein mageres, hochgewachsenes Mädchen mit Pferdeschwanz nahm die Gitarre zur Hand und sang mehrere nervtötende Folksongs, und zwar in genau derselben Reihenfolge wie die letzten zwei Male, als ich hiergewesen war. Die Leute an den Tischen applaudierten am Ende eines jeden Lieds. Jeannette hingegen beugte sich zu mir und meinte: »Pfff! Die sollte besser unseren Kurs mitmachen.«

Dann fragte sie mich, welchen Job ich denn mache, und

ich erklärte ihr, daß ich Bücher über die großen Rockmusiker schreibe.

»Tatsächlich?« fragte sie ungläubig.

»Ja«, sagte ich. Ich trank weiterhin kalifornischen Weißwein in kleinen Schlucken und hoffte immer noch, auf diesem Wege lockerer zu werden, doch vergeblich. Die gegrillte Forelle war an jenem Abend leicht verkohlt, aber Jeannette leistete gute Arbeit beim Entgräten. Ich fragte mich, ob unsere Begegnung vor dem El Encanto der erste Ring einer ganzen Kette schicksalsgewollter Ereignisse wäre. Ich fragte mich, ob ich gut daran täte, die ganze Zeit über Zeichen und Spuren zu sammeln und begreifen zu wollen, wo diese sich überschneiden könnten. Ich sagte: »Nun gut, wir haben beide was mit der Musikbranche zu tun, nicht wahr?«

»Ja«, meinte sie und fragte weiter: »Sind deine Bücher in Amerika erschienen?« Sie schaute mir nicht ständig in die Augen; ihr Blick wanderte auch zu den anderen Tischen, heftete sich auf die Kellner, die mit den Tellern vorbeigingen.

Ich sagte: »Nein, bislang nur in Italien. Ich werde sie dir zeigen.« Wieder kam mir in den Sinn, daß ich die Bücher ja gar niemandem zeigen konnte, weil Raimondos Name und nicht meiner auf dem Cover stand. Ich fügte noch hinzu: »Jedenfalls sind sie nichts Besonderes. Sie sind nur ein Mittel, um Geld zum Überleben zu verdienen.«

»Und was würdest du lieber machen?« fragte Jeannette, »im Leben, meine ich.«

»Ich weiß es nicht«, antwortete ich. »Vielleicht etwas mit Musik oder auch mit Film. Oder Schreiben, ich weiß es nicht.« Ich trank noch ein Glas Weißwein, die Flasche war fast zu Ende; noch immer fühlte ich mich nicht relaxed und fragte: »Und du?«

»Ich weiß es nicht«, sagte sie, mit derselben eckigen Geste, mit der sie auch ihren Vater imitiert hatte. »Abgesehen davon, daß ich gern mein Pädagogikstudium zu Ende bringen, dann heiraten und eine Familie gründen will. Und den ganzen Rest.«

Ich lachte; mir war nicht klar, ob ihre Worte ernst gemeint waren oder nicht.

Sie fragte: »Was soll das heißen ›etwas mit Musik‹?« und versuchte das mit einem italienischen Akzent zu sagen, aber es war nicht meiner, sie mußte ihn wohl in irgendeinem Mafiafilm gehört haben.

»Ich weiß nicht«, sagte ich. »Ich spiele ein wenig Gitarre.«

»Was für Musik spielst du?« fragte Jeannette Rice. Sie hatte sehr blaue, aber kleine Augen, und die Pupillen waren stecknadelkopfgroß, auch jetzt im schwachen Licht. Sie war eine von diesen spröden Blondinen, die mir noch nie besonders gefallen haben, schon auf den ersten Blick nicht, ohne dabei dem Zufall, den verwunderlichen Übereinstimmungen, dem romantischen Flair unserer ersten Begegnung Rechnung zu tragen.

Und so sagte ich: »Na ja, Blues, Instrumentalimprovisationen, Sachen in dieser Richtung. Oder auch Songs.«

Und sie: »Beispielsweise?«

»Ich weiß nicht, im Stil von Bernard Ohanian«, antwortete ich.

Sie sagte »Aha!« und nickte. Dann erhob sie sich und sagte: »Du entschuldigst mich für einen Augenblick?«

Die Sängerin mit dem Pferdeschwanz machte eine Pause, setzte sich auf einen Barhocker, trank ein Bier. Jeannette ging hin und sagte etwas zu ihr; worauf das Mädchen sich in meine Richtung drehte, mich ansah und nickte. Jeannette kam an unseren Tisch zurück und sagte: »Ich habe sie gefragt, ob du ein Stück spielen darfst, sie ist einverstanden.«

»Aber ich habe gar keine Lust«, hielt ich ihr entgegen. »Nicht jetzt. Ich bin nicht in der richtigen Verfassung, die Forelle liegt mir im Magen.«

Doch Jeannette Rice war beharrlich und ließ keine Ausflüchte gelten. Die Frau mit dem Pferdeschwanz schaltete für mich eine kleine Verstärkeranlage an und verkündete am Mikrofon: »Meine Damen und Herren, für Sie: Alberto!«

So ging ich also hin, setzte mich auf den Barhocker und spielte einen kleinen Blues in E. Ich war nicht besonders gut, denn der Wein, den ich intus hatte, verzögerte meine Reflexe, und die Saiten der Gitarre waren ultradünn. Doch als ich geendet hatte, klatschten die Leute an den Tischen Beifall. Da Jeannette mir bedeutete weiterzumachen, spielte ich auch *Key to the highway*, was mir eine Idee besser gelang. Als ich fertig war, gab ich ihr sofort die Gitarre zurück.

Ich begleitete Jeannette nach Hause, und sie sagte: »Ich muß dir meinen Schwager vorstellen.«

»Damit ich nicht so oft falsch spiele?« fragte ich.

»Weil er für dich interessant sein könnte«, erwiderte sie. Mich zu zwingen, in dem Forellenlokal aufzutreten, hatte dazu geführt, daß einige Schutzschirme zwischen uns entzweigebrochen waren, doch noch immer gab es eine ganze Menge davon.

Als ich den Wagen vor dem hölzernen Tor ihres Hauses anhielt und den Motor abstellte, sagte sie: »Ich küsse nie beim ersten Date.« Das saß! Obwohl ich gar keine Absicht hatte, sie zu küssen, und keinerlei Anstalten gemacht oder etwas Entsprechendes gesagt hatte.

Mailand, den 30. Mai

Über alles geschätzter Alberto Scarzi,

wie geht es Dir in Deinem kalifornischen Dauerurlaub zwischen Oliven, Orangen, Palmen, Stränden, knackigbraunen Schönheiten, die windsurfen, Margarita trinken, ein strahlendweißes Lächeln haben? Du Hundesohn, wie ich Dich beneide!! Aber auch ich lasse es mir nicht schlecht ergehen, obwohl ich noch immer in unserem schäbigen kleinen Ländchen, unserem grauen, öden Mailand-welch-Schand bin. Wie auch immer, es ist klar, daß ich Dich früher oder später besuchen komme, vor allem weil ich doch ständig sagen muß: »Ich fahre nach Amerika« und deshalb tatsächlich einmal hinwill; so kann ich dann ein paar Briefe mit rot-blau gestreiften Briefmarken, eine Handvoll Ansichtskarten mit Sonnenuntergängen auf dem Ozean verschicken, obwohl ich die Leute daran gewöhnt habe, daß ich absolut nichts von mir hören lasse, wenn ich auf Mission bin, usw., usw. Doch jetzt ist auch hier beinahe Sommer, Du weißt ja, wenn die Luft heiß und zähfließend ist, wenn die Mädchen alle leicht bekleidet herumlaufen, viel Bein, Arm, Hals, helles oder schon leicht gebräuntes Fleisch zeigen, lächeln und sich langsamer, verführerischer bewegen.

Wenn ich an letzten November denke, kommt es mir vor, als seien mehr als zehn Jahre vergangen, oder ein ganzes Jahrhundert, ja, als sei es Vorgeschichte, Albert. Ich frage mich heute, wie ich, verflixt noch eins, nur vorher gelebt habe, ohne daß mein Name auf den Bucheinbänden und mein Foto auf dem Klappentext waren, ohne die Aufmerksamkeiten, das Geld, die Leute, die mich wiedererkennen, wenn ich wohin gehe. Schaue ich zurück, glaube ich einen anderen zu sehen, einen, der nicht das Schwarze unterm Fin-

gernagel besaß, um den sich kein Schwein kümmerte, abgesehen von der eigenen Familie oder einem Freund, wie Du einer bist; das liegt in so ferner Vergangenheit, die immer weiter und mit irrem Tempo von mir wegrückt. Es kommt mir vor, als hätte es diese Zeit in Wirklichkeit gar nicht gegeben. Albert, Du müßtest es mit eigenen Augen sehen, wie alle mir jetzt nachrennen, mir Einladungen zu Konzerten für Plätze in der ersten Reihe schicken, mich anrufen, um meine Meinung über eine Band, einen Sänger, irgendeine neue Tendenz in der Musik zu hören, die sie sich ausgedacht oder in irgendeiner ausländischen Zeitung entdeckt haben. Doch wenn sie mich einladen wollen, mache ich bestimmt keinen Rückzieher – solange ich Schallplatten abstauben kann, es was zu saufen, was zu essen gibt, solange ich mit den schönen Mädels in den Apartments, in den vornehmen Häusern mit verborgenen Innengärten tanzen darf, usw., usw. Den Mechanismus habe ich bereits kapiert, es genügt, sich rar zu machen, so zu tun, als wüßte man schon alles, als hätte man einen Vorsprung von mindestens sechs Monaten; oder man hält es wie diejenigen, die ihren Kopf ganz woanders haben, auch wenn sie hier sind; es reicht schon, so zu tun, als kennte man nicht einmal die Namen von denen, die hier sind, auch wenn sie sich noch so wichtig vorkommen. Man braucht nur so zu tun, als kenne man ausschließlich die echten internationalen Rockgrößen. Das gibt dir einen unglaublichen Kick, Albert. Alle sind da und hängen an deinen Lippen, geben dir recht, starren dich an, als wärst du der Interviewgott, und das bin ich ja auch! Schließlich habe ich doch die schönsten vier Bücher über die Rockmusik gemacht, die in diesem Land (auch außerhalb) jemals erschienen sind. Jedesmal, wenn ich anfange zu erzählen, wo ich überall gewesen bin, zusammen mit meinen ultraberühmten Freunden, wenn ich ein paar Einzelheiten fallen lasse, bei denen man die Ohren spitzt, der Blick sich schärft, dann solltest Du sie sehen! Denen mußt Du nur verklickern, daß sie nichts von dem wissen, was wirklich zählt, daß sie den Anschluß verpaßt haben, daß sie übergangen worden sind, auch wenn sie immer die Superinformierten, die ganz Lockeren mimen

– und mit einem Schlag hast du sie total in der Hand. Albert, ich könnte mich totlachen deswegen, aber es tut mir auch wiederum ein wenig leid: Ich glaube, so langsam gebärde ich mich selbst wie die Rockriesen aus meinen Interviews; weißt Du, so, wie wenn Du über den Dingen schwebst, der Mob unten bleibt, wenn Du die Heuchelei derer nicht mehr ertragen kannst, die immer herumhängen und etwas von Dir erwarten, die immer Erklärungen, Anleitungen, Hinweise, Tendenzvorhersagen von Dir wollen, usw., usw. Ach ja, beinahe hätte ich's vergessen: Letzte Woche war ich im Flying Elephant, es gab da einen Cocktailempfang, von einem Hochglanzheft organisiert: Ein Haufen sogenannter einheimischer VIPs von Kino, Fernsehen, Musik war versammelt, was soviel heißt wie die Zwerge der pathetischsten Provinz der Erde. Also, ich war dort, ein bißchen genervt war ich schon, obwohl ich mir ein paar Cuba Libre gegönnt hatte, um mich bei Laune zu halten. Plötzlich kommt die Chefin der Zeitschrift zu mir, zieht mich am Arm und stellt mir SAMANTHA HOGSON vor – Minirock, Stiefeletten, die Titten, das Mündchen, die Haare schön anzusehen, besser als auf dem Foto der Titelseite! Das Girl von dem Magazin sagt zu ihr: »Das ist Raimondo Vaiastri, er hat phantastische Interviewbücher geschrieben, die einen Riesenerfolg haben.« Und Samantha Hogson: »Nice to meet you«, mit dieser ganz vertrauten Stimme, weißt Du, jedoch ohne das zerstreute Getue, das solche Leute in derartigen Situationen an sich haben. Sie tat richtig interessiert und schaute mir tief in die Augen, capito, Albert. Ringsum waren die vielen Leute, die uns anglotzten, wir spürten ihre Blicke richtiggehend auf der Haut, beinahe so, als wären wir auf der Bühne, die Scheinwerfer auf uns gerichtet, usw., usw. Du kannst ruhig sagen, Albert, daß Samantha Hogson ein Popstar, ein dümmliches Püppchen ist, alles, was Du willst – aber ich versichere Dir, sie auf zwanzig Zentimeter Entfernung vor Dir zu haben ist etwas, was Dir einen elektrischen Schlag versetzt. Es gibt Dir die Bestätigung, daß Du interessant bist, auf ihrem Level bist, wenn sie Dir eine Menge netter Sachen sagt – abgesehen davon, daß ich

vielleicht ein Wort von fünfzig verstanden habe, was ich natürlich nicht gezeigt habe, sondern immer wieder lachend »Yeah, yeah« machte. Ich lachte, wenn sie lachte, und am wichtigsten war, daß es für mich kein Problem war, eine Ultraberühmtheit vor mir zu haben, denn auch ich bin berühmt, wenn auch noch nicht ultra, doch ich bin auf dem Weg dahin. Inzwischen, Donnerwetter, wenn also Samantha Hogson einen solchen Narren an mir gefressen hatte, sich derart amüsierte, dann muß das bedeuten, daß meine Interviews mit den Giganten des Rock diese noch gigantischer erscheinen lassen und ich vielleicht das gleiche mit einer Popgigantin wie ihr machen könnte: Ich könnte einen superscharfen Artikel über sie schreiben, in dem sie bei einem schwierigen und anspruchsvollen Publikum ankommt. Ich habe keine Ahnung, wer weiß, was ihr durch das Köpfchen ging, es dürfte wohl etwas in der Richtung gewesen sein. Der Meisterstreich war jedenfalls, daß ich mich davongeschlichen habe, bevor sie es tat … Hast Du verstanden, also bevor sie wieder in die Menge abtauchte, weißt Du, wie es diese Superberühmten machen, die auf Partygesellschaften ständig von einem Grüppchen zum anderen unterwegs sind, nie länger als ein paar Minuten an ein und derselben Stelle stehenbleiben, ununterbrochen lächeln, nach allen Seiten grüßen, Namen rufen, über die Menge hinwegschauen. Doch in diesem Fall war sie stehengeblieben und plauderte mit mir bereits seit gut zehn Minuten, vielleicht war es auch eine Viertelstunde. Du kannst es Dir einfach nicht vorstellen, was das für eine Wirkung auf die Leute ringsum hatte. Es war so, als hätte sie einen Pfeil mit der Aufschrift GIGANT auf mich gerichtet, weißt Du, eine Art endgültiger Heiligsprechung. Doch als es am schönsten war und mir schwante, daß die Situation von einem Moment zum anderen kippen, das heißt, sie sich möglicherweise verziehen könnte, sagte ich: »Es tut mir schrecklich leid, aber ich muß jetzt wirklich los«, verstehst Du? Sag mir bitte, ob dies ein Meisterschlag war oder nicht, Albert? Ich habe um mich geblickt wie einer, der mit dem Kopf längst woanders ist, an andere Begegnungen denkt. Am Ende haben wir noch unsere Telefonnummern ausgetauscht, und dabei erklärte ich ihr, daß ich in diesen Monaten fast nie zu Hause, das heißt in Amsterdam bin; ich gab ihr die Nummer meiner Eltern in Mailand als vorübergehende Anlaufstelle. Sie gab mir ihre Nummer in London und sagte, ich solle sie doch anrufen, wenn ich mal dorthin fliege. So habe ich jetzt also die Privatnummer von Samantha Hogson, was mir das mindeste zu sein scheint, Albert, mein guter Junge, ja, das mindeste, was man an Telefonnummern im Notizbuch eines Typs wie Raimondo A. Vaiastri, genannt R.A.V., finden sollte, meinst Du nicht auch?

Jedenfalls, nachdem ich dachte, wenn ich mir selbst nur etwas weniger behindert vorkäme, mit diesem Scheißenglisch, wäre ich wesentlich lockerer gewesen. Ich konnte sehen, wie die Leute um mich herum die Ohren spitzten, um mitzukriegen, was für einen Akzent ich drauf hatte, wie ich mich anstellte. Du kannst beruhigt sein, von außen gesehen war ich beim Reden richtig gut, aber eine Menge Sachen, die Samantha sagte, verstand ich einfach nicht; weißt Du, die kleinen Feinheiten blieben im Nebel; ich begriff in groben Zügen, und natürlich hätte es mir gefallen, ein paar schöne, brillante Sprüche loszulassen, etwas Intelligentes zu sagen, auch wenn eine wie sie sich vielleicht von solchen Dingen nicht weiter beeindrucken läßt. Also habe ich beschlossen, Englischunterricht zu nehmen. Das wird Dich freuen, es war ja Deine stehende Rede, daß ich nicht darum herumkäme und nicht den internationalen Interviewer mimen könnte, der nicht mal Englisch spricht. Zum Glück kann Damiadiama noch weniger Englisch als ich, was bedeutet, er hat keinen blassen Schimmer. Nun, ich habe bereits drei Lektionen hinter mir, ich mache recht passable Fortschritte, Du wirst schon sehen, wenn ich nach Amerika komme. Die werden denken, daß ich seit wer weiß wie vielen Jahren dort lebe und den Akzent bereits vorher hatte. Jetzt muß ich nur ein paar Wörter, Verben, Redewendungen zusammenbasteln, doch wenn du den Akzent, die Sprechweise einmal draufhast, kommt der ganze Rest fast von allein. Stell Dir nur vor, die Tante, bei der ich Unterricht habe, ist eine Blinde aus Galles; sie ist verheiratet mit einem Ange-

stellten meiner Bank; Du solltest sehen, was das für eine vertrackte Situation ist. Ihr Blindenhund, eine graupelzige Schäferhündin mit bösen gelben Äuglein à la Giftschlange, weicht ihr nicht von der Seite und behält mich die ganze Zeit unter Kontrolle. Auch das Frauchen kontrolliert mich ständig, denn obwohl sie mich nicht sehen kann, kriegt sie dennoch mit, ob ich dem Unterricht aufmerksam folge oder versuche, die Antworten hinten im Übungsbuch abzugucken. Es ist ein Ding der Unmöglichkeit, sie auszutricksen: Ihr Gehör ist ultraempfindlich, sie hört auch das winzigste Raschelgeräusch wie eben beim Umblättern der Seiten. Dann fährt sie mich an in einem knallharten Ton, daß es einem ganz angst wird: »Hier wird nicht gespickt!« Auch die Tatsache, daß sie blind ist, wirkt ziemlich ungemütlich auf mich, ich weiß nicht, es läßt bei mir den Eindruck entstehen, als sei sie strenger oder so was in der Richtung, und deshalb bin ich gezwungen aufzupassen. Selbstverständlich wirst Du darüber sauzufrieden sein.

Also gut, wieder mal habe ich zuviel geschrieben, es kommt daher, daß diese elektrische Schreibmaschine mich jedesmal mitreißt, wenn sie die Buchstaben gestochen scharf aufs Papier schießt, so als wären sie in einem meiner Interviewbücher gedruckt. Auch wenn ich nur zwei oder drei Wörter haben will, dann schreibt sie zehn hin, es kostet mich ja keine Mühe (natürlich auch, weil ich Dir einen Haufen Sachen zu erzählen habe), und die kommen so schnell aufs Papier, daß es eine Art perverser Genuß ist. Vielleicht überkommt mich die Schreibmanie, wie Du behauptest, sie zu haben, obwohl ich in der Vergangenheit nicht einmal in der Lage war, zwei Zeilen zu schreiben. Jetzt ist es natürlich klar, jetzt bin ich ein berühmter Interviewer und Schriftsteller, für den das Schreiben das Berufsinstrument ist, usw., usw.

Un fuerte abrazo
von Deinem
R.A.V.

Rhonda Rawlings

Die Briefe von Raimondo bereiteten mir wachsendes Unbehagen; jedesmal brauchte ich Stunden oder gar Tage, um sie zu verdauen. Das Unbehagen trug die Spuren einer geballten Ladung von Gefühlen: Am stärksten waren die der Besorgnis um seinen Geisteszustand und die möglichen Folgen seines immer unbedachteren Auftretens in der Öffentlichkeit. Und Neid. Ich beneidete ihn, weil er immer mehr dem Wahnglauben verfiel, ein internationaler Rockjournalist zu sein. Ich beneidete ihn, weil er es tatsächlich geworden war. Ich neidete ihm seine Beschreibungen vollendeter Handlungen und erhaltener Aufmerksamkeiten. Ich war neidisch auf seinen Namen auf den Buchumschlägen und seine Fotografien über den Klappentexten. Ich war mir der Absurdität bewußt, ich hätte mit der Rollenverteilung zwischen uns zufrieden sein sollen, doch es war nicht so. Mir war, als hätte ich mich aus eigenem Antrieb an einen Ort verbannt, wo keiner meinen Namen oder mein Gesicht kannte und wo keiner eine Vorstellung davon hatte, wie ich mein Geld verdiente. Ich dachte, daß ich wieder mal faul und feige gewesen war; ich hätte den Schneid haben müssen, alles allein zu machen, ohne mir einen Darsteller für die von mir kreierte Figur zu suchen. Ich hätte niemals zulassen dürfen, daß er die gesamten Meriten meiner Erfindung für sich verbuchte.

Dann beließ ich es dabei und machte mich daran, Material für das nächste Interviewbuch zu sammeln; ich ordnete die Anmerkungen und Notizen nach einer inzwischen perfektionierten Methode, ich schrieb und schrieb. Tage und Wochen vergingen, bis ich mit dem Ergebnis zufrieden war.

Ich dachte, daß ich mir nicht viel aus dem Ruhm und der Anerkennung machte, vor allem, da sie auf getürkte Anfänge zurückgingen. Ich dachte, daß ich eigentlich einen guten Abstand zu der ganzen Angelegenheit hatte; bis ein weiterer Brief von Raimondo mir noch größeres Unbehagen bescherte.

Ich beschloß, zur Überwindung des Unbehagens handfestere Beziehungen zu meiner Umwelt aufzubauen. Mehrmals fragte ich bei Joe Barrick nach, ob er mir einen Job im Bauunternehmen seines älteren Bruders verschaffen könnte. Doch er schob das Thema wie üblich auf die lange Bank, bis es schließlich ganz in Vergessenheit geriet. Ich gab ein paar Anzeigen auf, um einen Baßgitarristen und einen Schlagzeuger zu finden, mit denen ich spielen könnte. Aber die Typen, die sich dann vorstellten, überzeugten mich nicht oder verfolgten ganz andere Musikrichtungen. Ich besuchte einen Kurs für kambodschanische Massagetechnik, einen über Diätetik, einen über Motorenwartung sowie einen Spanischkurs, die alle von der Gemeinde Santa Barbara angeboten wurden. Nach drei oder vier Lektionen kam ich mir jedoch wie ein Hobbyidiot vor und ging nicht mehr hin. Mir schien, als trennten mich immer einige Zentimeter von den wichtigen Dingen, als sei ich gefangen unter einem feinen Netz aus Fatalismus, Schüchternheit, Gleichgültigkeit und Mangel an praktischer Veranlagung. Ich sagte mir, am Ende kommt, was kommen muß. Vielleicht würde ich eines Tages eine sichere Methode entdecken, mit der man die Dinge geschehen läßt und sie auch kontrollieren kann.

Eines Sonntags ging ich am Nachmittag zur Geburtstagsparty einer Freundin von Patty Threet, die Rhonda Rawlings hieß. Sie hatte ein Kindergesicht mit Sommersprossen, ein gewinnendes Lächeln und ein flottes Figürchen. Sie hatte mir auf Anhieb gefallen, als sie vorbeigekommen war, um

Patty Threet zum Kino abzuholen. Ich hatte Patty Threet gebeten, es so einzurichten, daß ein Wiedersehen zustande käme. Doch Patty reagierte ziemlich ausweichend, was mich glauben machte, daß sie mir diesen Gefallen nicht erfüllen würde. An einem Samstag aber sagte sie, daß Rhonda Rawlings am nächsten Tag zu ihrem Geburtstag ein Fest im Haus ihrer Eltern gebe. Und ich sei auch eingeladen.

So warf ich also eine Viertelstunde vorm Aufbrechen eine halbe Quaalude ein und ging dann mit Patty Threet zum Haus des Festes. Es war eine typische kalifornische Mittelstandsvilla: Sie hatte ein kleines Eingangstor, einen gepflegten Rasen vor dem Haus und nach hinten hinaus einen Garten mit Swimmingpool und Barbecue. Von dort ertönte Musik aus einer Stereoanlage, und die Boys und Girls sahen alle aus, als stammten sie aus einer Fernsehserie der sechziger Jahre: Das besagten ihre Gesichter, Frisuren, Klamottenfarben, Gesten, Namen, Stimmen, T-Shirts, Röcke, Jeans, Schuhe.

Rhonda Rawlings war so, wie ich sie von ihrer Stippvisite im Haus in der Olive Street in Erinnerung hatte: Mir gefielen ihr Lachen, wenn sie sich über die Glückwünsche ihrer Freunde freute, und ihre Art, wie sie die Geschenkpäckchen zur Hand nahm und voller Neugier auspackte. Sie begrüßte mich mit Schwung und empfing dann die anderen Gäste, die nach und nach eintrafen; sie bewegte sich mit Leichtigkeit von einem Punkt des Festes zum anderen. Ich beobachtete sie aus einiger Entfernung und dachte, daß sie tausendmal hübscher, appetitlicher und natürlicher war als Jeannette Rice, der ich aus purer Trägheit fast schon offiziell den Hof machte. Ich dachte, daß Rhonda der Typ Mädchen sei, auf den ich stand. Obwohl wir uns noch nicht einmal vernünftig unterhalten hatten, konnte ich mir vorstellen, mein ganzes Leben mit ihr zu verbringen: mit ihr zu frühstücken, spazierenzugehen, Sex zu haben, zu lesen, Häuser zu bewohnen,

Orte aufzusuchen, Reisen zu unternehmen, Überraschungen füreinander bereitzuhalten, Kinder zu kriegen, die Zeit gemeinsam zu leben, alles zu leben.

Ich wollte eigentlich zu ihr gehen und etwas sagen, aber ich hockte einfach da im Gras neben Patty Threet und hielt eine Bierdose in der Hand. Rhonda Rawlings war meiner Einschätzung nach viel zu sehr mit anderen Leuten beschäftigt. Jedesmal, wenn ich Anstalten machte, mich zu erheben, trat jemand in mein Blickfeld. Obendrein hatte sich Patty Threet jetzt richtig an mich rangeschmissen und säuselte mir ständig ins Ohr. Mir war schleierhaft, ob es wegen des Biers war oder weil ich am Abend des Konzerts eine mißverständliche Situation zwischen uns heraufbeschworen hatte. Liebend gern wäre ich deutlich auf Abstand zu ihr gegangen, was nicht einfach war, denn wegen des Quaalude war ich richtig kommunikationsgeil. Außerdem wollte ich Patty Threet nicht enttäuschen, und in meiner Eitelkeit war ich auch wiederum gebauchpinselt, daß ihre gesamte Aufmerksamkeit mir galt. Meine Gedanken waren voller Unruhe, genau wie meine Wahrnehmungen.

Dann legte jemand einen frenetischen Boogie-Woogie auf, und alle fingen an zu tanzen. Ich sah, wie Rhonda Rawlings zwischen den lachenden Gesichtern, den flatternden Händen, den bunten Shirts mit ihrem zauberhaften Lächeln hervortrat und mir zuwinkte, weil sie mit mir tanzen wollte. Anstatt aufzuspritzen wie ein Stehaufmännchen, ihre Hand zu ergreifen, die Beine mit dem Höchstmaß an Energie rhythmisch zu bewegen, sie anzulächeln und ihr witzige, tiefgründige, heitere Nettigkeiten zu sagen, all meine abrufbereiten Qualitäten in die Waagschale zu werfen, sie im Kreis tanzen zu lassen und wieder an mich heranzuholen, ihr Komplimente zu machen, sie zu umarmen, sie zu küssen ... blieb ich einfach auf dem Rasen hocken. Ich war mir nämlich nicht sicher, daß ihr Lächeln und ihr Winken tatsächlich mir galten. Und obendrein flüsterte mir Patty Threet gerade etwas Unwichtiges ins Ohr.

Als ich es endlich kapiert hatte und mich von Patty Threet befreien konnte, stand ich auf, wühlte mich durch die tobende Schar der Tänzerinnen und Tänzer. Doch Rhonda Rawlings tanzte längst mit einem anderen und war auf nicht wiedergutzumachende Weise beleidigt. Sie erwiderte nicht einmal meinen Blick, reagierte nicht auf mein verzweifeltes Lächeln, als ich um sie herumschlich: Sie war eine auf immer verlorene Partie.

Steven Culligan

Jeannette Rice rief an und lud mich zum Abendessen zu ihrer Schwester und ihrem Schwager ein. Unsere Beziehungen gediehen einem absurden Mechanismus folgend: Der bestand aus Telefonaten, Fragen, Antworten, nichtssagenden Komplimenten, flauen Witzen und vermeintlicher Neugierde. Streckenweise war ich mir bewußt, daß dies ein völlig sinnloses Verhalten war, insbesondere wenn ich es mit meiner schrecklichen Reaktionsverzögerung bei Rhonda Rawlings verglich, der ich gerne mein ganzes Leben zu Füßen gelegt hätte. Für Jeannette Rice gab es gar keine Frage, daß ich an ihr interessiert war, wie könnte ich auch anders! Und das wiederum trieb mich dazu, mich so zu verhalten, als sei es tatsächlich so. Ich war gefangen in einem Spiel aus Forderungen und Angeboten. Aufgrund einer mir unerklärlichen Verschiebung in der Optik erschien mir Jeannette Rice wie das reale Leben und Rhonda Rawlings nur als ein reizender Flash meiner Einbildungskraft; ich ließ mich also von einer unbedeutenderen Form des Schicksals lenken.

Am Abend der Einladung zog ich mir das pfauengrüne Dinnerjackett an, das ich in einem Secondhandshop erstanden hatte. Ich schluckte eine halbe Quaalude, stieg in meinen Plymouth Fury III und holte Jeannette in ihrem Haus im Canyon ab. Sie war noch nicht ausgehfertig; mit einem Handtuch um den Kopf erschien sie an der Tür und bat mich, einen Augenblick einzutreten. In der Küche saßen die zwei Weiber, mit denen sie die Wohnung teilte; sie kicherten los, als ich sie begrüßte. Die halbe Quaalude tat offensichtlich kaum Wirkung, deshalb schluckte ich auch die andere Hälfte der Pille, die ich für den Zeitpunkt mitgenommen hatte, wenn die Wirkung der ersten nachließe. Ich warf einen Blick ins Wohnzimmer, da gab es viel Fensterwand, rötliche Holzverkleidung und modernes Mobiliar. Es war die typische Wohnung von Mädchen aus betuchtem Haus, vermutlich war sie Eigentum der Eltern einer der drei.

Jeannette rief aus ihrem Zimmer, sie sei soweit, und kam dann ins Wohnzimmer. Im Gehen schloß sie den zweiten Hängeohrring, und der Metallhaken durchtrennte ihr linkes Ohrläppchen. Ich reagierte sehr befremdlich: Zum einen war ich entsetzt über das Unglück, zum andern voller Staunen, als sei es eine Magiernummer. Es trat kein Blut aus, und sie nahm das Ganze merkwürdig gelassen, sagte nur: »*Ich hab's gewußt*. Wenn man ständig viel zu schwere Ohrgehänge trägt, dann passiert das eben.« Ich begriff nicht, ob sie die Sache herunterspielte, weil ich da war, und ob das womöglich noch eine Verhaltensweise war, die sie von ihrem Vater übernommen hatte; vielleicht scherte sie sich tatsächlich wenig um ihr Ohrläppchen. Ich fragte sie, ob ich sie zu einer Erste-Hilfe-Station oder zu einem Arzt fahren sollte, und Jeannette erwiderte: »Laß sein. Machen wir uns auf den Weg, sonst ist meine Schwester stocksauer. Sie haßt es, wenn Leute zu spät kommen.«

Auch im Wagen betrachtete ich ihr Ohr mit der seltsamen Rille und erkundigte mich mehrmals, ob sie Schmerzen hätte. Es tat mir zwar leid für sie, aber echtes Mitgefühl kam bei mir nicht auf. Im Gegenteil: Ihr zerrissenes Ohrläppchen machte sie in meinen Augen noch unattraktiver oder fremder. Dennoch war mir bewußt, daß all meine Gesten und Blicke als Zuneigungsbekundung ausgelegt werden könnten. Ich dachte, daß ich mit ihr die gleichen Passagen durcheilte, die mich vor Jahren dazu gebracht hatten, Minna Torre zu meiner festen Freundin zu machen und mit ihr eine Ewigkeit voller Langeweile zusammenzubleiben, obwohl sie mir gar nicht gefiel. Ich dachte, wie einfach es doch war, ohne wirkliche Begeisterung oder echte Überzeugung in das Stadium der Annäherung und dann in das der Vertrautheit zu schlittern. Man mußte sich nur von dem ganz allgemeinen Bedürfnis treiben lassen, nicht allein sein zu wollen.

Jeannette hieß mich vor einem eisernen Hoftor halten, stieg aus und sagte etwas in die Gegensprechanlage. Das Tor öffnete sich, und vor uns lag eine Allee, die beidseitig von einer Reihe Scheinwerfer angestrahlt war und zu einem breiten weißen Gebäude mit neoklassizistischen Säulen führte. Es war eine Art Präsidentenresidenz in kleinerer Ausgabe. Jeannette warf mir einen flüchtigen Blick zu, um zu sehen, ob ich wohl davon beeindruckt war.

Jeannettes Schwester hieß Henrietta. Die beiden sahen sich ähnlich, nur war die Schwester kräftiger gebaut, hatte kürzere Haare, wirkte einfach erwachsener. Sie warf mir einige rasche Kennerblicke zu, als versuchte sie, meinen Anblick mit Jeannettes Beschreibungen in Einklang zu bringen. Sie bat uns ins Wohnzimmer, gleich darauf kam Steven Culighan herein und verkündete: »Meine Damen und Herren, einen wunderschönen guten Abend!« Er sah genauso aus wie auf der Anzeigendoppelseite in der Musikzeitschrift: Smokingjackett mit Fliege, die Haare im Igelschnitt, ein strahlendweißes Lächeln. Er glich eher einer dreidimensionalen Werbefotografie als einer lebendigen Person; der Stoff seiner Kleidung und die Oberfläche seines Gesichts wirkten seltsam homogen. Die zweite merkwürdige Sache war seine Masche, ständig sein Benehmen zu ändern, wobei er eine ebenfalls sehr befremdliche Skala durchlief: Zuerst maßte er sich den Ton des gesetzten Familienvaters an, machte Jeannette Vorhaltungen, sah auf sie herab, dann brach er urplötzlich in schrilles, kurzes Gelächter aus und bewegte sich wie ein Kind von acht oder neun Jahren.

Henrietta Rice hatte ein klassisches Abendessen vorbereitet: Auf der Stelle war mir klar, daß ich auf Herz und Nieren geprüft werden sollte, ob ich das Zeug dazu hätte, in diese Familie aufgenommen zu werden. Die mexikanische Hausangestellte servierte die einzelnen Gänge, trug ab, schenkte Wein nach, und die Hausherrin, die streng und gesittet an ihrem Platz saß, hauchte jedesmal »danke«, was wohl besonders elegant klingen sollte. Von Zeit zu Zeit tauschte sie einen Blick mit ihrer Schwester; beide hatten diese spitze, wenn auch unterschiedlich lange Nase, kleine blaue Augen mit winzigen Pupillen.

Steven Culllighan legte eine gewisse Überheblichkeit an den Tag, vermutlich weil er sich mordsmäßig was auf seine Fähigkeit einbildete, fehlerfrei jede Note zu erkennen und daraus eine patentierte Methode gemacht zu haben. Er war bestrebt, mir alles, wirklich alles zu erklären – von den Wahlmechanismen des amerikanischen Kongresses bis hin zu den Einwirkungen der Sonnenstrahlen auf die Hautpigmentation. Er redete, schaufelte seinen Pistazienauflauf in sich hinein und lächelte, auch wenn es keinen Grund dafür gab. Ununterbrochen stand er im Blickkontakt mit Henrietta, der Gemahlin.

Unvermittelt fragte er: »Also stimmt es, du schreibst Bücher über Musik?«

»Über Musiker«, verbesserte ich mit einem Stück Pistazienauflauf im Mund.

»Vier Titel hat er bereits veröffentlicht«, erklärte Jeannette Rice. Sie wirkte leicht unschlüssig, ob sie meinetwegen stolz oder verlegen sein sollte; sie sah ihren Schwager an, als erwartete sie von ihm einen Hinweis in der einen oder anderen Richtung.

»Was für Musiker?« fragte Steven Culllighan und blickte mir starr in die Augen. Um seinen Mund spielte ein winziges Lächeln.

Ich nannte ihm die Namen und fügte hinzu: »Es sind Interviews, Interviewbücher, meine ich.« Die zwei halben Quaalude machten aus mir einen viel zu sanften, nicht besonders ernst zu nehmenden Gesprächspartner. Trotzdem hatte ich das Gefühl, als würden die Pillen mir nicht besonders helfen, meine Verlegenheit zu überwinden. Ich trank Wein, viel Wein, trotz der Warnungen Tim Hotchinskys über die Wirkungen des Alkohols in Verbindung mit dem Wirkstoff Metaqualon.

»Ich kenne sie alle, bis auf Ohanian«, sagte er. »Wir sind gute Freunde, ich habe jedem von ihnen gratis ein Exemplar von *Das absolute Gehör* geschickt, und sie haben mir mit schönen Dankesbriefen geantwortet.«

»Die hängen drüben im Arbeitszimmer«, sagte Henrietta Rice.

»Wer veröffentlicht deine Bücher hier in Amerika?« fragte Steven Cullighan.

»Niemand«, antwortete ich. »Sie sind bisher nur in Italien erschienen, denn sie sind speziell auf den italienischen Markt zugeschnitten.«

»Wieso?« fragte er. Sein Lächeln hatte sofort einen harten Zug bekommen.

»Hier würden sie sich schlecht verkaufen«, sagte ich. »Sie wären hier völlig unverkäuflich.« Mir schien, als würde ich die Vokale viel zu lang ziehen, aber ich war mir nicht sicher. Ich wußte, daß ich meinen Sinneswahrnehmungen nicht mehr trauen konnte.

»Das gleiche sagte Papa über *Das absolute Gehör*«, warf Henrietta Rice ein. »Als ich Steven zum Essen eingeladen hatte, um ihn meiner Familie vorzustellen, und er von seiner Methode und der Idee erzählte, sie über den Versandhandel zu verkaufen. Papa sagte damals: ›Also was soll das denn – eine Methode zum *Noten*erkennen im Versandhandel verkaufen!‹«

Steven Culllighan lachte: »Das haben mir alle gesagt, nicht nur Papa.«

»Ja, aber du weißt ja, wie Papa ist«, gab Henrietta Rice zu bedenken. »›Du kannst Gartengeräte oder Gummistiefel im Versand verkaufen, aber nicht *Noten*.‹« Die Imitation des Tonfalls ihres Vaters war identisch mit der von Jeannette, einschließlich der Begleitgesten.

Ich sagte: »Jeannette ahmt euren Vater haargenau auf die gleiche Weise nach.«

Sie und Jeannette warfen sich blitzschnell einen ernsten Blick zu.

Ich sagte: »Ihr müßt eine Menge geübt haben, gemeinsam, meine ich.« Die Wörter zogen sich wie Gummi hin; ich lächelte, bis mir der Mund weh tat, dennoch fühlte ich mich weiterhin fremd.

Jeannette aß und schwieg. Mit Blicken kontrollierte sie die Situation und ließ ihrer Schwester und ihrem Schwager freie Bahn.

Henrietta Rice fuhr fort: »Aber Steven hatte noch nie den geringsten Zweifel, daß es funktionieren würde. Nie.«

»Hm, weil ich eben daran glaubte«, ergänzte Steven Cullighan.

Und Henrietta: »Als ich das erstemal zu ihm in die Wohnung ging, häuften sich dort, verpackt und versandfertig, die Schuber mit den Kassetten und den Büchern. Ich glaube, es waren mindestens zehntausend Stück.«

»*Zwanzig*tausend«, berichtigte Steven Cullighan.

»In jedem Fall gab es nirgendwo ein Eckchen, um sich hinzusetzen«, sagte Henrietta Rice. »Als ich die Päckchen sah, hatte ich Angst, daß er niemals alle loswerden würden.«

»Mutig«, meinte ich, aber ich sprach das Wort schief aus, so was wie *moutig* kam mir über die Lippen.

»Ja. Aber ich hatte auch die Unterstützung des lieben Gottes«, erklärte Steven Cullighan.

»Und wann begann das Geschäft zu laufen?« fragte ich und wunderte mich, daß die anderen meine Worte verstanden.

Henrietta ergriff das Wort: »Nun, so richtig los ging es nach seinem Auftritt in *Big Night Out*. In dieser Sendung schaffte er es, daß Jerry Mooney innerhalb von fünf Minuten die Tonart der Stoffquietschpuppe auf seinem Schreibtisch bestimmen konnte.«

»Sie war in G-Dur«, sagte Steven Cullighan. »Leichter als so geht ja nicht! Jedem wäre das gelungen mit einem Mindestmaß an Hilfe. Das nenne ich einfach Glück.«

»Tags darauf traf eine Flut von Bestellungen aus dem ganzen Land ein«, sagte Henrietta Rice.

»Die Woche darauf waren wir gezwungen, eine Lagerhalle zu mieten«, sagte Steven Cullighan. »Wir wußten einfach nicht mehr, wohin mit all den Schubern in der Wohnung.«

Ich befürchtete, sie würden mehr von mir wissen wollen, und so fragte ich nach der Toilette. Ich ging und schluckte noch eine ganze Quaalude, die ich als absolute Notreserve in der anderen Jackentasche mitgenommen hatte.

Ich kehrte zum Tisch zurück, als hätte ich Gummi unter den Füßen. Jeannette begann auf einem schmalen Grat zwischen Begeisterung und Umsicht zu erzählen, daß ich nicht nur Bücher über Musik schrieb, sondern auch Gitarre spielte und sang. Ihre Schwester und Steven Cullighan nickten und hielten mich mit Blicken weiterhin in Schach, als stünde ich vor einer Prüfungskommission. Mir gelang es nicht, den Geschmack des Spinats mit Ananas wirklich zu kosten. Ich bewegte mich ungeschickt, trank erneut und stieß mit dem Glas gegen den Tellerrand.

Steven Cullighan wollte von mir wissen: »Was war das für ein Ton?«

»Ich hab keine Ahnung«, antwortete ich. Meine Stimme

brauste zwischen Schläfenknochen und Innenohr und hörte sich so ähnlich an wie: *»Eech haab geene Aaahnung.«*

»Ein B war das«, sagte er. Abrupt erhob er sich und saß eine Sekunde später am Flügel. Beharrlich schlug er mit einem Finger auf eine B-Taste und sagte: »Hast du's begriffen?« Dabei grinste er. Dann meinte er: »Jetzt sing mir mal ein Cis.«

Ich war mir nicht einmal sicher, daß er tatsächlich mit mir sprach. Ich versuchte zu lächeln, so wie er es tat, doch dabei waren viel zu viele Gesichtsmuskeln beansprucht, und ich verlor mein inneres Gleichgewicht.

Aber Steven Culligan wiederholte knallhart: »Alberto, ein Cis. Sing es.«

»Es gelingt mir nicht«, sagte ich: *»Eeis gelengt mer niicht.«* Ich schaffte es kaum, gerade zu sitzen.

»Versuch's«, sagte er. »Versuch es einfach.«

Ich machte den Mund auf und sagte: *»Eeich wueesde niicht maal, wie aanfangen.«* Mir kam es so vor, als bestünde einfach keine direkte Verbindung zwischen den Worten in meinem Kopf und den Klängen, die meinem Mund entströmten.

Die Schwestern Rice starrten mich an, und ich fragte mich, wieso ihre Pupillen so winzig und ihre Nasen so gerade waren.

Steven Culligan sagte: »Los, auf, mach schon, Mann, mach schon.«

Um irgendwie aus dieser Zwickmühle herauszukommen, sang ich einfach: »Doooooouuuh« und mimte dabei den todgeweihten Tenor, meine Stimme schien aus einer anderen Ecke des Wohnzimmers zu kommen.

Steven Culligan brach auf seine kindische Art in Lachen aus, seine Stimme schien sich in Wellen zu nähern und zu entfernen, obwohl er auf dem Klavierhocker sitzen blieb. Er sagte: »Ton verfehlt, Alberto! *Kilometerweit* hast du den

Ton verfehlt! Das war ein *As*!« Wieder und wieder spielte er diese zwei Noten und sagte: »Hörst du es? Cis, As! Cis, As! Cis, As! Du hast ein angeschlagenes Musikgehör, Alberto!«

»*Oufensichtlich*«, stimmte ich ihm bei. Hilfesuchend blickte ich zu Jeannette, aber die war nicht bereit, mir irgendeine Art von Hilfe zu gewähren, oder – unglaublich, aber wahr – sie dachte vielleicht, ich bräuchte gar keine.

»Aber dir kann geholfen werden!» sagte Steven Culighan. »Jeder kann geheilt werden! Wir haben in der ganzen Welt rund zweimillionenmal *Das absolute Gehör* an Menschen verkauft, die nicht die Spur von Gehör für Musik hatten. Und jetzt sind sie gesund! Sie sind imstande, jede Note zu erkennen! Und zwar sofort! Und sie zu singen!«

Ich trank noch ein Glas Wein, und das Absurde war, daß ich völlig hinüber war, mich aber weiterhin glockenklar im Kopf und Herr der Lage fühlte.

Dann wurde die Situation für mich unüberschaubar. Eine Aufeinanderfolge von Blicken, Gesten, Wörtern stürmte auf mich ein, ging über mich hinweg, ohne daß ich sie hätte registrieren oder entsprechend auf sie reagieren können. Mir war, als schwämme ich in einem Aquarium voller Tropenfische, das durch Salz oder Zucker oder irgendeine andere Substanz, die sie hineingeschüttet hatten, erleuchtet, erwärmt und getrübt wurde. Wir saßen noch immer zu Tisch, zugleich aber standen wir auf schwankendem Wohnzimmerboden, wir lehnten uns in den schaukelnden, wogenden Sofas vor und zurück und zur Seite. Alles zugleich. Ich sah Augen, Gesichter, Münder, Finger in Bewegung, und sie waren zu weit entfernt und zugleich zu nah vor meinen Augen. Auch ich redete, machte Handbewegungen und schaute um mich. Doch es war so, als wäre ich ein anderer und befände mich in gehöriger Entfernung von mir selbst. Ich lachte und versuchte, einen Kopf oder eine Schulter anzufassen, doch es gelang mir nicht. Alles bewegte sich vor und zurück, es wollte nicht stillstehen.

Dann aber waren Jeannette Rice und ich vor dem Haus Cullighan und saßen in dem grünen Plymouth Fury III, der wie ein Wunder und beinahe ohne mein Zutun der Straße zwischen den Hügeln folgte. Über alle Maßen schätzte ich seinen Charakter als alter Linienbus mit trägen Reflexen, die Art, wie er sich ohne Rucken und Schütteln in den Kurven und geraden Abschnitten vorwärts bewegte. Ich lehnte mich in den Sitz zurück und betrachtete Jeannette zu meiner Rechten: Sie erschien mir weiterhin wie eine Bewohnerin tropischer Aquarien, ich hatte nicht die leiseste Ahnung, wer sie war oder was sie dachte.

Dann stand der Wagen mit uns darin vor ihrem Haus. Mit einer schier endlosen Bewegung beugte sie sich über mich. Zuerst holte sie tief Luft, zumindest schien es mir so, wich leicht nach hinten, sagte möglicherweise etwas, doch ich verstand nicht genau, was. Dann stürzte sie sich nach vorn, preßte mit verblüffendem Eifer ihren Mund gegen meinen Mund und stieß ihre Zunge gegen meine Zunge. Mir war, als befände ich mich jetzt auf dem Grund des tropischen Aquariums: Als wäre ich eine Südseeschnecke, die sich an einer anderen Südseeschnecke reibt, und um die Gründe zu begreifen, warum das so war, hätte es der Kenntnisse von Fachleuten bedurft.

Ich war nicht in der Lage, genauer zwischen angenehmen und unangenehmen Empfindungen zu unterscheiden. Ich nahm nur ein allgemeines Pressen und Ziehen und Saugen wahr, eine warme, glitschige Salzigkeit unter Wasser. Es war, als befände ich mich eigentlich nicht dort, sondern an einem Ort oberhalb oder unterhalb oder hinter der Bedeutung dessen, was da geschah. Einen Augenblick später, vielleicht waren es auch fünf oder zwanzig Minuten später, mußte ich mich übergeben. Mit entsetzlicher Mühe riß ich mich von Jeannette los, machte voller Angst eine halbe Drehung und brauchte Ewigkeiten, um die Wagentür aufzudrücken. Jeannette sagte: »Ich gehe nicht mit einem sofort nach dem ersten Kuß ins Bett«, oder etwas in der Art, aber ebenso erstaunlich. Ich war mir nicht einmal sicher, daß sie überhaupt etwas gesagt hatte, ich sah nur, daß sich ihre Lippen bewegten. Als ich aus dem Wagen heraus war, erbrach ich mich in mehreren Ladungen gegen den Laternenfuß neben ihrem Eingangstor.

Danach erinnere ich mich nur noch, daß ich die ganze Main Street von Santa Barbara entlanggefahren bin, ohne an einer einzigen Ampel anzuhalten. Ich sah die Kreuzungen näher kommen und fuhr einfach weiter, ohne auch nur den Versuch zu machen, auf die Bremse zu treten oder das Tempo zu drosseln. Das geschah einfach so, als hätte ich nichts damit zu tun. Nur die leichte Hoffnung, daß keiner in Höchstgeschwindigkeit von rechts oder links auf mich zukäme, drang bis zu meinem Bewußtsein vor.

Am Morgen erwachte ich auf dem schmutzigweißen Teppichboden im Wohnzimmer, und mein Kopf wollte vor Schmerz schier zerspringen. Mein Magen fühlte sich an, als hätte man ihn mit Fäusten traktiert. Patty Threet und Louis, der Bernhardiner, sahen höchst erstaunt auf mich herab. Patty fragte: »Ist alles in Ordnung?«

Ich ging in mein Mansardenzimmer, nahm den Beutel mit den wenigen Quaalude, die mir noch geblieben waren, warf sie ins Klo und betätigte die Wasserspülung.

Das Merkwürdigste an der ganzen Geschichte war, daß ich bei Jeannette Rice und ihrer Familie ganz und gar keinen schlechten Eindruck hinterlassen hatte. Nachmittags rief Jeannette bei mir an und verkündete strahlend: »Meine Schwester und Steven finden dich sehr sympathisch. Henrietta behauptet, du hast echt südländisches Temperament.«

»Richte ihnen meinen Dank aus«, empfahl ich mich. »Sag ihnen, daß auch ich sie sympathisch finde.« Als ich den Hörer auflegte, konnte ich es fast nicht glauben.

Mailand, den 28. Juni

Dearest Albert,

wie geht's, wie steht's? Von hier kann ich dir nur so viel berichten, daß es LÄUFT, wie es nicht besser laufen könnte. Nicht einmal, wenn ich einen Turboreaktor im Leib hätte, einen Reflektor, der auf einem Hubschrauber montiert ist und der mich aus der Luft überallhin verfolgt. Dies hier ist ganz einfach DAS Leben, das ich immer schon hätte haben sollen, nicht mehr und nicht weniger. Unbegreiflich ist mir nur, warum es nicht schon vor einigen Jahren, als ich sechzehn war, angefangen hat. Im Grunde ist es auch so gut, zumindest weiß ich es jetzt mehr zu schätzen, meinst du nicht auch? Jedenfalls, nur um Dir etwas zu erzählen: Ich bin mit SAMANTHA HOGSON im Bett gewesen, yes, Sir! Schüttle bloß nicht den Kopf, als könntest Du es nicht glauben! Es ist die reine Wahrheit. Wir sind uns nämlich wiederbegegnet, weil wir beide Gäste einer neuen TV-Sendereihe waren, die Die Welt ist eins und kugelrund *heißt und von Fulvio Pascone – Unkraut vergeht nicht – moderiert wird. Die Sendung ist der totale Schwachsinn, aber Millionen Zuschauer hängen jeden Donnerstag gleich nach den Nachrichten vor der Glotze. Sie hatten mich angefleht, daran teilzunehmen und über das neue Buch zu reden; für mich war die Sache geritzt, als sie mir sagten, daß auch Samantha Hogson unter den Gästen sei. Als ich dort eintraf, spielte sich noch alles hinter den Kulissen ab. Kaum hatte Samantha mich entdeckt, kam sie auf mich zu, umarmte mich, als wäre ich ihr bester Freund! Hast Du kapiert, SIE ist auf mich zugekommen, ich hatte sie noch gar nicht entdeckt, und schon stand sie vor mir. Du hättest die Gesichter der anderen italienischen Gäste, der Techniker, des Programm-*

leiters, der Assistentinnen usw., usw. sehen sollen. Ich glaube, erst in diesem Augenblick ist ihnen klargeworden, wer Raimondo A. Vaiastri wirklich ist, nämlich der einzige italienische Journalist und Schriftsteller, der die wirklichen Größen nicht nur aus der Ferne anglotzt, sondern mit ihnen auf ein und derselben Ebene zu tun hat. Jedenfalls die andere schöne Schicksalsfügung war die, daß sie uns nebeneinander auf eine kleine Couch plazierten; so haben wir die ganze Zeit, wenn die Kamera nicht auf uns gerichtet war, geplaudert, geschäkert, gelacht, und auch als wir im Bild waren, haben wir uns angelächelt oder ließen ein, zwei Worte fallen. Ich fand es wunderbar, daß ich bei der Blinden Englisch gelernt hatte, denn ich konnte alles verstehen, was Samantha Hogson zu mir sagte! Es war ein himmelweiter Unterschied zum ersten Mal, Englisch schien tatsächlich meine zweite Sprache zu sein. Der Trick bestand darin, einen glaubwürdigen amerikanischen Akzent hinzukriegen, also mit schönem rollendem R, buckligen Vokalen und schleppender Zunge, verstehst Du? Wichtig war auch, daß ich so tat, als wäre ich voll in meinem Element, weißt Du, ohne die geringste Anstrengung kam es aus mir heraus, als wäre es kinderleicht. Jedenfalls klebten Samantha und ich auf diesem Sofa aneinander, und stell Dir vor, Fulvio Pascone mit seinem bescheuerten Kugelschädel ulkte noch herum von wegen: »Wird die schöne Samantha gar noch ein Opfer des Latinocharmes unseres Raimondo Vaiastri?« Schnallst Du das, allein schon der Begriff »unseres Raimondo Vaiastri« vermittelte Millionen Zuschauern die Idee, daß ich einer von denen, einer von den GANZ GROSSEN NUMMERN bin, deren Namen man nur zu nennen braucht, und schon ist alles gesagt. Nun, Samantha fing an zu lachen, du weißt ja, wie, du kennst es, dieses glucksende Lachen, das sie am Ende von Just Like Me heraussprudeln läßt ... also genau dasselbe sexy Lachen, zum Wahnsinnigwerden, so als gäbe sie Pascone recht. Madonna, Albert, ich spürte, daß ich wie ein D-Zug voranpreschen konnte. Ich wäre ein Idiot, ein Schwachkopf, ein Weichei gewesen, wenn ich einen Rückzieher gemacht hätte.

Wie auch immer, ich habe die natürliche Linie weiterverfolgt, verstehst Du, die Linie dessen, der ganz und gar nicht aufgeregt, auch nicht besonders beeindruckt ist. Nein, gerade nur mal aufmerksam, freundlich, gerade so viel, um ihr die Idee zu geben, daß ich weiß, sie ist eine schöne Frau, sie ist ein echter Star, usw., usw. Als wir am Ende gemeinsam das TV-Studio verließen, fragte ich sie, ob sie zufällig Lust hätte, mit mir noch etwas trinken zu gehen, und sie machte einfach nur »Yeah!«, weißt Du, auf diese Weise, halb scherzend, halb unmöglich erfüllbarer Wunsch; immerhin waren auch noch ihr Agent, ihre Sekretärin, ihr Leibwächter, der Assistent, der Programmleiter mit dabei. Es ist ja nicht so, als könnte Samantha Hogson wie eine gewöhnliche Sterbliche einfach in einer Bar etwas trinken und obendrein frei von der Leber weg reden, denn die anderen klebten an ihr dran, sie wurde richtiggehend eskortiert. Trotzdem standen wir einige Minuten dort am Corso Sempione vor der Fernsehanstalt, während wir auf ihre Limousine warteten. Die anderen waren alle nervös, als wären zwei Minuten Verspätung schon das Ende der Welt. Unterdes sagte sie mir, daß sie ins Hotel zurückfahren würde, aber sie sagte das auf eine Weise, als gäbe es noch einen Hoffnungsschimmer, weißt Du, eine von diesen Sachen, die Du checkst, wenn Du nicht völlig auf den Kopf gefallen bist. So fragte ich sie, welches Hotel das denn sei, weißt Du, so ganz beiläufig. Sie nannte mir den Namen, ihr Wagen fuhr vor, sie umarmte und küßte mich, und während sie in die Limousine schlüpfte, rief sie »Bye, bye«, als würden wir uns nicht mehr wiedersehen. Doch als der Wagenschlag noch offenstand, sagte ich zu ihr »Wir sehen uns«, mit einem Fragezeichen am Ende, gerade so, um ihr die Idee zu geben, daß es eine Frage war, doch sie hätte auch einfach nur so tun können, als wäre nichts. Doch genau das geschah nicht. Sondern sie blickte mir mit ihren riesengroßen Guckern tief in die Augen und nickte kaum wahrnehmbar. Sofort schloß sich die Wagentür, und die Limousine rollte weg. Ich glaube, noch nie in meinem Leben habe ich mich so gefühlt wie in diesem Augenblick! Du hast keine Ahnung, was für einen Erdrutsch auch nur der pure Gedanke an eine solche Sache in deinem Innern auslösen kann.

Jedenfalls, um es kurz zu machen, ansonsten erzähle ich noch die ganze Nacht, Dein Raimondo A. Vaiastri hat ein Taxi genommen und sich zur Piazza della Repubblica bringen lassen, hat das Hotel von Samantha Hogson betreten … Aber in aller Ruhe, um ja niemandem aus ihrem Umfeld über den Weg zu laufen; dann ist er zum Empfang gegangen, hat ein Doppelzimmer verlangt, obwohl das ein Sümmchen kostete, es lief mir kalt den Rücken runter, Albert, als ich die Zahl hörte. Du hättest dieses Aas von Empfangsportier in Livree sehen sollen, wie er mich mißtrauisch beäugte, nur weil ich kein Gepäck dabei hatte und nicht aussah wie der typische Hotelgast (zu meinem Glück). Ich sagte zu ihm, falls er es wünsche, könne ich auch gleich mit einem Scheck bezahlen. Und er: »Aber nein doch, das ist nicht nötig. Selbstverständlich zahlen Sie alles bei Ihrer Abreise.« Ich sagte ihm, er solle mir auch eine Flasche französischen Champagner aufs Zimmer bringen lassen. Ich war jetzt auf dem richtigen Dampfer, alles geschah wie von selbst, ich wollte natürlich nichts Halbes tun, auch wenn ich diesem Heuchelschwein am liebsten ins Gesicht gespuckt hätte. Doch im Grunde juckte er mich gar nicht, im Höchstfall könnte es mir leid tun, so viel Kohle für eine Nacht zum Fenster rauszuschmeißen. Aber sag Du mir, wie oft passiert es einem im Leben, eine Nacht mit Samantha Hogson zu verbringen, ich konnte sie ja schlecht ins Haus meiner Eltern oder in die Mansarde meines Cousins einladen, wo es nicht mal einen Aufzug gibt, und obendrein ist es jetzt im Sommer wie in einem Backofen. Wie auch immer, sie wäre sowieso nicht gekommen. Meine einzige Sorge war, daß ich mir nicht tausendprozentig sicher war, was dieser Blick von ihr, bevor sie endgültig in der Limousine verschwunden war, tatsächlich zu bedeuten hatte. Doch dann sagte ich mir, pfeif drauf, man lebt nur einmal – heute bin ich ein Star des internationalen Rock, morgen wer weiß was. Auch wenn ich hoffe, daß es morgen noch besser sein wird als heute, natürlich, usw., usw. Jedenfalls, mein guter

Albertino, hatte ich die Sache ganz und gar nicht mißverstanden. Das Fräulein Hogson hat sofort den Hörer abgenommen, als ich ihr Zimmertelefon läuten ließ. Und sie gab sich ganz liebreizend, sündhaft gurrend und prickelnd, geschmeidig wie ein Katzentier ... Du kannst dir nicht vorstellen, mein Herz pochte rasend. Alles kam mir vor wie ein Traum und nicht wie eine wahre Geschichte; ich habe die zwei Fläschchen Gin geleert, die im Zimmerkühlschrank standen, denn mit dem Champagner wollte ich auf sie warten. Ich spazierte weiterhin auf und ab, und nach einer halben Stunde ungefähr klopfte es an meine Tür. Ich machte einen Satz – man stelle ihn sich vor wie im Comic –, und draußen stand leibhaftig Samantha Hogson, der Star, der bislang ich weiß nicht wie viele Millionen Platten weltweit verkauft und mehrere Grammy Awards gewonnen hat! Sie trug eine Art Hausmantel aus Satin mit einer Schlappkapuze, ich konnte kaum ihr Gesicht erkennen. Mich traf beinahe der Schlag, als sie in mein Zimmer trat und sagte: »Gimme something to drink.« Zum Glück hatte ich das Richtige getan, als ich den Champagner bestellte, andernfalls, kannst Du Dir vorstellen, wie erbärmlich ich dagestanden hätte, wenn ich die Schnapsfläschchen aus dem Zimmerkühlschrank hätte ziehen müssen; im übrigen hätte ich für das Zeugs am Ende fast genausoviel hinblättern müssen, unglaublich, die in den Hotels nehmen es von den Lebenden. Jedenfalls, Du hättest sehen müssen, wie sie das Zeugs hinuntergegluckert hat, als wäre es Wasser, und dabei lachte sie erzzufrieden und reichte mir den leeren Kelch, damit ich ihr neu einschenke. Ruckzuck, innerhalb von zehn Minuten, hatten wir die Flasche geleert, und ich mußte eine zweite bestellen. Ich wartete im Korridor auf den Zimmerkellner, damit er ja nicht im Zimmer herumspionierte und sehen könnte, wer bei mir war, usw., usw.

Nun, Albert, man braucht rund fünf Minuten, um sich an diesen Lebensstandard zu gewöhnen, doch wenn Du einmal daran gewöhnt bist, läuft alles wie im Traum ab. Wenn man reich und berühmt ist, sind vielleicht ein paar Sächelchen komplizierter, der größte Teil aber ist unglaublich viel einfacher! Es ist, als rutschte man bergaufwärts, begreifst Du, Du gehst irgendwo hin, kaufst Dir die Sachen, die Du willst, mietest Dich in Luxushotels ein, bestellst französischen Champagner, der Dir auch sofort gebracht wird. Tor und Tür stehen Dir offen, alles geschieht wie von einem Zauberstab befohlen, Du läufst ständig auf Hochtouren. Hingegen wenn Du arm bist und kein Hahn nach Dir kräht, kann man gar nicht glauben, wie alles erstarrt ist und sich auch für Jahre nichts tut, nichts bewegt sich, außer dem, was für Dich eigentlich nicht geschehen sollte, usw., usw. Wie auch immer, ich überspringe das, was anschließend kam, Du bist ja nicht mehr grün hinter den Ohren, Du kannst es Dir vorstellen. Ich will Dir nur so viel sagen, vielleicht war es nicht die aufsehenerregendste Erotikperformance Deines Raimondo A. Vaiastri, mir war nämlich nicht so, als hätte ich die Situation voll im Griff: Der ganze Champagner und der Gin, die ich in mich hineingeleert hatte, waren dabei nicht sehr von Nutzen. Doch ich versichere Dir, ich habe bestimmt keine schreckliche Figur gemacht. Samantha sagte zum Abschied: »Du bist lieb«, »You're sweet«, hat sie gesagt, capito? Also sie sah nicht aus wie die Tiefenttäuschte, sie wirkte einigermaßen zufrieden. Natürlich, hätte ich mehr Zeit gehabt, um mich mental vorzubereiten, hätte es auch eine unvergeßliche Sache werden können. Aber ich konnte das ja nicht im voraus wissen, ich bin nicht von zu Hause weggegangen mit dem Gedanken, mit Samantha Hogson ins Bett zu steigen. Das wichtigste jedenfalls war, daß sie nicht den Anschein hatte, als sei sie erzenttäuscht, auch wenn klar ist, daß es hätte besser sein können. Es hat auch Gelegenheiten gegeben, da war ich sehr viel besser, ich könnte mich grün ärgern, wenn ich dran denke, daß ich da mit irgend so einer zusammengewesen war, die mir ziemlich wenig bedeutete ... Jedenfalls ist es immer so. Wichtig ist nur, daß Samantha Hogson mir versichert hat, ich sei gut gebaut und sie hätte ihren Spaß mit mir, was ihr offensichtlich nicht so oft widerfährt. Du mußt dir vorstellen, was diese Megastars für ein Leben führen: Da wimmelt es nur so von Agenten, Promotern, Interviewern, Fans. Von außen besehen, stellt sich einer wer weiß was vor. In Wirklichkeit aber ist es ein Dauerstreß, und sie haben keine große Bewegungsfreiheit, usw., usw. Natürlich ist sie mitten in der Nacht in ihr Zimmer zurückgekehrt, sie sagte, am nächsten Tag müßte sie fit sein und dürfte keine Augenringe haben, sie wollte bei den Leuten in ihrem Gefolge einfach keinen Verdacht erregen. Andererseits, diese Stars sind ja nicht einfach so zum Privatvergnügen unterwegs, die müssen die ganze Zeit über eskortiert, beschützt, geherzt und geschaukelt werden. Auch für die winzigste Sache, die ein Normalmensch ganz alleine löst, brauchen die jemanden, der ihnen zur Seite steht; die sind nicht mal imstande, sich die Schuhe alleine anzuziehen. Und komisch ist doch, daß einer, wenn er diese Höhen erreicht hat, so etwas wie ein Invalide wird … Wer hätte das jemals gedacht! Ich habe mittlerweile einen recht akzeptablen Bekanntheitsgrad erreicht, nicht gerade auf ihrem Niveau, denn die Schuhe ziehe ich mir lieber selbst an. Doch ich bin bereit, wenn ich in diese Gefilde vorgedrungen sein sollte, es auch wieder zu verlernen. Samantha sagte mir jedoch, daß wir uns vielleicht in der kommenden Nacht wiedersehen könnten, denn sie mußte noch einen Tag in Mailand bleiben, um zu irgendwelchen Modeschauen zu gehen. Auch wenn die Versuchung groß war, sagte ich zu ihr, ich müßte nach Amsterdam zurück. Aus welchem Grund sollte ich eine weitere Übernachtung im Hotel und noch einmal mindestens zwei Flaschen französischen Champagner bezahlen? Das würde bedeuten, die Hälfte des Geldes vom letzten Buch zum Fenster hinauszuwerfen, es schien mir wirklich etwas zuviel des Guten. Ich hätte bei ihr auch gern einen etwas besseren Eindruck als den von der ersten Nacht hinterlassen. Sie war sich nicht einmal ganz sicher, ob sie das ein zweites Mal machen könnte; sie sagte nämlich »maybe«. Und am Ende hätte ich vielleicht ein Zimmer genommen, den Champagner kommen lassen, einen Haufen Kies investiert, und möglicherweise hätte ich dann die ganze Nacht allein dagehockt.

Apropos Geld, das wollte ich Dir schon seit einiger Zeit sagen, also bislang habe ich Dir immer die Hälfte des Schecks von

Damiadiama abzüglich Steuern geschickt, wie wir es ursprünglich abgemacht hatten. Doch jetzt stehen die Dinge etwas anders als am Anfang, als ich noch ein Niemand war und Du ebenso. Wir hatten uns damals mit vereinten Kräften in diese Geschichte gestürzt, ohne zu wissen, ob überhaupt etwas dabei rauskommen würde, ob es vielleicht ein Flop würde und wir uns bis auf die Knochen blamieren würden. Jetzt aber steht fest, daß ich der größte italienische Rockjournalist aller Zeiten bin, die Geschichte mit Samantha Hogson müßte Dir davon eine Idee vermittelt haben. Aber es genügte auch bereits, wenn Du hören würdest, wie das Telefon meiner Eltern ständig klingelt und tausend Leute nach mir verlangen. Du bräuchtest nur einen Blick in die Zeitungen zu werfen, die meine Ansichten über die Musik, die Jugend von heute, über Amerika, England, über irgendeine Sache anführen, die auch nur entfernt mit Musik zu tun hat, und die mein Foto in einem Textkasten veröffentlichen; oder Du müßtest dir nur all die Schundheftchen für die Teenys anschauen, die Ausschnitte aus meinen Interviews klauen, die Zitate in Anführungszeichen bringen. Vielleicht von dort aus, wo Du bist, Alberto, kannst Du das nicht voll beurteilen, doch wenn Du hier mal eine Runde drehen würdest, würdest du kapieren, wie die Dinge stehen, Du wärst einer Meinung mit mir, daß es keinen Sinn mehr hat, das Geld für die Bücher fifty fifty aufzuteilen. Ich habe es mir gut überlegt: Ich kann Dir für das neue Interview, das Du gerade abgeliefert hast, fünfundzwanzig Prozent anbieten, der Rest ist für mich. Ich bin der Ansicht, daß dies so seine Richtigkeit hat. Jedenfalls ist es doch ein hübsches Sümmchen, was Dir da so ins Haus flattert, ohne daß Du Dich groß anstrengen mußt. Du mußt dir im klaren sein, daß auf der Fünfzig-Prozent-Basis weiterzumachen einfach absurd ist! Ich bin mir sicher, daß Du das begreifen wirst. Wir haben ja von Anfang an immer in aller Freundschaft miteinander geredet ... Es ist nur so, daß die Dinge sich verändern, und jetzt sind sie grundlegend anders geworden, zum Glück, würde ich behaupten. Ich glaube, wir können uns nicht beklagen.

Ja, stimmt, der Brief ist noch länger geraten als üblich. Vielleicht sollte ich aufhören, dieses Teil da, ich meine die elektrische Schreibmaschine, zu benutzen. Würde ich die Briefe von Hand schreiben, da bin ich mir sicher, würden sie nicht so lang werden. Jedenfalls schicke ich Dir eine große Umarmung, ich muß jetzt nämlich los, zu Radio Extrasound, wo sie ein Special im Rückblick auf die Traffic machen und natürlich den maßgeblichen Kommentar Deines Raimondo A. Vaiastri dazu haben wollen; der hat die Band bei ihrem allerersten Konzert in London gehört, als sie fast noch in den Kinderschuhen steckte und so gut wie keiner sie kannte. Doch wenn man das richtige Gehör hatte, begriff man sofort, daß sie Zukunft hatten.

Sincerely yours
R.A.V.

Laureen Darwin

Raimondos Brief vom 28. Juni stürzte mich in eine tiefe Krise, die im Gegensatz zu den vorigen Malen nicht nach ein paar Stunden, ja nicht einmal nach ein paar Tagen vorüber war. Ich las ihn noch drei- oder viermal, in voller Länge: Mich erschreckte die Tatsache, daß er inzwischen felsenfest davon überzeugt war, wirklich derjenige zu sein, für den er sich ausgegeben hatte. Die Phase der bewußten Vortäuschung war vorüber. Jetzt zweifelte er keine Sekunde mehr, ein echter Star des Rockinterviews zu sein. Daß die Interviews fiktiv waren und ich der Autor war, diese Daten hatte er aus seinem Kopf gelöscht. Für ihn zählten einzig und allein die aufsehenerregenden Ergebnisse. In dieser Optik besehen, war sein Vorschlag, unsere Prozentanteile neu zu bemessen, keineswegs eine Geste der Kleinherzigkeit. Im Gegenteil. Die Tatsache, daß er mir trotz allem etwas abgeben wollte, durfte als ein Akt der Großzügigkeit verstanden werden. Raimondo mußte es als eine beinahe sentimentale Geste betrachten: Er unterstützt einen Freund, mit dem er einen inzwischen in die Ferne gerückten Lebensabschnitt durchlaufen hat.

Bei rationalerem Licht besehen, machte mich die Geschichte rasend vor Wut. Ich dachte an die von ihm nicht anerkannte, nicht geschätzte Gewissenhaftigkeit, mit der ich meine Recherchen und meine Schreiberei anging: an all die Puzzleteile, die ich sorgfältig zusammensetzen mußte, um die Wirkung einer flüssigen und glaubwürdigen Unterhaltung, reich an Neuigkeiten, zwischen Interviewer und Interviewtem zu erzielen, aus der dann ein gut verkäufliches

Buch entstehen sollte. Ich warf einen Blick auf die Interviewbücher, die in einer Reihe gegen die weißen Holzwände lehnten: Es war nicht zu leugnen, der Name auf dem Schutzumschlag war der von Raimondo, und das Gesicht auf der Fotografie über dem Klappentext war ebenfalls das seinige.

Seine Briefe ließen eine ganze Reihe von Szenen vor meinem geistige Auge Revue passieren, eine nervtötender als die andere: Er am Telefon, wie er seine Ansichten über die unterschiedlichsten Themenpunkte zum besten gab; er auf einer Party, wo er sich als Mann von Welt gebärdete; er lachend beim Champagnertrinken, wie er dann mit Samantha Hogson ins Bett schlüpfte, ohne den leisesten Zweifel daran, daß er sich mit seiner Arbeit all das verdient hatte, was ihm widerfuhr.

Ich begann, einen Brief an ihn aufzusetzen. Irgendwie mußte ich ihm doch begreiflich machen, daß seine Veranlagung, sich in uferlosen Phantasien zu verlieren, ihn jetzt entschieden zu weit von der Wirklichkeit entfernt und in gefährliche Gewässer gebracht hatte, wo es ein leichtes ist, die besten Freunde zu verlieren und obendrein im Knast zu landen. Als ich die ersten Zeilen durchlas, fand ich sie viel zu aggressiv. Um ihn wirklich zum Nachdenken zu bringen, müßte ich einen anderen Ton anschlagen, überlegte ich mir. Ich versuchte, eine chronologische Aufstellung der Fakten, Punkt für Punkt, zu verfassen. Doch ich hatte nicht genügend Abstand dazu; die Einzelheiten der ganzen Angelegenheiten schwarz auf weiß vor mir zu sehen, jede mit ihrer Nummer versehen, machte mich im Gegenteil noch nervöser, als ich es sowieso schon war. Im Grunde wußte ich, daß, gleich welche Art von Brief ich Raimondo schickte, keiner auch nur die geringste Wirkung auf ihn haben würde.

Mir fiel wieder unsere Reise nach Schottland ein und wie er mir gesagt hatte, daß wir in Edinburgh im Haus eines

Mädchens schlafen könnten, mit der er zwei Sommer davor zusammengewesen war. Er hatte mir eine ganze Reihe unwichtiger Dinge über dieses Mädchen erzählt, das Laureen Darwin hieß: Sie hatte eine Lücke zwischen den Schneidezähnen, blondes Haar, einen Pagenschnitt, einen Vater, der Geschichtslehrer war, und sie schrieb ihm regelmäßig einfühlsame, leidenschaftliche Briefe, in der Hoffnung, ihn wiederzusehen.

Wir waren spätabends am Bahnhof in Edinburgh angekommen. Wir waren todmüde. Während ich die rußgeschwärzte Stadt im Regen betrachtete, dachte ich, wie verlockend doch ein warmes und gemütliches Plätzchen wäre, wo wir unterschlupfen könnten. Das hatte ich auch zu Raimondo gesagt, und der rief: »Aber sicher doch! Und Laureen wird höchstwahrscheinlich auch einen leckeren Kuchen frisch aus dem Backofen auf dem Tisch haben, sie hat nämlich einen richtigen Konditorkurs besucht und übt ständig!«

Doch er hatte weder ihre Telefonnummer bei sich, noch wollte er sie im Telefonbuch suchen oder bei der Auskunft anrufen. Er las wieder und wieder die Adresse in seinem Taschenkalender und fragte die Leute auf der Straße, wie er hinkäme. Bei seinem zusammengestotterten Englisch mußten wir rund ein Dutzend Personen anhalten, bevor wir jemanden fanden, der uns weiterhelfen konnte. Pitschnaß und frierend gelangten wir am Ende doch noch in diese Straße, wo sich aber herausstellte, daß Raimondo nicht einmal Laureen Darwins Hausnummer kannte. Ich fragte ihn, wie er denn auf ihre Briefe geantwortet habe; er sagte, er habe so gut wie nie zurückgeschrieben, und wenn, dann hätte er ihre Adresse direkt vom Briefkuvert kopiert. Laureen Darwin hatte ihm jedoch ein Foto von sich geschickt, auf dem im Hintergrund ihr Haus zu sehen war: Raimondo war überzeugt, es sofort wiederzuerkennen. Er vermied es, mir in die Augen zu sehen, und war vollkommen mit der Suche nach der richtigen Hausfront beschäftigt.

Im strömenden Regen waren wir die abschüssige Straße auf und ab gegangen, die regenschweren Reisetaschen hinter uns herschleifend, und hatten vor jeder dunklen Fassade haltgemacht und geschaut. Ich fragte ihn ständig: »Ist es die da? Ist es die da?« Raimondo verneinte mit einer Kopfbewegung. Zusammen mit der Kälte, der Feuchtigkeit und der Dunkelheit des Szenarios um uns herum kroch mir auch die Verzweiflung bis ins Knochenmark. Ich dachte an Robert Louis Stevenson, der aus Edinburgh ins sonnige Südfrankreich und weiter in die noch sonnigere Südsee geflüchtet war, um nicht an Schwindsucht und Melancholie einzugehen. Raimondo besah sich die Häuserfronten und die Hausnummern neben den Eingangstoren und die Namensschilder auf den Gegensprechanlangen und kontrollierte noch einmal die Adresse in seinem Taschenkalender.

Als klar war, daß unsere Suche gänzlich hoffnungslos war, hielt ich unter dem dürftigen Schutz eines Giebels an und fragte ihn: »Aber *gibt es* diese Laureen Darwin überhaupt?«

»Aber sicher doch«, hatte er gemurmelt und sich mit eingezogenem Kopf abgewandt, als wäre das eine gänzlich absurde Frage. Einen kurzen Augenblick sah ich einen müden Glanz in seinen Augen, der »Ende« bedeutete. Wir gingen noch ein weiteres Mal die ganze Straße vor und zurück. Es war ein erschöpftes, verzweifeltes Ritual, das seiner regen Einbildungskraft Genugtuung verschaffen sollte. Schließlich hatte ich zu ihm gesagt, daß ich die Nase voll hätte und ernsthaft glaubte, daß er verrückt sei. Solange noch Zeit war, wollte ich ein einfaches Hotel oder eine Pension suchen, wo wir die Nacht verbringen könnten. Endlich stand auch Raimondo still und sah mich mit bitterem Lächeln an: So als hätte ich ihm gerade für immer die Möglichkeit genommen, ein schottisches Mädchen zu erobern, die eine Lücke zwischen den Schneidezähnen, einen blonden Pagenkopf, einen berühmten Namen, ein gemütliches Heim, eine exquisite Süßspeise, die gerade aus dem Backofen kam und jetzt auf dem Küchentisch abkühlte, vorzuweisen hatte.

Später wollte er mir keinerlei Rechtfertigung oder Erklärung für das Geschehene geben, vielleicht war er nicht imstande dazu; er vermied ganz einfach jegliche Anspielung auf Laureen Darwin. Auch ich verlor nie mehr wieder ein Wort darüber, obwohl dieser Vorfall unserer Freundschaft einen kleinen Riß zugefügt hatte. Seltsamerweise schien es so, als wäre all das mehr einem Mangel an Vertrauen meinerseits denn einer totalen Unzuverlässigkeit seinerseits zuzuschreiben.

Ich kannte Raimondo Vaiastri gut genug, um zu wissen, daß er jedes Bemühen von meiner Seite, ihn auf den Boden der Tatsachen zurückzubringen, als einen Akt völlig unverständlicher Unfairneß werten würde. Mit dem gleichen bitteren Lächeln wie in Edinburgh hätte er den Kopf geschüttelt, bevor er sich erneut in das Zauberkarussell stürzte, das jetzt sein Leben war.

Henrietta Rice

Henrietta Rice rief mich an, ob ich sie begleiten wollte, ein Geburtstagsgeschenk für Jeannette zu kaufen. Lust hatte ich keine, und ich wußte auch nichts von dem Geburtstag. Doch bei der Vorstellung, wie weit der Automatismus in der Beziehung zu ihrer Schwester schon fortgeschritten war, war ich so verdutzt, daß ich zusagte und sogar schwache Begeisterung mimte.

Wir trafen uns vor einem großen Möbelhaus in der Main Street. Sie trug ein metallgraues Kostüm und sah aus wie eine echte Dame, obwohl sie gerade drei Jahre älter als Jeannette war; sie begrüßte mich, als hätte das Abendessen bei ihr zu Hause meine Rolle als Beinaheschwager gestärkt. Ich verspürte zu ungefähr fünf Prozent Gefallen daran, diese Rolle zu bekleiden, und zu ungefähr fünfundneunzig Prozent kamen mir die Schwestern Rice mit ihren kleinen azurblauen Augen und ihrer Absicht, mich zu einem Mitglied ihrer Familie zu machen, völlig abwegig vor. Ich fragte mich, ob ich mich bei ihnen zu Hause unter der Wirkung von Quaalude und des Weins zu Erklärungen oder Behauptungen irgendeiner Art hatte hinreißen lassen … Doch ich erinnerte mich an nichts. Höchstens an das Gefühl, in einem Aquarium zu sein, an die Wärme ringsum, die vielen Gesten, Blicke und Wörter ohne Form, Steven Cullighan, der beharrlich auf die Tasten des Flügels hämmerte.

Henrietta Rice jedenfalls steuerte mit mir an Sofas, Sesseln, Lampen und Teppichen vorbei. Sie legte den Kopf schräg, stützte die Hände in die Hüften, begutachtete ein Ausstellungsstück und ging weiter. Sie hatte kräftige Beine und bewegte sich damit in eckigen, energischen Bewegungen. Ich betrachtete sie im Profil und stellte fest, daß sie eigentlich nicht häßlich war, dennoch wollte sie mir um nichts in der Welt schön vorkommen. Ihre Nichtschönheit hatte nichts mit ihrem kräftigen Körperbau zu tun: Es war vielmehr das Eisige in ihrem Blick, dazu ihre Kinnlade, und es waren ihre mechanischen Bewegungen, die von eiserner Entschlossenheit zeugten. Sie wirkte weder erfreut noch belustigt bei dem Gedanken, daß sie gerade ein Geburtstagsgeschenk für ihre Schwester suchte. Aus einem mittelgroßen Abstand ließ sie prüfend ihren Blick über die Möbelstücke gleiten und verlangte von den Verkäufern weitere Informationen, als ob sie vor einer zwingend notwendigen Handlung stünde, die sie mit höchster Effizienz zu erfüllen hatte.

Von Zeit zu Zeit fragte sie mich nach meiner Einschätzung, doch sie tat nicht einmal so, als würde sie etwas darauf geben, vielleicht auch deshalb, weil meine Meinungen sehr vage waren. Mir wollte nicht einleuchten, wieso man Jeannette ein Möbel schenken sollte, wo doch ihr Haus im Canyon sowieso schon viel zu möbliert war. Das sagte ich Henrietta auch, und sie meinte nur: »Ja?« Sie fragte nach dem Preis eines schwedischen Ergonomiestuhls, einigte sich wegen der Lieferadresse und bezahlte mit Kreditkarte.

Als wir das Geschäft verließen, nahm sie mich mit kühler, aber eindringlicher Vertraulichkeit am Arm – ihre Hände waren noch kräftiger, als ich es mir vorgestellt hatte – und fragte: »Und was gedenkst du, Jeannette zu schenken?«

»Ich weiß es noch nicht«, antwortete ich in einem Ton der Rechtfertigung, der mich wütend auf mich selbst machte.

Henrietta Rice schleifte mich durch den weißen Eingangsbogen zum Vorplatz eines Einkaufszentrums und bohrte weiter: »Aber hast du zumindest eine Idee?«

»Nein«, entgegnete ich. Ich studierte ihre Nase, ihre Lippen, die so schmal wie die der Schwester waren; ich fragte mich, was die wahre Entsprechung zwischen schmalen Lippen und sprödem Charakter ist.

»Etwas Nützliches oder etwas Schönes?« wollte sie wissen, den Blick fest auf die Schaufensterauslagen gerichtet.

»Hm, vielleicht etwas Schönes und Nützliches zugleich«, sagte ich.

Und sie: »Was denn beispielsweise?«

»Beispielsweise ... Keine Ahnung, vielleicht eine Schallplatte oder ein Buch. Oder eine Pflanze, ich weiß nicht.«

Henrietta zog eine Augenbraue hoch; sie trug ein Parfum, das an Sumpfblumen erinnerte, und bei jeder ihrer Bewegungen kam mir eine Wolke davon entgegen. Sie mahnte: »Jeannettes Geburtstag ist morgen. Wäre es nicht besser, du würdest dir das jetzt auf der Stelle überlegen?«

»Ja«, antwortete ich.

Wir standen vor dem Schaufenster eines Juweliers: Brillantbesetzte Armbanduhren, Perlenketten, Smaragdohrringe, Rubinringe funkelten auf den schwarzen Samtunterlagen. Henrietta sagte: »Steven hat mir zu meinem Geburtstag einen Platinanhänger in Form eines Violinschlüssels mit acht Diamanten geschenkt – einen für jeden der Monate, die wir uns bis dahin kannten.«

Und ich: »Wie süß.«

»Jaaah«, meinte sie. »Und er hatte damals so gut wie kein Geld. Sein gesamtes Kapital hatte er in die Schuber, in die Bücher, die Lernkassetten, die Anzeigen in den Zeitschriften investiert.«

»Also ist es noch süßer«, sagte ich.

»Der Anhänger gab mir zu verstehen, daß ich ihm viel bedeutete«, so Henrietta.

»Sicher doch«, stimmte ich ihr zu. Verzweiflung machte sich langsam in mir breit.

»Wenn du willst, helfe ich dir beim Aussuchen. Ich kenne den Geschmack meiner Schwester ziemlich gut«, bot sie sich an.

Mit letzter Kraft unternahm ich einen Versuch, mich aus der Situation zu befreien, und sagte: »Danke, aber in Wirklichkeit habe ich bereits ein Geschenk für sie.«

»Tatsächlich?« meinte sie und sah mich schräg von der Seite an. Sie bohrte weiter: »Also weshalb hast du dann so geheimnisvoll getan?«

»Einfach so«, erwiderte ich.

»Und was ist es?« fragte sie; vielleicht lag eine schwache Spur von Verführung in ihrem Blick, aber ich war mir nicht sicher.

Und ich: »Das kann ich dir nicht sagen, was für ein Geheimnis wäre es sonst?«

Endlich ließ sie – schweren Herzens – von dem Schaufenster des Juweliers ab. Wir gingen in dieselbe Bar, in der ich mit ihrer Schwester gewesen war, nachdem wir uns in der Buchhandlung wiedergesehen hatten. Wir bestellten zwei Mixgetränke aus Mango und Banane. Ich versuchte, beliebige andere Themen für eine Unterhaltung zu finden, doch Henrietta Rice drängte weiter, etwas über das Geschenk für ihre Schwester zu erfahren: »Wenn du es mir verrätst, dann schwöre ich dir hoch und heilig, ich sag kein Sterbenswörtchen zu Jeannette.«

»Nein«, sagte ich.

»Gib mir wenigstens einen Anhaltspunkt«, sagte Henrietta teils ausgelassen, teils ernsthaft, aber stets auf diese schrecklich mechanische Art; mir war, als könnte ich sehen, wie sich das Räderwerk in ihrem Gehirn drehte.

Und ich: »Nein.«

»Ist es etwas zum Anziehen?« fragte sie mit dem Strohhalm ihres Mixgetränks zwischen den Zähnen.

»Naiin«, sagte ich. Da ich ja nicht die leiseste Ahnung

hatte, was ich ihrer Schwester schenken sollte, war es für mich ein leichtes, das Geheimnis bis zum Gehtnichtmehr zu verteidigen.

Wir verabschiedeten uns bei ihrem Wagen, einem kleinen Mercedes von derselben Farbe wie ihr Kostüm. Henrietta machte Schläfe an Schläfe Küßchen, Küßchen und sagte: »Morgen abend, Anzug und Krawatte, nicht vergessen! Steven will uns in ein phantastisches Restaurant an der Küste ausführen, da achtet man ziemlich auf Etikette. Und endlich werden wir dann dein Geschenk sehen. Es ist ja klar, daß es sich um etwas Bedeutungsvolles handeln muß, das habe ich mittlerweile auch verstanden.«

Ich war erleichtert, als ich sie wegfahren sah. Doch fast sofort wurde mir bewußt, daß ich nun noch tiefer in den Sumpf der automatischen Erwartungen der Schwestern Rice eingesunken war. Ich spazierte an den Schaufenstern der Main Street vorbei, auf der Suche nach einer Eingebung für ein Geschenk. Zugleich aber hatte ich nicht die geringste Lust, einem Mädchen etwas zu schenken, das mir nichts bedeutete. Ich fragte mich, woher diese Schwäche bei mir rührte, daß ich mich jedem gegenüber in der Schuld fühlte, der irgendwelche Erwartungen in mich setzte.

Mario Rossi

Am Nachmittag hockte ich auf der mit indischen Stoffen bedeckten Matratze in meinem Dachzimmer. Ich sinnierte noch immer wegen einer Lösung für das Problem »Geburtstagsgeschenk für Jeannette Rice«; hinzu kam das allgemeine Problem meiner Beziehung zu ihr. Da rief Joe Barrick mit lauter Stimme vom Stockwerk unter mir: »Alberto, Telefon!« Ich ging zur Tür und fragte, wer denn dran sei; ich war höchst alarmiert, daß es ein Mitglied der Familie Rice-Cullighan sein könnte.

Er sagte: »Ich habe so etwas wie Mario Rossi verstanden. Es scheint ein Italiener zu sein.«

Ich ging in den Telefonraum zwischen Wohnzimmer und Küche und nahm den Hörer: »Pronto?«

»Alberto?« fragte eine Stimme zaghaft am anderen Ende der Leitung.

»Wer spricht da?« fragte ich, der Ton der Stimme kam mir recht bekannt vor.

»*Ich* bin's«, sagte die Stimme.

Schlagartig erkannte ich sie wieder: »Raimondo?!«

»Bitte keine Namen«, bat Raimondo; für ein Telefonat von jenseits des Ozeans kam mir die Stimme ziemlich nah vor.

»Wo bist du?« fragte ich.

»In Los Angeles«, sagte er. »Komm mich abholen.«

»Wie, in Los Angeles?« sagte ich. Das war wieder ein Fall von viel zu langsamem Reaktionsvermögen hinsichtlich der Erfordernisse der Gegebenheiten.

»Ich erkläre dir alles, wenn wir uns sehen«, sagte Raimondo. »Hol mich sofort hier ab. Terminal 2, International Arrivals, beeil dich.«

»Geht in Ordnung, aber es sind neunzig Meilen bis dort«, gab ich zu bedenken. »Ich werde wohl ein paar Stunden brauchen.«

»Setz dich in Bewegung«, sagte Raimondo. »Ich bitte dich.«

Ich fuhr Vollgas durch den dichten Verkehr Richtung Süden; der Plymouth Fury III geriet wegen der zu schwachen Radaufhängungen ins Schwimmen. Die Vorstellung, daß Raimondo ohne Ankündigung in Amerika gelandet war, mutete mich viel zu seltsam an, als daß ich mich in kurzer Zeit damit abfinden könnte. Sein Ton am Telefon hatte mich überdies mit Sorge erfüllt. Ich malte mir aus, es gäbe vielleicht einen Zusammenhang zwischen der Geschichte der Interviews und der Art und Weise, mit der er sich zu sehr in die Rolle hatte drängen lassen, die er spielen sollte. Ich fragte mich, welcher Zusammenhang das sei. Beinahe genauso besorgt war ich wegen des Geburtstagsessens von Jeannette Rice und des Geschenks, das ich noch besorgen mußte. Diese beiden Sorgen überlagerten sich in meinem Kopf, während ich versuchte, mir auf dem Küstenhighway einen Weg zu bahnen. Doch der Plymouth Fury III war nicht der richtige Wagen, um Slalom zu fahren, er hatte weder genügend Beschleunigungsvermögen noch eine gute Straßenlage.

Völlig entnervt erreichte ich schließlich den Flughafen von Los Angeles, nach Monaten im ruhigen Verkehr von Santa Barbara war diese Fahrt so, als hätte es mich in ein Riesenlabyrinth mit Millionen Autos verschlagen, Auch das richtige Terminal zu finden war keine leichte Übung: Hinweisschilder, Landebahnen, Pkws, Taxis, Busse, Leute, die sich bewegten, anhielten, warteten, Gepäck ausluden, abflogen, ankamen, Trolleys schoben, winkten. Ich stellte den Plymouth im Halteverbot ab und peste los, um Raimondo zu suchen. Wo auch immer ich meinen Blick hinwandte, überall schien es nur um Verbrechensbekämpfung zu gehen: Polizeiautos mit eingeschaltetem Blaulicht, Polizisten hinter Glastüren, Männer der Flughafenpolizei im Einsatz. Sogar ein graugrüner Panzerwagen mit der Aufschrift »Hire-a-Tank« schob sich ins Bild.

Raimondo tauchte hinter der Anzeigetafel einer Fluggesellschaft auf, doch ich hätte ihn nicht erkannt, wäre er nicht auf mich zugekommen. Er trug eine stark getönte Sonnenbrille, einen schwarzen Jimi-Hendrix-Hut; seine Haare waren sehr lang geworden, seit wir uns zuletzt gesehen hatten. Im großen und ganzen hatte er das Aussehen eines Rockstars während einer Panikattacke.

Keiner von uns beiden war in der Laune zu einem Begrüßungszeremoniell. Ich sagte nur: »Was ist passiert?«

Und Raimondo daraufhin: »Wo steht dein Wagen?«

Raschen Schrittes gingen wir zum Plymouth Fury III. Raimondo schleppte einen riesigen zylinderförmigen Reisesack.

Während ich aus der Flughafenzone heraussteuerte, sagte ich: »Erklärst du mir jetzt endlich, was zum Teufel los ist?« Ich mußte zugleich darauf achten, keinen Unfall zu bauen.

Raimondo machte eine Geste, die soviel besagen sollte wie »später«. Er betastete seinen Schnauzer und drehte sich um, als wollte er kontrollieren, ob uns jemand folgte. Am rechten Ohr trug er einen goldenen Ohrring, um die Handgelenke kleine Lederarmbänder, und seine Füße steckten in Stiefeletten aus Pythonhaut. Er roch aufdringlich nach Patschuli.

Erst als wir auf der Küstenstraße Richtung Norden waren, beruhigte er sich ein wenig: Er nahm die Sonnenbrille ab, streckte die Beine aus, drehte sich aber noch immer von Zeit zu Zeit um.

Ich sagte: »Also?«

»Also, wir sind ruiniert«, erklärte Raimondo. »Oder zumindest ich bin es, da ich ja derjenige war, der für die Bücher firmiert hat.«

»Hat Diamantini herausgefunden, daß die Interviews getürkt sind?« fragte ich und sah ihn forschend an, um einzuschätzen, wie gravierend die Situation tatsächlich war.

»Er will mich anzeigen«, sagte Raimondo. »Er hat es bereits getan, glaube ich. Er will mich verklagen. Er verlangt einen Schadensersatz von ich weiß nicht wie vielen Millionen.«

»Versuchen wir mal, die Sache in Ruhe zu betrachten«, sagte ich, obwohl zig schwarze Gedanken in Scharen auf mich einstürmten.

»Was für eine Ruhe denn«, begehrte Raimondo auf. »Die Polizei fahndet nach mir, ich werde nie mehr nach Italien zurückkehren können. Mein Image ist völlig im Eimer.«

»Nun, dein Image war gefälscht«, sagte ich. Das hätte ich besser nicht gesagt, oder zumindest hätte ich einen anderen Moment abwarten sollen, doch mir waren seine Sprüche aus dem letzten Brief wieder eingefallen, wo er behauptete, es gäbe keinerlei Grund mehr, mir fünfzig Prozent des Honorars von einem Interview zu geben.

»Das war nicht gefälscht!« brüllte Raimondo. »Es war echt! Du hast doch keine Ahnung, du bist doch schon seit Monaten hier! Du hast nicht den blassesten Schimmer, wie die Leute in Italien mich wiedererkennen! Im Kino, im Restaurant! Auf der Straße! Du weißt wirklich einen Scheiß! Und jetzt ist das alles zerstört! Einfach so, zack!«

Ich sah ihn mir an und wunderte mich nicht, daß die Leute ihn wiedererkannten: Die Figur des internationalen Journalisten, die wir zusammen in Mailand aufgebaut hatten, wirkte unglaublich bescheiden und farblos gegenüber der, die er auf eigene Faust weiterentwickelt hatte. Ohne meinen mäßigenden Einfluß hatte Raimondo alle Feinheiten beiseite gelassen und auf Höchsteffekt gesetzt, auf kein Accessoir hatte er verzichtet. Natürlich hatte ich keine Lust, unter den gegebenen Umständen einen Streit vom Zaun zu brechen, und ich sagte: »Erklär mir ganz genau, wie sich die Dinge abgespielt haben.«

»Da gibt's nicht viel zu erklären«, sagte er. »Gestern morgen rief mich Diamantini an, und er hatte einen ganz widerlichen Ton drauf. Da war nicht die Spur der ganzen vorgetäuschten Herzlichkeit, der falschen Freundschaft, die er hundertmal schon am Telefon hatte durchscheinen lassen, wenn er mich um einen Gefallen bat oder mich ausbeutete, mir Druck machte, den Kumpel mimte. Statt dessen sagte er: ›Lieber Raimondo, wir haben ein Problem.‹ Weißt du, in diesem eisigen Tonfall des verwöhnten Bastards aus gutem Hause: ›Ich habe hier ein Telegramm des Rechtsanwalts Charles Higgins aus London, der wortwörtlich behauptet, daß sein Mandant zu keiner Zeit das fragliche Interview für dieses Buch gegeben habe und niemals in seinem Leben einem Herrn Raimondo A. Vaiastri begegnet sei, nicht einmal seinen Namen habe er jemals gehört.‹ Begreifst du jetzt? Und das am frühen Morgen, denn der steigt ja wie der Hahn zu nachtschlafener Zeit aus den Federn. Du kannst dir vorstellen, welch fröhliches Erwachen das für mich war.«

»Oh, shit«, sagte ich. Jetzt fühlte ich mich schuldig bei dem Gedanken, daß gemäß unserer Rollenaufteilung er sich hatte exponieren müssen. Ich fühlte mich wie derjenige, der ein sicheres Plätzchen am warmen Herd hat und sich Gelassenheit leisten kann. Ich sagte: »Und dieser Higgins, wie kam der an das Interview ran?«

»Das hat ihm Diamantini geschickt«, sagte Raimondo. »Er wollte das Buch auch in England und in Amerika, überall wollte er es verkaufen. Aber dort verlangten sie eine Absegnung, eine offizielle Genehmigung von seiten der Interviewten, irgend etwas dieser Art. Und das Ganze nur deshalb, weil er den Rachen nicht vollkriegen konnte, nachdem er bereits Berge von Büchern in Italien verkauft hatte! Er wollte ein internationaler Verleger werden, capito, dieser größenwahnsinnige Bastard! Und er hat es mir nicht einmal vorher mitgeteilt.«

»Und was hast du ihm geantwortet?« fragte ich. Ich dachte, daß meine Gelassenheit in Wirklichkeit auf einem hauchdünnen Untergrund ruhte, denn würde eine auch nur kleingestreute Ermittlung losgetreten werden, würde man mühelos auch auf mich stoßen. Wir saßen alle beide in der Scheiße.

»Was hätte ich ihm schon antworten sollen?« entgegnete Raimondo. »Sein Ton war so unerbittlich, du weißt ja, der hochanständige Bürger, dem es gelingt, den Dieb zu schnappen, und der ihn jetzt am Arm festhält, und so sagt er zu mir: ›Ich erwartete dich unverzüglich hier im Verlag! Wenn du nicht in einer halben Stunde hier bist, rufe ich die Polizei!‹«

»Und du?« fragte ich.

»Ich habe alles, was mir in die Finger kam, in den Koffer gestopft, bin zur Bank gerast, habe Geld vom Konto abgehoben und bin zum Flughafen gedüst, um mir ein Flugticket zu kaufen. Ich habe nicht einmal auf den Preis geachtet. Und so bin ich nach Amerika geflogen, weil wenigstens du hier bist«, sagte Raimondo.

»Ach«, machte ich. Und obwohl die Situation schrecklich ernst war, konnte ich das Lachen nicht unterdrücken.

»Was zum Henker *lachst du*?« fragte Raimondo. »Was lachst du?«

»Nein, nichts. Ich sehe dich im Geiste vor mir«, sagte ich, »während du das Zeugs in den Koffer schmeißt.« Mir gelang es beim besten Willen nicht, ernst zu bleiben; ich atmete stoßweise, meine Magenmuskeln schmerzten.

Raimondo schien wütend; aber gleich darauf sah er aus dem Plymouth Fury III, der vom Verkehrsfluß bei gleichbleibender Geschwindigkeit Richtung Norden geleitet wurde. Und er hatte den Sonnenuntergang über dem Ozean und rötliche Lichter über dem weitgespannten Panorama im Blick. Er sagte: »Madonna, Alberto, der ist ja *zehnmal* größer als die Sonnenuntergänge bei uns.«

Dorina Vaiastri

Gegen acht Uhr erreichten wir Santa Barbara. Raimondo sah sich die Häuser, die Gärten, die Autos, die Aufschriften an. Er sagte: »Sicher, ich hätte mir nie denken können, auf diese Weise, wie ein Dieb auf der Flucht, hierherzukommen. Ich hatte mir immer etwas Bombastisches vorgestellt, verdammt noch eins.«

»Du wirst sehen, wir werden alles wieder in den Griff kriegen«, sagte ich.

»Und wie das?« fragte er. Er schaute aus dem Wagen, einesteils faszinierte ihn das Szenario, andernteils aber war er heftig besorgt.

Nur Patty Threet und Louis, der Bernhardiner, waren zu Haus, die anderen waren unterwegs. Ich machte Patty und Raimondo miteinander bekannt und sagte: »Er ist für einige Tage mein Gast.«

Raimondo sagte: »Nice to meet you« und täuschte dabei diesen gewissen Akzent vor, der ihm mittlerweile sehr gut gelang. Er machte dabei eine Verbeugung wie auf der Bühne oder wie ein Musketier; es war deutlich zu erkennen, daß er in den Monaten, da er es zum berühmten Mann gebracht hatte, an seiner Gestik mindestens so viel gearbeitet hatte wie an seinem Look.

Patty Threet schien schwer beeindruckt. Sie starrte seine Pythonhalbstiefel an. Louis, der Bernhardiner, beschnüffelte seine Beine.

Dann gingen wir in meine Mansarde hinauf. Raimondo stellte seinen Reisesack ab, nahm den Hut à la Jimi Hendrix ab und sagte: »Du hast es dir ja richtig gemütlich gemacht, du Teufelskerl. Mit der Kleinen da unten, läuft da was?«

»Nein, nein«, sagte ich. »Ist das echte Pythonhaut?« fragte ich, auf seine Stiefel deutend.

»Ach was!« machte er. »Gefärbte Eidechse oder so was Ähnliches.« Er sah seinen Reisesack an und verpaßte ihm einen Tritt: »Und jetzt, was zum Teufel machen wir bloß?«

»Zunächst versuchen wir herauszufinden, wie ernst die Lage ist«, sagte ich.

»Das habe ich dir doch bereits erklärt«, erwiderte Raimondo.

»Ich meine, wie ernst die Lage *wirklich* ist«, sagte ich.

»Die wirklich ernste Lage ist die, daß sie mich in den Knast stecken, sobald ich auch nur einen Fuß auf italienischen Boden setze. Wenn ich die Gangway des Flugzeugs herunterkomme, warten schon die Carabinieri mit gezückten Handschellen auf mich.«

»Kannst du nicht Diamantini anrufen«, fragte ich, »und herausfinden, was er tatsächlich zu tun gedenkt? Auch für ihn ist es keine einfache Sache, schließlich hat er ja bereits vier Bücher veröffentlicht und verkauft, und obendrein in hohen Auflagen.«

»Diamantini rufe ich nicht an«, wehrte Raimondo ab. »Beim bloßen Gedanken an ihn und seinen kalten, giftigen Kotzton dreht sich mir der Magen um.«

»Dann ruf deine Eltern an«, schlug ich vor, »frag zumindest, ob er wieder für dich angerufen hat. Ob er irgendeine Nachricht für dich hinterlassen hat, was weiß ich.«

Raimondo ging auf und ab, seinen Blick auf den weißen Holzfußboden geheftet. Die Absätze seiner Halbstiefel machten bei jedem Schritt *krack*. Am Ende sagte er: »Ist in Ordnung, ich rufe bei mir zu Hause an. Wo ist das Telefon?«

Wir gingen in den Telefonraum hinunter, ich zog die Tür

zur Küche zu, wo Patty Threet dabei war, Sandwiches für sich zu machen. Raimondo holte tief Atem, als müsse er sich im nächsten Augenblick in große Meerestiefen stürzen, und sagte: »Sprichst du mit der Vermittlung? Mach einen Anruf auf Kosten des Empfängers, hörst du?« Er spazierte auf und ab, und seine Rockstarklamotten und das ganze Klimbims wirkten in der Situation geradezu grotesk.

Ich sprach mit der Vermittlung. Es war ein Schlag in den Magen, wenn ich bedachte, wie schnell wir den Boden unter den Füßen verloren hatten: Innerhalb von wenigen Stunden waren wir in die Haltlosigkeit und die Ungewißheit zurückgeworfen, mit der wir vor dem getürkten Interview mit Bernard Ohanian zu kämpfen hatten. Die Telefonistin fragte mich nach dem Namen des Anrufempfängers; ich gab die Frage an Raimondo weiter.

»Meine Mama? Dorina Vaiastri«, sagte Raimondo.

Und ich wieder zur Telefonistin: »Dorina Vaiastri.« Und aus irgendeinem Grund lag ein herzzerreißender Unterton in diesem Namen und in der Art, wie Raimondo ihn ausgesprochen hatte. Ich konnte mir lebhaft vorstellen, wie seine Mutter ans Telefon kam, wie die Wohnung hinter ihr aussah, und dann Raimondos Jungenzimmer, die Platten, die Bücher in den Regalen, die Poster an den Wänden, die Papiere, die Schuhe, die Sachen, die überall verstreut waren oder die sie bereits aufgeräumt hatte. Die Frau in der Telefonzentrale sagte: »Sie können sprechen«, und ich vernahm die etwas verstörte Stimme von Dorina Vaiastri und reichte Raimondo den Hörer.

Raimondo nahm ihn mit spitzen Fingern, als hätte er Angst, sich zu verbrennen, und sagte: »Hallo? Mama?« Er machte einen Sprung nach hinten, knallte gegen die Küchentür: »Wie, er ist dort? Wann zum Teufel ist er denn gekommen? Wieso hast du ihn überhaupt reingelassen?«

Ich stand wenige Zentimeter von ihm entfernt und

konnte die Stimme am andern Ende hören, auch wenn ich die einzelnen Wörter nicht verstand. Ich machte Fragegesten und bewegte die Lippen, als wollte ich »Dia-man-ti-ni?« sagen.

Er nickte und bedeutete mir, still zu sein; er war bleich, als wäre das Blut aus seinen Adern gewichen.

»Und du, was hast du ihm gesagt? Aber warum bloß? Ich hab dir doch gesagt, in England solltest du sagen! In England! Ich hab es dir zigmal wiederholt, Mama! *Ich* hab gelogen, nicht du! Du solltest es nur weitergeben!«

Ich bedeutete ihm, nicht so laut zu schreien, denn Patty Threet war in der Küche nebenan.

Aber die Ereignisse hatten Raimondo vollkommen überwältigt: Er tigerte auf und ab, drehte sich um die eigene Achse, soweit die Schnur des Telefons das zuließ, raufte sich mit einer Hand die Haare: »Und was, verdammt noch mal, sucht der in meinem Zimmer? Was erlaubt der sich eigentlich? Sag ihm sofort, er soll machen, daß er da rauskommt! Sag ihm, er sei ja wohl kein Polizist mit einem Durchsuchungsbefehl! Sag ihm, daß ich auf alle Fälle nicht dort lebe! Sag ihm, daß ich dort nur übernachte, wenn ich mal in Mailand bin! Sag ihm, daß ich in Amsterdam wohne! Das sind doch nicht *deine* Lügen, Mama!«

Patty Threet schaute durch die Küchentür und machte ein beunruhigtes Gesicht. Louis, der Bernhardiner, stürzte heraus. Ich brummelte: »Es ist wegen einer Arbeit ...« und machte ihr die Tür vor der Nase wieder zu.

Inzwischen hatte Raimondo einen anderen Gesichtsausdruck, er zupfte sich den Schnauzer, wie er es immer tat, wenn er wirklich besorgt war, und sagte in einem völlig veränderten Ton: »Pronto?« Und weiter: »Ja, heute. In New York.«

Ich sagte mit stummen Lippenbewegungen: »Du brauchst dich doch nicht zu recht-fer-ti-gen.«

Er fuhr fort: »Ich erzähl keinen Scheiß. Meine Mutter hat Los Angeles gesagt, weil ich jetzt in Los Angeles bin. Ich habe *Zwischenlandung* in New York gemacht.«

Ich fuchtelte wie wild vor seiner Nase herum, bewegte die Lippen, um zu sagen: »We-gen Ar-beit. Du bist we-gen Ar-beit her-ge-kom-men.«

Aber er hatte sein Ohr an den Hörer gepreßt, und sein Blick war verloren; mit einer Handbewegung hieß er mich, still zu sein. Louis, der Bernhardiner, erging sich wieder an den Gerüchen seiner Beine. Raimondo versetzte ihm einen Tritt, und Louis winselte auf. Patty Threet kam aus der Küche und blaffte: »Was habt ihr ihm angetan?« Ich zischelte ihr zu: »Sag nichts, es ist eine furchtbar ernste Geschichte.« Ich wollte nichts von dem Telefongespräch verpassen. Und sie drohte: »Wagt ja nicht, meinen Hund anzurühren!« Sie verschwand ins Wohnzimmer, um ihn zu trösten. Raimondo sagte gerade: »Ich bin nicht abgehauen.«

Ich eilte in die Küche, nahm die weiße Kunststofftafel, die wir für Hausmitteilungen benutzen, wischte die Schrift darauf aus und schrieb mit einem grünen Filzstift: »Du bist hier wegen ARBEIT.«

Raimondo sagte erneut: »Ich bin nicht abgehauen.« Er seufzte, zupfte sich die Barthaare, drehte sich um die eigene Achse. Dann fiel sein Blick auf die Tafel: »Ich bin wegen Arbeit hergekommen«, aber seine Stimme war viel zu schwach, viel zu kraftlos.

Ich löschte den Satz und schrieb: »ENTSCHLOSSENER« und hielt ihm die Schrift vor die Augen.

Raimondo setzte an, sich zu schütteln, und sagte: »Ja, wegen meiner Arbeit, sicher doch.«

Ich schrieb auf die Tafel: »MIT MEHR ÜBERZEUGUNG!«

Raimondo belferte: »Was, Gott verdammt, weißt denn du schon? Ich werde doch wohl wissen, welche Verpflichtungen ich habe! Ich arbeite doch nicht nur für dich!« Und das klang schon sehr viel überzeugender.

Mit Handzeichen und Grimassen wollte ich ihm Mut machen und schrieb auf die Tafel: »ENTRÜSTET«.

Raimondo hob die Stimme: »Du hast mir nicht einmal die Zeit gelassen, es dir zu erklären! Du hast mich mit deiner scheißkalten Giftstimme angerufen und so getan, als wüßtest du bereits alles! Was heißt hier Vertrauen mißbraucht! Welches Vertrauen!« Er lud sich mit neuer Energie auf: Seine Fähigkeiten als großer Gefühlsinterpret machten sich wieder bemerkbar und gaben ihm Schwung.

Hektisch schmierte ich auf die Tafel: »DEIN VERTRAUEN WURDE MISSBRAUCHT!« Es war, als würden wir eine Szene proben, während wir bereits auf Sendung waren, und die Hälfte der Mikrofone wäre kaputt, die Beleuchtung im Studio zusammengebrochen, die gesamte Produktion im Eimer, und die Techniker wären irgendwo in der Weltgeschichte verstreut.

Raimondo schrie: »*Ich* bin es, der dir vertraut hat, mein lieber Damiano! Ich war idiotischerweise so großzügig und habe die phantastischen Exklusivinterviews mit den wahren Größen der Musik einem arroganten Schmierenverleger wie dir angeboten, der nicht einmal weiß, was Rockmusik überhaupt ist! Ich hätte sie auch einer großen amerikanischen oder englischen Zeitschrift verkaufen können, die mir das Dreifache gezahlt hätte!«

Ich schrieb auf die Tafel: »GROSSARTIG! MACH WEITER SO!«

Raimondo schrie: »*Ich* bin derjenige, der noch nie von einem Rechtsanwalt Charles Higgins gehört hat, nicht umgekehrt! Er behauptet, daß Mick mir noch nie begegnet ist, doch als Mick mit ihm geredet hat, wird er benebelt gewesen sein, er wird nicht einmal begriffen haben, um was es ging, wer weiß, in welchem Zustand Mick war! Er heißt *Mick* und nicht Mike, zumindest das müßtest du wissen, nachdem du bereits vier Bücher über den Rock mit mir gemacht hast! Der Rechtsanwalt Charles Higgins ist hundertprozentig ein Gauner, der seinen Mandanten das Geld aus der Tasche zieht, jedem, der ihm vor die Flinte kommt … Du hast doch keine Ahnung, was für Obergangster es gibt … Nicht den blassesten Schimmer hast du, was für Geschäftchen die unter dem Deckmantel Rockmusik treiben! Das ist ein wahrer Existenzreigen der Künstler. Du weißt absolut nicht, was da hinter der Bühne so abgeht. Das sind Leute, die sind imstande und lassen jemanden umbringen, ihm die Kehle durchschneiden, ihn verschwinden, sobald man ihnen droht, ihre Kreise zu stören!«

Mit Zeichen und Blicken bedeutete ich ihm, sich zu mäßigen, und schrieb auf die Tafel: »NICHT ÜBERTREIBEN!« Der Bernhardiner bellte im Wohnzimmer, und Patty Threet machte mir Zeichen, doch ich begriff nicht, was sie wollte.

Raimondo jedoch beachtete inzwischen weder mich noch die Tafel: Er schritt im Telefonzimmer auf und ab und brüllte mit voller Lautstärke in den Hörer. Seine Phantasie eines Bewohners von Parallelwelten lieferte ihm das entsprechende Material in Realzeit. Er schrie: »Ich war so naiv, so bescheuert, einige Monate in Italien zu verbringen, obwohl ich mir geschworen hatte, nie wieder meinen Fuß auf italienischen Boden zu setzen – abgesehen von einem Weihnachtsbesuch bei meinen Alten, denn sie sind krank geworden, was deine Schuld ist! Wegen deiner Scheißbücher ist mein Hausboot in Amsterdam aufgrund mangelnder Instandhaltung fast verrottet, meine Beziehung ist am Kippen, weil meine Freundin es einfach satt hat, mich nur noch an der Strippe zu haben, ohne mich zu sehen. Ich habe unzählige Stunden im Flieger verbracht. Ich habe Unmengen Geld in Flugtickets, Hotelübernachtungen, französischen Champagner investiert, denn diesen Leute kannst du ja kein

Mineralwasser vorsetzen! Du hast mir nur einen miserablen Spesenausgleich gegeben mit der Ausrede, daß ich dir ja keine Quittungen gebracht habe! Du begreifst nicht, daß es in der Welt des Rock keine Kassenbelege gibt! Ich habe mich in zig Radio- und Fernsehstationen bloßgestellt, um für deine Buchreihe, deinen pathetischen Verlag Werbung zu machen; wie ein Idiot bin ich mit dir gegangen, um die Bücher in den Buchhandlungen zu signieren, damit du so viele Exemplare verkaufst, wie du es dir in deinem ganzen Leben nie hast vorstellen können. Und sobald ein hergelaufener Winkeladvokat und Halsabschneider das Maul aufmacht und behauptet, sein Mandant kenne mich nicht, bist du auf der Stelle bereit, mich über Bord zu werfen, und sagst mir mit deiner ekligen, kalten Chefstimme, daß du mich anzeigen wirst, mir einen Prozeß auf den Hals laden wirst, ohne mich zuvor mit irgendeiner Silbe Stellung nehmen zu lassen, ja ohne den geringsten Versuch zu machen, mit mir überhaupt zu reden, als hättest du es mit einem Dieb, einem Betrüger, einer Art Fälscher zu tun, den du gerade noch am Jackenärmel erwischen konntest, als er fliehen wollte!«

Ich war gerührt über die Verzweiflung und Eindringlichkeit, die er in diesen Auftritt legte; die Bilder, die er mit seinen Worten schuf, waren in meinen Augen überzeugend, als wären sie echt. Doch da schaute ich in Richtung Wohnzimmer und erblickte neben Patty Threet und dem Hund Louis auch noch die elegant gekleideten Schwestern Rice und Steven Cullighan, die in einem heftigen Spannungszustand waren. Erst in diesem Moment erinnerte ich mich wieder an das Geburtstagsessen an der Küste und an das wichtige Geschenk, das ich noch immer nicht hatte. Raimondo brüllte ins Telefon: »Mach, was du willst, du, verdammt noch mal! Aber es ist eine unerhörte Unfairneß! Du wirst schon sehen, ob du jetzt etwas finden wirst, was auch nur im entferntesten mit den Interviews, die ich dir für einen

Appel und ein Ei überlassen habe, zu vergleichen ist. Sieh nur zu, wie du jetzt einen von den großen Namen der internationalen Szene an Land ziehst! Du wirst wieder Bücher über Sbozzari, Caborato, Sugni, Mafezzone und Di Bartolomeo machen müssen, und ich wünsche dir viel Spaß dabei und daß du Hunderttausende von Exemplaren verkaufst. Mach deinen Scheiß allein, mich juckt das nicht mehr, denn nach Italien will ich nicht mal mehr im Sarg zurückkehren. Jetzt kannst du ja zufrieden sein, dir auf die Schulter klopfen mit deiner schönen Zwergenreihe!« Schweißgebadet schmiß er den Hörer auf die Gabel. Seine Augen waren blutunterlaufen, sein Haar war zerzaust. Er sah mich an, als erwartete er einen Kommentar.

Meine Gedanken rasten viel zu schnell auf zwei zu unterschiedlichen Gleisen, nämlich zwischen Damiano Diamantini in Mailand und der Familie Rice-Culligham im Wohnzimmer hinter meinem Rücken. Jeannette Rice sagte zu ihrer Schwester und zu ihrem Schwager: »Das ist der Hund von Alberto.«

»Das ist *mein* Hund«, entgegnete Patty Threet.

»Er gehört Alberto«, widersprach Jeannette Rice.

»Sollte ich etwa nicht wissen, was mein Hund ist?!« fuhr Patty Threet sie mit dieser unvermittelten Aggressivität an, die sie jedesmal überfiel, wenn man ihrem Hund zu nahe kam.

»Wer bist du denn?« fragte Henrietta Rice im Ton der Dame von Welt.

»Und wer bist *du* eigentlich?« fragte Patty Threet zurück. Louis, der Bernhardiner, bellte.

»Sie ist meine Schwester«, sagte Jeannette Rice.

»Und wer bist du?« fragte Patty Threet.

»Ich bin Albertos Verlobte«, erklärte Jeannette Rice und machte eine Bewegung in meine Richtung, aber sie war selbst überrascht.

»Alberto, wir sollten uns auf den Weg machen!« schrie Steven Cullighan, und seine Stimme war von der Lautstärke nicht etwa verzerrt, sondern die Intonierung war perfekt.

Raimondo sah mich an und fragte: »Wer sind die dort?«

Ich schwankte zwischen zwei oder drei Simultanmöglichkeiten, dann folgte ich meinem elementarsten Impuls und zischte: »Sei still und komm schnell.«

Wir eilten vom Telefonzimmer durch die Küche, dann durch die Fenstertür hinaus in den Garten auf der Rückseite, immer schneller rannten wir, stolperten zwischen den hohen Gräsern, ungepflegten Blumen und Orangenbäumen hindurch; wir sprangen über ein Gatter aus verrottetem Holz, überquerten den Rasen des Nachbarn, sprangen über ein zweites Gatter und spurteten über den Gehsteig der Parallelstraße, als wären wir zwei Buben, die von den Beschwerlichkeiten der Welt gejagt wurden.

Dann war es dunkel, und wir spazierten über die Hügel in der Erwartung, nach Hause kommen zu können, ohne Gefahr zu laufen, böse Begegnungen zu haben. Raimondo fragte: »War das tatsächlich deine Verlobte?«

»Spinnst du!« winkte ich ab. »Hast du nicht gesehen, was sie für eine Ausstrahlung hatte? Und ihre Schwester und ihr Schwager? Es ist eine schreckliche Familie.«

Hunde bellten in den Gärten, die Luft war sanft und voller Wohlgeruch, kein Auto fuhr vorbei.

Raimondo fragte: »Wie wird es deiner Meinung nach ausgehen?«

»Mit wem?« fragte ich zurück.

»Mit Diamantini«, sagte Raimondo.

»Ich weiß es nicht«, sagte ich. »Am Telefon klangst du so überzeugend. Abgesehen von der Geschichte mit der Spesenerstattung, davon hast du mir noch nie was erzählt.«

»Das war nur eine Art, etwas nebenbei zu verdienen«,

sagte Raimondo ausweichend, wie er immer sprach, wenn er sich schuldig fühlte. »Denn ich wußte ja, daß es so nicht weitergehen konnte.«

»Und wieso nicht?« fragte ich betroffen von so viel unvermitteltem Realismus. »Es konnte so lange dauern, wie es große Namen im Rock gab, die man interviewen konnte.«

»Tja, es hat eben nicht gedauert«, sagte Raimondo. »Und jetzt ist dieser knallharte Gangster aus England auf den Plan gekommen. Was denkst du, auf wen wird Damiano Diamantini mehr hören, auf mich oder auf den Rechtsanwalt Higgins?«

»Ja, und?« sagte ich.

Und Raimondo: »Der Anwalt Higgins ermittelt die Telefonnummer, und von der aus gelangt er zu der Adresse, und sobald er die hat, kommt er persönlich und stöbert uns hier auf, oder er schickt uns die amerikanische Polizei ins Haus.«

»Ja, und weiter?« sagte ich. Ich dachte auch an die Kampffront Rice-Cullighan und an ihre Gesichter, wie ich sie im Wohnzimmer gesehen hatte.

»Also das heißt, wir müssen abhauen«, sagte Raimondo. »Bevor es zu spät ist.«

»Aber ich will nicht abhauen«, sagte ich. »Ich bin hier inzwischen zu Hause.« Schon hatte ich das nächtliche Szenario des kleinen kalifornischen Provinzzentrums vor Augen, das sich wie ein pointillistisches Gemälde vor meinen Augen auflöste: Häuser, Gärten, Sterne.

»Und ich habe keine Lust, im Bau zu landen«, sagte Raimondo. »Und ich glaube, du auch nicht.«

»Wir haben uns kein so schwerwiegendes Verbrechen zuschulden kommen lassen«, sagte ich. »Vielleicht haben wir überhaupt kein Verbrechen begangen.«

»Und ob!« protestierte Raimondo. »Betrug ist das, Alberto.«

»Wie kann es Betrug sein, wenn niemand dabei zu Schaden gekommen ist?« Ich fragte mich, ob sein Telefonauftritt innerhalb von wenigen Minuten seine gesamten Reserven an kreativem Vorstellungsvermögen aufgebraucht und ihn diesem Ansturm von pessimistischem Realismus überlassen hatte.

»Inwiefern?« fragte Raimondo. Er bewegte sich, den Blick zu Boden gerichtet wie in seinen schlimmsten Momenten, sein Schritt hatte jeglichen Elan verloren. Ich sagte: »Die Interviewten haben keinen Schaden genommen, denn ich habe sie in ihren ureigensten Worten auf perfekte Weise rekonstruiert; Diamantini wurde nicht geschädigt, denn er hat sehr viel mehr Exemplare verkauft als von den Titeln über die italienischen Liedermacher, die er zuvor veröffentlicht hat; die Leser haben keinen Nachteil erfahren, denn alles, was sie gelesen haben, ist wahr. Wochenlang habe ich Daten zusammengetragen und sie auf gewissenhafte Weise zusammengefügt. Alles, was mich nicht überzeugt hat, habe ich weggelassen. Im Höchstfall habe ich mal eine Bemerkung oder eine zweitrangige Überlegung erfunden, um das Ganze aufzulockern, aber es handelt sich um äußerst *sorgfältig* erarbeitete Interviews.«

»Ja, aber um *getürkte*«, sagte Raimondo.

Ich schüttelte den Kopf, ich konnte nicht glauben, daß sich unsere Rollen auf diese Weise verkehrt hatten. Ich sagte: »Mir erscheint das jedoch nicht so schwerwiegend.«

»Weißt du, was daran so schwerwiegend ist?« sagte Raimondo. »Die Interviews waren getürkt, aber das Geld, das Diamantini mir gegeben hat, war echt. Und wenn du solche Leute über den Tisch ziehst, das vergeben sie dir nicht.«

Ich bemühte mich, noch etwas Optimistisches hinzuzufügen, doch es war nicht einfach, denn beim Rollentausch hatte ich einen guten Teil meiner Wortgewalt verloren.

Charles Higgins

Am Morgen, als Raimondo und ich nach unten kamen, erwarteten uns Patty Threet und Louis, der Bernhardiner, in der Küche. Sie war stocksauer auf mich. »Auf diese Weise benimmt man sich nicht, Alberto!« fuhr sie mich an.

»Auf welche Weise?« fragte ich zurück. Ich versuchte, meine Gesichtsmuskeln zu entspannen und ein unschuldiges Gesicht zu machen, aber ich war zu müde und zu erschüttert. Die ganze Nacht über waren Bilder durch meinen Kopf gerast, eines besorgniserregender als das andere.

»Einfach so abzuhauen«, sagte sie. »Wie ein Hasenfuß. Und überdies die Leute hier *bei mir* zu lassen, es sah so aus, als sollte *ich* ihnen erklären, was geschehen war.«

»Es tut mir leid«, sagte ich. »Verzeih mir bitte.«

»Bei dieser Jeannette mußt du dich entschuldigen«, sagte Patty, »ihr einen solchen Korb zu geben, und das am Abend ihres Geburtstags!«

»Es tut mir leid«, sagte ich erneut. »Ich wußte nicht, was ich tun sollte: Raimondo, der ohne Voranmeldung gekommen war, dieses Telefonat mit dem Auftraggeber und der ganze Rest.«

»Pah, jetzt bring mal nicht alles durcheinander«, warf Raimondo ein.

»Danke schön«, sagte ich, »du bist wahrlich ein Meister der Loyalität. Einer für alle, alle für einen, genau so.«

»Was hat das mit Loyalität zu tun?« fragte er, als hätte er nichts verstanden.

Ich sagte: »Ich habe nicht einmal mehr daran gedacht, ihr ein Geschenk zu kaufen.«

»Bravo«, sagte Patty Threet. »Was für einen phantastischen Verlobten sie doch hat, die Ärmste.«

»Ich bin nicht ihr Verlobter!« protestierte ich. »Ihr verbündet euch anscheinend gegen mich?«

»Du hast ihr erzählt, daß Louis dein Hund ist«, sagte Patty.

»Das habe ich ihr nicht erzählt«, widersprach ich. »Sie hat es gedacht.«

Patty schüttelte den Kopf und sagte: »Mir würde bereits ein einziges Ding dieser Art genügen, und ich würde dir nie verzeihen.«

Ich sagte: »Aber hast du gesehen, was das für Typen waren? Hast du die Schwester gesehen? Kam sie dir so sympathisch vor?«

»Nicht besonders«, sagte Patty.

»Und der Schwager?« machte ich weiter. »Der große Steven Cullighan?«

»Also der war es!« rief Patty. »Es ist der vom *Absoluten Gehör*! Sein Gesicht kam mir doch bekannt vor. Ich schaute ihn an und dachte, den hab ich doch schon mal gesehen!«

»Was ist *Das absolute Gehör*?« fragte Raimondo.

»Laß gut sein«, sagte ich und sah Patty Threet an. »Kam er dir vielleicht besonders sympathisch vor?«

»Nein«, sagte sie. »Aber das rechtfertigt dich noch lange nicht. Das hättest du dir früher überlegen müssen, ob sie dir sympathisch sind oder nicht.«

»Ich weiß«, sagte ich. »Ich müßte *immer* erst denken, aber das gelingt mir nie. Ich kann das nur dann, wenn ich bereits mitten in der Situation bin und es längst zu spät ist.«

Joe Barrick tauchte in der Küche auf, sein Gesicht war vom Schlaf noch ganz verquollen wie immer, wenn er vor elf aufgestanden war. Ich stellte ihm Raimondo vor; eine Minute später stieß auch Sheila Thompson dazu. Sie und Joe fingen an, ihre Müslischachteln aufzumachen, füllten

Milch in kleine Schüsseln und stellten Raimondo Fragen; er antwortete mit seinem simulierten amerikanischen Akzent, der hauptsächlich darin bestand, das T zu entschärfen, das R zu rollen und die Worte so unverständlich wie möglich herausflutschen zu lassen. Raimondos Look als Rockstar machte sie neugierig, auch wenn es sich um einen Rockstar auf dem Tiefpunkt handelte. Ich dachte: Was für ein absurder Kontrast zwischen dieser Atmosphäre eines ganz alltäglichen Zufalls und dem Zustand der Spannung, in dem ich und Raimondo als polizeilich Gesuchte die Nacht verbracht hatten. Dennoch bekam er nach und nach wieder Oberwasser.

Anfangs war er recht vorsichtig, beantwortete Fragen nach seiner Reise und seinen Eindrücken als Neuankömmling aus der Ferne. Dann schüttete auch er sich Haferflocken und Milch in eine Frühstücksschüssel, seine Stimme klang wieder kräftiger, sein Blick wurde lebhafter. Er schaufelte den Pamp in sich hinein, stellte Vergleiche an, machte Bemerkungen, gab Auskünfte und legte dabei eine wohlbedachte Mischung aus Naivität und Verschlagenheit an den Tag. Sie fragten ihn beispielsweise: »Eßt ihr in Italien die Spaghetti um die Gabel gewickelt oder mit dem Löffel?« Oder: »Habt ihr elektrische Beleuchtung in Italien?« Raimondo antwortete einmal ernsthaft, dann wieder scherzend, spielte mit Gesten und Mimik, um bestimmte Wirkungen zu erreichen. Sie lachten und sagten: »Tatsächlich?« Mit einem Wort, sie hatten ihren Spaß, und zwar mehr als mit mir oder mit Cristina Castellino, als sie uns seinerzeit dieselben Sachen fragten.

Sheila Thompson wollte wissen, welche Arbeit Raimondo denn so mache, und er erklärte: »Ich interviewe die großen Stars der Rockmusik.«

»Ja, wirklich?« meinte sie.

»Jaha«, sagte er.

Sie fragte, wer die großen Namen denn seien. Er zählte

sie auf, und das mit einer Nonchalance, die ich am Abend zuvor bei ihm auf immer und ewig verloren geglaubt hatte.

Joe Barrick bemerkte: »Also machst du die gleiche Arbeit wie Alberto.«

Raimondo sagte: »Er leistet die Vorarbeit, ich mache die Interviews.«

»Das muß mächtig spannend sein«, sagte Patty Threet.

»Ziemlich«, sagte Raimondo. »Das Gute daran ist, daß wir, sie und ich, mittlerweile Freunde sind. Es sind eher *Unterhaltungen*, die ich da mit ihnen führe, es ist nicht das gewohnte peinliche Geplänkel zwischen Interviewer und Interviewten, die gebührenden Abstand voneinander wahren, nicht wahr?«

Die anderen nickten, sie waren ihm auf den Leim gegangen.

Ich war verdattert: Kaum zu glauben, wie stark und langlebig seine Phantasie war.

Später verkündete Patty Threet, daß sie nun den Hund am Strand Gassi führe, und Raimondo drängte, daß wir sie begleiteten. Er sagte: »Willst du mir nicht wenigstens den Ozean zeigen, Albert, du Saukerl?« Und Patty ergänzte: »Ja wirklich, was für ein Freund bist du bloß?!« Mir schien, als hätten die beiden vom ersten Augenblick an ein Spielchen aus Blicken und Bewegungen miteinander.

Ich parkte den Wagen, und wir spazierten über den Strand bis zur Schaumlinie. Das Meer lag unter sommerlichem Dunst und hatte keine besondere Farbe; der Sand jedoch war hell, die großen Wellen brachen sich, der Wind blies, die Möwen flogen tief – ein recht eindrucksvolles Schauspiel trotz allem. Weiter weg war eine Gruppe von Leuten, die Drachen mit Doppelflügeln steigen ließen. Louis, der Bernhardiner, fegte im mächtigen Galopp dahin, Patty warf ihm Treibholzstücke zu. Zwei Mädchen im Badeanzug lächelten uns zu, als sie unseren Weg kreuzten, und Raimondo rief: »Hi girls!« Sie grüßten zurück: »Hi!« und gingen an uns vorbei.

»Sie lächeln!« sagte Raimondo. »Und sie grüßen! Und tun nicht so, als würden sie durch einen hindurchsehen, wie bei uns!«

»Ist das wirklich so?« fragte Patty Threet. Sie ging mit so viel Elastizität und Schwung, wie ich es bei ihr nie gesehen hatte.

»Aber sicher doch!« sagte Raimondo, kniff die Augen im Sonnenlicht zusammen, breitete die Arme im Wind aus und grölte: »Caaalifornia! Caaalifornia!« Patty Threet drehte sich nach ihm um und lachte.

Als sie wegrannte, um Louis ein Stück Holz zuzuwerfen, sagte ich zu Raimondo: »Was denkst du, was sollen wir jetzt tun?«

»In welcher Hinsicht?« fragte er zurück.

»Hinsichtlich Diamantini und dem ganzen Rest«, sagte ich.

Er machte eine ausweichende Geste und sagte: »Warten wir's ab. Schauen wir mal, was geschieht.«

»Aber sagtest du nicht, daß sie uns bis hierher verfolgen können?« entgegnete ich. »Daß sie unsere Telefonnummer ausfindig machen, von der sie auf die Adresse rückschließen, unter der sie uns dann aufstöbern, usw.?«

»Aber wie sollen sie auf die Telefonnummer kommen?« sagte Raimondo. »Für Diamantini bin ich offiziell in Los Angeles, was neunzig Meilen südlich von hier ist. Und wie viele Millionen Einwohner hat die Stadt?«

Ich dachte schon, daß wir uns am Abend zuvor von einer Überschneidung der Ereignisse hatten überrollen lassen, daß die Situation in Wirklichkeit gar nicht so schlimm war.

Raimondo sagte: »Es tut mir leid wegen gestern. Es ist nun mal so, in Mailand bin ich ein bißchen durchgedreht.

Dann die ganze Reise bis hierher, die Zeitverschiebung, das hat mir alles bestimmt nicht gutgetan. Als ich ankam, war ich kein Mensch aus Fleisch und Blut, sondern ein paranoides Geisterwesen.«

Wir spazierten den Strand entlang, dann zeigten wir Raimondo den Stadtkern von Santa Barbara; in einer Bar in der Main Street tranken wir einen frischen Karottensaft und aßen ein vegetarisches Sandwich. Raimondo drehte immer mehr auf: Er sah sich um, rückte auf dem Stuhl hin und her, sagte zu Patty Threet: »Es wäre bestimmt kein furchtbares Unglück, eine Weile an diesem Plätzchen ausharren zu müssen, wenn alle Mädchen so hübsch sind wie du.« Patty Threet lachte und veränderte ebenfalls ihre Position auf dem Stuhl.

Ich strengte mich an, mich ihrem Gemütszustand auch nur anzunähern, aber es wollte mir nicht gelingen. Ich warf forschende Blicke auf die Leute, die saßen oder in Bewegung waren, denn ich hatte Angst, urplötzlich ein Mitglied der Familie Rice-Cullighan zu erblicken.

Als wir wieder zu Hause waren, machte Sheila Thompson im Wohnzimmer ihre Yogaübungen: Sie saß im Lotossitz. Mit leiser Stimme sagte sie: »Jemand hat für Raimondo angerufen.«

»Wer?« kam es fast gleichzeitig aus meinem und aus Raimondos Mund.

»Keine Ahnung«, sagte sie, »Joe ist ans Telefon gegangen.«

Flugs eilten Raimondo und ich in die Küche. Auf der kleinen Tafel für die Mitteilungen standen: »Raimondo, call Charles Higgins« und eine Telefonnummer in London. Raimondo sagte: »Oh, Scheiße!«

»Sie haben die Telefonnummer rausgekriegt«, sagte ich.

»Die haben sie rausgekriegt, und ob«, sagte Raimondo.

Wir schauten beide auf die Glastür, die auf den rückwärtigen Garten ging, und ich glaube, wir verspürten den gleichen Drang, genauso wie am Vorabend abzuhauen.

»Laß uns nachdenken«, sagte ich.

»Laß uns *rasch* nachdenken«, sagte Raimondo. Wir gingen zu Joe Barrick hinauf. Aus seinem Zimmer drangen Reggaeklänge und Marihuanarauch, er machte die Tür auf und hielt den Rest eines Joints in der Hand.

Raimondo fragte: »Was für einen Ton hatte Charles Higgins am Telefon? Klang er wie der gnadenlose Killer?«

»Wer ist Charles Higgins?« sagte Joe und bewegte sich im Rhythmus der Musik.

»Der, der an-ge-ru-fen hat«, erklärte ich, als hätte ich einen Eingeborenen von einer fernen Insel vor mir.

»Es war ein Italiener«, sagte Joe. »Glaube ich.«

Ich sah Erleichterung in Raimondos Augen aufblitzen, aber minimal. Er sagte: »Wie hieß er, erinnerst du dich noch? Hieß er zufällig Dia-man-ti-ni?«

»Mh, so ähnlich«, sagte Joe Barrick. »Er sprach kein Englisch, er hat mich an seine Sekretärin weitergereicht, damit die mir erklärte, was er wollte. Sie suchen dich. Sie sagen, du mußt sofort mit diesem Typ in London telefonieren. Es ist ein Anwalt, glaube ich.« Er reichte uns den kläglichen Stummel seines Joints, aber weder ich noch Raimondo waren in der Stimmung dazu.

Wir gingen in den Korridor, hörten das Telefon unten läuten und erstarrten. Nach achtmal Klingeln rief Patty Threet: »Alberto, Jeannette Rice ist am Apparat!«

»Sag ihr, daß ich nicht da bin!« schrie ich zurück. »Sag ihr, ich bin schon abgereist!«

Raimondo hatte Feuer unterm Hintern und stieg, zwei Stufen auf einmal nehmend, die Holztreppe zu meiner Mansarde hoch.

Von da an geschah alles in immer rasenderem Tempo. Ich schmiß meine Klamotten, Bücher, Schallplatten in den Koffer, quetschte und preßte so lange, bis er zuging, schob die Gitarre und die Schreibmaschine in ihre jeweiligen Kästen, trug alles nach unten, störte erneut Sheila Thompson bei ihrem Yoga und fragte sie, wieviel ich ihr noch für Miete und Strom schuldig wäre; ich gab ihr das Geld, verabschiedete mich von ihr mit einer seltsamen unterdrückten Erinnerung an unsere Dreitagesstory, eilte wieder nach oben, verabschiedete mich auch von Joe Barrick, welcher sagte: »Was heißt da, ihr reist ab?« Dann rannte ich wieder hinunter, um Patty Threet Lebwohl zu sagen, die aber nicht da war, und noch einmal im Affenzahn nach oben, um zu kontrollieren, ob wir auch ja nichts Wichtiges in meinem Dachzimmer vergessen hatten; wir nahmen auch die vier Interviewbücher mit, um nicht die geringsten Spuren zu hinterlassen, stürzten in die Küche hinunter, griffen uns eine Schachtel mit Nußmüsli und stopften alles in den zum Glück immensen Kofferraum des Plymouth Fury III. Ich hockte mich ans Steuer, Raimondo stieg ein, und wir legten die Sicherheitsgurte an. Dann ließ ich den müden Achtzylindermotor an, warf noch einen Blick auf die weiße Fassade des großen Holzhauses – mit dem riesigen Wohnzimmerfenster, dem Rasenstück vorm Eingang, der Terrassengarage –, und schon rollte der Wagen die von Ölbäumen gesäumte abschüssige Straße hinunter. Ich war außerstande zu begreifen, welches Gefühl nun stärker war – das des Verlustes, des Verlorenseins, der Erleichterung oder das einer undefinierbaren Adrenalinlaune.

Mojave Desert

Wir steuerten zehn, zwanzig Kilometer Richtung Norden mit Ziel San Francisco. Als wir anhielten, um zu tanken, meinte Raimondo, es wäre viel besser, in den Süden zu fahren und die Grenze nach Mexiko zu passieren. So änderten wir unsere Fahrtrichtung und hielten uns an der Küste entlang südwärts. Durch unser ständiges Gerede wußten wir am Ende selbst nicht mehr, was wir eigentlich hinter der Grenze von Mexiko verloren hatten. Wir waren jetzt überzeugt, daß die Vereinigten Staaten doch groß genug für uns wären – auch im Hinblick auf die Ermittlungskapazitäten eines so mächtigen und gnadenlosen Mannes wie des Anwalts Higgins.

Auf der Höhe von Ventura nahmen wir Kurs nach Osten Richtung Santa Paula, denn wir hatten uns in den Kopf gesetzt, die Mojavewüste anzusteuern. Uns gefiel dieser Name einfach so, als wir ihn auf der Landkarte lasen; außerdem glaubten wir, es sei eine sichere Gegend. Die Landkarte war immer noch die von *National Geographic* im Maßstab 1 zu 4 561 920, aber Raimondo ergänzte sie mit Flashs aus seiner realen und seiner imaginären Erinnerung, die beide im gleichen Maße unzuverlässig waren. Beispielsweise las er die in Kleinbuchstaben geschriebenen Namen und sagte: »*Oro Grande*, das dürfen wir nicht verpassen, unter keinen Umständen.« Wenn ich ihn nach dem Grund fragte, erklärte er: »Ich kannte mal jemanden, der dort gewesen ist.« Und wenn ich wissen wollte, wer das war, änderte er seine Version und sagte: »Oder vielleicht habe ich auch einen Film gesehen, der dort spielte.« Und wenn ich ihn nach dem Film fragte, antwortete er: »Ich erinnere mich nicht mehr, aber jedenfalls ist es ein phantastischer Ort.«

Ich saß am Steuer und hatte keinen Plan. Wieder einmal gab es keinen wirklichen Grund, in eine bestimmte Richtung zu fahren. Und ich dachte, wie wenig nötig war, damit sich meine Bindung an Santa Barbara löste, wo ich doch Wurzeln geschlagen hatte. Während meiner Zeit dort waren wahrscheinlich über eine Million Möglichkeiten an mir vorübergezogen, konkrete Beziehungen zum Leben zu knüpfen, und bei keiner einzigen hatte ich zugegriffen. Ich dachte an Rhonda Rawlings und daran, daß ich auch bei ihr nicht zugegriffen hatte. Wäre ich auf Trab gewesen, wäre ich jetzt bei ihr und nicht on the road, würde mit ihr plaudern, ihr zulächeln, sie berühren, anstatt meine Hände auf einem Lenkrad mit viel zu direkt untersetzter Servolenkung zu halten. Auch Jeannette Rice ging mir durch den Kopf, und ich begriff einfach nicht, wie ich bei ihr einen Automatismus von Erwartungen und Enttäuschungen hatte entstehen lassen. Ich fühlte mich rundum schuldig.

Raimondo sagte: »Es stimmt nicht, ich wußte nicht, daß die Geschichte mit den Interviews enden würde.«

»Nein?« meinte ich ungläubig. Ich war stark beeindruckt, wie er seinen wohlgenährten Optimismus aus dem Reich der Phantasie gegen einen lebensfeindlichen Pessimismus austauschte: wie die beiden Ebenen, ohne je Raum für objektive Zwischenzonen zu lassen, nahtlos ineinander überglitten.

»Nein«, sagte er. »Im schlimmsten Fall war es ein völlig fern liegender Gedanke, wie er von Zeit zu Zeit auftaucht, weißt du, genau wie du dir sagst, daß du früher oder später sterben mußt. Aber du denkst nicht wirklich, daß du eines Tages sterben wirst, sondern du denkst, das Leben geht einfach immer weiter.«

»Du hast geglaubt, die Interviews würden immer weitergehen?« fragte ich.

»Ja«, antwortete Raimondo. »Oder daß sich etwas noch Besseres ergeben würde.«

»Na ja, das kann ja vielleicht noch kommen«, meinte ich.

»Aber gewiß doch! Daß wir in Handschellen heimkehren«, höhnte er. »Sie würden mein Foto in die Zeitung setzen, da bin ich mir ziemlich sicher.«

»Hör doch auf!« beschied ich ihn. Aber ich mußte auch daran denken, daß das Geld der Interviews in wenigen Monaten alle sein würde und daß mein Tourismusvisum schon seit einer Weile abgelaufen war. So würden wir im Handumdrehen wieder völlig blank, ohne Arbeit, ohne Ziel vor Augen, ohne auch nur einen flüchtigen Traum dastehen.

Raimondo machte noch ein Weilchen auf der pessimistischen Schiene weiter und vertiefte sich dann erneut in die Landkarte des *National Geographic*. Plötzlich sagte er: »Wir könnten doch auch ins Death Valley fahren! Oder nach Las Vegas!«

So war das Leben: In einem Moment befanden wir uns auf einer verzweifelten Flucht, im nächsten Augenblick waren wir bereits im Urlaub.

Wir kamen nach Oro Grande, wo es überhaupt nichts zu sehen gab. Raimondo schaute etwas betrübt aus der Wäsche, sagte aber kein Wort. Es war heiß, und die Klimaanlage im Wagen war so gut wie wirkungslos. An einer Tankstelle tranken wir jeder eine Flasche Grapefruitsaft und nahmen noch zwei von je einer halben Gallone mit für unterwegs.

Ein Stück weiter, auf der Höhe der Ortschaft Yermo, gab die Klimaanlage ganz ihren Geist auf. Wir rissen die Wagenfenster auf, und die glühende Luft trat so geballt ein, daß der Schweiß auf unserer Haut bereits trocken war, bevor wir ihn überhaupt spürten. Die Landschaft war im Laufe der Jahrtausende vom Wind glattgefegt, Licht und Staub hatten ihr alle Farbe genommen. An einer kiesigen Ausbuchtung hielten wir an, ein großes Schild warnte vor der Gefahr des Verdurstens und vor den Klapperschlangen.

In Baker waren wir unentschieden, ob wir nach Norden Richtung Death Valley abdrehen oder geradewegs auf Las Vegas zuhalten sollten; am Ende entschlossen wir uns für Las Vegas. Wir tranken unseren Grapefruitsaft und waren trotzdem noch durstig.

Las Vegas, NV

Gemächlich fuhren wir die Hauptstraße von Las Vegas entlang: Die Riesenplakate, die farbigen Neonschilder, die Brunnen, die großen Hotelbauten wirkten wie bläuliche Luftspiegelungen. Raimondo beugte sich aus dem Wagenfenster und rief: »Mensch, wir sind *mitten drin*!« Wir wären wohl besser ins Death Valley gefahren, überlegte ich, vermutlich hätte das einen beruhigenderen Effekt auf seine Nerven gehabt.

Ich parkte das Auto hinter einem der unzähligen Spielkasinos, und wir traten ein. Kaltes Licht empfing uns, und die gekühlte Luft war recycelt, voller pulsierender, vibrierender kleiner Wiederholungsmelodien. Alles, was es ringsum zu sehen und zu hören gab, wirkte künstlich, außer den Hundertschaften alter Männlein und Weiblein, die an den Slot machines spielten, als arbeiteten sie am Fließband. Raimondo schob ein paar Dollars in die Schlitze, dann betätigte er den Hebel. Die kleinen Figuren eilten im Fenster vorüber und stoppten: nichts. Vielleicht lag es an mir, aber ich konnte absolut keinen Sinn in dem allen erkennen.

»Gehen wir wieder?« sagte ich zu Raimondo.

»Warte mal«, entgegnete er und sah nach rechts und nach links, als hätte er Angst, daß alles von einer Sekunde auf die nächste demontiert werden könnte. Er zählte das Geld in seinem Portemonnaie, es war nicht wenig, aber es war sein letztes, lauter Hundertdollarscheine. »Hast du gesehen, wo es zum Roulette geht?« fragte er.

»Laß die Finger davon«, beschwor ich ihn. »Wir sind nicht in irgendeinem Schwachsinnsfilm, wo der Held einen

Wundergewinn macht und damit glücklich und zufrieden aufbricht zu neuen Gestaden, um sich ein Traumleben zu gönnen.«

»Vielleicht doch«, widersprach er. »Was weißt du denn? Vielleicht ist es das Schicksal, das uns hergelotst hat.«

»Es war unser *Entschluß* hierherzukommen«, sagte ich. »Wir haben die Landkarte studiert und die Meilen berechnet, ich habe den Wagen gelenkt.« Unsere Stimmen wurden vom Teppichboden und von den Dämmplatten an Wänden und Decken verschluckt, Klingeln, Gebimmel, Gemurmel, Gedudel überlagerten unsere Kommunikation, bis sie beinahe telepathisch wirkte.

Raimondo sagte: »Aber wir hätten an jeden anderen Ort fahren können, oder nicht? Nach San Francisco, nach Kanada, nach Mexiko, in die Wüste, in eine x-beliebige Richtung hätten wir den Wagen lenken können. Wir hatten einen ganzen *Kontinent* vor uns. Aber wir sind hier nach Las Vegas gekommen.« Seine Augen funkelten, er bewegte sich in der lässigen Gangart des Rockstars, die er in seinen Erfolgsmonaten in Mailand perfektioniert hatte.

An den Roulettetischen waren nicht viele Leute, vielleicht wegen der Tageszeit oder weil Roulette nicht das beliebteste Spiel in diesem Spielkasino war. Es roch nach Körperpuder, abgestandener Luft, Pommes frites und Gummi, jede Geste, jeder Blick waren durchzogen von einer beiläufigen, wiewohl einkalkulierten Enttäuschung.

Raimondo sah sich das Ganze eine Weile an, dann ließ er sich an der Kasse sein Geld in Fiches wechseln und wählte einen Spieltisch. Sobald der Croupier das Spiel neu eröffnete, setzte er hundert Dollar auf Rouge. Zu mir sagte er: »Drück mir die Daumen!« Die Kugel rollte auf Noir, und mit einer neutralen Bewegung wie ein Elefantendompteur fegte der Croupier Raimondos Fiches und die der anderen beiseite.

Raimondo sagte: »Ich weiß, was der Trick dabei ist: Einfach *nicht daran denken*. Mit Schwung agieren, sich vom Instinkt mitreißen lassen.« Er setzte weitere hundert Dollar auf Rouge. Der Croupier ließ den Roulettekessel kreisen, die Kugel hielt auf Rouge. Mit steinerner Miene schob der Croupier den Gewinn zu Raimondo hin.

Raimondo war wie elektrisiert: »Hast du's gesehen? Hast du's gesehen?« Und setzte die zweihundert Dollar auf Rouge. Der Croupier ließ den Roulettekessel kreisen, die Kugel hielt auch diesmal bei Rot an. Raimondo streckte die Daumen in die Höhe, kassierte die Fiches im Wert von vierhundert Dollar und lästerte: »Albert, der Mißtrauische! Ich spürte sie doch, die Siegeswelle!«

Ich sagte: »Meinst du nicht, es wäre vernünftiger, jetzt aufzuhören? Du läßt dich an der Kasse auszahlen, und wir machen uns vom Acker.«

Er schüttelte den Kopf: »Warum bist du nur so, Albert? Du willst immer alles vermiesen anstatt in die vollen langen?« Er lachte und setzte vierhundert Dollar auf Rouge.

Die Kugel rollte jetzt schon zum drittenmal auf Rot. Überglücklich wie ein Kind sammelte Raimondo die Fiches ein und verkündete: »Es ist ganz einfach! Jetzt habe ich verstanden, wie es funktioniert! Man muß einfach nur dem Lauf folgen, ohne sich das Hirn zu zerbrechen! Einfach nur nachvollziehen, wohin es geht, und basta. *Woom*, einfach so!«

Ich warf ein: »Ja, aber früher oder später, wenn du nicht rechtzeitig aufhörst, kommst du an den Punkt, wo der Lauf endet, kehrt marsch! Und dann verlierst du. Das ist unumgänglich, es ist eine rein mathematische Angelegenheit.«

»Und du willst mir weismachen, daß du diesen Punkt kennst?« fragte Raimondo.

»Nein, aber früher oder später stößt du unweigerlich darauf«, erwiderte ich.

»Aber du weißt nicht, wann«, insistierte Raimondo.

»Auch mathematisch läßt sich das nicht bestimmen. Keiner weiß es, Albert.«

Er setzte die achthundert Dollar auf Impair.

Er trällerte vor sich hin, sah gar nicht aufs Roulette, sondern zwinkerte den Frauen am Spieltisch zu.

Die Kugel blieb auf Sieben liegen; Raimondo sprang mit erhobenen Armen in die Höhe und machte: »Sì, sì, sì, sì!« Ein paar Spieler belächelten seinen typischen Latino-Temperamentsausbruch. Der Croupier schob ihm die Gewinnsumme zu: Es waren eintausendsechshundert Dollar. Er preßte die Fiches gegen die Brust und sagte: »Was habe ich dir gesagt? Albert, der Ultramißtrauische, der Ultravorsichtige, einfach bescheuert! Ich habe nun begriffen, wie man den Lauf spürt! Ich habe das *Gespür* dafür!«

Vielleicht hatte er ja recht. Vielleicht war meine Neigung zur Vorsicht und zum Nachdenken ein mächtiger Glückshemmer, wenn nicht sogar ein Glückskiller. Es war doch lächerlich, überlegte ich, zu glauben, man könne eine präzise Kontrolle über die Ereignisse haben, wo wir doch die ganze Zeit von ihnen überrannt und mitgezerrt werden. Ich fragte: »Und was sagt dir dein Gespür jetzt, auf was sollst du im nächsten Spiel setzen?«

»Auf Pair«, antwortete Alberto. Er stapelte alle seine Fiches auf die gerade Zahl und sagte zum Croupier: »Pair.« Das Roulette drehte sich, Raimondos Augen folgten der Kugel. Sie machte auf der Achtzehn halt, Raimondo stieß einen regelrechten Kriegsschrei aus: Er drehte sich einmal um sich selbst, lachte und sang. Inzwischen hatte er einen echten Berg Fiches vor sich und sagte: »Ich habe die Zauberformel, um das Geld zu verdoppeln und wieder zu verdoppeln bis ins Unendliche! Von wegen Interviews für diesen bescheuerten Damiadiama!«

Rasch ging ich zum Schalter, ließ mir tausend Dollar wechseln, kehrte an den Spieltisch zurück und gab sie Raimondo. Er setzte sie zusammen mit den dreitausendzweihundert Dollar, die er gewonnen hatte, auf Impair. Die Kugel kreiste mit hoher Geschwindigkeit und kam bei Neun zum Halten. Der Croupier schob achttausendvierhundert Dollar zu uns hin, und die Leute starrten uns an.

Raimondo frotzelte: »Also? *Also wie steht es nun?* Wer hatte recht? Albert?« Ein Zucken durchlief ihn, sein Blick flackerte, seine Hände zitterten, und dabei mußte er lachen und drehte sich ständig im Kreis.

Lachend sagte ich: »*Du* hattest recht.«

Raimondo sah auf die farbigen Plastikstücke, die unseren Gewinn darstellten, und sagte: »Wo ist die Kehrtwende unserer Glückssträhne? Jetzt oder etwas später?«

»Ich weiß es nicht«, sagte ich. »Du bist es doch, der den Lauf spürt. Was sagt er dir?«

»Ich weiß es nicht«, sagte Raimondo. »Vielleicht noch einmal Impair.« Er ließ den Haufen Fiches auf das grüne Tuch schieben, doch dann sammelte er sie mit den Worten wieder ein: »Der Lauf sagt mir, das Roulette wechseln, das Spielkasino wechseln. Hier reicht's.«

Wir gingen und ließen uns die Fiches in bares Geld verwandeln. Wie verhext schauten wir zu, wie sie uns achttausendvierhundert Dollar in Hunderterscheinen vorzählten und in eine Papiertüte steckten. Raimondo sagte: »Was wolltest du jetzt machen, aufhören etwa?«

»Ich vertraue deiner Glückssträhne«, sagte ich. »Du hast jetzt das Sagen, du entscheidest.«

»Es gibt nichts zu entscheiden«, sagte er. »Es geht darum, zu *spüren*.« Sein Blick war ins Unendliche gerichtet wie der eines Wassersuchers, der einer Wasserader folgt und aufpaßt, daß er nicht abgelenkt wird. »Gehen wir, laß uns gehen, suchen wir ein anderes Kasino!« sagte er.

Es war Abend geworden. Die Autos bewegten sich als weißer und roter Lichterfluß inmitten der hohen Hotelbauten aus Glas, Stahl und Zement, die wie Wälle zu beiden Seiten wirkten, vorbei an Spielkasinos, Leuchtschriften, zuckenden Neonfiguren. Ein riesiger rotgelber Leuchtstiefel stand am Eingang einer Spielbank, und Raimondo rief: »Die da!«

»Bist du sicher?« fragte ich, während wir mit schnellen Schritten weitergingen.

»Ich hab's im Urin«, sagte er. »Ich habe das absolute Gespür. Es ist unglaublich einfach, wenn du das Gespür dafür hast. Das habe ich erst vor kurzem herausgefunden, aber im Grunde habe ich es immer schon geahnt. Jedesmal, wenn ich einen Roman las oder einen Film sah, worin einer vorkam, der spielte, wußte ich es. Da war mir nämlich klar, daß abgesehen von dem ganzen Pantomimenspiel und den Ritualen usw., usw. nur das Gespür den großen Spieler ausmacht.«

Ich nickte, obwohl ich wußte, daß er gerade aus diesen Romanen und Filmen die Figur des großen, unfehlbaren Glücksspielers bezog. Dennoch war längst klar, daß seine Einbildungskraft sich auf seltsame Art mit der Wirklichkeit kreuzte und dabei sogar konkrete Tatsachenfrüchte hervorbrachte wie den Beutel voller Dollartausender, den seine Hand unterm Jackett wärmte. Und ich? Ich hatte keine Lust mehr, darüber nachzudenken. Vor zehn Minuten hatte ich die Vernunft zu meiner schlimmsten Feindin erklärt.

Wir betraten also das neue Spielkasino, das größer war als das erste, und ließen uns Fiches für unser Geld geben. Musik wie im Vergnügungspark, Bimmeln, Läuten und tiefere Vibrationen waren zu vernehmen. Ein offener Cadillac als Preis drehte sich auf einer erleuchteten Plattform, weiter vorn bewegten sich Tänzerinnen in einer großen Glasröhre, die von einem Deckenbogen herabhing. Raimondo und ich steuerten geradewegs auf die Roulettetische zu.

Raimondo tat einen tiefen Atemzug und setzte, ohne eine Sekunde zu zögern, unseren ganzen Fichehaufen auf

Impair. Der Croupier hatte einen kleinen Kopf und schütteres aschblondes Haar; mit einer scharfen Bewegung aus dem Handgelenk heraus warf er die Roulettescheibe an. Ich fragte mich, ob wir gut daran getan hatten, den Spielsalon zu wechseln, anstatt in dem zu bleiben, wo wir gewonnen hatten; ob es Sinn hatte, Geld zu riskieren, von dem wir lange leben, Feste feiern und faulenzen könnten. Dann hielt die Kugel auf Sieben. Raimondo und ich sahen uns an: Tatsächlich schienen wir eine Art Zauberformel entdeckt zu haben.

Raimondo sammelte die sechzehntausendachthundert Dollar in Fiches ein und sagte: »Wie reich wollen wir noch werden?«

»Ich weiß es nicht«, sagte ich. Gerne hätte ich zu ihm gesagt, daß wir uns an diesem Punkt vielleicht zufriedengeben könnten, aber ich war nicht wirklich überzeugt davon. Längst fehlten mir klare Entscheidungskriterien.

»Beinahereich, reich oder ultrareich?« sagte Raimondo. »Mit zwei Häusern auf Hawaii und zwei weißen Cadillacs davor?«

Ich sagte: »Versuch deinen Lauf zu spüren, Raimondo.«

Er zögerte einen Augenblick; dann schob er unseren Fichehaufen auf den grünen Tisch und sagte zum Croupier: »Sechzehntausendachthundert Dollar auf Douze Premier.« Der Croupier machte ein Zeichen mit dem Kopf, der Kessel drehte sich bereits.

Ich sagte: »Das ist viel riskanter als bei den Farben oder den geraden und ungeraden Zahlen.«

»Ja, aber wenn es gut läuft, verdreifachen wir unser Geld«, sagte Raimondo und bedeutete mir, still zu sein.

Ich schaute auf die Kugel, die kreiste, und mein Herz klopfte heftig; sie machte auf der Vier halt.

Raimondo sprang wie ein Verrückter in die Höhe, die Faust geballt, und schrie: *»YEEEAH!«*

Und ich: *»Vai!«* und machte ebenfalls einen Sprung.

Der Croupier schob mit dem Rechen die Fiches zu uns. Raimondo verpaßte mir mit beiden Händen einen Schlag und sagte: »*Fünfzigtausendundvierhundert* Dollar, Albert!«

Es war völlig unfaßbar, für uns beide. Doch es sah so aus, als sei nur geschehen, was geschehen mußte. Die Leute am Roulettetisch glotzten uns an, in ihren Blicken stand Bewunderung, aber auch Neid.

Ich sagte: »Jetzt ist's genug. Gehen wir.«

Raimondo riß die Augen auf, als könnte er es nicht fassen, und sagte: »Willst du in einem Moment wie *diesem* aufgeben?«

»Ist dir bewußt, wieviel wir gewonnen haben?« rechtfertigte ich mich. »So viel Geld, das reicht uns für Jahre.«

»Und danach?« sagte Raimondo. »Wenn es zu Ende ist? Die weißen Cadillacs, was ist damit?«

»Wen interessieren denn die Cadillacs«, winkte ich ab. »Wir können Unmengen anderer Dinge machen, mit fünfzigtausendvierhundert Dollar. Laß uns die Fiches umtauschen, machen wir uns auf die Socken.«

Raimondo schüttelte den Kopf, in seinen Augen stand echte Spielerleidenschaft: »Albert, das wäre ein Verbrechen. Ich habe das Gespür. Ich kann den Lauf spüren. Wie die großen Spieler in der Geschichte des Glücksspiels, Teufel noch eins.«

»Aber es kann einfach nicht ewig dauern«, warnte ich. »Laß uns abhauen.«

Raimondo sagte: »Ein letztes Mal.«

»Das letzte Mal«, sagte ich. Und um uns herum waren unzählige Augenpaare, Rascheln, Klappern, Klingeln, gesampelte Tieffrequenzen, Alarmglocken, Gongschläge.

»Aber laß uns die Sache richtig machen«, und mit diesen Worten hatte Raimondo den Haufen Fiches schon auf den grünen Filz geschoben.

»Was soll das heißen?« fragte ich.

»Wir setzen auf eine Zahl«, sagte er. »Wir spielen jetzt im *großen Stil.*«

»Bist du verrückt?« rief ich.

»Ich *spüre* es«, sagte er. »Die Sieben kommt, ich bin ganz sicher.«

»Wir verlieren alles«, sagte ich und versuchte, seinen rechten Arm zu blockieren.

»*Wir gewinnen*«, sagte Raimondo. »Und weißt du, wieviel?«

Und ich: »Wieviel?« Mir war, als wäre der Boden unter meinen Füßen aus Gummi.

»Multipliziere mal fünftausendvierhundert mit fünfunddreißig«, sagte Raimondo, und mit diesen Worten schob er die Fiches aufs Tableau. »Alles auf die Sieben«, sagte er zum Croupier.

Er warf mir einen flüchtigen Blick zu, dann starrten wir beide auf die Roulettescheibe. Mein Gehör schien unglaublich selektiv zu sein, nur der Klang der Elfenbeinkugel, die immer weiter sprang und scheinbar nicht zur Ruhe kommen wollte, drang zu mir durch, die restlichen Geräusche waren sämtlich ausgefiltert. *Trac, trac, trac,* hüpfte sie immer weiter, über die Zahlensektoren hinweg, die ich auf der kreisenden Scheibe nicht lesen konnte. Am Ende sprang sie ein letztes Mal und blieb auf der Siebzehn liegen.

Der Croupier harkte unsere Fiches weg, schneller, als wir überhaupt denken konnten.

Wir gingen durch die Nacht zum Parkplatz. Lichter blinkten auf, und eine hochgewachsene Prostituierte, die etwas unsicher auf den Beinen war, sagte zu Raimondo: »Hei du, kennen wir uns nicht?« Er verneinte mit einer Kopfbewegung, den Blick starr vor sich auf den Gehweg gerichtet.

Auf dem Parkplatz gingen wir um den Plymouth Fury III herum und vermieden es tunlichst, uns anzuschauen. Ich fühlte mich wie einer, der gerade aus einem Überschalljet gestiegen ist: vom Luftdruck zusammengequetscht, von der plötzlichen Langsamkeit entmutigt und unfähig, wieder in die Gänge zu kommen.

Raimondo sagte: »*Eine Million siebenhundertvierundsechzigtausend* Dollar.«

»Was ist das?« sagte ich.

»Die Summe, die wir gewonnen hätten«, sagte Raimondo und trat gegen einen der Reifen des Wagens. »Die wahre, echte Riesenkehrtwende unseres Lebens, einfach futsch!«

»Auch fünfzigtausendvierhundert Dollar waren als Kehrtwende nicht zu verachten«, warf ich ein. Noch immer sah ich den Haufen bunter Plastikfiches auf dem grünen Filz vor uns.

»Die wären nicht genug gewesen«, sagte Raimondo. »Die wären im Handumdrehen zu Ende gewesen.«

Ich sagte: »Mit deinem realitätsgeeichten Pessimismus kommst du jetzt zu spät.«

»Das ist kein Pessimismus«, widersprach er. Seine Stimme klang verändert: tiefer, gurgelnder, finsterer eben, und sie paßte sehr gut zu seinem dumpfen Blick und seiner ganzen Haltung – gesenkter Kopf, kraftlos baumelnde Arme. Innerhalb einer Viertelstunde schien er ein anderer Mensch geworden zu sein, innerlich wie äußerlich. Ich hätte ihn gern fotografiert und die beiden Aufnahmen – Vorher/Nachher – nebeneinandergelegt, um ihm den Unterschied bildhaft vor Augen zu führen.

»Was ist es dann?« fragte ich und dachte, daß ich mit meiner Vorliebe, mich von Situationen und Leuten antreiben oder mitzerren zu lassen, auch nicht viel besser war als er. Ich dachte, der echte Berührungspunkt zwischen uns waren die chronische Ungewißheit und die Realitätsferne: Das jetzt war eben das Resultat davon.

Raimondo sagte: »Ich habe mich getäuscht, verdammt. Ich habe die Eins vor der Sieben nicht gesehen. Ich habe nur die Sieben gesehen.«

»Wie schade«, sagte ich. »Wegen einer elenden, strichdünnen Eins, nicht wahr?«

»Ich hätte einfach nicht daran denken dürfen«, sagte Raimondo. »Ich hätte nicht anfangen sollen zu *überlegen*. Ich hätte nur meinem Instinkt folgen sollen.«

»Wieso hast du es nicht getan?« fragte ich.

»Das ist *deine* Schuld!« attackierte er mich. »Mit deinem ewigen Vernünftigsein und deinem Scheißgeschwätz! Von wegen mathematische Gesetzmäßigkeit und Laufwende und dem ganzen Rest!«

»Du bist unfair«, erwiderte ich. »Ich bin dir gefolgt, ich habe deinem Gespür vertraut.«

»Ja, aber immer mit einer Spurbreit Zurückhaltung«, sagte Raimondo. »Immer hast du dieses mistige, unerbittliche Urteilsvermögen an den Tag gelegt.«

»Gleich wie, früher oder später wäre es sowieso passiert«, beschwichtigte ich ihn. »Wir konnten einfach nicht bis in alle Ewigkeit gewinnen.« Aber auch ich hatte geglaubt, daß wir es könnten, trotz alledem. Ich fand meinen Ton nicht passend.

»Und ob hätten wir das können!« widersprach Raimondo. »Es gibt Leute, die haben *Dutzende von Milliarden* im Roulettespiel gewonnen! Vielleicht nur einmal, aber immerhin!«

»Und die haben sie auch wieder verloren«, sagte ich.

»Das stimmt nicht«, sagte Raimondo. »Es gibt Leute, die haben das Geld gewonnen, es behalten und dann stets auf großem Fuß gelebt.«

»Weißt du, was das Problem war?« warf ich ihm an den Kopf, denn die Verärgerung über seinen Ton mischte sich auf sehr ungute Weise mit der Enttäuschung, die weiterhin in mir rumorte. »Das Problem war, daß du total auf die Figur des unschlagbaren Spielers abgefahren bist, der nicht einen einzigen Zug vermasselt. Er gefiel dir über alle Maßen.«

»Was für eine Figur?« fragte Raimondo.

»Du hast dich Hals über Kopf in diese Rolle verliebt«, sagte ich. Ich glaube nicht, daß ich so unerbittlich gewesen wäre, hätten seine Anschuldigungen nicht als erstes meine mafiöse Vorstellung von Fairneß unter Freunden ins Wanken gebracht. Ich sagte: »Du warst überzeugt, es genügte, diesen Part zu spielen, und schon würde die ganze Welt nach deiner Pfeife tanzen. Die Zahlen, die Croupiers, die Spielsalons, der Zufall, das Leben ... einfach alles. Genau wie bei der Rolle des internationalen Rockjournalisten.«

Und Raimondo: »Was hat der internationale Rockjournalist damit zu tun?«

»Du hast dir eingeredet, wirklich einer zu sein«, sagte ich. »Du hattest nicht den mindesten Zweifel.«

»Weil ich auch einer *war*«, sagte Raimondo. »Meine Bücher wurden zu Tausenden verkauft! Man lud mich in die Radiosender und ins Fernsehen ein, man wollte ständig meinen Senf hören! Wenn ich irgendwo auftauchte, erkannten mich die Leute! Ich war berühmt! *Berühmt!*«

»Siehst du?« sagte ich. »Du hast dran geglaubt. Du hast nicht einmal mehr darauf geachtet, daß du nicht zu sehr auffielst, du hast auch nicht mehr daran gedacht, daß früher oder später jemand Nachforschungen anstellen und dich entlarven würde.«

»Was gab es da zu entlarven?« sagte Raimondo.

»Siehst du?« sagte ich wieder. Ich war richtig geschockt, wie seine Phantasie jetzt wieder, auf beinahe rachsüchtige Weise, an Boden gewann. Ich sagte: »Du hast dich sogar erdreistet, mir zu schreiben, es sei in deinen Augen nicht gerecht, weiterhin das Geld von Diamantini mit mir zu teilen!«

»Das stimmte doch auch!« konterte Raimondo. »Ich war

schließlich derjenige, der alles machte! Wer ging denn in die Fernsehstudios und in die Radiostationen und redete und machte und tat?! Ich hatte doch den Look, und ich hatte den Akzent! Und es war mein Name, der auf dem Cover stand! Und ich war der Mann, der mit Samantha Hogson ins Bett gegangen ist, doch nicht etwa du!«

»Eben«, sagte ich. »Daß ich die Interviews geschrieben habe, war völlig nebensächlich, nicht wahr?!«

»Die Interviews waren das wenigste!« sagte Raimondo. »Die hätte ich oder jeder x-beliebige andere auch schreiben können! Was zählte, war der ganze Rest!«

»Der Look und der Akzent?« fragte ich.

»Genau!« sagte Raimondo.

Und ich: »Was den Verkauf der Bücher angekurbelt hat, war die Qualität der Interviews und nicht etwa dein Look und dein Akzent!«

»Du hättest ja versuchen können, sie selbst zu Diamantini zu bringen!« sagte Raimondo. »Dann hättest du mir sagen können, wieviel er dir zahlt!«

»Dasselbe, was er dir auch gezahlt hat«, erwiderte ich und dachte, daß er möglicherweise recht hatte, auch wenn ich das niemals offen zugegeben hätte.

»Vielleicht ein Zehntel?« sagte Raimondo. »Wenn er sie dir überhaupt abgekauft hätte, was ich sowieso nicht glaube!«

Immer ekliger, schriller und unkontrollierter wurden unsere wechselseitigen Vorwürfe, Behauptungen, Vorhaltungen, und zum Schluß zogen wir sogar über unser jeweiliges Aussehen und die Sprechweise her. Ich war betroffen, zu sehen, wie viele Fäden der Eifersucht, des Überdrusses und der Feindseligkeit das Gewebe durchzogen, das unsere Freundschaft war. Entsetzt dachte ich, daß sie immer dort gewesen waren, verborgen zwischen den kontrastierenden Farben und Falten in ebendiesem Stoff.

Dann sagte Raimondo, ich solle ihn zu irgendeiner Bushaltestelle begleiten, er wolle sich aus dem Staub machen. Ich war so wütend und aufgrund des totalen Zusammenbruchs meines geistigen Szenarios derart vor den Kopf gestoßen, daß ich ihn beim Wort nahm und bis zu einer Greyhound-Station fuhr. Raimondo sagte: »Halt an, hier ist es o. k.«

Ich stoppte, und er stieg aus, öffnete den Kofferraum, zog seinen zylindrischen Reisesack hervor und passierte die Flanke des Wagens. Mit völlig abweisendem Gesichtsausdruck sagte er: »Man sieht sich.« Dann überquerte er die Straße und verschwand in der Halle.

Eine unbestimmte Zeit steuerte ich über den Strip von Las Vegas, die horizontalen, senkrechten, schrägen und kurvigen Streifen der farbigen Neonlichter nahmen meine ganze Aufmerksamkeit in Beschlag. Dann fuhr ich zur Greyhound-Station zurück, ging hinein, kam wieder heraus und klapperte die wartenden Autobusse ab: Raimondo war nicht da. Ich überlegte, ob ich wieder hineingehen und jemanden fragen sollte, welchen Bus der Typ mit dem Jimi-Hendrix-Hut, den langen Haaren, dem Schnauzer, dem Rockstarohrring und dem seltsamen Akzent genommen hatte; ob ich dann mit meinem Plymouth Fury III die Verfolgung aufnehmen sollte. Wenn ich ihn erreicht hätte, würde ich hupen, von Wagenfenster zu Wagenfenster Handzeichen machen und den Busfahrer zum Anhalten zwingen. Aber meine Freundschaft mit Raimondo Vaiastri war an einem Punkt angelangt, wo eine Kursänderung angesagt war.

Angela Kinnard

Als ich sechsundzwanzig war, ging ich eines Abends mit Luna Avogadro in ein Pub; sie war gerade aus Venezuela wieder zurück in Mailand und hatte mir jede Menge zu erzählen. Wir tranken ein Bier, saßen inmitten des gestikulierenden und lauten Kneipenvolks. Luna schilderte auf ihre lebhafte Art, wie die dortige Musik war und der *dulce de leche*, und sie schwärmte von einem Theatermanager namens Alonso Lamas, der auch Percussioninstrumente spielte und als Mann eine phantastische erotische Ausstrahlung hatte. Dann entdeckte sie eine Freundin an einem der Nachbartische, ging zu ihr hin, umarmte und küßte sie, schüttelte sie an den Schultern. Es war einer ihrer heftigeren Kommunikationsausbrüche. Sie präsentierte mir das Mädchen als »die phan-ta-stisch-ste Illu-stra-torin der Welt«, und diese Freundin stellte uns wiederum ein irisches Mädchen mit marmorierten grünen Augen namens Angela Kinnard vor. Die stand kurz vorm Abschluß eines Italienischkurses, nach dem sie ihr Diplom in vergleichender Literaturwissenschaft an der Universität von Dublin machen wollte. Sie sprach ein ganz reines Englisch, das gut zu ihrem Gesicht und ihren wohlausgewogenen Körperformen paßte. Während Luna und ihre Freundin wie verrückt Daten und Namen austauschten, waren sie und ich in ein Spielchen aus Lächeln, anziehenden Bewegungen, Berührungs- und Kontrastpunkten, angebotenen und aufgenommenen Informationen vertieft. Angela Kinnard erschien mir wie eine gelungene Mischung aus Neugier, Heiterkeit, kritischem Verstand, guter Verfassung, offenen Horizonten und Mit-beiden-Beinen-auf-der-Erde-

Stehen. Ich bemühte mich, ein entsprechendes Bild von mir zu entwerfen; ich hatte ja genügend Zeit mit unwichtigen Begegnungen und besinnlicher Einsamkeit hinter mich gebracht, um daran zu arbeiten.

Zwei Tage später trafen wir uns wieder und gingen zusammen mit Luna und ihrer Illustratorinnenfreundin in einen schlechten Terrorfilm. Angela und ich saßen nebeneinander, und beide versuchten wir, unbemerkt den anderen von der Seite ins Visier zu nehmen. Vier Tage später machten wir zu zweit einen Bootsausflug auf dem See. Auf dem Weg zurück zum Ufer wurden wir von einem heftigen Regenguß überrascht und wurden naß bis auf die Knochen. Anstatt uns aber vor dem Regen in Schutz zu bringen, küßten wir uns. Gleich danach brachen wir in prustendes Gelächter aus, wir kriegten uns kaum mehr ein.

Zuweilen habe ich mich gefragt, was mich wiederholt zu ausländischen oder halbausländischen Frauen hinzieht: Ich glaube, es hat etwas mit meiner Nichtidentifizierung mit meinem Heimatland zu tun; und wohl auch damit, daß in meinen Adern fremdländisches Blut fließt. Jedesmal war es aber auch etwas Wundersames, sich vermittels einer fremden Person Zugang zu einem ganzen Universum von Gesichtszügen, Namen, Gewohnheiten, Orten zu verschaffen, die so völlig anders waren als die, die mir bereits allzugut bekannt waren.

Die Anziehungskraft, die Angela Kinnard auf mich ausübte, lag in ihrer Natürlichkeit, ihrer ungekünstelten Eleganz, ihrer Charakterfestigkeit, durch die die Schwankungen meines Gemüts ausgeglichen wurden. Zusammen waren wir eine gute Mischung sich entsprechender und ergänzender Eigenschaften; wir mußten nicht unentwegt einen Wettstreit austragen, um ein und dieselbe Rolle zu spielen. Vielleicht fehlte uns der Wahnsinn leidenschaftlicher Ausbrüche, aber im Ausgleich dazu stritten wir nie und konnten wirklich miteinander reden; im übrigen waren wir beide in einer ähnlichen Phase der Sinnsuche und der geistigen Beweglichkeit. Die Idee, die immer wieder in unseren Gesprächen auftauchte, war die, auf einen anderen Kontinent auszuwandern, der so weit wie möglich vom müden, mit Scheuklappen bewehrten, langweiligen, geizigen alten Europa entfernt war.

Als Angela nach Irland zurückgekehrt war, besuchte ich sie ein paar Wochen später in Dublin. In einem guten Wohnviertel, einige Kilometer außerhalb des Stadtzentrums, bewohnte die Familie Kinnard ein großes Haus an einer baumgesäumten Straße. Der Vater, ein großer, beeindrukkender Mann, hieß Harold und war Richter. Er war praktisch unfähig, mit anderen in eine echte Kommunikation zu treten, es sei denn anhand eines Schemas kodifizierter Verhaltensformen. Angela erzählte mir, daß sie ihm als kleines Mädchen jeden Tag, wenn er nach Hause kam, ganz aufgeregt entgegengerannt war. Und niemals, ohne Ausnahme, wußte er mit ihr etwas anzufangen, sondern schob die Kleine unangenehm berührt beiseite. Es war klar, daß auch Angelas fünf Geschwister an dieser emotionalen Rigidität ihr Päckchen zu tragen hatten, erst nach einigen Pinten Bier im Pub gaben sie sich etwas aufgeknöpfter. Angelas Mutter hieß Minnie und war sehr viel herzlicher und mitteilsamer als ihr Ehemann; sie genoß es, mich von einer ihrer exquisiten Bitterorangenkonfitüren kosten zu lassen und mir aus ihrer Jungmädchenzeit zu erzählen. Sie behauptete, ich würde mit einer Hingabe essen und zuhören, deren die Kinnards absolut nicht fähig waren.

Jeden Morgen, gleich bei welchem Wetter, ging Minnie Kinnard an die Küste und schwamm im Meer. Das ganze Jahr. Ich lag Angela in den Ohren, daß auch wir einmal mitgingen. Angela liebte diese Art von Aktivitäten ganz und gar nicht, denn sie erinnerten sie an unzählige Ausflüge, als sie Kind und dann junge Göre war: Kalt war es, es regnete, die Geschwister stritten sich, und die Mutter wußte nicht, wie sie sie beruhigen sollte. Der Vater beschränkte sich wie gewöhnlich darauf, strenge Befehle und Anweisungen zu erteilen.

Ich sagte zu Angela: »Ist ja gut, aber jetzt ist es doch anders, oder nicht?«

Trotzig schüttelte sie den Kopf: »Es ist immer noch dieselbe Familie, dasselbe Land.«

Das Wasser war so eisig, daß Angela fast augenblicklich wieder herausschoß. Um meine Männlichkeit unter Beweis zu stellen, hielt ich es mit Müh und Not einige Minuten länger aus. Aber Minnie Kinnard schwamm mit energischen Zügen ins offene Meer hinaus. Am Ufer zurück, rubbelte sie sich höchst befriedigt mit dem Handtuch ab und meinte: »Kinder, da habt ihr was verpaßt!«

Ich hatte es nicht schlecht im Hause Kinnard, abgesehen von der Tatsache, daß ich zusammen mit Angelas Brüdern schlafen und so tun mußte, als hätten Angela und ich uns noch nicht einmal einen Kuß gegeben; und abgesehen davon, den Vater am Abendtisch ertragen zu müssen, der redete, als wäre er in einer Sitzung mit Kollegen. Außerdem hatte ich keine Arbeit, und meine Versuche, eine zu finden, hatten sich als ziemlich erbärmlich erwiesen; Dublin drückte genauso trist auf Angelas Gemüt wie im umgekehrten Falle Mailand auf das meinige.

Zwei Wochen nach Angelas Universitätsdiplom brachen wir nach Australien auf.

Dahinter verbarg sich kein besonders ausgereifter Entschluß; er basierte in erster Linie auf rein theoretischen Vorstellungen von Australien als einem Land der Pioniere und

Abenteurer sowie auf ein paar schönen australischen Spielfilmen, die wir zusammen gesehen hatten. Ein nicht unwesentlicher Faktor war auch die Adresse und Telefonnummer einer Tussi in Sydney, die vor Jahren mit Paul, dem älteren Bruder von Angela, liiert war und sich in einem kurzen Telefonat bereit erklärt hatte, uns bei sich wohnen zu lassen.

Nancy Nicholson

Die ehemalige Verlobte von Paul Kinnard hieß Nancy Nicholson. Sie lebte mit einem Skipper zusammen und arbeitete als Journalistin für *Cosmopolitan*; in ihrer Freizeit widmete sie sich auf herzzerreißende Weise ihrem Cello. Sie hatte ein ziemlich ausgeprägtes Minderwertigkeitsgefühl, wenn sie an das kulturelle Niveau in Europa dachte, wo sie ein Jahr als Au-pair-Mädchen verbracht hatte. Von meinem und Angelas Eintreffen mußte sie sich einen raffinierten, geradezu hippen Zeitvertreib versprochen haben. Doch recht bald war sie enttäuscht von uns, weil wir uns lieber verstohlen in ihr Häuschen im Wohnviertel Paddington schlichen und genauso klammheimlich wieder hinausschlüpften. Wir waren viel zu sehr mit anderen Überlegungen beschäftigt, als daß wir ihren Einladungen zum Tee, ihren Versuchen, ein Gespräch in Gang zu bringen, ihren verzweifelten Bemühungen, sich kritisch, elegant und auf dem neuesten Stand der Dinge zu erweisen, unsere kostbare Zeit und Aufmerksamkeit hätten schenken können.

Von Anfang an erschien uns Australien so fern wie eine Kolonie auf einem anderen Planeten, wo die Signale der irdischen Welt nur abgeschwächt und mit großer Verspätung eintrafen. Da war nichts zu spüren von Energie aus vorderster Front, wie wir sie uns erwartet hatten. Wir wurden nicht überhäuft mit Chancen oder Angeboten oder nützlichen Anregungen, um unser Leben in eine bestimmte Richtung zu lenken. Das Schiffbrüchigengefühl, das uns unmittelbar nach unserer Ankunft überkommen hatte, ließ uns im Laufe der Tage oder Wochen nicht mehr los; und die Tatsache, daß wir uns ohne Rückflugticket und mit einem Touristenvisum für sechs Monate dort befanden, war uns auch nicht sehr hilfreich. Wir arbeiteten als Fensterputzer, Verteiler von Werbehandzetteln, Standpersonal auf einer Verkaufsmesse für den Holzhandel. Unter einem knallblauen Himmel wanderten wir in einem Dauerzustand der Unentschlossenheit durch die sonnigen Straßen Sydneys.

Von Zeit zu Zeit fragte ich mich, ob es richtig war, von einem geographischen Ort die Elemente einfordern zu wollen, anhand derer ich zu begreifen hoffte, was ich machen wollte oder wozu ich imstande wäre. Ich fragte mich, ob ich das nicht auch mutterseelenallein in meinem Zimmerchen hätte begreifen müssen. Ich versuchte die ganze Zeit, mir irgendwelche Lösungen vor Augen zu holen: Ich stellte mir vor, wie ich mit den unterschiedlichsten Arbeiten beschäftigt war, ich legte mir geistige Szenarios mit allem Drum und Dran zurecht. Doch je wirklichkeitsnaher diese Situationenbilder waren, desto mehr bedrückten sie mich; die einzigen, die meinen Herzschlag etwas beschleunigten, waren wiederum die, die am unwahrscheinlichsten zu verwirklichen waren. Mir erschien es absurd, daß ich mit sechsundzwanzig Jahren noch immer im trüben fischte; ich hatte Angst, meine Chancen wären vielleicht schon dahin. Wenn ich es recht bedachte, war die einzige Tätigkeit, bei der ich mein Talent bewiesen hatte, das Schreiben getürkter Interviews; und das war eine illegale Aktivität, die auf keinen Fall zu wiederholen war. Ich fragte mich, ob ich nicht auf andere Weise, mit anderen Zielen schreiben sollte. Am Abend holte ich meine rote Schreibmaschine Lettera 22 hervor und tippte einen Brief an Luna Avogadro oder an meine Schwester, worin ich mich in ausführlichsten Beschreibungen von Orten, Personen und Situationen erging. Diese Schreiben gerieten mir immer länger, und wenn ich sie Angela zu lesen gab, meinte sie stets, daß sie sehr gut geschrieben seien. Wie auch immer, es waren nur Briefe und in meinen Augen kein solider Ausgangspunkt für einen möglichen Beruf.

Nancy Nicholson hatte mittlerweile die Nase voll von unserer Art, Gäste auf der Flucht in ihrem Haus zu sein. Eines Abends ließ sie keine Ausflüchte mehr gelten und zwang uns zu einem Kerzenscheindinner in ihrem kleinen Wohnzimmer.

Als wir den letzten Löffel Tongkingsuppe geschluckt hatten, wandten sie und ihr Skipper sich an uns und fragten: »Was also sind eure Absichten, ihr beiden Hübschen?« Ich erklärte, daß wir noch für zwei Tage einen Job hätten und danach aufzubrechen gedachten, um Land und Leute etwas besser kennenzulernen. Die Erleichterung, mit der sie diese Nachricht aufnahmen, fegte alle Enttäuschung und allen Groll, die sich angehäuft hatten, hinweg. Sie sagten: »Aber sicher doch, natürlich, da tut ihr sehr gut dran.«

Wir nahmen den Überlandbus nach Melbourne, wo uns eine entfernte Cousine von Angela namens Sylvia Kinnard in ihrem neueröffneten Hotel zu einem Minimalgehalt für die unterschiedlichsten Aufgaben anstellte. Das Hotel war in einem recht charakteristischen alten Holzgebäude, doch nach Unterzeichnung des Kaufvertrags hatte sich herausgestellt, daß es durch und durch von Termiten, Holzwürmern und anderem Geschmeiß befallen war. In regelmäßigen Abständen mußten wir einige Zimmer verriegeln und mit hochgiftigen Substanzen ausräuchern, die uns in der Kehle würgten und in den Augen brannten, wenn wir die Atemmasken nicht aufgesetzt hatten. Auf jeden Fall gab es noch nicht viele Gäste, und dieser Umstand war Sylvias Ansicht nach dem im Mafiastil organisierten Touristenführerring anzulasten. Vermutlich lag es aber auch daran, daß der Service im Haus ziemlich mies war.

Melbourne besaß offensichtlich noch weniger stimulierende Energie als Sydney: Es war eine Kolonialstadt am äußersten Rand der Erde, und aus unserer Sicht herrschte dort eine unverzeihliche Ruhe. Angela und ich gingen auch dem geringsten Anhaltspunkt nach, um einen Plan zu entwerfen oder eine Aktion zu starten, aber wir fanden so gut wie keinen. Wir fragten uns, ob es unsere Schuld oder die der Stadt war; wir arbeiteten in Sylvia Kinnards Hotel und drehten im Leerlauf.

Hin und wieder kam mir meine erste Auswanderung in den Sinn, als ich während der Geschichte mit den falschen Interviews nach Amerika gegangen war. Mir schien, daß ich mich damals himmelschreiend nachlässig, ja sträflich oberflächlich verhalten hatte: Es war völlig absurd, rein gar nichts aus einem Leben gemacht zu haben, in dem es keinerlei Hektik und Mühe gab und das der Zufall oder eine Schicksalsfügung mir an die Hand gegeben hatte. Mir fiel es schwer zu glauben, daß ich so zerstreut und fatalistisch gewesen war und nicht einmal den Versuch unternommen hatte, die unklaren Ideen, die mir durch den Kopf schwirrten, auf den Prüfstand der Realität zu bringen. Wie konnte ich nur denken, daß mir dafür noch alle Zeit der Welt zur Verfügung stünde?

Jetzt war mir, als neigte sich die Zeit immer schneller ihrem Ende zu, und aus jeder Ecke starrten mich Eile und Anstrengung mit bösen Blicken an. Ich konnte nicht sagen, ob die Veränderung durch das unterschiedliche Alter – ich war nun keine dreiundzwanzig, sondern sechsundzwanzig – bedingt war oder durch die Tatsache, daß es einfach ein Limit gab, über das hinaus keiner im ungewissen treiben kann, ohne in Panik zu geraten.

Sam Hotmountain

Nach ein paar Monaten lernten wir einen französischen Hotelgast kennen. Er hieß Jacques Pasqua und war im Begriff, eine italienische Eisdiele in Sydney zu eröffnen, für die er Mitarbeiter suchte. Wir kehrten mit ihm nach Sydney zurück; dort installierten wir Geräte, weißelten Wände, malten Plakate, rührten Eismischungen aus Schokolade, Nuß, Vanille, Mokka an und servierten Eis in Waffeln und Bechern. Der Publikumserfolg war nicht schlecht, obwohl die Pulverpräparate, aus denen wir das Eis machten, ganz und gar nicht italienisch waren. Angela und ich lebten in einem kleinen Apartment über dem Eiscafé, wofür Pasqua ein Drittel unseres Gehalts als Miete einbehielt. Angela und ich hegten weiterhin die Hoffnung auf eine plötzliche oder schrittweise Erleuchtung darüber, was wir denn aus uns machen sollten. Ich gründete auch ein Bluestrio, mit dem ich an meinen freien Abenden in Lokalen spielte. Eigentlich hätte ich mich nicht beklagen dürfen, und dennoch schien mir, als wäre ich noch Lichtjahre von dem entfernt, was ich eigentlich wollte.

Dann verkaufte Jacques Pasqua das Eiscafé an einen Unternehmer namens Ralf Lonegan, der ein bißchen wie ein Mafioso aussah und in einem violettfarbenen Bentley herumkurvte. Pasqua hatte uns versichert, daß der neue Besitzer uns beide übernehmen würde. Doch Lonegan hatte eine andere Art von Angestellten im Kopf: Er kündigte uns mit einer Frist von vierundzwanzig Stunden und warf uns aus der Wohnung. Am selben Abend noch kam es zu einem

Streit zwischen mir und meinem Bassisten über ein Arrangement von *Key To The Highway.* Als ich es Angela erzählte, waren wir uns einig, Gründe genug zu haben, um uns wieder auf Reisen zu begeben.

Wir fuhren mit dem Bus bis nach Cairns und von dort weiter mit dem Zug nach Queensland, wobei wir einer sehr unsicheren Linie von Bekannten und den Bekannten von deren Bekannten folgten, die uns für knappe Zeiträume ihre Gastfreundschaft und befristete Jobs anboten. Da wir keinerlei Grund hatten, an einen bestimmten Ort zu fahren, gaben wir den unterschiedlichsten Impulsen nach, um über unsere nächste Route zu entscheiden. Es genügten ein Name, das vage Versprechen eines Betts, in dem wir schlafen konnten, die Umrisse eines baumbedeckten Hügels auf einer Ansichtskarte.

Beispielsweise begaben wir uns in ein ehemaliges Goldgräberzentrum, Charters Towers genannt, nur weil ich in einer Zeitung die Geschichte eines gewissen Sam Hotmountain gelesen hatte: Dieser hatte ein Buch geschrieben, und da kein Verleger es veröffentlichen wollte, hatte er es auf eigene Kosten drucken lassen. Mit dem Resultat war er von Buchhandlung zu Buchhandlung gegangen und hatte immerhin über siebzigtausend Exemplare verkauft.

Als wir in Charters Towers ankamen, stellten wir fest, daß es sich nur um ein Grüppchen Holzhäuser an einem ausgestorbenen Plätzchen handelte; hie und da wuchs ein Eukalyptusbaum. Die Häuser waren wegen der Überschwemmungen und der Bodenfeuchtigkeit aus der Zeit vor den Überschwemmungen auf Pfählen gebaut. Sam Hotmountain war ein knochiger, allem Anschein nach friedlicher Alter, der schon frühmorgens mit dem Biertrinken anfing und sich möglichst außer Reichweite seiner wuchtigen Ehefrau namens Frieda hielt; sie setzte ihm ständig nach und halste ihm die unterschiedlichsten Aufgaben auf, behauptete er uns gegenüber.

Er führte Angela und mich in die einzige Bar – sie sah aus wie ein Westernsaloon – und versuchte, uns mit Bier betrunken zu machen; wir würden ihn beleidigen, wenn wir nicht mit ihm zusammen das Glas heben würden, drängte er uns mit drohendem Unterton. Ich fragte ihn nach seinem Buch, und es stellte sich heraus, daß es eine Sammlung von Säuferwitzen war. Von Zeit zu Zeit rülpste er und tauschte ein paar Sprüche mit zwei, drei seiner zahnlosen Freunde aus; sie grienten, ich glaube, weil Angela dabei war.

Ich weiß nicht mehr, ob ich auf der Suche nach einem Lebensmodell oder einem irgendwie gearteten Bezugspunkt war, als mir in den Sinn kam, mich mit Sam Hotmountain zu treffen. Doch wenn man ihn sich ansah, konnte man gewiß nicht behaupten, er besäße ein unwiderstehliches Charisma. Zum Ausgleich dazu zeigte er uns ein ehemaliges Handelszentrum, das schon seit den Goldgräberzeiten leerstand: eine Holzhalle mit einem Drahtseilsystem, an dem die Verkäufer des oberen Stockwerks die Geldscheine mit Klammern befestigten und in Richtung Kasse gleiten ließen. »So konnte niemand sie klauen«, erklärte uns Sam Hotmountain, während er mit aufgedrehtem Getue versuchte, Angelas Hintern zu befummeln.

Da wir bis zur Abfahrt des Überlandbusses am nächsten Tag völlig in der Luft hingen, nahmen wir die Einladung seiner Frau zum Abendessen an und verbrachten auch die Nacht bei ihnen. Frieda Hotmountain hatte eine der unangenehmsten Stimmen, die ich je gehört habe; überdies kratzte sie sich ununterbrochen, da sie wegen übermäßiger Sonnenbestrahlung an einer chronischen Dermatitis litt. Vor Ewigkeiten war sie mit der Postkutsche aus Sydney in Charles Towers eingetroffen, um als Grundschullehrerin hier zu arbeiten. Dank der Goldfunde war Charter Towers seinerzeit noch ein reiches und dichtbevölkertes Städtchen. Sie hatte Sam Hotmountain nur geheiratet, weil sie keinen Besseren gefunden hatte. Mich beeindruckte, daß sie trotz allem weiterhin romantische Träume und Vorstellungen hegte: Beispielsweise las sie Romane, pflanzte Blumen und legte Geld für eine Europareise beiseite. Auf mich hatte das die Wirkung, als hätte man irgendeine Form von Leben auf dem Mars entdeckt, und das verbarg sich unter der rauhen Schale dieser Frau mit ihrem ständigen Gekratze, ihrem Akzent eines unzivilisierten Ortes, wo ein A zu einem E wurde und jeder beliebige Satz eine schleifende, langgezogene Kadenz erhielt.

Als wir tags darauf in Richtung Küste unterwegs waren (wir saßen bereits seit einer halben Stunde im Bus), begann es ungewohnt heftig zu regnen. Innerhalb von kurzer Zeit füllte das Regenwasser die Talsohlen und überschwemmte die ganze Fahrbahn. Der Busfahrer lenkte mit der Kraft der Verzweiflung weiter und hielt auf der Spitze eines kleinen Hügels an, der innerhalb kürzester Zeit zu einer Insel wurde. Vier oder fünf Stunden saßen wir dort auf der Hügelinsel fest; die Mitreisenden schienen sich in ihr Schicksal zu fügen. Ein Motorradfahrer auf einem anderen Hügel in ungefähr dreihundert Meter Entfernung machte großartige Gesten, die völlig nutzlos waren, denn bis der Wasserstand nicht zurückgegangen war, konnte man ohnehin nicht zu ihm vorstoßen.

Als wir später im Zug saßen, war auch die Bahnlinie ständig von den Schlammwassern der über die Ufer tretenden Flüsse auf ihrem Lauf zum Meer bedroht. Angela und ich sahen aus dem Waggonfenster, und hinter unserer Stirn trieben die gleichen unförmigen Gedanken.

Telescopic Lake

Auf unseren Fahrten quer durch Queensland besuchten wir an einem regenlosen Tag den Telescopic Lake. Er befindet sich im Krater eines Vulkans, nicht weit von der Küste entfernt. In einem Reiseführer hatte ich von den Legenden über seine offensichtlich nicht exakt meßbare Tiefe gelesen, was auch zu seinem Namen führte.

»Was heißt nicht meßbar?« fragte Angela, als wir in dem alten weißen Renault über eine kurvenreiche Straße bergauf fuhren; wir hatten uns den Wagen von einem Malerehepaar geliehen, das wiederum mit Bekannten von uns befreundet war; sie lebten mit ihrer fünfjährigen Tochter tief im Wald.

»Ich weiß es nicht«, sagte ich, aber natürlich hatte die Vorstellung, daß der See unergründbar sei, bei mir die Lust aufkommen lassen, ihn zu sehen.

Die Seitenhänge des Vulkans waren von dichter Vegetation überzogen, ebenso die Innenseite des Kraters, was zu erkennen war, sobald die Straße zum Wasserspiegel hin abfiel. Der einzige Hinweis auf eine touristische Aktivität in der trockenen Jahreszeit war ein altes Hotel aus dunklem Holz, dessen Fenster mit Brettern verrammelt waren, die ihrerseits mit Nägeln und Ketten befestigt waren.

Wir fuhren bis ans Ufer des Sees hinunter. Seine Farbe spiegelte das fahle Grau des Himmels und das Grün der Bäume wider; Vogelrufe drangen aus dem Walddickicht. Ich wagte mich in das Schilfgestrüpp vor und entdeckte ein hölzernes Kanu, verkehrt herum wie ein toter Fisch auf dem Trockenen. Ich drehte es um und versuchte, es ins Wasser zu schieben. Es schwamm tatsächlich, und so besehen hatte es keine Risse oder Löcher im Rumpf. Nicht weit entfernt fand ich auch ein Stechpaddel, das mit einem Seil an einem vergammelten Holzpfahl festgebunden war. Vermutlich gab es keine Diebe in dieser Gegend, oder die Hotelbetreiber dachten, alles bestens versteckt zu haben. Ich fragte Angela, ob sie Lust auf eine Bootsfahrt hätte; sie dachte eine Sekunde nach und sagte dann ja.

Wir stiegen in das Kanu, und ich begann zu paddeln; das Ding war nicht sehr stabil, und auch die geringste unserer Bewegungen übertrug sich. Es war eine richtige Gleichgewichtsübung, ähnlich wie auf dem Seil zu gehen: Angela saß still, klammerte sich an den Bordkanten fest, und ich bewegte das Paddel wie ein Balancekünstler. Das Kanu glitt schnell auf dem Wasser dahin. Es war, als hätte es keinen Widerstand zu überwinden. Es gab nur das leichte Eintauchen des Paddels und das Tropfen, wenn es wieder hochgezogen wurde, und das leise Gluckern des Kielwassers.

Dann waren wir beinahe in der Mitte des Sees, wo ein großer weißer Pelikan schwamm. Mit einigen Ruderschlägen war ich in seiner Nähe, um ihn besser zu beobachten. Angela und ich verharrten ohne die geringste Bewegung. Wir sahen den Pelikan an, der uns nur am Rande seine Aufmerksamkeit schenkte. Außer unserem unterdrückten Atmen gab es keine Geräusche; das Wasser bewegte sich nicht, die Ufer waren fern.

Ohne die geringste Vorankündigung riß der Pelikan mit einemmal seinen Schnabel auf und stieß einen durchdringenden Schrei aus. Er breitete die Schwingen aus, flatterte kräftig und erfüllte die Luft mit Vibrationen; daraufhin hörte man das Kreischen anderer Vögel, Flügelschlagen und Schnalzen aus dem Wald ringsum. Der See schien abwechselnd kleiner zu werden und sich auszubreiten, der Himmel wich zurück und lastete auf unseren Köpfen, quetschte uns zusammen. Der Pelikan nahm einen langen, mühevollen

Anlauf, der allem Anschein nach dem atmosphärischen Druck trotzte, und seine Füße schnitten eine Linie in die Wasseroberfläche.

Grenzenloses Entsetzen erfüllte uns - so als wäre die zauberische Schwerelosigkeit, die uns hierhergeführt hatte, mit einem Schlag zerborsten. Wir waren übermannt von der totalen Ungewißheit über die unerforschliche Tiefe des Sees.

Angela schrie: »Fahren wir zurück!« Sie drehte sich zu mir um, wobei das Boot derart ins Schwanken geriet, daß es zu kippen drohte.

Ich brüllte zurück: »Halt dich ruhig!!«, in einem Ton, der alles andere als ruhig war. Ich bewegte das Ruder, aber viel zu abrupt, so daß das Kanu erneut schwankte.

Das Wasser war urplötzlich schwarz. Ich glaubte, Tausende dunkler Meter unter der Oberfläche zu spüren, unkontrollierbare Mächte waren am Werk. Das Fehlen von Erklärungen drohte uns aus der Bahn zu werfen und wie ein mächtiger Magnet hinab ins Nichts.

Ich versuchte erneut, das Paddel mit allergrößter Vorsicht ins Wasser zu tauchen, und bezwang meinen Impuls, der meine Gedanken, Sehnen und Muskeln durchzuckte, so schnell wie möglich zu machen. Ich wußte, daß ich mir keinen Fehler leisten durfte: Mit enormer Kraftanstrengung hob und senkte ich die Arme, ohne praktisch die Schultern zu bewegen, und folgte einer geraden Linie. Jeder Paddelschlag brachte uns ein lächerlich kleines Stück voran, gemessen an dem Abstand, der uns noch vom Ufer trennte. Es schien absurd, daß wir auf dem Weg zur Mitte des Sees so mühelos und leicht dahingeglitten waren. Angela rührte sich nicht, von Zeit zu Zeit sagte ich leise zu ihr: »Ist ja gut, ist ja gut.« Ich peilte den hohen Eukalyptus an, bei dem wir abgelegt hatten. Noch immer war er jedoch in viel zu großer Ferne. Ich schaute nicht zurück und nicht zur Seite, und ich sah nicht, was unter uns war. Millimeter um Millimeter kamen wir voran, fast ohne zu atmen.

Am Ende berührte der Bug des Kanus mit einem leichten Aufdopsen das Ufer. Angela und ich sprangen ins kniehohe Wasser. Unser Atem ging kurz, unser Herz klopfte schnell, und noch immer fühlten wir uns nicht in Sicherheit. Wir gingen rückwärts, ich zog das Kanu in das Schilfgestrüpp, wo ich es entdeckt hatte, drehte es erneut auf den Bauch und band das Paddel mit der Kordel an seinem Pfahl fest. Dann stiegen wir schleunigst ins Auto und fuhren auf der kurvigen Straße zurück, weg von dem baumbedeckten Krater.

Sydney, NSW

Angela Kinnard und ich kehrten nach Sydney zurück. Sie fand dort eine Arbeit in einer irischen Schule, und ich wurde bei einem Tierarzt indischer Abstammung namens Manohar Raj als Assistent eingestellt. Ich hatte keine spezifischen Aufgaben, er meinte, das sei nicht erforderlich. In erster Linie mußte ich die Praxis reinigen und wenn nötig, geschützt mit dicken Handschuhen, Katzen und Hunde festhalten.

In der kleinen Wohnung, die Angela und ich mit zwei ihrer Kolleginnen bewohnten, kam am Abend zuweilen das Gespräch auf unsere schwindende Zuversicht, uns noch irgendwie ein interessantes Leben in Australien aufbauen zu können. Längst war klar, daß dies nicht der Ort war, an dem wir herausfinden würden, was wir tatsächlich machen wollten oder wo unsere Fähigkeiten lagen. Wir brauchten Orte, wo es mehr Kontakte, zufällige Begegnungen, Anregungen gab, wo einfach mehr los war.

Hin und wieder dachte ich an Raimondo Vaiastri und fragte mich, was wohl aus ihm geworden war. Nach beinahe drei Jahren hatten sich die Gründe für unseren Bruch, zusammen mit Millionen anderer Einzelheiten, in nichts aufgelöst. Geblieben war eine Art von Sehnsucht nach diesem Abschnitt in meinem Leben, der Raimondo einschloß. Seit dem Abend unseres Streits in Las Vegas hatten wir uns nicht mehr wiedergesehen, doch bevor ich nach Irland aufgebrochen war, hatte ich seine Mutter angerufen. Dorina Vaiastri hatte mir erzählt, daß Raimondo nach Italien zurückgekehrt sei und beinahe ein Jahr geblieben war; dann hatte er im Sommer in

Griechenland eine junge Amerikanerin kennengelernt, und zusammen mit ihr war er nach Los Angeles gegangen. Sie schien nicht sehr glücklich darüber, wie ich aus ihren Worten heraushörte; sie hoffte nur, daß Raimondo nach Hause käme und sich eine seriöse Arbeit suchte, denn er sei ja schließlich kein Grünschnabel mehr. Ich notierte die Telefonnummer und die Adresse in Los Angeles. Im Laufe der Monate hatte ich sie zwei- oder dreimal angeschaut und mir vorgestellt, daß ich wieder Kontakt mit ihm aufnehmen würde. Dann, eines Abends, als ich mich besonders ratlos fühlte, nahm ich meine Lettera 22 hervor und schrieb einen Brief an Raimondo; ich brachte ihn über mich und mein Leben auf den neuesten Stand und wollte wissen, wie es ihm denn so ergangen sei. Ich schrieb in einem beschwingten, unverbindlichen Ton und konzentrierte mich auf die Äußerlichkeiten, vielleicht um die Befangenheit wegen des Abstands und der verflossenen Zeit und all dessen, was zwischen uns schiefgegangen war, zu überspielen. Dann steckte ich den Brief in ein Kuvert und ließ ihn einige Tage auf einem häßlichen gelben Möbel am Eingang liegen. Am Ende schickte ich ihn ab und vergaß ihn.

Los Angeles, den 28. April

Lieber Alberto Scarso*, *der Du verschwunden und wieder aufgetaucht bist!*

Sapperlot, wieviel Zeit ist doch vergangen, seit dem letzten Mal, daß wir uns gehört haben. Als ich gestern Deinen Brief im Briefkasten fand, habe ich fast einen Anfall gekriegt, denn, Hand aufs Herz, seit Ewigkeiten wollte ich Dir schon schreiben oder mich irgendwie melden, um zu wissen, was zum Teufel Du so treibst, wie es Dir eigentlich ergangen ist, mit wem Du es zu tun hast, usw., usw. Nur, ich hatte Angst, daß du noch immer sauer bist auf mich wegen Las Vegas und einfach nichts mehr von mir wissen willst. Jedenfalls, je mehr Zeit verging, desto weniger Ahnung hatte ich, wie ich es anstellen sollte, Du weißt doch, wie das ist, wenn man eine absurde Kommunikationshemmung hat. Jetzt, da Du mir als erster geschrieben hast, weiß ich nicht, ob ich mich besser oder schlechter fühlen soll. Aber, verflixt noch mal, ich bin froh, von Dir zu hören, alter Bastard!

Das ist vielleicht mal ein Ding, daß Du nach Australien gegangen bist! Wir sind tatsächlich zwei Kerle, die sich nicht in ihr Schicksal fügen und zu Hause bleiben wollen. Wir müssen einfach in die weite Welt hinaus! Auch mich hat Australien immer schon gereizt, vielleicht weil es auf der anderen Seite der Erdkugel ist, vielleicht wegen der Känguruhs und all der anderen seltsamen Tiere, vielleicht weil es einem die Idee vermittelt, daß es einfach unmöglich ist, sich noch weiter weg von allem zu bewegen. Es sei denn, man nimmt eine Rakete zum Mars, scherzo! *Natürlich weiß ich, daß es ein interessantes Plätzchen ist und daß es sich total von sämtlichen anderen auf der Welt unterscheidet. Wie Du siehst, muß ich irgendeine Fixierung mit Amerika haben, oder vielleicht ist es tatsächlich meine zweite Heimat, auch wenn ich sie in einigen Momenten ablehne. Es gibt massig Dinge, die mir nicht passen, aber ich kann Dir versichern, als ich nach wer weiß wie langer Zeit in der Ferne – in Santa Barbara, Reno, San Francisco, Carmell – nach Italien zurückgekehrt bin, fühlte ich mich wie ein Ausländer. All die Dinge, über die wir immer redeten, die wir verabscheuten – beispielsweise dieses Image eines Provinzländchens, einer veralteten Nation, einer verschlossenen Gesellschaft, eines Polizeistaats, eines Landes, das chaotisch, dreckig, unbequem ist, aber zugleich eines Landes, bis obenhin eingedeckt mit Verfolgungsgesetzen, Barrieren, Stacheldraht, Vorschriften, die keiner beachtet, sondern die einfach da sind, um dem Normalbürger das Leben schwerzumachen … also alle Dinge, die uns immer zur Verzweiflung brachten, wenn wir davon sprachen, die stießen mir in jenem Moment noch tausendmal schlimmer auf, denn ich hatte sie völlig vergessen, sie waren wie weggepustet.*

Selbstverständlich war es ein Riesenfest, als ich nach Hause zurückkehrte, klar, bei all den Sorgen, die sich meine Eltern um mich machten – zu Recht auch, denn in Italien hatte ich ja nie irgendeine verdammte Arbeit oder etwas in der Richtung. Wenn du in Italien irgend etwas erreichen willst, mußt du dich für die nächsten vierzig Jahre auf ein und dasselbe Ding festlegen; das ist nicht wie in Amerika oder dort, wo Du jetzt bist, in Australien, wo man tausend Jobs zum Überleben findet, jedenfalls vorübergehend. Willst du in Italien beispielsweise als Kellner oder Gepäckträger arbeiten, wird daraus ein Beruf fürs Leben, du nagelst dich auf immer fest. Italien ist ein Land, von dem du einfach nie mehr loskommst, wenn du eine Arbeit, ein Heim, eine Familie, einen Platz hast, an dem du geboren bist. Albert, nach ein paar Wochen glaubte ich, ich muß wahnsinnig werden, ich pack es nicht mehr! Ich weiß nicht mehr, wie ich es neun Monate lang ausgehalten habe, ich schwör Dir, in einigen Momenten hätte ich am liebsten Schluß gemacht. Eine schreckliche Depression überkam mich, usw., usw.

Jedenfalls war mir zum Glück noch etwas an geistiger und körperlicher Restenergie geblieben; also bin ich letzten Sommer losgezogen und habe eine Tour über die griechischen Inseln gemacht, also fast die ganzen Kykladen, Santorin, Ios, Paros, Antiparos abgeklappert, für einen Appel und ein Ei! Ich schlief im Schlafsack am Strand, ernährte mich mal von einer Tomate, mal von einem Stück Fetakäse, ein paar Feigen vom Baum. Ich brauchte einfach nichts weiter und fühlte mich wie neugeboren. Dann fuhr ich nach Paros zurück, denn Antiparos ist gerade mal ein Felsen; auf dem Fährschiff habe ich drei Amerikanerinnen angequatscht, eine von ihnen war wirklich hübsch, die andere mittelmäßig, die dritte ziemlich häßlich. Der Hauptgrund aber war, daß ich vor Heimweh bald gestorben bin, als ich sie da mit ihrem amerikanischen Akzent plappern hörte. Und genau in dieser Sekunde wurde mir bewußt, wie sehr mir Amerika doch fehlte. Also, um es kurz zu machen, ich habe mich mit einer von ihnen zusammengetan … rat mal, mit welcher der drei! Ich sage Dir nur, daß es nicht die häßliche war, also hast du eine Chance von 50 zu 50, um es herauszufinden, Albert, du Saubrocken. Jedenfalls heißt sie Sarah; wir verbrachten zehn Tage miteinander, die nicht schlecht waren, wir waren voll bei der Sache, wie Du Dir leicht vorstellen kannst: Schwimmen, sich lieben, in der Sonne liegen, wieder schwimmen, schlafen – also all die Dinge, die dir nur passieren, wenn du die richtige Person im richtigen Sommer am richtigen Ort findest. In den neun Monaten in Mailand hatten sich in mir derart viel Traurigkeit und Depression angestaut, daß ich wahrscheinlich jede beliebige glücklich gemacht hätte, auch eine, die mir nicht gefallen hätte. Jedenfalls, im August begleitete ich sie nach Rom, von wo ihr Rückflug ging. Ich erspare Dir all die Verzweiflungstränen, es war einer von diesen herzzerreißenden Abschieden, und ich war halb erleichtert, halb verzweifelt, Du weißt ja, wie ich gestrickt bin.

Jedenfalls war ich überzeugt, sie nie mehr wiederzusehen, von wegen »ciao, ciao Bambina«, wie in den alten Westernfilmen, wo der einsame Held von dannen reitet, usw., usw. Statt dessen fängt sie an, mir von Los Angeles aus zu schreiben, ich bin wieder in Mailand bei meinen Eltern und versuche, mir etwas einfallen zu lassen. Ich war derart am Ende, es war zum Wahnsinnigwerden. Vor mir lag die Aussicht auf noch einen verdammten grauen, einsamen Mailänder Winter, ohne Entkommen, ohne Arbeit oder irgend etwas in der Richtung. Sarah schrieb, sie ginge an den Strand, sonnte sich im Garten vor dem Haus, ginge zum Konzert von diesem und jenem, schaute sich einen Film an, einer von denen, die in Italien erst sechs Monate später gezeigt werden. Jedenfalls stand ich Höllenqualen durch, jedesmal wenn ich einen ihrer Briefe las. Nach einem Monat in dieser Situation war ich ziemlich mürbe. Eines schönen Tages stand ich auf, zählte mein Geld, rannte los und kaufte mir ein Flugticket – das Geld reichte auf den Pfennig genau, das schien mir ein Zeichen des Himmels zu sein.

Und so bin ich hier in Los Angeles, und das ist eine ganz andere Sache als dieses ordentliche, niedliche, zum Einschlafen stille Puppenstädtchen Santa Barbara. Das hier ist eine wahre Monsterstadt, die einem anfangs wirklich angst macht, weil sie nicht einmal wie eine Stadt angelegt ist, Du weißt schon, mit Stadtkern, Stadtrandgebieten, Plätzen, Hauptstraße, also wie wir eben die Städte kennen. Los Angeles ist ein uferloses Gebilde, du brauchst Tage, bevor du es der Länge und Breite nach durchquert hast, bis du kapierst, wo du dich genau befindest. Aber Los Angeles bietet dir auch wiederum Milliarden Dinge jeden Augenblick: Da ist Hollywood, Fernsehen, Musik aller Art – Blues, Country, Pop und was du sonst noch hören willst – in den Clubs, den Theatern, den Stadien. Jeden Tag geschieht etwas Neues, da sind die Kinos, die Kunstgalerien, eine Milliarde Dinge gibt es hier zu tun, zu sehen, zu horen. Milliarden von Jobangeboten, das hängt natürlich davon ab, was dich interessiert, was dir durch den Kopf geht. Fest steht aber eins, es ist ein Ort, der dich richtig schön auflädt, der dich auf Ideen bringt, der dich antreibt, das Leben in die Hand zu nehmen, aber auch das Leben zu genießen. Darüber hinaus gibt es ja auch noch die Sonne, das Meer usw., usw. Also gut, Albert, mein Lieber, wie

Du siehst, die Manie, viel zu lange Briefe zu schreiben, ist mir keineswegs abhanden gekommen, auch wenn ich jetzt von Hand schreibe; ich besitze nicht mehr dieses phantastische elektrische Schreibgerät, das ich in Mailand hatte. Kreuzkruzifix, drei ganze Jahre, ein ganzes Leben war es, daß wir nicht mal mehr wußten, ob der andere lebt oder tot ist! Ich hätte Dir einen Haufen Sachen zu erzählen und würde Dich ebenfalls gern einen Haufen Sachen fragen, beispielsweise was Deine irische Angelina angeht, oder was Ihr so treibt in Australien, über die Gegenden, die Ihr gesehen habt, über ungefähr eine Milliarde anderer Dinge würde ich Dich gerne ausfragen. Aber jetzt, da wir wieder miteinander in Verbindung stehen, hoffe ich doch sehr, daß wir nicht wieder zweieinhalb Jahre vergehen lassen. Ich wünsche mir, daß es uns früher oder später gelingt, uns wiederzusehen, hier unten oder dort, oder auf halbem Weg, was soviel heißt wie mitten im Ozean, jetzt haben wir ja nur den Stillen Ozean, der uns voneinander trennt. Ich kenne die exakte Entfernung nicht, die zwischen uns liegt, aber ich bilde mir ein, wenn ich mich an den Rand des Meeres an meiner Küstenseite stelle und Du Dich an den Meeresrand an Deiner Küste, können wir uns beinahe sehen.

Sei heftigst umarmt voller Freundschaft wie in alten Zeiten
Raimondo

* Alberto Scarzi wird hier liebevoll-ironisch mit Scarso angeredet, was meint: Er hat zuvor eine so schwache Figur gemacht, man konnte ihn gar nicht *sehen*! In der Tat – er hat sich rar gemacht.

Manohar Raj

Raimondos Brief bereitete mir mehr Freude, als ich es beim Schreiben meines Briefs erwartet hatte: Die Vertrautheit und das gegenseitige Verständnis, die beinahe drei Jahre völliger Funkstille überdauert hatten, die Freundschaft war ohne größere Willensanstrengung einfach wieder da. Bei der Vorstellung, daß auch er in der Weltgeschichte unterwegs war, um seinen Weg zu finden, fühlte ich mich selbst weniger allein und weniger dumm. Überdies wurde so die Unzufriedenheit des anspruchsvollen Auswanderers, die mich ein zweites Mal aus Italien weggetrieben hatte, etwas gleichmäßiger verteilt. Mir schien auch, daß die Einbildungskraft seiner Briefe aus der Zeit der Interviews einer seriöseren Haltung Platz gemacht hatte, was nicht bedeutete, daß er nun ohne Schwung oder Schrillheiten wäre, die ja Teil seines Charakters sind. Das war der Raimondo Vaiastri, wie er mir am liebsten war und wie er mein Freund geworden war: Ich war glücklich zu wissen, daß es ihn noch gab.

Sein Brief rief bei mir auch andere Überlegungen hinsichtlich der Orte und der Chancen, die diese bieten könnten, auf den Plan. Seine Beschreibung von Los Angeles entsprach dem, wonach ich und Angela auf der Suche waren, tausendmal mehr als Sydney. Als ich Angela seinen Brief vorlas und zu ihr sagte: »Vielleicht sollten wir dorthin gehen«, merkte sie nur knapp an: »Ja, vielleicht.« Andererseits hatten wir Monate unseres Lebens investiert, um uns an Australien zu gewöhnen, dem Land die entsprechende Aufmerksamkeit zu schenken, es zu ergründen; die Vorstellung, aufgrund eines Impulses alles einfach hinzuwerfen, schien ziemlich verrückt.

Ich schrieb Raimondo einen weiteren Brief, in dem ich viel mitteilsamer und freundlicher war als in meinem ersten, und er wurde fast so lang wie seiner.

Der Tierarzt Manohar Raj kannte seine Arbeit aus dem Effeff und bewies auch bei schwierigen Fällen oder Notfalldiagnosen ein kühles Herz. Dieses schlug jedoch heftig für eine Vegetarierbewegung, und diese Überzeugung teilte er mit seiner Angebeteten, einer drahtigen Blondine namens April Hayes. Hin und wieder besuchte sie ihn in seiner Praxis; ihr Gang war resolut, sie trug robuste Wanderschuhe, hatte struppiges Haar und sonnenverbrannte Wangenknochen, was eigentlich darauf hindeutete, daß sie nur auf der Durchreise in der Stadt war, und das stimmte auch. Manohar Raj hegte eine echte Leidenschaft für sie: Sobald er sie kommen sah, ließ er alles, womit er gerade beschäftigt war, stehen und liegen und rief: »Heiiiiiii, April!« Sie reagierte etwas ruppig auf seine Begrüßung, doch es war zu sehen, daß sie ihn gern hatte. Beide waren von ihren jeweiligen Ehepartnern getrennt und lagen mit ihnen im Dauerclinch; dennoch schafften sie es hin und wieder, Ausflüge mit beider Kindern zu organisieren, und zwar in Aprils Kleinbus mit Vierradantrieb, den sie für ihre Arbeit als Opalsucherin in der Wüste brauchte.

Manohar Raj versuchte mich in jeder freien Minute davon zu überzeugen, daß der Mensch von Natur aus ganz und gar kein Fleischfresser sei. In seinen Zoologiewerken zeigte er mir Abbildungen von Tiger- und Löwenorganen, wies mich auf Gedärme, Krallen und die gut entwickelten Reißzähne hin und sagte: »*Das hier* sind Fleischfresser. Der Darm ist nur dreimal so lang wie der Leib, die Verdauungssäuren kommen in unglaublich konzentrierter Form vor.

Es stimmt, sie fressen Leichen im Zustand der Verwesung, doch dann eliminieren sie die Toxine auch schnell wieder. Unser Verdauungsrohr hingegen ist *zwölfmal* die Länge unseres Rumpfs, wir haben schwache Kiefer und Zähne, die gemacht sind, um Obst zu essen oder Nüsse und Körner zu kauen. Wenn wir Fleisch essen, bleiben die Giftstoffe *ewig lange* in unserem Körper und vergiften uns völlig.«

Ich sagte ihm, daß ich nur selten Fleisch äße und daß es mir noch nie besonders geschmeckt habe. Ich dachte an die Kalbsschnitzel, die meine Mutter mir, als ich Kind war, nur aus Pflichtbewußtsein heraus zubereitet hatte, und erinnerte mich, wie ungern ich sie zwischen den Zähnen hatte.

Doch für Manohar Raj war die Angelegenheit wesentlich breiter gefächert. Er sagte: »Wenn du sehen könntest, wie diese Tiere gezüchtet werden, würdest du *ganz gewiß* nicht von ihrem Fleisch essen. In meiner Anfangszeit als Tierarzt lebte ich in München und wurde öfter in die Viehzuchtanstalten in der Umgebung gerufen. Wenn du sehen könntest, wie die Ochsen, die Kälber, die Schweine gehalten werden, eingezwängt in Käfige oder Pferche, wo sie sich nicht einmal *umdrehen* können, vollgepumpt mit Beruhigungsmitteln, damit sie nicht wahnsinnig werden, mit Wachstumshormonen, um sie so schnell wie möglich fett zu kriegen, mit Antibiotika und jeder Art von sonstigen Medikamenten, um sie bis zu dem Zeitpunkt überleben zu lassen, wo man sie umbringt.«

»Ich habe davon gelesen«, sagte ich.

»Aber du solltest *es sehen*«, sagte Manohar Raj. »Jeder, der Fleisch ißt, müßte sich mal eine Viehzuchtanstalt von innen anschauen, nur zehn Minuten lang. Und er müßte ein *Schlachthaus* besuchen und zusehen, mit welcher Gefühllosigkeit und Grausamkeit sie die Tiere töten, nachdem sie ihnen ein schreckliches Leben ständiger Foltern zugemutet haben.«

»Vielleicht denkt man einfach nie daran«, sagte ich.

»Man denkt nicht daran«, sagte Manohar Raj. »Wir würden daran denken, wenn *wir* sie töten und in Stücke hauen müßten. Statt dessen kaufen wir das Fleisch fertig portioniert als Schnitzel oder Gulasch oder Gehacktes; wir können natürlich so tun, als wüßten wir nicht einmal, daß dieses Fleisch bis vor einigen Tagen Teil eines atmenden Lebewesens war.«

»Eben«, sagte ich.

Und er fuhr fort: »Aber es ist nicht nur eine schreckliche Angelegenheit für die Tiere und für die, die sie essen. Es ist auch schrecklich für die *Erde*. Weißt du, daß man, um ein Kilo Rindfleisch zu produzieren, *sechzehn* Kilo Soja braucht?«

»Ja, wirklich?« sagte ich.

»Ja«, sagte Manohar Raj. »Und um ein Gramm tierisches Eiweiß herzustellen, bedarf es *fünfzehn*mal mehr Wasser als für die Gewinnung von einem Gramm pflanzlichem Eiweiß. Wenn wir direkt nur pflanzliches Eiweiß essen und auf die vergifteten Proteine des Fleischs verzichten würden, hätten wir das Problem des Hungers aus der Welt geschafft. Außerdem würden wir nicht mehr Millionen armer Tiere einsperren, foltern und niedermetzeln.«

»Aber hier in Australien züchten sie die Rinder auf der Weide unter freiem Himmel«, wandte ich ein.

»Tja«, sagte er. »Als du Richtung Norden fuhrst, hast du da nicht die zerstörten Wälder gesehen, die zu Weideflächen gerodet wurden? Weißt du, daß für einen elenden Hamburger von hundert Gramm mindestens *fünf Quadratmeter* Baumbestand und Vegetation vernichtet werden?«

Das Argument, das mich am Ende überzeugte, Vegetarier wie er zu werden, war kein eigentliches Argument.

Manohar Raj fragte mich nämlich: »Wie alt bin ich deiner Meinung nach?«

»Fünfundvierzig?« antwortete ich.

»Einundsechzig«, sagte er lächelnd und begann mit seinen Dehnübungen.

Los Angeles, den 17. Mai

Lieber Alberto,

wie schön, wieder von Dir zu hören. Du weißt ja: Wenn ich einen Briefe von Dir lese, ist es so wie damals, als Du mir die Interviews geschickt hast. Ich bin neugierig und erwartungsfroh. Teufel noch eins, von Zeit zu Zeit denke ich, wenn wir hätten weitermachen können, wer weiß, was aus unserem Leben geworden wäre. Aber vielleicht wären wir dann nicht mit heiler Haut davongekommen. So aber waren wir am Ende gezwungen, reale Dinge zu machen, anstatt sie nur zu erfinden. Hier läuft es einigermaßen gut. Sarah hat einen Job in einem dieser Marktforschungsinstitute gefunden, Du weißt ja, telefonische Meinungsumfragen, um dem Geschmack der Verbraucher auf die Spur zu kommen. Es ist eine ziemliche Scheißarbeit, herumzuhocken, in einen Hörer zu quatschen, Kreuzchen in die entsprechenden Kästchen auf dem Fragebogen zu machen. Ich wiederum arbeite in einem italienischen Ristorante in Westwood, das ist eine der vielen Unterstädte im Innern dieser ausufernden Megastadt; ich bin Kellner, was ziemlich heftig ist, dafür aber verdiene ich, das Trinkgeld eingerechnet, ziemlich gut: Jeden Abend bringe ich ein hübsches Bündel knisternder Dollarscheine heim, und da hat man das Gefühl, viel mehr zu kriegen, als wenn man am Monatsende einen Scheck bekommt. Im Gegenzug für die Schufterei hat man tatsächlich was zum Nachzählen. Die andere angenehme Sache in diesem Restaurant ist, daß hier wirklich alle mal vorbeischauen, es liegt nämlich in der Gegend der Kinos und ist stark besucht. Es kann dir also passieren, daß du gerade an den Tischen der berühmten Schauspieler und Schauspielerinnen, der Rockstars usw. servieren mußt, usw., usw. Letzte Woche hatte ich plötzlich Rosanne Fletcher vor mir, anfangs war ich mir nicht einmal sicher, daß sie es auch war. Sie hatte dieses Gesicht, Du weißt schon, wenn du glaubst, sie gehörte zu deiner eigenen Familie, nur weil du sie unzählige Male in wer weiß wie vielen Filmen, auf Plakaten und Fotografien usw., usw. gesehen hast. Stell Dir vor, wie sie da vor Dir am Tisch sitzt, zusammen mit einem Kerl, der Stammkunde im Sonnenstudio ist, mit Bodybuildingmuskeln, Brillantine im Haar, mit edlem Hemd. Und sie macht ständig cicicchiciò cicicchiciò, *weißt Du, wie das Küken, das einen gefunden hat, der es streichelt, der es beschützt. In Wirklichkeit sah man bestens, daß er ein schleimiger Halunke und Abstauber war, der damit angab, mit ihr auszugehen. Ich hätte ihm am liebsten das volle Tablett in die Fresse gekippt, so unsympathisch fand ich ihn. Aber der Gipfel war, keine zwanzig Minuten später scharten sich um einen meiner Tische Guy Sutton, Vanessa Grisnell, Jerry Donahue, Tijuana Aranez, weißt Du, das Topmodel mit dem Giraffenhals. Ich kam mir vor wie in einem Film, aber hier ist das völlig normal, es passiert die ganze Zeit über, die anderen Kellner waren nicht einmal besonders beeindruckt. Vorgestern abend kam mir an einem meiner Tische ein Kerlchen namens Ronald Tilkins unter, ich weiß nicht, ob Ihr dort in Australien von ihm gehört habt, wahrscheinlich nicht. Jedenfalls ist der im Alter von fünfzehn Jahren bereits Milliardär geworden, jetzt wird er so ungefähr siebzehn sein. Das Ganze fußte auf der genialen Idee: die schmutzige Wäsche bei den Leuten zu Hause abzuholen, sie in einen Münzwaschsalon zu bringen und dann schön sauber, gebügelt und gestärkt wieder abzuliefern. Anfangs fuhr er noch persönlich auf einem Fahrrad mit Transportaufsatz. Heute hat er wer weiß wie viele Angestellte mit hauseigenen Lieferwagen, und jetzt gehören ihm natürlich auch die Wäschereien. Ich habe seine Geschichte in* Fortune *gelesen, es ist eine der typischen Geschichten dieses Landes, wo jeder sich was einfallen lassen kann und dann versucht, die Idee umzusetzen: Taugt sie was, gibt es keinerlei Einschränkung, was das Feedback angeht; es kann auch ein Kind oder ein kleines*

Bürschchen, ein Ausländer, jedermann kann es sein, keiner schaut mehr, wer das ist, woher er kommt. Das einzige, was zählt, ist die Idee. Wenn Du dagegen an unser mistiges kleines Italien denkst, das so streng und verschlossen ist, wo sie dir, nicht einmal wenn du sie auf Knien bittest, eine Chance geben, es sei denn, man will Dieb oder hauptberuflicher Betrüger werden oder in die Politik gehen, was ja sowieso dieselbe Sache ist. Ansonsten kannst du dir die Kugel geben, bevor du auch nur ein Zipfelchen an Chance zu fassen kriegst. Hier hingegen reicht es, dich umzuschauen, mit jemandem zu reden, was zu lesen, und gleich kommen dir Milliarden von Ideen, du kriegst Lust, auszuprobieren, ob du sie auch zum Funktionieren bringen kannst. Ich beispielsweise habe mich hingehockt und das Drehbuch für einen Film geschrieben, der hervorragend werden könnte. Die Grundidee ist sehr gut, ich muß mir nur noch ein wenig die Technik aneignen, denn es gibt eine ganz eigene Art, wie man die Geschichte aufbaut, wie man die Szenen gliedert, die Innenszenen mit den Außenszenen abwechselt, die Dialoge mit den Actionszenen usw., usw. Nun, wir haben einen Nachbarn, zwei Wohnungen weiter, der als Assistent bei einem Zahnarzt arbeitet und in seiner Freizeit ein Drehbuch geschrieben hat, das er einer Reihe von Agenten zum Lesen geschickt hat. Am Ende haben es die von Universal gekauft und machen demnächst einen Film mit großartiger Besetzung daraus; jedenfalls hat er versprochen, mir etwas von der Technik beizubringen, so kann ich etwas Professionelleres daraus machen und keinen Kinderkram. Jedenfalls glaube ich, auch Du, Albert, wärest in der Lage, Dir einen Haufen Ideen an diesem Ort einfallen zu lassen. Und stell Dir vor, wir würden uns hinsetzen und ein wenig miteinander reden, was uns da alles in den Sinn käme! Es wäre unglaublich, da bin ich mir ganz sicher! Wir würden uns irrsinnige Sachen ausdenken, wieso kommst Du nicht runter mit deiner kleinen Irländerin, ich meine das ernst, ich mache keinen Scherz. Ich weiß, daß Australien ein interessantes Land und anders als alle anderen ist, was auch immer Du willst. Aber Du weißt selbst gut genug, daß Amerika eben

Amerika ist, und diese Art von Wahnsinnsenergie, die kann man nur hier finden. Ringsum auf der Welt gibt es nichts, gar nichts zu machen, das weißt Du selbst nur allzu gut. Du bist doch als erster hier gelandet. Jedenfalls, wenn Du von Deinem Australien irgendwann die Schnauze voll hast, erinnere Dich, hier ist Dein Freund Raimondo, der Dich jederzeit erwartet. Du kannst ohne weiteres bei uns wohnen, nächste Woche ziehen wir in ein komfortableres Apartment um, das Sarah in San Fernando Valley gefunden hat, wo wir jetzt bereits wohnen. Ich schreibe Dir die neue Adresse unten hin, doch Du mußt Dich nicht einmal ankündigen, wenn Ihr kommen wollt – wir sind da. Was Jobs angeht, hättet Ihr keinerlei Probleme: Ihr würdet sofort welche finden. Danach könntet Ihr in Ruhe überlegen, was Euch am meisten reizt … Also ich sag jetzt nichts mehr, Du hast ja begriffen, Albert, mach, was zum Teufel Du willst! Unterdes schicke ich Dir eine Riesenumarmung und viele, viele Grüße auch von Sarah, die Dich zwar noch nicht kennt, aber schon alles über Dich weiß, so als würde sie Dich gut kennen; ich habe ihr eine Milliarde Geschichten über Dich erzählt, bis ihr der Schädel brummte.

Hasta la vista
Raimondo

3212, Orangegrove Ave.
Sherman Oaks, CA
91227 USA

Boeing 747

Ende Mai wurde Angela vom Verwaltungsdirektor ihrer irischen Schule entlassen. Er war der Ansicht, daß er sie mit einem abgelaufenen Touristenvisum nicht länger behalten konnte. Als sie mir das abends zu Hause erzählte, verspürte ich beinahe Erleichterung. Mir kam es so vor, als würden die äußeren Umstände nun ein Zünglein an der Waage sein, um einen Entschluß zu fassen.

Tags darauf klapperten wir ein paar Reisebüros ab und fanden heraus, daß in dieser Woche eine Niedrigpreiskampagne für Flüge in die Staaten begann, zum erstenmal nach wer weiß wie vielen Jahren. Wir rechneten zwei und zwei zusammen und stellten fest, daß wir mit unserem Geld zwei Hinflugtickets nach Los Angeles kaufen konnten.

Sherman Oaks

Im künstlichen Licht der Ankunftshalle des Flughafens machte Raimondo einen ziemlich guten Eindruck, auch ohne den Rockstarlook vom letzten Mal. Er hatte die Haare kurz geschnitten, sein Ohrring war jetzt kleiner, und statt der sagenhaften Texasstiefeletten aus Kunstpythonleder trug er jetzt Joggingschuhe. Doch dafür war er gebräunt und gut in Form; er schien sich wohl zu fühlen in diesem Szenario. Wir umarmten uns stürmisch, fieberten vor Neugier, die neuesten Neuigkeiten zu erfahren. Dann stellte ich ihm Angela und er mir Sarah vor.

Sarah Miller war eine dynamische Brünette mit Kurzhaarfrisur und beinahe gelben Katzenaugen. Man brauchte ihr nur nachzuschauen, wie sie auf der Suche nach ihrem Honda über den Parkplatz spazierte, und man war mächtig beeindruckt von ihrem Sinn fürs Praktische, man verstand sofort die Art von Faszination, die sie auf Raimondo ausübte. Doch es stand auch wiederum außer Zweifel, daß sie ihren Raimondo anbetete: Im Auto drehte sie ständig den Kopf zu ihm hin, nannte zärtlich seinen Namen, streichelte rasch über seinen Arm oder seine Schulter. Sie sah ihn an, und ihre Augen leuchteten.

Angela und ich lehnten die Köpfe gegen die Scheiben und sahen hinaus auf das endlose Meer tanzender Lichter. Raimondo wies uns auf Dinge zu unserer Rechten und unserer Linken hin und nannte uns die Namen der Plätze. Er schien richtiggehend glücklich, weil er seine Sprach- und Ortskenntnisse vor uns ausbreiten konnte.

Sarah und er lebten in Sherman Oaks im San Fernando

Valley, jenseits der hohen Hügelkette, die die große formlose Stadt von ihren Vorstädten trennt. Sarah fuhr über eine lange, gerade Straße namens Orangegrove Avenue und machte halt vor einem modernen Mehrfamilienhaus mit einem Touch von spanischem Kolonialstil. Es war zweistökkig und bestimmt netter als diese schrecklichen Wohnklötze am Stadtrand anderer Städte, doch die mindere Qualität der Baumaterialien machte trotzdem einen armseligen Eindruck, genauso wie die Nähe zu einem Zubringer zur Schnellstraße, von wo flirrende Luftschwaden und der süßliche Geruch verbrannten Benzins herüberkamen. Im Hof gab es ein Schwimmbecken, was so aussah wie ein Pflichttribut an Kalifornien und sein Klima. Es sollte wohl auch den Wohnungseigentümern und den Mietern die Idee vermitteln, in einem Luxushaus zu leben. Raimondo sagte, daß niemand jemals in dem blaßblauen Becken schwimmen würde, vielleicht weil es an so exponierter Stelle lag. Es war umgeben vom Asphalt des Parkplatzes, von dem die Eingänge zu den Erdgeschoßwohnungen und die Treppen zum ersten Stockwerk abgingen.

Wir betraten das kleine Apartment von Raimondo und Sarah, und ich staunte nicht schlecht: An verschiedenen Anzeichen war zu erkennen, daß sie bereits ein echtes Paar, nicht nur zwei vorübergehend miteinander lebende Personen waren. Ich betrachtete die Gegenstände und die eingerahmten Fotos, die Spuren der Gewohnheiten und Rituale eines gemeinsamen Lebens. Ich fragte mich, ob Angela und ich ebenfalls einen solchen Eindruck vermittelten, obgleich wir keine gemeinsame Wohnung, sondern nur Reisegepäck hatten. Ich dachte, daß es höchstwahrscheinlich so war: Ich dachte, daß die Leute, ohne es zu merken, von einer Lebensphase in die nächste gleiten und ihnen das erst bewußt wird, wenn sie andere Menschen wahrnehmen, denen das gleiche geschehen ist. Sarah zeigte uns, wie die Schlafcouch im

Wohnzimmer funktionierte, gab uns Badetücher, warnte uns vor dem Schalenzerkleinerer im Spülbecken in der Küche. Ich sagte zu Raimondo, daß Angela und ich unseren Anteil zur Miete beitragen würden, sobald wir etwas verdienten. Es war jedoch ziemlich bald klar, daß ein Aufenthalt von mehr als ein paar Wochen für Sarah eine unerträgliche Invasion in ihr Territorium bedeuten würde.

Am nächsten Morgen schlief Angela, um die durch die Zeitverschiebung verlorenen Stunden aufzuholen. Sarah ging arbeiten, und Raimondo und ich drehten zu Fuß eine Runde in dem weitläufigen Geflecht von Straßen, Häusern, Gärten um das Viertel.

Wir tauschten Schilderungen von Orten, Aktivitäten und Personen aus, die wir bunt durcheinander aus dem Bestand der drei letzten Jahre fischten. Dann erzählte er von Sarah. Er sagte, als er in Los Angeles angekommen sei, habe er ganz und gar nicht sicher gewußt, ob er wirklich mit ihr zusammensein wollte oder ob er einfach nur einen Vorwand gesucht hatte, nach Amerika zurückzukehren; dann aber hatte sich die Beziehung zwischen beiden beinahe automatisch weiterentwickelt, bis an den heutigen Punkt, wo wir sie kennengelernt hatten.

Ich sagte zu ihm: »Ich kann ein Liedchen singen von Beziehungen mit Entwicklungsautomatik.«

»Ja, nun, ich meinte das nicht unbedingt negativ«, sagte Raimondo.

»Ich auch nicht«, erwiderte ich.

Er erzählte, wie Sarah ihn unter allen Umständen ihrer Familie hatte vorstellen wollen: der Mutter, die eine kleine Finanzberatungsgesellschaft hatte, dem Vater, Leiter einer großen Leihwagenfirma, der Schwester und dem Bruder, die in einem Bodybuildingstudio in Santa Monica arbeiteten. Er schilderte mir, wie peinlich das Mittagessen im Haus der Eltern gewesen war. Sein Ton war halb ironisch, halb verärgert, als spräche er über eine andere Person, und nur streckenweise war ihm bewußt, daß er diese Person war.

Je länger er mir von Sarah erzählte, desto mehr Dinge kamen heraus, die er an ihr auszusetzen hatte. Beim Erzählen griff er im Geiste auf einen ganzen Katalog davon zurück, der viel zu lebhaft und pulsierend war, als daß er ihn einfach hätte abwürgen können: also – ihr Sinn fürs Praktische, ohne geistige Weiterverarbeitung, ohne selektiven Filter, ihre vollkommene Gleichgültigkeit gegenüber jedem abstrakten Denken, ihr Hang, alles zu vereinfachen und auf den simpelsten Nenner zu bringen, die Besorgnis, mit der sie jeden Abend und jeden Morgen die Wettervorhersagen hörte, und das an einem Fleck auf der Erde, wo sowieso immer die Sonne schien; ihre Art, »Osten« und »Westen« anstatt »rechts« und »links« zu sagen; ihre äußerst vage Kenntnis in Sachen Physiologie, die regelmäßig zutage trat, wenn sie eine Flasche Mineralwasser ansetzte und mit einer Geste von der Gurgel abwärts sagte: »Das reinigt den Organismus«, als deutete sie auf ein Abflußrohr. Sogar ihre Art, »Raimondow« zu sagen, mißfiel ihm, weil sie die Silben hingebungsvoll aussprach, als wäre er etwas Exotisches. Trotzdem mochte er sie und war auch körperlich von ihr angezogen; und er wußte auch, daß sie noch genauso verliebt war wie im letzten Sommer, als sie sich kennenlernten. Auch ihm war bewußt, daß er sie dringend brauchte, um seiner Neigung, sich der Wirklichkeit zu entziehen und ins Reich der Phantasie zu flüchten, etwas entgegensetzen zu können.

Ich sagte: »Ist es nicht unvermeidlich, daß zumindest ein paar Dinge an jeder Person einem nicht passen?«

»Ja, aber es kommt darauf an, welche es sind«, sagte Raimondo. »Und *wie lange* sie dir schon auf die Nerven gehen.«

Ich sagte: »Jedenfalls, ich weiß nicht, ob es wegen Sarah ist, aber du hast dich ziemlich verändert.«

»Zum Guten oder zum Schlechten?« wollte Raimondo mit alarmiertem Blick wissen.

»Zum Guten, glaube ich«, antwortete ich.

»Was heißt hier ›glaube ich‹, Hundesohn?« sagte Raimondo. Und wir rannten auf dem Gehsteig längs einer Straße hintereinander her, die nie enden noch sich zu verändern schien.

Betty Crocker

Sarah Miller fand für Angela und mich einen Dreitagesjob bei einer Marktforschungsgesellschaft. Ungefähr achtzig Dollar sollten für uns herausspringen. Wir ließen uns die Gelegenheit nicht durch die Lappen gehen. Mit dem Linienbus fuhren wir zu der Adresse irgendwo am Stadtrand. Es war ein zementierter Freiplatz mit einer Lagerhalle in der Mitte, wo die Bewerber eingestellt werden sollten.

Die Koordinatorin der Marktuntersuchungen war eine Frau mit knallhartem Aussehen namens Betty Crocker; sie war eigens aus New York hierhergekommen. Man hätte meinen können, sie sollte eine Kriegsoperation oder zumindest eine zivile Hilfsaktion unter erschwerten Bedingungen durchführen: Sie stand vor uns, und alles an ihr besagte, daß sie Bewertungsfehler, die für alle Beteiligten schreckliche Folgen haben könnten, um jeden Preis vermeiden müßte. Sie führte ein blitzschnelles Auswahlverfahren unter der kleinen Schar von fetten, dunkelhäutigen Mommies, Langzeitarbeitslosen mit zerfurchten Gesichtern, aufgedunsenen, blassen Typen mit schütterem Haar und womöglich illegal eingewanderten hispanischen Halbstarken durch. Angela und ich kamen in die Vorauswahl.

Betty Crocker schickte die ausgeschiedenen Bewerber mit kalten Worten weg. Die anderen, das heißt auch wir, mußten uns im Halbkreis aufstellen, und sie hielt eine feurige Rede über die Grundlagen einer akribisch durchgeführten Marktforschung, die dem Kunden handfeste Ergebnisse liefern sollte. Sie bewegte sich von einem zum anderen, ohne aber den Rest der Gruppe aus den Augen zu lassen. Von Zeit zu Zeit machte sie halt und wippte auf den Fußspitzen; sie redete, als würde sie einen Text aus einem Handbuch aufsagen. Hin und wieder meinte sie: »Könnt ihr mir folgen?« Aber auch diese Zwischenfragen wirkten wie einstudiert.

Wie eine kleine Freischärlertruppe bewegten wir den Kopf, aber es war ziemlich deutlich, daß keiner sich groß um sie scherte. Betty Crocker sagte: »Okay? Ist alles klar?« Und das gemurmelte »Alles klar« und »Ja« und »Okay« war zu vernehmen. In den Blicken der Bewerber standen Langeweile, Argwohn, Gleichgültigkeit: Es war ein Dreitagesjob, für den der gesetzlich vorgeschriebene Mindestlohn bezahlt wurde, und in keinem von uns machte sich der Drang bemerkbar, das Kommando zu übernehmen.

Betty Crocker war sich dessen nicht bewußt, oder sie betrachtete diese Arbeit als eine simple Gelegenheit, einer Schar von Leuten Motivationen und Befehle zu übermitteln. Als sie mit ihrer Aufmunterungsrede über die allgemeinen Prinzipien geendet hatte, kam sie auf den eigentlichen Grund für unser Hiersein zu sprechen: Wir sollten Gewohnheitsbiertrinker eine neue Pilssorte probieren lassen, und zwar im Rahmen einer Blindverkostung mit allen marktbeherrschenden Marken. Sie sagte: »Was bedeutet ›Blindverkostung‹?«

Unsere kleine Truppe starrte sie an, und unsere Blicke verrieten eher Unschlüssigkeit als Neugier. Alle blieben stumm.

»Das bedeutet, die Trinker werden nicht wissen, welches Bier sie da gerade trinken«, erklärte Betty Crocker. »Sie haben nur numerierte Becher vor sich.«

Einige in der Gruppe nickten, anderen blickten ins Leere.

Betty Crocker führte uns in die Halle, wo eine Art Feldküche mit Stahlbecken und riesigen Kühlschränken aufgebaut war; sehr ausführlich erklärte sie uns dann die

Reihenfolge der Handgriffe, die wir auszuführen hatten. Zuallererst mußten wir eine bestimmte Anzahl von Plastikbecherchen auf einem Tablett anordnen, dann die Flaschen oder Dosen Bier, die den jeweiligen Nummern zugeordnet waren, aus den Kühlschränken nehmen und jeweils drei Fingerbreit in ein Becherchen gießen. An jedem Kühlschrank hing eine Tabelle mit den Biermarken und den Nummern auf den Bechern, denen diese zugeordnet waren. Das Bier, für das wir den Test durchführten, war in weißen Dosen ohne Beschriftung.

Betty Crocker sagte: »Den Namen des Biers verrate ich euch *nicht*«, als glaubte sie, wir wollten den um jeden Preis wissen.

Ein massiger Kerl mit einem Knastaufsehergesicht fragte: »Und was machen wir mit dem übriggebliebenen Bier, von dem wir drei Fingerbreit in die Becher gegossen haben?«

»Das kippt ihr in eines der Stahlbecken«, sagte Betty Crocker. »Es ist *fundamental*, daß ihr es restlos wegschüttet, ist das klar?«

»Klar«, brummelten einige von uns.

»Und es ist *fundamental*, daß ihr die Marken und die Nummern auf den Bechern nicht verwechselt, ist das klar?« sagte sie. An ihrem Ton war zu erkennen, daß es sich bei diesem Job für sie beinahe um eine Glaubensangelegenheit handelte.

Einige von uns nickten, und die Blicke waren auf einen Punkt kurz vor ihr, seitlich von ihr oder gleich hinter ihr gerichtet.

Betty Crocker erläuterte den zweiten Teil unserer Aufgabe, die darin bestand, das Tablett mit den Bechern hinter einen milchigblassen doppelten Plastikvorhang zu tragen, wo die Gewohnheitsbiertrinker an langen Tischen hocken würden; vor ihnen standen bereits Behälter mit Grissini, die sie zwischen den einzelnen Testschlucken knabbern sollten.

Das erste Kontingent von Gewohnheitsbiertrinkern strömte in die Halle: Wir hörten sie herumpalavern, bis Betty Crocker zu ihnen ging, um sie zur Ruhe zu mahnen und über ihre Aufgabe aufzuklären. Angela und ich schoben den Vorhang ein wenig zur Seite, um einen Blick auf sie zu werfen: Sie unterschieden sich nicht wesentlich von unserer Gruppe, abgesehen davon, daß die Haltung, in der sie auf den Bänken hockten, darauf hindeutete, daß sie sich einen Vorteil von der Situation erwarteten.

Betty Crocker klatschte in die Hände, und los ging das Testtrinken. Wir hielten uns streng an ihre Vorgaben, während sie wie ein Feldmarschall auf und ab stolzierte und jeden unserer Handgriffe überwachte. Wir orientierten uns an den Tabellen, um die verschiedenen Biere aus dem Kühlschrank zu nehmen, und gossen drei Fingerbreit in die numerierten kleinen Becher, die Reste schütteten wir in die Spülbecken. Betty Crocker versuchte, uns Tempo zu machen: »Es ist *fundamental*, daß es bei den einzelnen Bechern für die Testpersonen keine Unterschiede gibt, was das Schäumen und die Kühltemperatur angeht, ist das klar?« »Klar«, echote jemand von uns, und alle schienen mit Leib und Seele bei der Arbeit.

Die Gewohnheitsbiertrinker hinterm Vorhang lachten sich ins Fäustchen, wenn sie uns mit den Tabletts kommen sahen, und riefen sich flotte Sprüche zu. Die Biermenge in den Bechern mußte ihnen lächerlich vorkommen, obwohl es noch früh am Morgen war: Sie leerten ihre Becher in einem Zug, obwohl Betty Crocker ihnen ständig sagte, daß sie es in kleinen Schlucken trinken sollten; unwillig bissen sie von den Grissini ab und hefteten ihre Augen bereits auf das nächste Bier. Betty Crocker wies sie mit ihrer kreischigen Stimme an: »Es ist *fundamental*, daß ihr die Geschmacksunterschiede zwischen den einzelnen Bieren erkennt. Es ist *fundamental*, daß ihr korrekt die Kästchen auf den Fragebogen vor euch ankreuzt.« Sie nickten, immer beiläufiger, je mehr Bier sie im Magen hatten und je vertrauter ihnen der Ablauf war.

So ging es eine ganze Weile voran, bis schließlich das dumpfe Gleichgewicht, innerhalb dessen wir uns bewegten, entzweiging: Die Gewohnheitsbiertrinker fingen an, Bier, wie es gerade kam, in sich hineinzukippen, sie lachten lauter, brüllten, blieben nicht mehr auf ihren Plätzen sitzen, kreuzten die Kästchen an, ohne überhaupt hinzuschauen. Dann erfolgte so etwas wie eine Blitzansteckung: denn wir auf der anderen Seite des Plastikvorhangs hatten ebenfalls angefangen, Bier, wie es gerade kam, aus den Kühlschränken zu nehmen und die Becher zu füllen, ohne auf die Numerierung zu achten. Das Restbier tranken wir selbst, anstatt es wegzukippen. Betty Crocker rannte von einer Seite der Halle zur anderen, gab Anweisungen, wild gestikulierend. Doch bald war klar, daß sie die Kontrolle über das Geschehen verloren hatte. Verzweifelt versuchte sie, der Sache wieder Herr zu werden: Sie packte eine Frau am Arm, die so aufgedunsen war, als hätte man sie aufgepumpt, brachte sie zurück und ließ sie die Becherchen in eines der Becken schütten und erneut welche füllen; doch auch sie kam durcheinander und mußte von vorn anfangen, und inzwischen geriet die ganze Situation ringsum immer mehr außer Rand und Band.

Die Feldküche hing voller Bierdünste, der Fußboden war klebrig und rutschig. Die fetten schwarzen Ladys, die chronisch Arbeitslosen, die blassen Typen mit schütterem Haar und die hispanischen Halbstarken lachten, drehten sich um sich selbst und schubsten sich immer ausgelassener an. Wir zogen Flaschen und Dosen heraus und füllten ihre Becher randvoll. Wir soffen die Reste oder schütteten sie völlig gleichgültig weg, wir betrachteten den Schaum, der sich auf dem Grund der Spülbecken und auf dem Fußboden ansammelte. Wir gingen mit den Tabletts, auf denen sehr viel mehr Becher als vorhergesehen standen, zu den Gewohnheitsbiertrinkern, wir stolperten und bewegten uns ruckartig in dem lärmenden, chaotischen Durcheinander. Betty Crocker eilte hin und her, es wurde immer sinnloser. Von einem Moment auf den anderen verlor sie ihre Überzeugung, sie verließ die Feldküche und telefonierte in geschäftigem Ton mit jemandem.

Der Biertest ging drei volle Tage weiter: Tausende numerierter Becherchen wurden gefüllt und, dem Zufall folgend, getrunken. Jeden Morgen beschränkte sich Betty Crocker auf eine stark verkürzte Anfangspantomime, danach verbrachte sie ihre Zeit am Telefon. Wahrscheinlich betrachtete auch sie ihre Arbeit von der coolen Warte und hatte, abgesehen von der Show, die sie abgezogen hatte, ziemlich wenig Vertrauen in die Marktuntersuchungen. Ich habe nie den Namen des neuen Biers erfahren, das wir zu testen hatten, und auch nicht, ob es jemals auf den Markt gebracht wurde. Noch viel weniger wüßte ich zu sagen, welchen Geschmack es hatte.

Sarah Miller

Gesicht, Körper und Charakter von Sarah Miller schienen das Ergebnis einer Entwicklung zu sein, die auf die Auseinandersetzung mit materiellen Problemen und deren Lösung ausgerichtet war. Seit sie in Raimondo verliebt war, hatte sie ihm nach und nach diese Eigenschaften zur Verfügung gestellt; ihr war es unbegreiflich, warum er sich weigerte, das System von Überzeugungen und Gewohnheiten zu übernehmen, das sie ihm mit so viel Enthusiasmus anbot. Sie betete ihn wie einen römischen Gott der Liebe und des Sex an; zugleich hatte sie auch eine kleine Liste seiner Charakter- und Verhaltensfehler zusammengestellt, die sie mit scharfem Auge registriert hatte.

Als wir ein wenig Vertrauen zueinander gefaßt hatten, begleitete ich sie eines Morgens, als Angela und Raimondo noch schliefen, zum Supermarkt. Sie lenkte auf ihre hyperkompetente Art und Weise und brachte das Gespräch unvermittelt auf Raimondo. Sie sagte, die meiste Zeit sei er der interessanteste, anziehendste und liebevollste Mann, dem sie je begegnet sei; doch dadurch wurde der Umstand, daß er sich von Zeit zu Zeit als unehrlich und nicht vertrauenswürdig und jedem Engagement völlig abgeneigt erwies, nur um so schmerzlicher. Öfter entzog er sich Gesprächen über eine gemeinsame Zukunft, verließ einfach das Zimmer, wo sie gerade miteinander redeten. Oder er weigerte sich, an Abend- oder Mittagessen im Haus ihrer Eltern teilzunehmen, ohne sich auch nur die Mühe zu machen, nach einer Entschuldigung zu suchen. Das schlimmste in jeder Hinsicht jedoch waren die Lügen, die er aus unerklärlichen Gründen auftischte und so weit ausspann, daß er gar nicht mehr wußte, wie er sich aus dem Lügengeflecht wieder herauswinden könnte.

Ich fragte sie, um welche Art von Lügen es sich handle. Sarah erzählte, beispielsweise habe Raimondo, als sie sich kennenlernten, behauptet, auch er sei Jude. Er habe ihr ausgefeilte Erklärungen geliefert, warum er nicht beschnitten sei und so gut wie nichts von den jüdischen Glaubensdingen und Traditionen wußte. Selbstverständlich hatte sie ihm geglaubt. Doch als sie Raimondo Monate später zum Essen zu ihren Eltern mitgenommen hatte und diese ihm etwas genauere Fragen stellten, hatte er auf absurde Weise reagiert.

»Es war die peinlichste Situation meines Lebens. An einem bestimmten Punkt wollte mein Vater etwas von Raimondos Bar-Mizwa-Fest wissen, und der hauchte nur: ›Wie bitte?‹ Weißt du, mit einem Gesicht, als hätte er nicht die blasseste Ahnung von dem, worüber sie sprachen. Mein Vater wiederholte die Frage, auch meine Mutter wiederholte sie. Raimondo lächelte und schüttelte den Kopf, stotterte etwas von wegen Autos oder so. Er war feuerrot im Gesicht wie ein Kind, das beim Flunkern ertappt worden ist. Meine Eltern sahen mich an, sahen einander an, als wollten sie sagen, du armes Kind, mit was für einem italienischen Aufschneider hast du dich denn zusammengetan? Es war schrecklich! Noch heute läuft es mir kalt den Rücken runter, wenn ich bloß daran denke.«

Ich legte meine Hand auf ihren Unterarm, und der zitterte in der Tat ziemlich heftig. »Und Raimondo? Womit hat er sein Verhalten gerechtfertigt?«

»Er hat sich gar nicht gerechtfertigt«, erklärte Sarah. »Und das hat mich beinahe noch mehr aus dem Gleichgewicht gebracht als die Lüge als solche. Ich fragte ihn, warum er mir diese ganze Geschichte von wegen Judesein usw. erzählt habe; er antwortete nicht einmal, er zuckte nur mit den

Schultern und lächelte traurig, als sei ich diejenige, die ihm etwas Unrechtes angetan hatte.

»Ich kenne dieses Lächeln an ihm«, sagte ich. »Raimondo ist nun mal so. Er nimmt es sich total zu Herzen.«

»Ja, aber warum erzählt er diese Lügen?« fragte Sarah. Sie stoppte den Wagen auf dem Parkplatz des Einkaufszentrums.

»Das sind keine Lügen«, sagte ich.

»Was denn dann?« insistierte Sarah.

»Ich wüßte nicht, wie ich es definieren sollte«, sagte ich. »Abwandlungen der Wirklichkeit vielleicht. Korrekturen am Stand der Dinge.«

Sie sah mich an, den Kopf schiefgelegt, als begriffe sie nicht, was ich da von mir gab.

Ich sagte: »Er tut es nicht aus Berechnung oder aus Bosheit. Er macht es nicht, um zu betrügen oder sich einen Vorteil zu verschaffen. Wäre es so, hätte er sich vorher informiert, glaubst du nicht? Er hätte zumindest einige Wissenselemente über das Judentum gesammelt, um seine Rolle spielen zu können. Jeder Lügner hätte das gemacht.«

»Aber warum hat er mir dann erzählt, er sei Jude?«

Und ich: »Vielleicht, um dir eine Freude zu machen.«

»Aber wenn es für mich doch ohne Bedeutung ist!« widersprach sie. »Ich war in meinem ganzen Leben noch nie praktizierende Jüdin, das wußte er ganz genau.«

Und ich wieder: »Also wird er es gemacht haben, um zu testen, wie es sich anfühlt, wenn er Jude wäre. Mit deiner Familie usw.«

Sarah schlug sich mit der Hand vor die Stirn.

Ich sagte: »Er wird es getan haben, weil ihm die Vorstellung gefiel.«

Und sie: »Aber er wußte doch, daß die Wahrheit früher oder später ans Licht käme, oder nicht?«

»Er hoffte ganz einfach, daß dieser Zeitpunkt eben später

wäre«, sagte ich. »Das Problem ist, wenn Raimondo sich einmal etwas ausgedacht hat, dann kannst du nichts mehr dagegen tun. Es ist dann so, als hinge es nicht mehr von ihm ab.«

»Willst du sagen, er rast voran wie ein Zug auf einem Gleis, das an einer Stahlbetonmauer endet?« fragte Sarah. »Wohl wissend, daß er früher oder später dagegendonnern wird?«

»Gegen eine Wand konkreter Fakten, ja«, sagte ich. Wieder dachte ich an seine imaginäre Freundin in Edinburgh: an sein enttäuschtes Lächeln in jener Nacht im Regen.

Als wir den Einkaufswagen durch den Supermarkt schoben, erzählte mir Sarah, daß Raimondo ihr manchmal gestehe, er wolle wieder nach Italien zurück. Erst wenn er sie in Tränen aufgelöst sah, schwor er ihr, daß er sie niemals verlassen würde. Unter der Fassade eines gut eingespielten Paars schwankte der Boden ständig: Er wußte nie mit Sicherheit, ob er sie liebte und ob es ihm wirklich ernst war, mit ihr zusammenzuleben.

»Aber natürlich ist es ihm ernst«, setzte ich meine Rede fort, vor allem um sie zu trösten.

Sie sah mich von der Seite an. Wir waren vor dem Kühlregal mit dem tiefgefrorenen Fisch angekommen. Sie fragte: »Wie willst du das bloß wissen?«

Ich sagte: »Ich weiß es eben«, und das in einem so wenig überzeugenden Ton, daß ich mich hinunterbeugte und einen mit Eis bedeckten Kabeljau in die Hand nahm, als wollte ich ihn mir gründlich anschauen.

Paolina Paltroni

In Wirklichkeit war Raimondo voller Zweifel, was das Leben mit Sarah anbelangte und überhaupt die Idee, auf unbestimmte Zeit in Amerika zu leben. Er bewegte sich noch immer wie in einer Warteschleife. Wie einer, der bereits zwei- oder dreimal ein zum Verkauf stehendes Haus besucht hat, der Immobilienagentur seinen Namen und seine Telefonnummer hinterlassen hat und jetzt den Druck im Nacken spürt, sich verbindlich zu äußern. Meine Ankunft muß bei ihm die Vorstellung bestärkt haben, es sei sein gutes Recht, seine Meinung zu ändern oder sich zwischen unterschiedlichen Optionen hindurchzulavieren.

Eines Abends dann, als er nicht im Restaurant arbeitete und Angela und Sarah sich einen Film im Fernsehen anschauten, gingen wir vors Haus und vertraten uns die Beine. Er erzählte mir von einer Story mit einer Frau. Die Sache lief bereits seit über einem Jahr. In dem Monat in Mailand, bevor er Sarah nach Los Angeles hinterhergefahren war, hatte er die Frau, Paolina Paltroni, auf einem Fest kennengelernt. Ich kannte sie auch: Es war eines der unangenehmsten und reichsten Weiber, denen ich je begegnet war. Sie hatte eine derart abgefeimte, kalte Art, sich zu bewegen und zu reden, daß es einem das Blut in den Adern gefrieren ließ. Sie war die Erbin der Industriellenfamilie des Pharmaunternehmens Paltroni, daher stammte ihre Kohle. Ich erinnerte mich deutlich an sie: mager, kantig, mit spitzer Nase, blassen Augen und einem falschen, aufgesetzten Lächeln – eine richtige lombardische Giftspritze.

Aber Raimondo hatte auf jenem Fest mit ihr getanzt,

hatte angefangen, Unmengen Alkohol in sich hineinzukippen. Reichlich besoffen hatte er sie nach Hause begleitet, ihre Einladung angenommen, mit hinaufzugehen, um noch etwas zu trinken, und war in ihrem Bett gelandet. Er gab zu, daß er sich von der Größe der Wohnung, den Signaturen auf den Bildern an den Wänden, der Dichte der Teppiche, der unglaublichen Weichheit der Matratze hatte beeindrucken lassen. Doch am meisten hatte ihn die grenzenlose Hingabe verblüfft, mit der Paolina Paltroni ihn behandelte. »Du mußt dir vorstellen: *zehnmal* Sarah«, sagte er zu mir.

»Paolina Paltroni? Das kann ich nicht glauben«, meinte ich fassungslos. Noch nie war mir jemand begegnet, der kühler und beherrschter war als sie.

Raimondo sagte: »Glaub mir, sie hat richtiggehend den Kopf verloren. Weißt du, wie das ist, wenn jemand bei *jeder* Sache, die du machst, aus dem Häuschen gerät? Wegen der normalsten Geste oder Bemerkung? Weißt du, wie das ist, wenn eine Frau an deinen Lippen hängt, als wäre sie in Trance, dir sagt, daß du die bezauberndste Stimme der Welt, das außerordentlichste Gehirn der Welt, die virilsten, wohlgeformtesten Arme der Welt, den tiefgründigsten Blick der Welt, die glänzendsten Haare der Welt hast und der tollste Mann der Welt bist?«

Ich konnte mir ausmalen, wie die Sache gelaufen war und wie sehr Paolina Paltroni Raimondo wegen seines athletischen Körpers, seiner träumerischen Augen, seiner raubtierhaften, etwas verwegenen Art, sich zu bewegen, vergötterte. Andererseits war es unvermeidlich, daß ihr unermeßlicher Reichtum nicht nur ein simples Reizelement für einen wie ihn darstellte, der beim geringsten Anlaß bereit war, in Rollen zu schlüpfen und Traumschlösser zu errichten.

Raimondo sagte: »Weißt du, wie das ist, wenn eine dich übers Wochenende in ihr Landhaus in der Nähe von Arezzo einlädt und du dann ankommst und entdeckst, daß das Haus ein *Schloß* ist? Mit den Wachtürmen und der Ringmauer, ich weiß nicht, wie hoch, und das gesamte Land ringsum gehört *ihr*? Sie fragt dich, ob du was trinken willst; dann macht sie ein Zeichen scheinbar in den leeren Raum hinein, und fünf Minuten später steht der Butler mit dem Champagner im Kübel mit den Eiswürfeln vor dir. Auf dem Rasen, der wie ein grüner Teppich aussieht. Kannst du dir das vorstellen?«

Ich sagte: »In Ordnung, aber *sie*? Was für eine Wirkung hat sie auf dich gehabt?«

Raimondo sah mich an, und ich erkannte im schwachen Licht der Laternen seine Bestürzung: »Schrecklich. Aussichtslos. Eine Art Reptil, die Ärmste«, sagte er.

Und ich: »Ja und?«

»Also habe ich versucht, nicht daran zu denken«, sagte Raimondo. »Ich habe versucht, nur die Anbetung und die grenzenlose Hingabe, die sie für mich hatte, nur das Angenehme der ganzen Konstellation auf mich wirken zu lassen, weiter nichts.«

»Und ist es dir gelungen?« fragte ich.

»Nein«, sagte er. »Weißt du, wie das ist, wenn du morgens in dem phantastischen Zimmer mit Gewölbedecke, den Fresken aus dem sechzehnten Jahrhundert, den Brokatvorhängen an den Fenstern, dem Duft kostbarer Kerzen und Blumen aufwachst und dich in der duftigen Leinenbettwäsche rekelst … Dann siehst du sie mit ihrem spitzen Gesichtchen auf dem Kopfkissen, und *Beschämung* überkommt dich?«

»Also?« sagte ich.

»Also nach einer Woche, in der sie mich immer mehr in die Enge trieb, stieg ich in den Flieger und kam nach Kalifornien«, sagte Raimondo.

»Und sie?« wollte ich wissen.

»Sie hat wie eine Wahnsinnige gedrängt mitzukommen«, sagte er. »Sie hatte sich schon in den Kopf gesetzt, ein Haus am Ozean oder auf den Hügeln zu mieten, sie hatte sich bereits die Telefonnummern von ein paar Immobilienagenturen hier in Los Angeles besorgt. Du hast keine Ahnung, was für eine Kriegsmaschinerie so eine reiche Alte wie die sein kann, Albert. Ich habe wie verrückt kämpfen müssen, um sie zu überzeugen, daß ich unter allen Umständen allein fliegen mußte.«

»Wie hast du sie zur Vernunft gebracht?« fragte ich.

Und Raimondo: »Ich habe ihr erklärt, daß ich unbedingt arbeiten und meinen Weg finden und mir ein Leben ausschließlich mit eigenen Mitteln aufbauen muß. Als ich es so hinstellte, hat sie schlagartig gesagt, sie könne mich verstehen, ich sei unglaublich klasse und mutig usw., usw. Sie stellte mich hin, als wäre ich eine Art Romanfigur aus dem neunzehnten Jahrhundert, weißt du, der heldenhafte Auswanderer.«

»Ist gut, aber wichtig ist nur, daß du es geschafft hast, mit ihr Schluß zu machen«, sagte ich.

»Einen Teufel hab ich Schluß gemacht«, sagte Raimondo, und aus seiner Stimme war Besorgnis herauszuhören. »Sie ist überzeugt, daß dies nur eine Periode sei und ich schwanzwedelnd zu ihr zurückkehre oder sie bitten werde herzukommen.«

Ich drängte: »Es genügt doch, ihr begreiflich zu machen, daß diese Überzeugung nicht den Tatsachen entspricht.«

Raimondo senkte den Blick wie das Sinnbild des pessimistischen Realismus; und fuhr fort: »Fakt ist aber, daß mich vor Monaten eine wahnsinnige Sehnsucht nach Italien überkam, wegen all der Kompliziertheiten, Nuancen, Tiefgründigkeiten, wegen der Tradition und der Geschichte und des ganzen Restes. Was es hier ums Verrecken nicht gibt. Und so habe ich ihr einen irrsinnigen Brief geschrieben.«

»Wem, Paolina Paltroni?« fragte ich.

»Ja«, sagte Raimondo. Eine ganze Weile schwieg er, denn das Reden kostete ihn Mühe. Er sagte: »Monate waren vergangen, seit wir uns das letzte Mal gesehen hatten, und ich hatte mittlerweile alle Dinge vergessen, die mir an ihr nicht gefielen. Ich hatte nur noch ihre unglaubliche Aufmerksamkeit, Bewunderung, Leidenschaft, die sie für mich hegte, ihre berauschenden Komplimente in Erinnerung, die für mich wie eine Dauerdroge waren. Auch die superweichen Betten, die samtigen Bettücher, die lichtdurchfluteten Riesenkühlschränke mit aller Art von Speisen, die Bediensteten, die Pferde und der ganze Rest, auch daran erinnerte ich mich genau. Die Idee, daß sie mir alles mit dieser unfaßbaren Großzügigkeit und Nachdrücklichkeit zur Verfügung gestellt hat. Ist dir überhaupt klar, wie das ist, daß ich hier um jeden Dollar kämpfen, in einem miesen Apartment pennen und obendrein die Hälfte der Zeit Sarah Erklärungen und Rechtfertigungen liefern muß, während ich dort wie ein König in meinem Schloß leben könnte, eingehüllt in all diese Aufmerksamkeiten, die Begeisterung und die grenzenlose Anerkennung, weißt du, wie das ist?«

Und ich: »Und so?«

»So habe ich ihr einen aberwitzigen Brief geschrieben«, sagte Raimondo. »Kennst du dieses romantische Ausrasten, was einen in gewissen Augenblicken überkommt? Diese Gedanken, die dir nicht im Hinblick auf eine bestimmte Person, sondern *ganz abstrakt* in den Sinn kommen? Bezüglich der Frau, der du immer schon begegnen wolltest?«

»Und Paolina Paltroni?« fragte ich.

»Die hat *Feuer gefangen*«, sagte Raimondo. »Sie hat mir mit einem Brief geantwortet, der aus der Feder einer fanatischen Irren zu kommen schien. ›Liebster, Wunderbarer und Einziger, auserwählte Seele, Du, der Du mir vom Schicksal geschickt wurdest; ich denke an den himmlischen Duft Deines Leibes, Deine Küsse brennen mir noch immer auf den Lippen‹, usw., kennst du das? Überall mit Ausrufungszeichen und Superlativen, daß einem angst und bange wurde. Ja, angst und bange.«

»Und du?« sagte ich.

Raimondo sprang einen halben Meter nach vorn, als versuchte er, sich den Folgen des Problems, das er in die Welt gesetzt hatte, zu entziehen. Er sagte: »Ich wollte ihr antworten, um dieses ganze Zuckerschaumwerk zum Bröckeln zu bringen, damit sie sieht, daß darunter nichts Großartiges ist. Ich habe versucht, eine halbe Seite mit ziemlich harten Sprüchen runterzurattern, so wie: ›Laß uns die Sache ganz nüchtern betrachten.‹«

»Aber?« bohrte ich weiter.

»Aber ich habe es nicht fertiggebracht«, sagte er. »Mir kam es wie eine Feigmeierei vor, nach all der Leidenschaft und den schönen Dingen, von denen sie in ihrem Brief geschrieben hat. Es wäre wie ein Stockhieb auf den Kopf einer Person gewesen, die dir unterwegs auf der Straße ein glückliches Lächeln schenkt.«

»Und so hast du ihr einen weiteren Brief geschrieben, der noch irrwitziger als der erste war, oder?« fragte ich.

»Genau«, sagte Raimondo. »Auch da war der Wahnsinn ziemlich federführend.«

Wir taten ein paar Schritte, ohne etwas zu sagen; die Luft war feucht und schwer vom Kohlenmonoxyd.

Raimondo meinte: »Tatsache ist, daß diese Art von Korrespondenzen *auf einem Automatismus* basiert. Du läßt dich zu Worten und Aussagen hinreißen, von denen du nie glaubtest, daß sie aus deinem Mund kommen könnten, und doch sind sie irgendwo in deinem Hirn gelagert und führen ihr Eigenleben. Ist dir so etwas noch nie passiert, Albert?«

»Nein«, antwortete ich. Nicht einmal in meinen tatsächlich gelebten Beziehungen hätte ich mich mit Worten oder Sätzen so sehr entblößt: Ich hatte mich immer hinter meinem Schutzwall aus Scham, Scheu oder Nicht-von-der-Sache-überzeugt-Sein versteckt.

Raimondo sagte: »Auch mir war das noch nie passiert. Aber es ist wie eine Art Droge, Albert. Wenn du einen Brief wie den von Paolina an mich erhältst, hängst du fest. Es ist schwierig kehrtzumachen.«

»Wie meinst du das?« fragte ich.

»Du willst noch mehr Briefe dieser Art bekommen«, erklärte Raimondo. »Voller Begeisterung und Liebeserklärungen der Superlative und mit vielen Ausrufungszeichen. Es kann vorkommen, daß du bedrückt bist, wegen der Arbeit, des Privatlebens, der Zukunftsaussichten usw. Du schaust im Briefkasten nach, und tatsächlich, da ist ein Brief von ihr! Dein Herz beginnt zu rasen, sobald du ihn nur siehst, du machst ihn auf und fühlst dich wie ein *Gott*. Diese Glut erfüllt dich wegen all der unglaublichen Dinge, die sie in dir sieht, all diese wunderbaren Eigenschaften, deren du dir überhaupt nicht bewußt warst. Dein Blut wird kochendheiß, und du schwebst fünf Zentimeter über dem Boden.«

Es genügte, seine Ausschmückungen zu hören, um zu begreifen, wie Paolina Paltroni war. Ich sagte: »Und sofort hast du Lust, bei der Person, die dir geschrieben hat, dieselben Gefühle und Empfindungen zu wecken.«

»Ja«, sagte Raimondo. »Oder noch großartigere. Es wird ein unkontrollierbares Wetteifern. Beispielsweise schreibt sie dir, daß sie einen ganzen Tränensee geweint hat, weil du nicht bei ihr bist, und du schreibst ihr ›ein Meer‹ voller Tränen. Sie schreibt, daß sie auf eine Bergspitze klettern würde, um dich sehen zu können; du schreibst ihr ›auf den Himalaja‹. Dieses Delirium kennt keine Grenze, Alberto.«

»Aber ist es denn unwichtig, an *wen* du schreibst?« fragte ich.

»Ja«, sagte Raimondo. »Wenn du dich nicht genau an sie erinnern kannst, ist es nicht wichtig. Es ist, als würdest du an alle unglaublich schönen, sensiblen, intelligenten Sexyfrauen schreiben, denen du immer schon begegnen wolltest und die nun in einer einzigen Frau Fleisch geworden sind. Du wirfst dich mit sämtlichen Leidenschaften in die Sache, die du dir als junger Bursche nur im Traum vorstellen konntest und die du im Kino und in der Fernsehwerbung gesehen hast.«

»Einverstanden, aber du schreibst ja nicht an eine imaginäre Frau, du schreibst an Paolina Paltroni. Und was geschieht, wenn du sie bis zum Gehtnichtmehr mit Erwartungen vollgepumpt hast?« wollte ich wissen.

»Ich weiß es nicht«, sagte Raimondo, und seine Stimme klang plötzlich kraftlos. »Daran will ich nicht einmal denken.«

Wir gingen noch ein Stück, ohne zu reden. Wir lauschten den Geräuschen der Autobahn inmitten der künstlichen Helligkeit dieser Los-Angeles-Nacht.

Gino Friselli

Raimondo erklärte mir und Angela, daß wir zu einer bestimmten Behörde gehen und dort eine Sozialversicherungsnummer beantragen müßten, wenn wir eine geregelte Arbeit finden wollten. Theoretisch konnten wir diese Nummer gar nicht beantragen, da wir kein Arbeitsvisum hatten. Doch es genügte zu behaupten – das hatte Raimondo herausgefunden –, man wolle ein Bankkonto aufmachen. Er sagte: »Es ist eine Art *naiver* Bürokratie im Vergleich zu der unsrigen, die alle Bürger verfolgt und verdächtigt, weil – das ist die Grundidee – alle potentielle Delinquenten sind.«

Er sollte recht behalten, denn bald schon gelang es Angela und mir, unsere kleinen Passierscheine auf dem Weg zur Legalität zu erhalten, wenngleich wir auf nicht ganz ehrlichem Wege in ihren Besitz gekommen waren. Dank dieser Nummer wurde Angela in einer Kunstgalerie angestellt, die auf Siebdrucke und Plakate spezialisiert war. Raimondo stellte mich dem Besitzer des Restaurants vor, in dem er arbeitete; es war ein hektischer Typ italienischer Abstammung namens Gino Friselli. Friselli taxierte mich unter zusammengekniffenen Lidern und richtete in seinem undefinierbaren Akzent einige Fragen an mich. Daraufhin stellte er mich als Kellner ein.

Es war harte Arbeit, die eine technische Kompetenz erforderte, über die ich nie zuvor nachgedacht hatte; die Beziehungen zu den anderen Kellnern waren so, wie man sie sich im Knast vorstellt. Aber Raimondo hatte die Wahrheit gesagt, was die Trinkgelder anging: Sie schienen tatsächlich eine handfeste Entlohnung für all die geleistete Mühe zu sein. Er und ich hatten immer unterschiedliche Arbeitszeiten, und der Grund dafür war vielleicht, daß Gino Friselli nicht zwei Freunde zur gleichen Zeit in seinem Restaurant arbeiten lassen wollte; wir begegneten uns, wenn der eine mit seiner Schicht fertig war und der andere die seine antreten sollte und wir den Autobus nahmen, um die aus den Nähten platzende Stadt zu durchqueren.

Das Zusammenleben in der kleinen Wohnung in Sherman Oaks hatte zeitweilig eine gewisse Stabilität erreicht, unter deren Oberfläche sich jedoch ein ganzer Fächer von Spannungen verbarg. Raimondo und Sarah schliefen in ihrem Schlafzimmer mit den Fotos auf den Nachtschränkchen, als probten sie eine Vorstadtehe. Angela und ich schliefen auf der Schlafcouch in dem kleinen Wohnzimmer, als probten wir »Schlafen im gemeinsamen Schlafzimmer«. Alle vier befanden wir uns in einem Schwebezustand, ohne die geringste Absicht, uns mit der Vergangenheit zu beschäftigen. Wir hatten die Antennen in Richtung ebenfalls vager Zukunftsdeutungen ausgestreckt.

Eines Morgens erhielt Raimondo einen Brief von Paolina Paltroni. Angela und Sarah waren bei der Arbeit, er und ich warteten auf unsere jeweiligen Schichten im Restaurant. Ich entdeckte ihn, wie er draußen auf den Stufen saß und so sehr in die Lektüre vertieft war, daß er mich fast nicht wahrnahm.

Als er zu Ende gelesen hatte, war er offensichtlich in einem Schockzustand, er hatte den Oberkörper zurückgelehnt und die Augen halb geschlossen.

»Steht was Schönes drin?« fragte ich.

»Weißt du, wie das ist, wenn du *Zwischentöne* ausdrücken kannst?« sagte er. »Du hast eine Empfindung oder einen flüchtigen Gedanken vielleicht nur angedeutet, und du warst nicht einmal sicher, ob du dich überhaupt verständlich machen konntest … Und sie, sie jedenfalls versteht alles wie im Flug und beweist es dir auch, kennst du das?«

»Bei Sarah geschieht dir nie so etwas?« sagte ich.

»Nein«, sagte Raimondo. »Mit Sarah kann ich immer nur über *Sachen* reden. Sachen, die gemacht oder gekauft oder gesehen oder gegessen werden müssen. Und weiter nichts.«

»Wieso bist du dann nicht bei Paolina geblieben, anstatt zu Sarah zu kommen?« fragte ich.

»Weil sie mir nicht *gefiel*«, sagte Raimondo im Ton echter Verzweiflung. »Ich meine, ich dachte, daß sie mir nicht gefiele.«

»Du hast sie jeden Morgen gesehen, wie sie dalag, den Kopf auf dem Kissen, und *Beschämung überkam dich.*«

»Das war doch nur so dahergesagt«, meinte Raimondo. »Ich habe übertrieben, ich wollte nur sagen, daß sie mir nicht mehr gefiel.«

Und ich: »Jetzt aber gefällt sie dir, oder?«

»Die Paolina aus den Briefen, ja«, sagte er. »Die gefällt mir bis zum Wahnsinn. Ein Abgrund liegt zwischen dieser Paolina der Briefe und Sarah. Das ist wie zwischen einem Ferrari und einem Ford, Madonna.«

Dann zeigte er mir ein Bündel Briefe von Paolina, die er in einem Plastikbeutel oben im Zählerschränkchen vor Sarah versteckt hatte. Mir gelang es gerade, zwei oder drei von ihnen zu überfliegen, denn er ließ sie mir nicht lange, lange genug jedoch, um bruchstückhaft etwas von den überschäumenden Gefühlen herauszulesen, die sie gelebt hatten und die sie auf noch viel außerordentlichere Weise in der Zukunft leben würden: Mitsamt den Reisen und Kindern, die sie noch machen, den Häusern, in denen sie wohnen, den Orten, die sie besuchen, den vielen, vielen Jahren, die sie Hand in Hand, einander tief in die Augen sehend, die Lippen in ewigem Kuß vereint, zusammenleben würden.

Während ich las, sah Raimondo mich mit einem gekünstelten Lächeln an. Es verriet Stolz und zugleich Entsetzen darüber, daß er solche Leidenschaften entzündet hat, wie ein Brandstifter, der Feuer in einem Pinienhain gelegt hat und wegen der Folgen teils glücklich und teils in Panik ist. Aber es war auch klar, daß er mindestens zur Hälfte tatsächlich daran glaubte, wie er es als Bewohner von Parallelwelten nun mal so tat. Paolinas Briefe mit all ihren zusammenphantasierten Blicken, Küssen, Umarmungen, Chalets auf schneebedeckten österreichischen Bergen, kleinen Fischerbooten im Ägäischen Meer, nächtlichen Walzertänzen an Seeufern, festlich herausgeputzten Kindern vor flackernden Kaminen waren längst eine Art Droge geworden. Und mit Hilfe dieser Droge hatte er die kalte Trostlosigkeit der winzigen Wohnung ertragen, die harte Arbeit im Restaurant, die versmogte Luft und die Art, wie Sarah jeden Morgen Wasser aus der Flasche trank.

Ich fragte ihn, was er denn Paolina über sein Leben hier in Los Angeles geschrieben habe. Er zuckte mit den Schultern: Er wollte sich nicht bloßstellen und die ganze Geschichte der Lächerlichkeit preisgeben. Wir saßen am Rand des Wohnhausschwimmbeckens in dem kleinen asphaltierten Hof, von dem die Eingänge zu den Wohnungen abgingen. Das Licht war intensiv, obwohl die Sonne nicht richtig durchkam, aber es war auch nicht die Helligkeit, die hinter der Wolkendecke hervorkam: Das Licht stieg aus dem Tal auf, wurde gefiltert von den dicken Smogschichten, die die Augen schnell zum Tränen brachten und in den Lungen stachen, wenn man einmal tief Luft holte.

Raimondo sagte: »Ich habe ihr eine leicht abgewandelte Version von der Wirklichkeit gegeben.«

»Was heißt das?« fragte ich.

»Daß ich jobbe, um meine Unabhängigkeit zu haben, usw., usw.«, sagte er und: »Was ja auch stimmt.«

»Hast du ihr nichts von Sarah erzählt?« fragte ich.

»Aber natürlich nicht«, brauste Raimondo auf, als sei ich verantwortlich für das Durcheinander, das ihn bedrückte: »Paolina weiß nichts von der Existenz einer Sarah.«

»Und was gedenkst du zu tun?« wollte ich wissen.

»Wann?« fragte er zurück.

»Wenn Paolina Paltroni es satt hat, eine Geisterfrau zu sein, die dir aus der Ferne Befriedigung verschafft, und statt dessen ein Wesen aus Fleisch und Blut sein will und das nächste Flugzeug nimmt, um dir höchstpersönlich Befriedigung zu verschaffen, was dann?« drängte ich.

Und Raimondo: »Meinst du, sie wäre dazu fähig?«

»Aus dem zu schließen, was sie schreibt, fürchte ich, ja«, sagte ich. »Sie hat bestimmt keine Probleme, sich ein Flugticket zu kaufen?«

»Nein«, sagte Raimondo. »Es ist für sie so, wie wenn wir ein Busticket kaufen.«

»Also, wenn sie es dann tut, wie gedenkst du, die Sache anzugehen?« drängte ich weiter. Mir war bewußt, daß ich ihn mit meinen Fragen quälte; aber es ist nun mal so: Wenn einem das eigene Leben Probleme beschert, dann ist man besonders empfänglich für die Schwierigkeiten im Leben anderer. Das hat natürlich nichts mit irgendeiner Form von Großzügigkeit zu tun, sondern es ist eine Art Selbsttherapie, die einen auch erbarmungslos werden läßt.

Raimondo sagte: »Ich versuche, sowenig wie möglich daran zu denken.« Den Brief von Paolina Paltroni in der Hand, stieg er die Treppen hinauf und verschwand im Haus.

Gordon Kyle

Als ich genügend Trinkgeld beiseite gelegt hatte, suchte ich in einer Gratisanzeigenzeitung nach einem Gebrauchtwagen. Los Angeles ist keine Stadt, in der man sich immer nur zu Fuß oder mit öffentlichen Verkehrsmitteln fortbewegen kann. Angela und ich waren es leid, tagtäglich Kilometer zu Fuß zurückzulegen und ewig auf den Bus zu warten.

Ich fand eine Anzeige für einen VW Variant Jahrgang 68 und rief bei der angegebenen Nummer an. Ein gewisser Gordon Kyle meldete sich und klang auf Anhieb wie der ideale Verkäufer. Er sagte, der Wagen habe zwar schon hunderttausend Meilen auf dem Buckel, aber er sei sehr gepflegt; der Ton seiner Stimme verriet Ehrlichkeit, grundlegende Melancholie und einen umsichtigen Fahrstil.

Ich nahm den Autobus und ging weiter zu Fuß bis zur Adresse in West Hollywood, die Gordon Kyle mir gegeben hatte. Es war ein kleines Haus, eingequetscht zwischen zwei Gebäuden aus neuerer Zeit. Der Wagen, der zum Verkauf stand, parkte neben dem kleinen Gartentor: Er war in einem häßlichen Beige, und sein Zustand schien nicht besonders toll. Als ich geklingelt hatte, kam Gordon Kyle heraus, und sein Aussehen bestätigte voll den Eindruck, den ich mir bei unserem Telefonat gemacht hatte. Seine Haare waren ordentlich gekämmt und gescheitelt, er trug eine Sonnenbrille mit dickem Gestell, einen grauen Anzug, der ihm um die Schultern herum etwas eng war, ein weißes Oberhemd mit Krawatte im Kaufhausstil, die ihn fast würgte. Er stotterte leicht; er sagte, daß es ihm sehr leid tue, sein Auto zu verkaufen, er hätte es gern noch zehn Jahre behalten, aber seine Frau wollte ein neues. »S-sie w-wissen ja, w-wie die F-frauen sind«, sagte er mit resigniertem Blick. Er schien so ehrlich zu sein, daß ich den Wagen nicht mal probefahren wollte; ich blätterte ihm die Summe hin, die er verlangte, er gab mir das Formular der vorläufigen Fahrerlaubnis, in das ich meinen Namen eintragen mußte. Ich ließ den Motor an und fuhr davon; er hob die Hand zu einem wehmütigen kleinen Abschiedsgruß zu dem Auto, das seins gewesen war.

Auf dem Freeway fing der alte Variant an, ein schreckliches Geräusch zu machen. Obendrein füllte sich der Innenraum mit Rauch, als würde das Gefährt bereits brennen. Halb erstickt gelangte ich nach Hause, unter dem fassungslosen Blick eines unserer Nachbarn stürzte ich aus dem Auto. Als ich zu husten aufgehört hatte, wählte ich die Telefonnummer von Gordon Kyle, aber ich erwischte nur den Anrufbeantworter mit einem Nocturne von Chopin als Hintergrundmusik. Die Stimme der Ansage war anders als die des Gordon Kyle, mit dem ich gesprochen hatte: Sie hatte einen wohltemperierten Klang in den mittleren und tieferen Tonlagen, ohne eine Spur von Stottern.

Als ich blutjung war, überkamen mich manchmal Gewaltausbrüche, und ich wurde bei gewissen Gegebenheiten ohne Vorwarnung von einem friedfertigen Menschen zu einem reißenden Tier. Mit der Zeit schaffte ich es, mir das abzugewöhnen, und zwar über einen Weg, der teils vom Instinkt, teils von der Vernunft gesteuert war und die Loslösung von niedrigen Beweggründen zum Ziel hatte. In der Zeit in Los Angeles hatte ich diesen Weg zu ungefähr drei Vierteln zurückgelegt. Das Geld für den alten VW Variant bedeutete viele Abende und Nächte harter Arbeit: Ich griff mir im Hauseingang den Baseballschläger, ein Geschenk von Sarahs Bruder an sie, riß alle Fenster des Volkswagens auf und raste mit dröhnendem Motor, eingehüllt in eine Rauchwolke, Richtung West Hollywood.

Wie ein Irrer drückte ich auf Gordon Kyles Klingel, aber keiner kam zur Tür. Ich erkundigte mich bei einem der Hausnachbarn, doch der rückte nicht mit der Sprache heraus und sah mich wegen meiner Stierlaune und des Baseballschlägers in der Hand böse an. Im Haus auf der anderen Straßenseite stieß ich auf eine freundliche alte Dame, die zu mir sagte: »Wen suchen Sie, den Schauspieler?«

So hockte ich mich wieder in den Wagen und wartete mehrere Stunden. Meine Wut hielt ich unterdessen auf ziemlich hoher Flamme. Als Gordon Kyle endlich auftauchte, erkannte ich ihn beinahe nicht, denn er trug keine Brille und war völlig anders gekleidet und gekämmt als zuvor für die Rolle des ehrlichen und stotternden Gebrauchtwagenverkäufers.

Ich schaffte es gerade noch, aus dem Auto zu springen und ihn am Hemd zu packen, bevor er die Haustür wieder schloß; ich sagte zu ihm, wenn er mir das Geld für den Wagen nicht zurückgäbe, würde ich ihm das Genick brechen. Er tat einen Schwur und sagte, er habe das Geld nicht mehr, er habe damit Schulden abgezahlt. Ich sah, daß er die Wahrheit sagte, denn er stellte sich nicht einmal stotternd und blickte ängstlich auf den Baseballschläger, auf den Sarahs Bruder mit rotem Filzstift geschrieben hatte: »Für mein Schwesterherz, in Liebe«.

Die Pattsituation in dem kleinen Wohnzimmer seines Hauses dauerte einige Minuten, ich verharrte mit erhobenem Baseballschläger, Gordon Kyle sagte beschwichtigend: »Seien wir vernünftig« und bedeckte mit einer Hand seinen Kopf. An einer Pinnwand hingen Fotos von ihm auf der Bühne irgendeines kleinen Off-Theaters, und zwar als Hamlet, Cyrano und Handlungsreisender. Ich kam mir doof und lächerlich vor und ließ von ihm ab. Er hatte sich sofort wieder erholt und sagte: »Hör zu, es gibt keinen Grund zum Streiten.«

»Tatsächlich nicht?« entgegnete ich.

»Nein«, sagte er. »Ich finde dir schon einen Käufer für den Wagen. Ich verspreche es dir.«

Ungläubig fuhr ich mit der dröhnenden Karre, eingehüllt in eine Rauchwolke, nach Hause. Ich überlegte mir, daß dies die Art von Lektion in Sachen praktisches Leben war, für die man eben zahlen muß. Angela sah mich verloren an, als ich ihr erzählte, was passiert war. Raimondo fing an zu lachen, und Sarah sagte: »Du bist den Wagen nicht einmal probegefahren, weil du diesem Typen *vertraut hast*, ist es so?«

Am nächsten Morgen jedoch rief ein gewisser Ramon Santos an und sagte, er habe meine Nummer von Gordon Kyle bekommen und sei an meinem Wagen interessiert. Ich erklärte ihm, daß das Ding Unmengen von Lärm und Rauch produziere, er jedoch meinte, das sei kein Problem, sein Bruder sei Automechaniker, und sie seien auf der Suche nach genau diesem Modell. Am Nachmittag kamen beide, er und sein Bruder, in einem weißen Kleinlaster für den Verkauf von Tiefgefriergeflügel an der Haustür; an den Wagenseiten stand »Cool Chick«. Sie ließen den Motor meines Wagens an und besahen ihn sich rundherum, fuhren aber nicht damit; dann drückten sie mir Bargeld in die Hand: Es war nur geringfügig weniger als die Summe, die ich Gordon Kyle gegeben hatte. Zum Abschied schenkten sie mir ein tiefgefrorenes Huhn.

Gordon Kyle sah ich einige Jahre später wieder, und zwar in einem seiner Filme, die ihn weltberühmt machten; auch jetzt natürlich geschieht es, daß ich ihn sehe. Ich muß zugeben, er ist kein schlechter Schauspieler, auch wenn mir seine verweichlichten Gesichtszüge und seine Vorliebe für den Part des guten, braven Kerls nicht besonders gefallen. Auf alle Fälle glaube ich, daß er nie mehr so überzeugend sein wird wie in der Rolle des aufrichtigen stotternden Gebrauchtwagenverkäufers.

Swimmingpool Sutton Bros. & Co.

Der Briefwechsel zwischen Raimondo Vaiastri und Paolina Paltroni ging weiter und nahm immer unkontrollierbarere Ausmaße an. War Raimondo wegen des Jobs, wegen Sarah, wegen seines Standes als Auswanderer ohne Zukunftsaussichten mutlos und niedergeschlagen, griff er zu Papier und Stift und setzte sich an den Wohnzimmertisch: An seiner Haltung, wie er gebeugt über den Seiten brütete und sich mit der Hand durchs Haar fuhr, konnte ich erkennen, daß er sich mit inbrünstiger Verzweiflung all seine unerfüllten Wünsche und unbefriedigten Bedürfnisse von der Seele schrieb.

Eines Nachts kam ich von der Arbeit nach Hause, meine Klamotten und Haare stanken nach Tomatensoße, meine Beine waren vom vielen Stehen und dem ewiglangen Marsch von der Bushaltestelle bis nach Hause schwer wie Blei. Raimondo erwartete mich, auf der Treppe des kleinen Mietshauses sitzend. Kaum hatte er mich im Blickfeld, kam er auf das asphaltierte Plätzchen am Schwimmbecken herunter: Er war vollkommen durch den Wind und sagte kein einziges Wort.

»Was ist los?« fragte ich.

Und er: »Paolina kommt nach Los Angeles.«

»Wer?« machte ich; es bereitete mir große Mühe, meine Gedanken auf einen Punkt zu bringen, ich war voller Wahrnehmungen, die ob der späten Stunde und des weiten Wegs, den ich hinter mir hatte, stark verzerrt waren.

»Paolina *Paltroni*«, sagte Raimondo, »sie wird hier hereinschneien.« Seine dunklen Augen funkelten im Licht der kleinen Laternen vor dem Mietshaus.

»Wann?« fragte ich. Wir sprachen leise, um ja niemanden zu wecken, wie zwei Verschwörer.

»In zwei Wochen«, sagte Raimondo. Er zog ein mit italienischen Briefmarken frankiertes Kuvert aus der Tasche; es fiel ihm aus der Hand und wäre beinahe im Wasser gelandet; er beugte sich hinunter und fing es noch auf.

Ich riet ihm: »Rede ihr das sofort aus.«

Und er: »Wie denn?«

»Mit irgendeiner Ausrede«, sagte ich. »Erzähl ihr, daß sie dich wegen einer Arbeit in Chicago brauchen. Oder erzähl ihr, daß du in die Wüste gehen mußt.«

Es sah so aus, als hätten ihn die Ereignisse vollkommen plattgewalzt; er sagte: »Ich habe ihr geschrieben, daß der Moment noch nicht gekommen sei, um uns wiederzusehen; im letzten Brief habe ich ihr das geschrieben, ja, auch in dem davor. Ich müßte das Leben noch alleine bewältigen, usw., usw.«

»Und sie?« wollte ich wissen.

»Sie sagt, daß sie es satt habe zu warten«, sagte Raimondo. »Sie sei es leid, daß sie mich nicht umarmen und küssen und mir in die Augen schauen kann. Sie hat auch mit einer Astrologentante gesprochen, und diese dumme Kuh hat ihr eingeredet, daß jetzt die enorm günstige Sternenkonstellation zwischen Venus und Widder oder so was in der Richtung eingetreten sei.«

»Ruf sie sofort an und sag ihr, daß du für drei Monate an Bord eines Fischkutters gehst«, sagte ich. »Oder daß du einen Job auf einer Ölbohrplattform gefunden hast. Schick ihr doch ein Telegramm.«

Raimondo sagte: »Keine zehn Pferde können sie dazu bringen, ihre Meinung zu ändern, wenn sie sich mal was in ihr Köpfchen gesetzt hat. Seit ihrem dritten Lebensjahr ist

Reisen für sie etwas ganz Selbstverständliches. Die macht mich überall ausfindig. Du hast ja keine Ahnung, wie einfach es für so eine wie sie ist, von einem Punkt der Erdkugel zum anderen zu jetten.« Mit einem Schlag redete er wie der arme Junge, den die Handlungsmöglichkeiten der Reichen betroffen machen; dieselben Dinge, die ihn an ihr fasziniert hatten, machten ihm jetzt angst.

Ich ließ nicht locker: »Aber du kannst dich doch nicht so in dein Schicksal fügen. Du mußt reagieren.« Trotz meiner Müdigkeit hatte ich Lust, ihn zu schütteln.

»Was soll ich denn tun?« sagte Raimondo.

»Irgend etwas«, sagte ich. »Irgendein Ding in die Wege zu leiten ist auf jeden Fall besser, als in die totale Passivität abzudriften und dich hier mit Sarah in eurer Brautleutewohnung überraschen zu lassen.«

»Es ist keine Brautleutewohnung«, widersprach er. »Auch du und Angela lebt ja darin.«

Ich sagte: »Ja, aber in eurem Schlafzimmer, da schlaft ihr. Und auf den Nachtschränkchen stehen eure gerahmten Porträts.«

Raimondo machte: »Aaaaaaaaargh« und holte aus, um dem Wasser im Swimmingpool einen Tritt zu versetzen, mit einer Hand hielt er sich an der eisernen Klimmleiter fest.

Ich sagte: »Hör zu, vielleicht ist es am Ende sogar besser. Zumindest seht ihr euch und begreift, wie die Dinge wirklich stehen, nach all den Briefen, die ihr euch geschrieben habt.«

Raimondo zog eine Fotografie aus der Hosentasche und sagte: »Da gibt's nicht viel zu begreifen. Die Dinge stehen nämlich so.«

Im Licht der Hauslaterne betrachtete ich das Foto, es war völlig verknittert. Raimondo mußte es unzählige Male in den Händen gedreht und gewendet haben, um auf klarere Gedanken zu kommen. Auf dem Bild saß Paolina Paltroni zu Pferd, dürr und verkrampft, wie sie nun mal war. Das Tier war herrlich und gut gepflegt, und ihre Reiterinnenkleidung war perfekt; beides stand in starkem Kontrast zu ihrer Person und ließ sie noch kläglicher erscheinen.

Ich sagte: »Nun gut, aber das Aussehen ist ja nicht alles. Vielleicht ist sie im Innern eine wunderbare Frau.«

»Das ist sie nicht«, sagte Raimondo. »Sie ist arrogant, engstirnig, unsympathisch und geizig.«

Ich sagte: »Ja, war sie denn nicht die sensibelste, intelligenteste und aufmerksamste Gesprächspartnerin der Welt? Habt ihr euch nicht beinahe ein Jahr lang Dutzende von Wahnsinnsbriefen geschrieben?«

»Ja«, bestätigte er. Er ging am Rand des azurblauen Schwimmbeckens auf und ab, auf dessen Grund »Sutton Bros. & Co.« geschrieben stand. Es war, als gähnte neben ihm ein aufgerissener Schlund.

Ich sagte: »An diesem Punkt solltest du eine Entscheidung treffen. Herausfinden, was, verflixt noch mal, du wirklich von ihr hältst.«

Raimondo antwortete nicht, er schien wie verzaubert von den Blasen, die aus dem Schwimmbadfilter strömten.

Ich sagte: »Du müßtest begreifen, ob sie die außerordentlichste Frau der Welt oder eine grauenvolle Milliardärsechse ist.«

Raimondo sagte: »Ich weiß es nicht, ich weiß es einfach nicht.« Niedergeschlagen schüttelte er den Kopf.

Ich dachte, daß er wieder einmal nur dem Weg seiner Einbildungskraft folgen könnte, den zu beschreiten er längst beschlossen hatte, auch wenn er genau wußte, daß die einzig mögliche Perspektive ein Zusammenprall mit dem Stahlbeton der Wirklichkeit war.

Er drehte sich zur Eingangstür der kleinen Wohnung, die Sarah für sie beide gefunden hatte, bevor wir, ich und Angela, auf der Bildfläche erschienen waren. Er sagte: »Du glaubst, es gibt noch einen Ausweg, Albert?«

»Ich denke, der einzige Ausweg ist die Wahrheit.«

»Von welcher Wahrheit redest du eigentlich?« hakte Raimondo nach. Und ich verstand, was er meinte, denn mit Sarah in dem kleinen Apartment oberhalb des Swimmingpools zu leben war eine ebenso starke Wahrheit wie die, die er in seine Briefe an Paolina ergoß – nur daß ersteres eine Wahrheit war, die von jedem zufällig auftauchenden Zeugen erkannt und bestätigt werden konnte. Die zweite Wahrheit hingegen war unfaßbar wie eine Sehnsucht.

Und ich: »Du hast immer noch Zeit, Paolina zu erklären, daß du hier nicht allein lebst – du mußt es nur wollen.«

»Nein, dazu habe ich keine Zeit mehr«, sagte Raimondo. Er hatte ganz eindeutig recht: Es war einfach undenkbar, mit einem Telefonat ein ganzes Jahr voller Leidenschaftlichkeit, Begeisterung, Versprechen, höchst genauer Beschreibungen der Gefühle auszulöschen. Er sah mich an, aber ich wußte keine Lösung für ihn, das war ihm völlig klar.

Ich schlug vor: »Und wenn du mit Sarah redest? Wenn du ihr die Situation erklärst?«

»Bist du verrückt?« schrie er fast. »Die bringt mich um. Die läßt mich nicht einmal ausreden, die kratzt mir die Augen aus.«

»Zumindest den Termin verschieben?« sagte ich. »So daß du dir eine Strategie oder Erklärung oder Ausrede zurechtlegen kannst, was weiß ich?«

»Nein«, meinte er. »Sie ist einfach nicht mehr aufzuhalten. In zwei Wochen steht sie vor der Tür.«

»Ach du große Scheiße«, kommentierte ich.

»Ja«, sagte Raimondo und machte ein Gesicht wie einer in der Todeszelle, dem auch das letzte Gnadengesuch verweigert worden ist.

In den folgenden Tagen tat Raimondo Sarah gegenüber weiterhin so, als wäre nichts. Unterdes rückte der Dienstag, an dem Paolina Paltronis Ankunft bevorstand, Minute um Minute näher. Wenn wir uns zwischen unseren Arbeitsschichten begegneten, sah er mich an und sagte: »Weniger neun«, und in seinen Augen stand ein Verzweiflungsflackern. Er sagte: »Weniger sieben.« Wenn ich ihn dann fragte, was zum Teufel er zu tun gedenke, zuckte er nur mit den Schultern und suchte nicht einmal mehr nach einer Antwort.

Wäre er ein Lügner gewesen, der lügt, um die anderen zu betrügen und sich durch seine Lügen Vorteile zu verschaffen, hätte er gewiß einen Weg gefunden, um die Situation zu bewältigen. Im Grunde hätte er die Sache auch so angehen können, wie es jeder beliebige verheiratete Mann tut, der eine Geliebte hat: Für eine Woche ein Hotelzimmer nehmen oder vielleicht sogar eine Wohnung mieten und seine Zeit mit äußerstem Geschick zwischen Sarah und Paolina aufteilen. Oder er hätte Sarah erzählen können, daß er eine andere Arbeit gefunden habe und einige Tage wegfahren müsse; dann hätte er Paolina nach Santa Barbara oder San Diego oder in die Wüste mitgenommen, mit ihr einige wunderbare Tage verlebt und sämtliche Versprechungen und Wahnsinnsausbrüche der Briefe bekräftigt; dann hätte er sie wieder zum Flughafen begleitet. Millionen unverdächtiger Männer treiben mit großem Geschick diese Spielchen, sobald sich ihnen die Gelegenheit dazu bietet, und dann kehren sie, ohne eine erkennbare Spur von Schuldgefühlen, in ihr Alltagsleben zurück.

Aber Raimondo war kein Lügner: Er war ein Erbauer und Bewohner von Parallelwelten. Trotz seiner instinktgebundenen Fähigkeiten, zu erfinden und zu improvisieren, gab es einfach nichts, was er hätte machen können, um sich einen Ausweg oder einen Rettungsstreifen offenzulassen: Er steuerte geradewegs in sein Verderben, ohne einen Millimeter von seiner Bahn abzuweichen.

Ted Goodson

Im Restaurant lernte ich einen Typ mit pockennarbigem Gesicht namens Al Miluteeny kennen. Er saß allein am Tisch, und als er mitbekam, daß ich Italiener war, erzählte er, auch er habe italienische Wurzeln. Vor Jahren sei er in Rom gewesen, um einen Film zu machen, das sei die schönste Zeit seines Lebens gewesen. Damals habe er sein Italienisch aufgefrischt, auch wenn er, um die Wahrheit zu sagen, eher ein Pidginspanisch sprach. Er sagte, er arbeite für die Schauspielergewerkschaft, er besuche Drehorte, um festzustellen, ob die Vorschriften eingehalten werden. Vermutlich hatte er wegen seiner häßlichen Haut keine Karriere auf der Leinwand gemacht, aber er schien große Befriedigung aus seiner jetzigen Tätigkeit zu ziehen. Namhafte Produzenten und Regisseure empfingen ihn, wann immer er es wollte; er ließ fünf oder sechs Namen fallen, um mir zu verstehen zu geben, von welcher Größenordnung die waren. Dann fragte er: »Was sein dein Traum?«

Und ich: »In welcher Hinsicht?« Ich war überrascht, daß er so ohne Umschweife auf die Hintergründe zusteuerte, die mich hierhergebracht hatten. Aus heutiger Sicht war es auch wiederum nicht so verwunderlich.

Sein Blick wanderte durch das halbleere Lokal. Er sagte: »Ich las dich mit meine Freund Ted Goodson reden.«

Ich fragte, wer das denn sei.

Er erklärte: »Einer der großen Produzent von Hollywood. Groß auch in Bau, Theater, Sport, Restaurant, Import-Esport, Transporte, ales.«

Bereits am nächsten Morgen verlor sich dieser Wortwechsel zwischen den sich überlagernden Bruchstücken konkreter und abstrakter Natur, aus denen meine Tage gemacht waren: die bevorstehende Ankunft Paolina Paltronis, meine Suche nach einem Gebrauchtwagen, die Spannungen zwischen Raimondo und Sarah, die Probleme, die Angela in ihrer Galerie hatte. Doch Al Miluteeny hatte mich nicht vergessen: Zwei Tage später rief er mich am Morgen an, um mir zu sagen, daß er für den nächsten Nachmittag ein Treffen mit Ted Goodson arrangiert habe. Ich bedankte mich bei ihm, aber in Wahrheit war mir der Zeitpunkt für eine Begegnung dieser Art viel zu verfrüht. Vor lauter Anspannung konnte ich in der Nacht nicht schlafen und wälzte mich auf der Schlafcouch herum. Ich sah mich im Geiste, wie ich auf einer Theaterbühne am Klavier saß und nicht die leiseste Ahnung hatte, was ich spielen sollte. Die Reaktionen des Publikums reichten von Ermutigung über Enttäuschung bis hin zur offenen Verärgerung. Bis Angela das Licht anknipste und sagte: »Meinst du nicht, es wäre besser, wenn du ein paar Lockerungsübungen machst?« In dem kleinen Wohnzimmer machte ich also ein paar Kniebeugen, aber das half auch nicht viel.

Tags darauf verließ ich das Haus am frühen Nachmittag in der vagen Hoffnung, meine Vorstellungen könnten sich auf dem Weg von San Fernando Valley bis zu der Adresse in Beverly Hills klar herauskristallisieren. Ganze Sätze gingen mir durch den Kopf, die ich immer wieder in neuen Tönen und mit anderen Akzenten umformulierte, aber es gab nicht einen, der dem konkreten Bild entsprochen hätte.

Als ich das kleine Residenzhaus von Rodeo Drive betrat, warf mir der Portier in Uniform einen mißtrauischen Blick zu, bis man ihm am anderen Ende des Telefons sagte, er solle mich hinauflassen. Im ersten Stock bat mich eine elegante Sekretärin, doch im Warteraum Platz zu nehmen. Ungefähr zwanzig Minuten lang blätterte ich Zeitschriften durch, betrachtete meine Schuhspitzen, lauschte meinem Herzschlag und den Geräuschen, die durch die Wände drangen. Es war wie im Wartezimmer eines Luxuszahnarztes, aber hier sollte statt der Lösung für ein Zahnproblem eine für mein ganzes Leben gefunden werden.

Schließlich kam die Sekretärin und geleitete mich in ein großzügiges Büro, wo ein Signore mit rabenschwarzem Haar hinter einem Schreibtisch saß; er war vertieft in ein Telefongespräch. Die Sekretärin verzog sich, und der Typ wies mir einen Stuhl zu, ohne das Telefonat zu unterbrechen. Sein Gesicht war gebräunt wie das eines Tennisspielers, faltenlos, mit schrägen Wangenknochen und ohne Ausdruck. Es war schwierig, sein Alter auch nur annähernd zu schätzen: Er konnte zwischen achtundzwanzig und achtundsechzig sein. Er trug einen dunkelblauen Zweireiher mit extrabreiten Schultern, zwischen den Fingern hielt er eine nicht brennende Zigarre; er lauschte der Stimme aus dem Hörer, und seine Haltung drückte Andacht oder Zerstreutheit aus. Hin und wieder sagte er: »Was soll das bedeuten?« Oder: »Genauer, wie?« Er machte »hm, hm« und biß auf die Zigarre. Neben seinem Schreibtisch stand ein Tropenaquarium, in dem ein Schwarm elektroblauer winziger Fische schwamm. Die Sessel, die Sofas, die anderen Einrichtungsgegenstände schienen die Schwerkraft im Zimmer zu verändern, zogen meine Aufmerksamkeit auf sich, und zweitrangige Details hielten sie gefesselt.

Auch Ted Goodson übte eine gewisse magnetische Anziehungskraft aus, obwohl sein Aussehen nicht besonders eindrucksvoll war. Das Anziehende an ihm waren die extreme Langsamkeit der Bewegungen und seine gurgelnde Stimme, die klang wie die des Cheffroschs im Teich. Ich sah ihn an, sah die Bilder an den Wänden und die Plaketten, die Pokale, die kleinen Statuen, mit denen er ausgezeichnet worden war, auf den Regalen. Ich fragte mich, ob ich gerade dabei war,

Teil des Szenarios zu werden, und wenn ja, in welcher Rolle und mit welchen mittel- und längerfristigen Folgen. Würde mir dieser Augenblick ein Leben lang als erstes Glied einer Kette einschneidender Ereignisse in Erinnerung bleiben?

Dann beendete Ted Goodson die Telefonkonversation wie einer, der aus einem Schwimmbassin mit Überlaufrinne herausschwappt. Er legte den Hörer auf, wandte sich mir zu, und ruhig atmend blickte er mich an. Sein Sessel hatte eine lederbezogene genietete Rückenlehne, was ihm das Aussehen eines modernen Throns verlieh; es genügte eine leichte Fußbewegung, und schon schaukelte er oder drehte sich. Erst in diesem Augenblick bemerkte ich, daß eine Krawatte mit Walt-Disney-Figuren auf beinahe aggressive Weise die Strenge seines Zweireihers auflockerte.

Ich erklärte ihm, wie ich hergekommen sei, obwohl ich wußte, daß ich mich besser auf das Warum konzentriert hätte. Er unterbrach mich mit einer Handbewegung und sagte: »Ja, ja, Miluteeny.« Doch sein Blick verriet nichts über seine Beziehungen zu Al Miluteeny.

Wir schwiegen. Die Zeit verstrich in dem großen, abgeschirmten Büro. Plötzlich sagte er: »Was wolltest du arbeiten?« Und zwar in einem rauhen Ton, der unvermittelt seine wahre Natur als Beutegeier verriet.

Ich suchte nach Worten; jetzt fühlte ich mich tatsächlich wie einer, der vor dem Publikum am Klavier sitzt und weder über Noten noch über Improvisationstalent verfügt.

Ted Goodson schien in Gedanken verloren, doch inzwischen hatte ich ja erfahren, wie schnell seine Reaktion sein konnte. Das Tropenaquarium erzeugte eine leichte Vibration, die Lampen verbreiteten ihre Lichtkreise, die Verkehrsgeräusche von draußen ließen die Fensterscheiben erzittern. Ich fragte mich, ob sich seine Frage auf das bezog, was ich konnte, oder auf das, was ich gerne machen würde; und ob es einen Punkt gäbe, an dem diese beiden Seiten zusammenträfen. Ich versuchte, eine realistische Aufstellung meiner Fähigkeiten und Qualitäten zu machen, wobei mir Eindrücke aus zweiter Hand, die ich aus Büchern, Zeitschriften, Filmen, Liedern, Fernsehprogrammen und Werbespots aufgesogen hatte, in die Quere kamen. Ich fragte mich, was ich von mir selbst und von der Welt verlangen könnte, ohne arrogant wie Paolina Paltroni oder unrealistisch wie Raimondo Vaiastri zu erscheinen – und auf welcher Grundlage.

Ted Goodson schaukelte leicht auf seinem Schreibtischsessel und knabberte an der kalten Zigarre. Er machte den Eindruck, als sei er in der Lage, jede Art von Forderung meinerseits zu erfüllen, Hauptsache, sie war gut formuliert: als könnte er aus mir einen Sänger oder Häuserbauer, einen Akrobaten, einen Chauffeur, einen Elefantendompteur machen. Ein winziger Anlaß genügte anscheinend, um auf der Stelle den phänomenalen Prozeß der Umsetzung einzuleiten. Aber ich hockte da und verhaspelte mich, in meinem Kopf nichts als Bilder, wie wahllos übereinandergeschobene Diapositive: stark befahrene Straßen, englische Rasen, Fensterwände, Mädchen in Badeanzügen, Schiebefenster, Wohnhausschwimmbäder, Parkplätze, Restauranttische, Wassergläser, Champagnerkelche, Haare, Blicke, Strände, Ozeanwellen. Goodsons Blick erzeugte einen Druck auf Magen und Lunge, ich konnte nur noch mit Mühe atmen. Ich dachte, daß ich mein Land verlassen, den Ozean überquert, auf dem Boden geschlafen, stundenlang über endlose Alleen marschiert war, Arbeiten verrichtet hatte, die ich zu Hause nie angefaßt hätte, abgewartet, beobachtet, geträumt hatte, um endlich eine Chance wie diese zu kriegen ... Und jetzt, da ich tatsächlich vor einem Menschen saß, der meine Träume wahrmachen konnte, war ich außerstande, ihm zu sagen, welche Träume es waren.

Ted Goodson nagte an seiner Zigarre und beobachtete mich. Aus dem Vorzimmer waren Stimmen und Telefongeklingel zu hören. Ich hatte keinerlei Zweifel, wie kostbar die Zeit dieses Mannes war. Dennoch kam es mir ungerecht vor, daß er mir eine solche Frage gestellt hatte. Er hätte doch derjenige sein müssen, der mir unter tausend Wegen, von denen ich träumte, den einzig gangbaren wies. Jeder Vorschlag wäre mir recht gewesen, auch der willkürlichste. Mein Leben war in einem Stadium völliger Auflösung, es hätte jede beliebige Wende nehmen können. Andererseits war ich mir der Tatsache wohl bewußt, daß er sich schon mit einem winzigen Zeichen meinerseits begnügt hätte: der schwache Abglanz einer Fähigkeit, das Funkeln eines Ziels in der Ferne. Er starrte mich unverwandt an, doch ich spürte, wie seine Aufmerksamkeit Sekunde um Sekunde schwand.

Am Ende brachte ich nur heraus: »Ich weiß es nicht.« Und breitete sogar die Arme aus, um die Bedeutung meiner Worte zu unterstreichen.

Mir kam es so vor, als hätte es in seiner Haltung einen kaum wahrnehmbaren Rückwärtsruck gegeben. Am liebsten wäre ich sofort aufgestanden, statt dessen saß ich noch einige Sekunden stumm und unbeweglich da. Das Rauschen und Surren im Raum besetzte rund neunzig Prozent meines Sensorenbereichs, der Rest war von ziellosen Gedanken ausgefüllt. Auf dumpfe Weise wußte ich, daß auch die kühnste meiner Forderungen besser als diese Antwort gewesen wäre. Doch ich kam mir auch aufrichtig vor und glaubte, keine anderen Möglichkeiten gehabt zu haben.

Am Ende sagte Ted Goodson: »Also gut, hinterlaß einfach meiner Sekretärin deine Telefonnummer. Nicht bei uns anrufen, wir werden uns mit dir in Verbindung setzen.« Er erhob sich und reichte mir die Hand. Ich drückte seine weiche und zugleich kräftige kleine Hand und nahm ein winziges Lächeln wahr, das über seine Lippen huschte.

Ich ging zur Sekretärin, nannte ihr meine Telefonnummer, sie schrieb sie mit schwungvoller Schrift in ihr

Adreßbuch. Ich war verwirrt und in meinen Bewegungen gehindert. Liebend gern hätte ich sie gefragt, ob ich in Goodsons Büro zurückkehren dürfe, um mich besser zu erklären, doch ich wagte es nicht.

Statt dessen ging ich hinunter auf die Straße, das Licht war intensiv, die Luft dick und schwer von Abgasen, Geräuschen und Bewegungen in sämtliche Richtungen. Seltsamerweise fühlte ich mich erleichtert. Mir war, als hätte ich den Kampf mit dem gordischen Knoten aufgenommen, der mich in jeder Minute jedes Tages anstarrte. Ich hatte ihn keineswegs zerschlagen, er war noch immer da in seiner unentwirrbaren Verschlingung. Doch aus einem unerfindlichen Grund fühlte ich mich leichter, war in besserer Geistesverfassung und konnte nun jede Sache tun, die meine Neugier, mein Interesse oder meine Leidenschaft weckte.

Pan Am 405

Mit einem Schlag war Dienstag, der Tag, an dem Paolina Paltroni ankommen sollte, und es war bereits ein Uhr. Sarah und Angela waren in der Arbeit; meine Schicht im Restaurant begann um neun Uhr abends. Raimondo kam in das kleine Wohnzimmer und sagte mit unsicherer Stimme: »In einer Stunde gehe ich.«

»Was gedenkst du zu tun?« fragte ich und versuchte krampfhaft, ein Interview mit einem ungehobelten Kerl in *Rolling Stone* zu lesen, aber vergeblich.

»In einer Dreiviertelstunde, zur Sicherheit«, sagte Raimondo, meine Frage ignorierend. Er hatte sich die Haare gewaschen, ein gebügeltes weißes Hemd angezogen, als wollte er den Erwartungen entsprechen, die er seit Monaten genährt hatte. Er wußte jedoch nur allzu gut, daß ihre Zerstörung Minute um Minute näher rückte.

Ich fragte noch einmal: »Was willst du tun, wenn sie ankommt?« Ich wollte einfach nicht glauben, wie er sich da verhielt: Eine Mischung von Besorgnis und Wut ließ er erkennen.

»Was soll ich deiner Meinung nach denn tun?« wollte er von mir wissen, vermied aber, mich anzusehen.

»Du kannst noch immer eine Lösung herbeiführen«, sagte ich nicht sehr überzeugt.

»Welche?« fragte er. Er ging ins Schlafzimmer zurück, schaltete den kleinen Fernseher von Sarah ein, zappte zwischen den verschiedenen Kanälen herum, machte ihn aus, kam wieder ins Wohnzimmer und ging zurück ins Schlafzimmer.

Ich stand auf und sagte: »Du kannst dir noch etwas ausdenken.«

Er reagierte nicht. Er überprüfte sein Aussehen im Schrankspiegel.

Ich sagte: »Auch die absurdeste Ausrede ist besser, als dich schnurstracks ans Messer zu liefern.«

Raimondo legte seine Haare zurecht, verpaßte seinem Kragen den letzten Schliff.

Ich drängte weiter: »Laß dich einfach nicht blicken, dann begreift sie sofort, daß etwas nicht stimmt, etwas Schwerwiegendes.«

»Ja, das wäre wirklich eine schöne Geste«, protestierte er. »Nachdem sie den ganzen Ozean überquert hat, um zu mir zu kommen.«

Ich wedelte mit einer Hand, damit er sie im Spiegel sah, und sagte: »Oijoijoi, Raimondo, hast du überhaupt eine Ahnung von den wirklichen Ausmaßen dieser Situation?«

Raimondo schlüpfte in ein Jackett, dann zog er es wieder aus und sah mich an: »Würdest du vielleicht mit zum Flughafen kommen?«

»Wenn du willst«, sagte ich. »Aber glaubst du nicht, daß das die Sache nur noch schlimmer macht?«

Er wandte sich zu mir um: »Wieso? Deiner Meinung nach kann sie noch schlimmer werden?«

Und bei diesen Worten sah er dermaßen erledigt aus, daß ich lachen mußte. Raimondo blickte zu Boden. Da wurden wir alle beide von einer Welle der Heiterkeit erfaßt: Wir lachten lauthals, bewegten uns ruckartig, plapperten drauflos. Raimondo nahm eine Sonnenbrille von Sarah mit Schwalbenschwanzfassung vom Nachttischchen, setzte sie auf und sagte: »Wenn schon, dann kann ich auch so zum Flughafen gehen, das sieht mehr nach Californian Style aus, oder nicht?«

Ich sagte: »Ja, gewiß« und bog mich vor Lachen. Ich

reichte ihm einen Seidenschal von Sarah mit Hufeisenmuster; er schlang ihn um den Hals und holte eine Safarijacke aus dem Schrank. Ich kramte eine schwarze Baskenmütze aus Angelas Koffer hinter der Bettcouch und stülpte sie ihm über den Schädel, sie paßte bestens zum Rest des Outfits. Raimondo stieg aus den Jeans, schlüpfte in ein Paar kurze Hosen, zog weiße Tennissocken an, und unten in einer Schublade fand er eine Maiskolbenpfeife und schob sie sich zwischen die Lippen: Er sah aus wie die perfekte Karikatur eines Hollywoodstars der zwanziger Jahre. Er rief: »Wie sehe ich aus? Wie sehe ich aus?« und drehte sich in affektierten Posen vor dem Schrankspiegel.

»Perfekt«, sagte ich und nahm den grünen Schal von Angela, wickelte ihn wie einen Turban um meinen Kopf: Zusammen mit einem längeren Hemd, das ich bislang noch nicht getragen hatte, weiten Aikido-Hosen, schwarzer Fliegenschutzbrille, die ich für einen Dollar in Venice Beach gekauft hatte, machte ich eine gute Figur.

In dieser Aufmachung nahmen wir lachend, uns in die Seite knuffend, den Bus, der uns aus dem Tal herausbrachte, und stiegen dann in den Flughafenbus um. Raimondo hielt sich wie ein Affe an den Haltegriffen fest, schaukelte hin und her und sagte: »Pure Halluzination! Und was für eine *Halluzination*!!«

In den Kurven vollführte ich Aikido-Bewegungen, um das Gleichgewicht zu halten.

»Was für ein Gesicht wird Paolina Paltroni wohl machen, was denkst du?« fragte ich.

»Was für ein Gesicht *wird sie wohl haben*?« konterte Raimondo.

»Wenn du es nicht weißt«, entgegnete ich.

»Ich weiß es nicht«, sagte er und lachte.

Die anderen Fahrgäste sahen uns beiläufig an: Sicherlich dachten sie, wir hätten was geraucht oder wer weiß welche

Substanzen geschluckt, keiner wäre auch nur im entferntesten auf die Idee gekommen, daß all das nur das Ergebnis unserer Unfähigkeit war, das Leben von der praktischen Seite her zu bewältigen.

Am Flughafen rannten wir durch die Hallen voller Leute, die gerade ankamen oder abflogen; wir nahmen ein Rollband entgegen der Laufrichtung, sprangen über die Gepäckstücke hinweg. Wer auch immer das heutzutage machen würde, innerhalb weniger Minuten würde man ihn verhaften und aus der Flughafenhalle zerren; doch damals drehten die Leute gerade mal den Kopf, als wären wir eine ausländische Zirkustruppe ohne Auftrittsgenehmigung. Raimondo rief zu denen, die uns in die Quere kamen oder die wir überholten, *»Hello, hello, hello«*, klapste den älteren Damen auf die Schultern, lächelte die jüngeren Frauen an, nahm den Kindern die Mütze vom Kopf und ließ sie in der Luft herumwirbeln. Ich blieb ihm auf den Fersen, fing in meinem Blick all das ein, was mir entgegenkam: Gesichter, Mienen, Gesten, Haltungen, Altersklassen, Accessoires, Stoffe, Farben. Wir waren beide durchgeknallt, und das in einer Stadt, die nicht die unsere war, in einem fremden Land, ohne das geringste Interesse an den Möglichkeiten, Absichten, Träumen, die um uns herumschwirrten. Wie zwei Irre durchquerten wir den Flughafen, wir hatten uns auf den letzten Abschnitt des Gleises geworfen, an dessen Ende Raimondo gegen die Wand der Wirklichkeit prallen sollte.

Wir gelangten in die Halle der internationalen Flüge und warteten auf den Flug Pan Am 405 aus Mailand. Ununterbrochen vollführten wir seltsame Bewegungen, redeten absurdes Zeugs, glotzten die anderen Wartenden an, die wiederum unsere komische Aufmachung beäugten, doch meist sofort ihren Blick abwandten.

Dann strömten die Flugpassagiere aus dem Verbindungstunnel, und hinter ein paar völlig nichtssagenden Leuten entdeckten wir Paolina Paltroni: Sie war klein, mager und nervös, so wie ich sie in Erinnerung hatte. Auch Raimondo erinnerte sich schlagartig an sie, als sie wenige Meter vor ihm auftauchte. Wir hatten noch immer einen absurden Vorrat an Elektrizität, die in unserem Innern zirkulierte; wir sangen nach den Noten des Hochzeitsmarschs von Mendelssohn: »Paolina unter uns, Paolina unter uns, sei willkommen, Paolina unter uuuuns.« Wir waren richtig gut darin, was uns seltsam vorkam, denn wir hatten den Marsch weder geprobt noch uns über den Text geeinigt; die Leute um uns herum dachten wohl, wir arbeiteten für eine Agentur, die sich auf volkstümliche Begrüßungszeremonien spezialisiert hatte.

Paolina Paltroni erkannte Raimondo nicht gleich, bis er dann die Sonnenbrille abnahm. Bestürzung stand in ihrem Blick, und ihre Gesichtsmuskeln zogen sich noch heftiger als gewöhnlich zusammen. Ich nahm ebenfalls meine Brille ab, und so erkannte sie auch mich und wußte nicht mehr, wie sie sich bewegen sollte.

Raimondo sagte: »Wie geht's?«, und am Klang seiner Stimme und seinem Gehabe war klar zu erkennen, daß die Spannungsströme, die ihn noch bis vor wenigen Sekunden durchlaufen hatten, zusammen mit der schöpferischen Phantasie mit einem Schlag weg waren. Der Schwarzseherrealismus hatte ihn bereits überrollt wie eine Ozeanwelle.

Paolina Paltroni sagte: »Gut«, ohne die geringste Emotion. Bei all den Bildern, die sie sich über die Monate von Raimondo zurechtgeträumt hatte, war das hier bestimmt nicht dabeigewesen.

Raimondo zögerte, bis er sich dann mit deutlich sichtbarer Anstrengung vorbeugte und ihr einen Kuß auf die Wange drückte. In dieser Geste lag so wenig Herz, daß Paolina nicht einmal den Versuch machte zurückzuküssen.

Zu dritt machten wir uns auf den Weg zur Gepäckabfertigung; ich ein paar Schritte voraus, um ihnen eine winzige

Spur von Privacy zu lassen. Aber es schien nicht so, als wollten oder bräuchten sie sie. Raimondo erkundigte sich: »Mit dem Flug, alles o. k.?«

»Alles o. k.«, bestätigte Paolina Paltroni mit ihrer schrillen Stimme.

»Hm«, sagte Raimondo. Er nahm den Schal und die Baskenmütze ab und steckte die Maiskolbenpfeife in die Hosentasche, doch mit den kurzen Hosen und der Safarijacke war ein dezentes Aussehen einfach nicht möglich.

Ich holte einen Kofferkarren. Reglos warteten wir vor dem Gepäckband und sprachen so gut wie kein Wort. Paolina machte ein paar knappe Bemerkungen über die Temperaturverhältnisse beim Start und bei der Landung, vielleicht zeichnete sich sogar der Hauch eines Lächelns auf ihren von der Reise aufgesprungenen dünnen Lippen ab. Raimondo versuchte, ihr nicht ins Gesicht zu sehen: Der Unterschied zwischen der Paolina, an die er beinahe ein Jahr lang ekstatische Briefe geschrieben hatte, und der Paolina in ihrem Kostüm à la Mailänder Braut aus reichem Stall, die er jetzt neben sich hatte, mußte geradezu schmerzhaft für ihn sein. Niemals würde er das zugeben, aber ich war mir sicher, daß er bis zum letzten Augenblick gehofft hatte, daß sich die Wirklichkeit zumindest ein klein wenig seiner Phantasie angenähert hätte. Jetzt hielt er die Augen gesenkt, die Hände in den Taschen vergraben, in seinem Dreß eines Stummfilmregisseurs, der mächtig im Widerspruch zu seiner Gemütsverfassung steht.

Unser Förderband setzte sich in Bewegung, Paolina Paltroni deutete mit dem Finger auf zwei riesige Koffer aus weißem Leder und sagte: »Das da sind sie!« Raimondo und ich zogen sie vom Band und hievten die schweren Dinger auf den Karren. Größe und Gewicht ließen an einen Aufenthalt von Monaten oder gar einen halbdefinitiven Umzug denken.

Wir gingen denselben Weg, den wir wenige Minuten zuvor dank der uns durchströmenden absurden Elektrizität mit Rennen und Sprüngen zurückgelegt hatten. Raimondo schob den Wagen mit den zwei enormen Koffern. Paolina Paltroni folgte ihm mit hölzernem Gang. Ab und zu warf er ihr einen flüchtigen Blick zu, mich sah er wortlos an. Es war, als wären sämtliche Adjektive, Bilder und Gefühle, die er in seine Briefe kanalisiert hatte, zurückgekehrt und kläfften ihn jetzt an wie gefährliche Köter: Bei jedem Schritt meinte er zu spüren, wie Verlegenheit und reinstes Unbehagen ihn in Fersen und Waden bissen.

Vor dem Flughafen sah sich Paolina Paltroni um im weißlichgelben Licht dieses kalifornischen Nachmittags. Sie sah noch herber und spröder aus, die vorherrschende Spannung hatte ihre Gesichtszüge noch kantiger herausgemeißelt. »Der Wagen, wo ist der?« fragte sie.

»Wir haben keinen Wagen«, erwiderte Raimondo.

Ihr Aussehen verhärtete sich noch mehr, obwohl ich das für unmöglich gehalten hatte. Dann fragte sie: »Wo ist der Taxistand?«

»Was für ein Taxi?« wehrte Raimondo ab. »Hast du überhaupt eine Ahnung, wie viele Kilometer das sind bis ins Tal?«

Paolina Paltroni schüttelte den Kopf: Es war glasklar, daß in ihrem bisherigen Leben die zurückzulegende Entfernung kein Kriterium war, sich für oder gegen ein Taxi zu entscheiden.

Orangegrove Ave.

Schließlich gelangten wir doch noch zu unserer Adresse in Orangegrove Avenue; Raimondo und ich waren fix und fertig, wir hatten Paolina Paltronis Riesenkoffer gut anderthalb Kilometer von der Bushaltestelle bis nach Hause geschleppt – es war noch nicht die Ära der Koffer mit Gleitrollen: Unsere Arme waren wie zu Brei geschlagen, die Muskeln im Rückgrat waren eine einzige Verkrampfung. Paolina Paltroni folgte uns auf zwei Schritt Entfernung, als durchquerte sie einen bösen Traum.

Doch als Raimondo im Hof des kleinen Apartmenthauses in leicht spanischem Kolonialstil haltmachte, war er in einer sehr viel schlimmeren Verfassung als sie. Inzwischen fehlten nur noch wenige Meter bis zum Zusammenprall mit der handfesten Realität. Trotzdem machte er nicht einmal in diesem Augenblick einen letzten verzweifelten Versuch, eine Ausrede oder Rechtfertigung zu finden, wie unwahrscheinlich sie auch klingen mochte. Er hatte keine Anstalten getroffen, um den Zusammenprall mit der Realität zumindest etwas zu dämpfen. Er deutete auf die Eingangstür oberhalb der kleinen Treppe und sagte: »Hier wären wir also.«

Wir stiegen hintereinander die Treppen hoch und traten ein. Angela war bereits von der Arbeit zurück. Sie sagte: »Hey« und machte ein verdutztes Gesicht, als sie meinen Turban, Raimondos Klamotten und die zwei riesigen weißen Lederkoffer sah, mehr aber noch beim Anblick von Paolina Paltroni.

Als Paolina Angela sah, drehte sie sich zu Raimondo. »Angela, die Freundin von Alberto«, erklärte er in einem

Ton, als käme es ihm ungerecht vor, daß einzig dieses Mißverständnis mit so wenigen Worten aus der Welt geschafft werden konnte.

Paolina Paltroni reichte Angela die Hand und sagte: »Wie geht's?«

»Wie geht's?« sagte Angela ihrerseits und sah mich fragend an.

Ich machte ihr ein kleines Zeichen, um zu bedeuten: »Später.« Ich dachte, daß es blöd von mir gewesen war, die ganze Geschichte vor ihr geheimzuhalten, wie Raimondo es von mir verlangt hatte.

Paolina Paltroni sah sich um, und der Anblick des realen Apartments trat nun an die Stelle des imaginären, in dem sie im Geiste unzählige Male die Krönung ihres romantischen Traums mit dem Mann durchlebt hatte, der Dutzende von Briefen, überströmend von himmelhochjauchzenden Empfindungen, an sie geschrieben hatte. Doch ebendieser Mann war nun am Ende der Einbahnstraße angelangt und hatte nicht die geringste Vorstellung, was er tun sollte. Er starrte ganz einfach auf das Fenster, um ja nicht ihren Blick zu kreuzen.

Umsichtig wie eine Ethnographin in gefahrenreichem Gebiet machte sie eine kleine Erkundungsrunde. Raimondo hatte nicht einmal die Schlafzimmertür zugemacht; so bedurfte es nicht vieler Geistesgaben, um zu begreifen, daß dies nicht die einsame Höhle eines heldenhaften Auswanderers war, der verbissen mit eigenen Händen ein neues Leben aufzubauen versucht. Es war die Behausung eines jungen suburbanen Paars, mit all den Stoffbärchen auf dem Ehebett, den eingerahmten Fotografien auf den Nachtschränkchen, dem Geschirrtuch mit den zwei aufgestickten roten Herzchen in der Küche.

Raimondo stand reglos am Fenster, es sah so aus, als wollte er sich die Ohren zuhalten.

Paolina Paltroni stellte fest: »Du lebst hier nicht allein.«

Ihre Stimme zitterte; und auch wenn sie reich und arrogant und voll unangenehmer Verhaltensweisen war, tat es mir für sie leid.

Raimondo sagte: »Nein, auch Alberto und Angela wohnen hier, sie sind für eine Weile zu Gast.«

»Wer ist jenes Mädchen?« fragte Paolina Paltroni.

»Angela?« sagte Raimondo und deutete ein ganz schwaches Lächeln an, als würde er noch winzige Freiräume erkennen, um in den allerletzten Zuckungen vor dem *final crash* seine Haut zu retten.

»Die auf den Fotos auf der Kommode«, sagte Paolina in schärferem Ton. »Wie heißt sie?«

»Wer?« fragte Raimondo und sah aus dem Fenster.

»Die da!« Und Paolina Paltroni machte einen Satz auf ihn zu.

Raimondo zuckte die Achseln: »Was weiß denn ich.«

Angela und ich sahen uns an; wir hätten uns gerne eingemischt, wußten aber nicht, wie. Ich wickelte den Turban von meinem Kopf und nestelte an dem Stoff in den Händen herum.

»Was heißt hier, was weiß ich?« begehrte Paolina Paltroni auf. »Du hast die Fotografien von einer auf deinem Nachttisch und weißt nicht, wer das ist?«

»Was weiß denn ich«, wiederholte Raimondo. »Was zum Henker weiß denn ich.« Er drehte den Wasserhahn in der Küche auf und drehte ihn wieder zu, er öffnete den Kühlschrank und schlug ihn wieder zu. Er bewegte sich, als wäre er gefährlich auf der Kippe.

Es klingelte an der Tür; die Füße von uns allen waren wie festgeleimt.

Eine Sekunde später drehte sich der Schlüssel in der Tür, und Sarah Miller trat ein mit ihrem gebräunten Gesicht, den großen bernsteinfarbenen Augen, dem Kurzhaarschnitt und dem durchtrainierten kalifornischen Mädchenkörper. Eine Tüte aus dem Supermarkt in der Hand, machte sie einen Schritt ins enge Wohnzimmer und erstarrte ebenfalls, als wirke unser Verhalten ansteckend.

»Sie ist es, nicht wahr?« bemerkte Paolina Paltroni mit ihrer kalten Mailänder Stimme und streckte nervös den Zeigefinger aus.

»Wer ist sie?« fragte Sarah und sah auf Paolina Paltroni, auf Raimondo in Tennisshorts und Safarijacke, auf mich und Angela, auf die zwei mächtigen Koffer.

Da machte Raimondo eine völlig absurde Geste und sagte lächelnd: »Paolina – Sarah.« Aber das Lächeln geriet ihm schief, seine Stimme brach, und seine Handbewegung verlor sich in der Luft.

»Und was macht sie hier?« fragte Sarah weiter. Die Muskeln ihrer athletischen Figur waren in einem Zustand äußerster Anspannung, all ihre Sinnesorgane waren zur Kontrolle und Verteidigung ausgefahren.

»Was weiß denn ich?« sagte Raimondo.

»Weißt du, was du bist? Du bist ein *Stück Scheiße*«, lautete Paolina Paltronis Urteil.

Und Sarah: »Du erklärst mir jetzt auf der Stelle, was zum Henker hier in *meinem Haus* vor sich geht!«

Raimondo näherte sich ihr, um über ihre Schulter oder ihren Arm zu streicheln, sie aber schob ihn weg und brüllte: »Faß mich nicht an!« Sie war puterrot im Gesicht; sie knallte die Einkaufstüte auf den Boden, Äpfel rollten über den Teppichboden.

Sarah rannte aus der Wohnungstür; Raimondo eilte ihr nach. Angela bückte sich, um die Äpfel einzusammeln; Paolina Paltroni versetzte einem der beiden Riesenkoffer aus weißem Leder einen Tritt.

Ich ging auf den Treppenabsatz und sah, wie Raimondo, zwei Stufen auf einmal nehmend, die Treppe hinuntersprang, um Sarah zu erreichen, die bereits im Hof und dann im Wagen war. Er klammerte sich an den Türgriff und schrie: »Warte! Ich erklär dir alles! Bitte! Sarah!« Aber Sarah hatte bereits den Motor angelassen und startete mit Vollgas; dadurch wurde Raimondo über den Hof geschleift, erst hinter dem Swimmingpool ließ er den Türgriff los, stolperte und fiel zu Boden; er blieb auf dem Zement hocken und schaute dem kleinen weißen Honda hinterher, der mit wütendem Dröhnen in die Orangegrove Avenue einbog und volle Kanne davonraste.

Dann sah er zu mir hinauf, und sein Lächeln war traurig und voller Enttäuschung, wie ich es bereits in drei oder vier anderen lebenswichtigen Situationen an ihm gesehen hatte: Es wirkte so, als hätte er gegen die Regeln des realen Lebens verstoßen und zugleich gehofft, zumindest eine kleine Chance zu kriegen, es doch noch zu schaffen. Aber er hatte verloren und betrachtete seinen Gegner als zutiefst unloyal, niederträchtig und auch humorlos, was erschwerend hinzukam.

Von: Alberto Scarzi ascarzi@globaltel.it
An: Raimondo starreacher@ultrabeam.com
Betreff: Geschichte
14-07-02

Raimondo, mein Lieber,
ich wollte mal hören, wie es dir geht, es sind ja nun bereits drei Monate, mindestens, daß wir nichts voneinander gehört haben. Seid ihr in Urlaub gefahren? Habt ihr euch dann doch einen Hund zugelegt? Ich hatte dir ja meine Bedenken bezüglich der Labradorrasse dargelegt, aber ich weiß mittlerweile, daß du immer nach deinem eigenen Kopf entscheidest, und das paßt schon.
Jedenfalls wollte ich dir sagen, seit einiger Zeit bin ich dabei, etwas zu schreiben, was auch dich angeht. Mit anderen Worten, ich schreibe die Geschichte von den getürkten Interviews für Damiano Diamantini, von unserer ersten und zweiten Auswanderung nach Amerika und über die gesamte Zeit voller Träume, Chaos, Wegsuche zwischen Mailand, New York, Santa Barbara, Australien und Los Angeles. Natürlich enthält der Roman jede Menge Ideenwucherungen, Abänderungen, Verschiebungen, wie es eben dem Genre eigen ist, aber die Geschichte, auf der er fußt, ist unsere. Ich weiß nicht, weshalb ich mich darauf eingelassen habe, zumal ich ja an einem völlig anderen Projekt saß. Jedesmal, wenn ich an diese Geschichte dachte, war mir, als hätte sie eine Bedeutung nur für uns. Doch die Geschichten haben nun mal eine ganz eigene Art, sich dem aufzuzwingen, der sie dann auch schreibt. Diese Entdeckung habe ich bereits vor Zeiten gemacht. Du bist völlig auf etwas Bestimmtes konzentriert, und sie, die Ge-

schichten, sehen dich an, wollen deine Aufmerksamkeit. Sie legen dir die Gründe nahe, weshalb auch sie erzählt werden müssen, Hauptsache, sie können dich überzeugen. Wenn ihr Insistieren zuviel wird, beginnst du zu überlegen, daß die angeführten Gründe gar nicht schlecht sind. An diesem Punkt dann bleibt dir nur eines übrig, nämlich ihnen auf den Wegen zu folgen, die sie vor dir öffnen. Deine Eigenständigkeit beschränkt sich mehr oder weniger darauf, zu entscheiden, welche Richtung an einer bestimmten Kreuzung einzuschlagen ist, darauf zu achten, daß du dich nicht auf Nebenwegen verirrst und auf Gebieten ohne Relevanz landest. Was den Rest angeht, ist es eine ziemlich normale Angelegenheit, wie etwa durch einen Wald zu wandern, die Bäume, die Sträucher, die Blumen zu bewundern, die Tiere unterschiedlicher Größe zu beobachten, die, wenn du vorübergehst, kurz verharren und dann wegstieben.

Ich hoffe nur, daß es kein Wald ist, den du lieber vor dem Publikum verborgen halten wolltest. Wenn dem so ist, laß es mich wissen.

Sei gedrückt

Alberto

Von: R.A.V. starreacher@ultrabeam.com
An: Albert ascarzi@globaltel.it
Betreff: Hey!
15-07-02

Hey Albert,
es stimmt, ein Haufen Zeit ist vergangen seit dem letzten Mal, wo wir uns gehört haben. Verflixt und zugenäht, jetzt, wo wir diese supereinfachen, superschnellen Kommunikationsmittel haben, gibt es nicht einmal mehr die Ausrede mit der unreliable italienischen Post. Es ist einzig und allein unsere Schuld, weil wir phlegmatisch sind, uns verzetteln, das Schreiben auf die lange Bank schieben, als gäbe es etwas Dringenderes, Wichtigeres zu tun, obwohl wir doch bestens wissen, daß dem nicht so ist.
Du hast dich also von unserer Geschichte am Schlafittchen packen lassen, so daß du jetzt auf dem Land bist und arbeitest, anstatt nach Griechenland in Urlaub zu fahren?! Bist du dabei, dir deinen Sommer zu vermiesen, wie es mir gerade passiert?! Heute hätte mein erster Ferientag sein sollen, aber ich mußte ihn auf nächsten Donnerstag verschieben, dann werde ich mit einer Gruppe von Richtern und Anwälten bis Sonntagabend eine Mountainbike-Tour unternehmen; nur leider hat die CNN gestern the paradise of our choice in der Gewalt der Flammen gezeigt, was wirklich bescheuert ist, denn ich habe bereits alle, einschließlich meiner Sekretärin, in Urlaub geschickt; mir bleibt also nichts anderes übrig, als ein wenig Arbeit mit dem Laptop von zu Hause aus zu erledigen; das ist ein Riesenreinfall, wie du dir leicht vorstellen kannst. Dafür aber habe ich mehr Zeit für die Gören, auch

wenn die natürlich tausend Verpflichtungen haben, die Sarah trotz ihrer ultraintensiven Arbeit beim Fernsehen für sie organisiert hat (vor einem Monat ist sie Executive Producer der Wettervorhersagen für die gesamte Westküste geworden, natürlich ist sie glücklich, auch wenn es anstrengend ist like hell). Dieser Tragödie in the making ging eine andere, Anfang Sommer, voraus, die glücklicherweise mit einem großen Schrecken und fünfundzwanzig Stichen beim Wundnähen ausgegangen ist, with some concern about scarring. Passiert ist, daß Dorina jr. mit Sarah am Strand von Zuma war und eine Stunde vor Sonnenuntergang surfte (sie nennen diese Surfart glass-off); das Mädchen wurde von einer sie überflutenden Welle und einem Brecher überrascht und vom Surfbrett geschleudert, das sich aufbäumte und auf sie niederstürzte; die Flosse brachte ihr zwischen Braue und Nasenflügel einen tiefen Schnitt bei, glücklicherweise blieb das Auge verschont. Blut, Angst, eine Nacht in der Notfallstation, auf den Schönheitschirurgen warten, viel Vitamin E, Zinkcreme und praktisch ein Verbot der sportlichen Aktivitäten für die nächsten acht Wochen; wenig Schwimmen wegen der Bakterien, die reichlich im Wasser von Malibu vorhanden sind, und all das inmitten des sehnlichst erwarteten *Junior Life Program*, das die City Hall von Los Angeles auf die Beine gestellt hat; jetzt sind wir ganz nah an einem glimpflichen Ende, bis auf eine kleine Narbe von drei Zentimetern, die in sechs Monaten verwachsen sein sollte oder zur Erinnerung und als Thema für künftige Gespräche bleiben wird. Albert, weißt du, daß ich es gewußt habe, eines Tages würdest du mit der Geschichte von den Interviews für Damiadiama kommen. Bei all dem, was die nach sich zog, war es nur eine Frage der Zeit. Es ist doch nicht verwunderlich, daß die Geschichte darauf gedrängt hat, erzählt zu werden. Albert, Teufel noch eins, es war eine absurde Geschichte, aber sie hat unser Leben und nicht nur unseres, sondern auch das Leben von einem hübschen Grüppchen von Leuten grundlegend verändert. Nehmen wir da ruhig mal unsere Kinder und deren zukünftige Kinder. Es macht einem beinahe angst zu denken, daß eine völlig unrealistische Idee, die uns eines Nachmittags im November – einem dieser grauen, tödlich deprimierenden Mailänder Novembertage – gekommen war, so handfeste, so langfristige Auswirkungen gezeitigt hat. Es läßt sich nur schwer sagen, was passiert wäre, wenn wir nie daran gedacht hätten. Vielleicht wären wir nie nach Amerika gekommen, vielleicht wären wir nicht dorthin zurückgekehrt, vielleicht wären wir nicht dort geblieben, vielleicht hätte ich nicht mit Sarah eine Liebesgeschichte angefangen, vielleicht hättest du nie entdeckt, daß du eigentlich schreiben wolltest, vielleicht hätten wir was völlig anderes gemacht, vielleicht wären wir heute ganz woanders, wer weiß, wo, wer weiß, mit wem. Aber das Leben eines jeden, außer denen, die einfach stumm und unbeweglich wie Steine sind, formt sich nach winzigen, miteinander verbundenen Ereignissen. Der Unterschied ist der, daß wir in diesem Fall mit absoluter Genauigkeit wissen, welches der Ausgangsring war, was ansonsten schwierig zu begreifen ist.

Abgesehen von alledem habe ich meinen Spaß beim Gedanken, daß du dabei bist, noch einmal die großartigen Tage des Damiadiama und meiner Glorie als close friend der Rockstars, selbst ein Rockstar, der ganzen Überspanntheiten, der Improvisationen, der Schrecken, der Szenenwechsel Revue passieren zu lassen. Wenn ich heute zurückdenke, kommt es mir vor wie ein Film, der viel zu schnell abgespult wurde. Nach dem Ende der Vorführung ist das Publikum nach Hause gegangen, das Kino wurde geschlossen, das war alles. Potzblitz, Alberto, zum Glück sind wir noch da und sind die geblieben, die wir sind, auch wenn wir uns ein wenig verändert haben, but not necessarily zum schlechten, oder?

Ich kann einzig und allein hoffen, daß alles längst verjährt

ist. Albert, ich bitte dich, verschon mich mit dem *Federal Investigator* mit einem internationalen Haftbefehl, wie es in diesen üblen TV-Movies geschieht, wo der Typ, inzwischen längst ein ehrlicher Vater, oder die Madame, längst eine rechtschaffene Mutter, out of the blue für ein Jugendverbrechen sühnen muß, das seit wer weiß wie vielen Jahren in Vergessenheit geraten ist, während das Gesetz unbestechlich seinen Gang fortsetzt. Mach mich bitte auch nicht zum Exilanten auf Lebenszeit, denn, sei's drum, daß Italien seit einem Weilchen nicht mehr meine Heimat ist, wäre es trotzdem traurig zu denken, daß ich nie mehr meinen Fuß auf italienischen Boden setzen kann, ohne daß die Carabinieri mit Handschellen an der Gangway auf mich warten. Was den Rest angeht, ist unsere Geschichte kein für das Publikum verschlossener Wald. Die der Öffentlichkeit unzugänglichen Wälder machen mich immer so traurig, besser ist es, wenn du ein bißchen lustiges Volk hinbringst, ein paar neugierige Leute, Hauptsache, sie führen sich nicht auf wie die Rabauken, werfen kein Plastik weg, ruinieren die Pflanzen nicht, stören das wildlife nicht. Aber ich bin mir sicher, daß die, die du bringst, so was nicht machen.
A big hug von deinem Freund
Raimondo

Von: Alberto Scarzi ascarzi@globaltel.it
An: Raimondo starreacher@ultrabeam.com
Betreff: Verjährung
15-07-02

Lieber Raimondo,
ich habe heftig lachen müssen über das, was du über die Verjährung schreibst. Es war die erste Sache, die mir in den Sinn kam, als ich zu schreiben anfing! Aber nach fünfundzwanzig Jahren sind Vergehen dieser Art wirklich erloschen, vorausgesetzt, das unsere war überhaupt ein Vergehen.
Es stimmt, was du über das Verhältnis zwischen der absurden Geringfügigkeit unserer Anfangsidee und den weitreichenden, handfesten Konsequenzen sagst. Das ist einer der Gründe, weshalb ich mich hingesetzt habe, um diese Geschichte aufzuschreiben: Von Anfang an die Aufeinanderfolge der winzigen Ereignisse zu rekonstruieren, die zwei (oder mehr) Personen von einem Punkt ihres Lebens an einen anderen bringen.
Weiterhin dachte ich, daß nichts passiert wäre, wenn jeder von uns alleine gewesen wäre. Die Idee wäre eine Idee geblieben, verrückt, wie sie nun einmal war.
Manchmal habe ich mich auch schon gefragt, was für einen Weg unser Leben genommen hätte, wenn du an jenem Abend in Las Vegas auf die Siebzehn anstatt auf die Sieben gesetzt hättest und wir anderthalb Millionen Dollar gewonnen hätten. Vielleicht wären wir heute zwei viel üblere Kerle, ohne all das, was wir haben. Oder wir wären viel glücklicher und mit einem Haufen anderer Dinge. Wer weiß. Was die Ferien angeht, ja, ich bin dabei, sie mir zu verhunzen, und bin auch

ziemlich sauer deswegen. Aber sollte ich der Geschichte, die ich gerade schreibe, oder der Geschichte, die wir gelebt haben, oder den Gründen, die uns dazu geführt haben, sie zu leben, die Schuld geben? Es ist eine viel zu lange Kette, als daß sich ein Glied finden ließe, gegen das man wettern könnte, nicht wahr?

Eine große Umarmung

Alberto

Von: R.A.V. starreacher@ultrabeam.com
An: Albert ascarzi@globaltel.it
Betreff: Sequoia National Park
16-07-02

Großer Albert,
bei mindestens zwei Gelegenheiten habe ich heftig an dich denken müssen, bevor ich deine E-Mail vom 14. erhielt: Die eine war im Sequoia-Nationalpark, denn es ist seltsam, daß du vom Wandern durch den Wald sprachst – wie du siehst, die Zeichen überschneiden sich am Ende immer. Jedenfalls führten diese Jahrtausendbäume bei mir zu seltsamen abgehobenen Betrachtungen, wie du sie bisweilen anstellst; insbesondere an einer bestimmten Stelle, wo eine riesige gefällte Sequoie liegt, ihre Jahresringe sind an der Schnittfläche deutlich erkennbar, an verschiedenen Punkten sind auch Zeichen mit gelber Ölfarbe und Aufschriften wie »Schlacht von Hastings«, »Entdeckung Amerikas«, »Französische Revolution«, »Amerikanische Unabhängigkeitserklärung« usw., usw. Alle Jahreszahlen waren präzis angezeichnet. Meine Kleinen (o.k., meine Teenager, auch wenn sie für mich weiterhin meine Kleinen sind, bis sie es leid sind, so genannt zu werden) waren begeistert. Ich dachte, hier habe ich also einen Zeugen für Jahrhunderte Geschichte vor Augen. Ich dachte, während all jene scheinbar weltbewegenden Dinge geschehen sind, merkte die Sequoie in ihrem Wald überhaupt nichts davon, jedwedes menschliche Unternehmen berührte sie unendlich viel weniger als der pickende Schnabel eines Woodpecker, als der Stich eines Bug auf einem ihrer Blätter. Ich dachte: »Was Albert wohl sagen würde, wenn er hier wäre.« Ich konnte

mir eine Art Dialog auf Entfernung vorstellen; wenn man jemanden seit jeher schon gut kennt, können solche Dinge vorkommen.
Das andere Mal, als ich an dich denken mußte, war eines Morgens, als ich durch die stillen Straßen von Bel Air fuhr, Ziel der Mission: Das Leeren des Umkleideschranks von Rachel, die dieses Jahr von Freshman zu Sophomore aufsteigt. Man muß aufpassen, wenn man auf diesen Straßen fährt, daß man keine Fußgänger umnietet: Mexikaner, Salvadorianer, Honduraner, Nikaraguaner, Guatemalteken, Gärtner, Haushaltshilfen, Kindermädchen in weißen Kitteln; sie alle bewegen sich auf dem schmalen Zementstreifen zwischen Fahrbahn und Gehsteig, wo während der Monsunregen das Wasser fließt, und die gehen ja häufig nieder in diesem planetary climate disaster, an dem wir eine dicke Scheibe Verantwortung zu tragen haben! Schließlich gehören wir zu den hartnäckigsten Umweltverschmutzern und Ressourcenschröpfern. Wenn du nur an die Unmengen von Wasser denkst, die wir täglich vergeuden, um unsere Rasenstückchen vorm Haus zu wässern. Teufel noch eins, Albert, es kommt mir eine Ewigkeit vor, daß ich die kalifornischen Rasen in den Mickey-Mouse-Heften und Donald Duck angeschaut habe. Jetzt habe auch ich einen Rasen vorm Haus, und wenn ich nicht mindestens einmal alle zehn Tage mit dem Rasenmäher drübergehe, fängt Sarah mit ihrer Leier an, daß ich mir nichts aus unserem Haus mache, daß ich nicht meinen Teil dazu beitrage, usw., usw. Manchmal kracht es bei uns, weil sie mich bezichtigt, nicht genügend präsent zu sein, zuviel Zeit meiner Arbeit zu widmen. Sie behauptet, ich sei ein Workaholic, was vermutlich auch stimmt, aber sie weiß bestens, daß es kein Zuckerlecken ist, eine Public-Relations-Agentur mit sechzehn Angestellten voranzubringen; es ist nicht einfach, die Verantwortung für so viele Menschen zu tragen, ständig Entscheidungen zu treffen, Lösungen zu finden. Sarah weiß nur allzu gut, daß ich jede freie Minute

der Familie widme. Sie soll mir den mal zeigen, der sich so um seine Kinder kümmert, wie ich das tue. Ich kenne die emotionale, geistige, schulische, sportliche Situation meiner Kleinen wie im Schlaf, ich finde immer eine Gelegenheit, mit den teachers zu reden, sie zu den Spielen und zum Training zu begleiten, mich um sie zu kümmern, ihnen Ratschläge zu geben. Auf der anderen Seite ist auch Sarah manchmal von ihrer Arbeit im Fernsehen so in Beschlag genommen, daß man es richtig mit der Angst kriegt, und obendrein mit problematischen Arbeitszeiten; so kommen wir gar nicht umhin, uns im Haushalt abzuwechseln, that's life. Doch ab und zu, wenn wir uns überhaupt nicht verstehen, frage ich mich, ob ich nicht besser daran getan hätte, allein zu bleiben, free as a bird. Wenn ich dann wieder meine Kleinen anschaue, weiß ich, ich bin glücklich, daß sie auf der Welt sind. Auch mit Sarah fühle ich mich in Wahrheit gut, nach so vielen Jahren lieben wir uns noch immer, ich würde sie nie verlassen. Das einzige, was ich schwer verkrafte, ist der Gedanke, daß zwei Leute, die dauerhaft zusammenleben, nicht in der Lage sind, den Esprit beizubehalten, den sie vorher hatten, als sie noch auf freier Basis zusammen waren. Mannaggia, Albert, das ist der große Betrug! Zeitweilig denke ich, ich wäre gern so wie du, du hast dich zweimal scheiden lassen, nur um dich nicht eingesperrt zu fühlen; ich weiß zwar nicht, ob du wirklich frei bist, denn du erzählst mir ja nichts. Dann wieder denke ich, daß ich niemals ohne Sarah leben oder groß was auf die Beine stellen könnte, also ich weiß nicht. Life is complicated und wird immer mehr complicated, Stück für Stück, das man hinter sich bringt. Oder vielleicht stimmt das überhaupt nicht, und das ist nur ein Eindruck von mir. Jedenfalls lassen wir es dabei bewenden. Rachel ruft mich gerade aus dem Garten, ich muß ihr bouncing partner für ein bißchen Basketball sein.

A big hug
Raimondo

PS: In Las Vegas waren wir nicht dabei, anderthalb Millionen Dollar zu gewinnen, es waren eine Million siebenhundertvierundsechzigtausend Dollar. Teufel noch eins, Albert, ich weiß nicht, ob wir heute glücklicher oder unglücklicher wären, wenn wir sie gewonnen hätten. Alles, was ich weiß, ist, daß wir damals solche Sprünge gemacht hätten, daß die Känguruhs in deinem Australien ganz neidisch geworden wären – das kann ich dir schriftlich geben.

Von: Alberto Scarzi ascarzi@globaltel.it
An: Raimondo starreacher@ultrabeam.com
Betreff: Dauerhafte Partnerschaft
17-07-02

Lieber Raimondo,
im Hinblick auf deine Betrachtungen über Bindungen, dauerhafte Beziehungsgrundlagen weiß ich jetzt wirklich nicht mehr, was Sache ist. Es schien aussichtslos, du warst damals einfach unfähig, der Realität Rechnung zu tragen, und jetzt hast du dir ein sehr reales Leben konstruiert, zumindest hast du zugelassen, daß Sarah das für dich tat. Jetzt hast du eine Familie, ein Haus, einen ganzen Schwanz von Aktivitäten, Verpflichtungen, Sorgen, Feedbacks. Ich hingegen, der ich ein wenig (ein ganz klein wenig) konkreter als du zu sein schien, hänge weiterhin im luftleeren Raum zwischen vielen abstrakten Möglichkeiten; noch immer lebe ich aus dem Koffer, obwohl ich Schränke habe. Ich frage mich, wo ich wirklich leben möchte oder könnte, wie, mit wem, wie lange. Ich beklage mich nicht, denn das ist die einzige Art zu leben, die mir behagt; oder zumindest bin ich nicht in der Lage, die andere Art zu leben, die geregelte und solide. Ich weiß nicht, ob es noch eine dritte Art gibt. Aber ich glaube, daß keiner von uns beiden tatsächlich das Leben gewählt hat, das er heute führt, Raimondo. Es ist einfach so passiert in dem fortwährenden Spiel als Seiltänzer, das wir spielen, um die Tatsachen mit den geistigen Vorstellungen in Einklang zu bringen, Dinge, die uns angst machen, und Dinge, die wir brauchen. Das soll nicht heißen, daß wir an einem bestimmten Punkt nicht eine Veränderung beschließen können, obwohl es

wahrscheinlicher ist, daß jeder dazu neigt, unbegrenzt seine Gleichgewichtsformel zu reproduzieren, unabhängig von den äußeren Umständen. Oder vielleicht verhält es sich überhaupt nicht so. Ich bin der Ansicht, daß es jederzeit große Überraschungen geben kann.

Ich gehe jetzt eine Stunde mit Hund Tim im Wald spazieren, so lade ich wieder Energie auf und mache mich anschließend mit durchlüftetem Gehirn an unsere Geschichte.

Sei fest umarmt

Alberto

Von: R.A.V. starreacher@ultrabeam.com
An: Albert ascarzi@globaltel.it
Betreff: Kaffee
18-07-02

Lieber Albertone, du undefinierbarer Typ,
ich kann mir vorstellen, daß du bei deinem Morgenkaffee deine E-Mail öffnest, also wünsche ich dir einen guten Kaffeegenuß, auch ein gutes Müsli, wenn du das noch immer ißt, oder ein gutes Blätterteigstück mit Creme, gutes Pitabrot mit Pistazien, was auch immer du jetzt zum Frühstück verzehrst. Ich hingegen gehe jetzt schlafen, Sarah ist schon im Bett. Als ich ihr erzählt habe, daß du die Geschichte der Interviews für Damiadiama schreibst – mit allem, was anschließend war, hat sie ziemlich seltsam geguckt. Ich habe mir ein wenig Sorgen gemacht, du weißt ja, wie sie ist. Doch dann kam sie in die Küche, wo ich gerade einige wonderful melanzane alla parmigiana ganz ohne Salz zubereitete, denn ihrer Meinung nach ist das Salz the real killer. Einverstanden, ich habe mich mittlerweile daran gewöhnt. Jedenfalls sagte sie: o.k., wenn Alberto diese Geschichte schreibt, laß sie mich dann lesen, so kann ich endlich euren Standpunkt verstehen. In meinen Augen ist das ein großartiger Beweis der Zuneigung und auch des Vertrauens von seiten meiner Old Lady.
Was du sagst, von wegen du glaubst nicht, daß wir unser Leben, wie es jetzt ist, tatsächlich gewählt haben, ist richtig. Die Weichen haben wir schon früher gestellt; wenn du sagst, daß ich so aus der Welt zu sein schien, sind das die Folgen jener Entscheidungen. Und doch habe ich jetzt ein ultrareales Leben, Madonna, mir kommt es so vor, als siehst du mich wie

einen Lebenslänglichen, wortwörtlich im Sinne von life sentence. Das ist nur ein Witz, ich habe dir ja gesagt, daß es mir manchmal zuviel wird, nicht nur die Familie, auch die Arbeit, auch jetzt, wo wegen all der Finanzskandale ein großes reshuffling der Unterlagen stattgefunden hat. Im Mai/Juni sind drei neue große plus weitere kleinere Kunden gekommen und haben bei uns angeklopft, ohne daß wir irgendeine Art von masked courting gemacht haben. Das bringt mich zu der Überzeugung, daß ich doch etwas Gutes auf die Beine stellen kann, auch wenn man sich auf diesem Gebiet nie, nicht einmal für einen Augenblick, ausruhen darf; du kannst dir nicht vorstellen, was für eine Welt von Aasgeiern das sein kann. Jedenfalls wollte ich dir sagen, ich bin glücklich, daß wir jetzt öfter miteinander reden. Es ist komisch, denn Freunde habe ich ja genug, einige habe ich über die Arbeit kennengelernt, andere sind die Eltern von Klassenkameraden der Mädels, wieder andere sind Nachbarn oder frühere Nachbarn. Aber es ist etwas anderes mit den Freunden aus der Zeit, als man noch nicht wußte, was aus einem mal wird, als man noch nach einer Form suchte, keine Ahnung. Jedenfalls wollte ich dir sagen, verflixt noch mal, Albert, trotz aller Lücken, Charakterunterschiede, Unleidlichkeiten, Entfernungen, Ozeane mag ich dich noch genauso wie in den Anfangszeiten, als wir zwei Hohlköpfe waren, in search nach einer Idee, einer Anregung, einer x-beliebigen Sache.
Hasta la vista
Raimondo

Von: Alberto Scarzi ascarzi@globaltel.it
An: Raimondo starreacher@ultrabeam.com
Betreff: Steal a little
19-07-02

Lieber Raimondo,
erinnerst du dich an die Strophe in einem Lied von unserem Freund da, den du interviewt hast, die besagt »Klaust du wenig, stecken sie dich in den Knast/klaust du viel, machen sie dich zum König«?
Das trifft sehr gut auf die heutige Zeit zu, wie viele andere Dinge auch, die er geschrieben hat. Mir gefiel, wie du ihn über das Thema hast sprechen lassen und nicht versucht hast, Platitüden oder ultimative Erklärungen aus ihm herauszuquetschen, die alles nur kaputtgemacht hätten. Weißt du, ich sehne mich nie nach der Vergangenheit zurück, nur einer Sache weine ich nach, und das sind die Interviews von Raimondo A. Vaiastri. Heutzutage, wenn ich mal zufällig ein Interview mit einem Rockstar, oder wie zum Teufel man sie heute nennt, wo der Rock, wie mir scheint, tot ist, in die Hände kriege, schmeiße ich es auf den Papierhaufen, der zum Kaminanzünden dient. Das letzte Interview, das ich gelesen habe, war mit einem Typ, der mir nicht einmal in seinen Anfängen gefallen hat, und jetzt ist er noch schlimmer mit seinem multimedialen Ziegenbärtchen. An einer Stelle dann fragt ihn der Journalist, wieso er in Korsika geheiratet habe, und er antwortet, er sei immer schon in die karge, wilde Natur dieser Insel verliebt gewesen. Das ging sogar so weit, daß er beschlossen hat, ein großes Hotel an der Küste zu bauen, was eine Mischung aus Business center und vollständig vernetz-

tem hub ist, von wo aus die Gäste dank modernster Technologien aus Glasfiber und Satelliten Videokonferenzen machen, Aktien von den Börsen des gesamten Globus kaufen und verkaufen können. Das Ganze wurde dann ohne die geringste Kritik oder Ironie oder Anteilnahme wiedergegeben. Ich habe den Text ein paarmal gelesen, ohne die genauen Grenzen zwischen der Idiotie des Interviewten und der des Interviewers erkennen zu können.

Das letztemal habe ich vergessen, dir zu sagen, daß es mir sehr leid getan hat wegen des Schrecks, den Dorina jr. euch eingejagt hat. Es muß ja furchtbar gewesen sein, Gott sei Dank ist alles noch mal gut ausgegangen. Aber es ist, wie du sagst: Wenn ihr eine kleine Narbe im Gesicht zurückbleibt, wird das nur ein weiteres interessantes Element in ihren zukünftigen Unterhaltungen sein.

Eine Riesenumarmung

Alberto

PS: Auch ich hab dich gern wie in den ersten Zeiten.

Von: R.A.V. starreacher@ultrabeam.com
An: Albert ascarzi@globaltel.it
Betreff: Die ganz große Nummer
22-07-02

Lieber Albert,
verzeih wegen des delay meiner Antwort, aber wir hatten ein Problem mit dem Provider oder Server, ich habe noch immer nicht begriffen, wie diese verdammten elektronischen Verkehrsverbindungen eigentlich funktionieren. Jedenfalls geschieht das genau dann, wenn mein Techniker on holiday in den Rocky Mountains ist, also keine Kommunikation bis heute früh, es ist ein richtig verquerer Sommer. Auf alle Fälle wollte ich dir danken für das, was du über meine Interviews sagst. Auch ich glaube, daß sie etwas Besonderes hatten, ich glaube, es war der Witz, ich glaube, die Perspektive, die Tatsache, daß ich, verflucht noch eins, so richtig drinnen war, keine Position eines Zaunguckers auf Entfernung, keine Frustration, denn ich konnte ja auf einer Ebene mit den Rockstars reden. Und aus diesem Grund kam es einem bei der Lektüre vor, als hättest du die Stars direkt vor dir in the flesh, hörtest ihre Stimme. Saperlott, das war eine gute Zeit, es ist besser, du erinnerst mich nicht allzusehr daran, denn du weißt ja, daß ich virtually addicted nach der Vergangenheit bin, es ist besser, ich konzentriere mich auf die Gegenwart. Apropos Gegenwart, wollte ich dir erzählen, vorgestern abend ging ich mit Sarah auf eine Superparty, die Ned Cropper von Ultrabeam auf den Hügeln von Hollywood gab. Mir kam es wie das Normalste von der Welt vor, besser gesagt, ziemlich nervig, denn alles already seen, weißt du,

jene Situationen, wo du mehr aus Verpflichtung denn zu deinem Vergnügen hingehst. Ein Fünftel der Gäste waren meine Kunden, doch plötzlich for no reason wurde mir bewußt, daß ich inmitten einer Unmenge von GANZ GROSSEN NUMMERN stand. Wären wir vor fünfundzwanzig Jahren gemeinsam dort gewesen, Albert, hätten wir geglaubt zu träumen, als wären wir in ein Mix von Gewinnern des Academy Awards und denen des Grammy Awards gefallen! Damit du dir halbwegs eine Vorstellung machen kannst, also da waren: Ronald Berck (still rocking!), Sam Ticklemann, Linda Gradentes, Paula Olson, Kiki Vandermeier, Lynn Tippins (auch wenn ihre Liedchen ziemlich süßlich sind, hat sie doch eine unglaubliche Stimme, oder?), Hugo Holland (immer noch Sarahs Lieblingssänger, auch wenn er einen Bauch ansetzt, Haare verliert, ich zum Glück nicht), Anastassia Coppell, Roxanne Muroncini, René Gatto, Loya Cortalban, Al Pitchinsky, Bob Palmieri, Fran Parrelli (wow!), Tina Lewis-Grange, W. C. Flush (sie nennen ihn Numetal, er ist zum Kotzen und überhaupt nicht originell, die Zeppelins haben vor Jahrhunderten bereits alles gesagt), Hank Mitchell, Rick Gibbons, Muriel Mclowden (kannst du dich an sie erinnern, als wir zu unseren Restaurantzeiten »Wasted Hearts« gesehen haben?), Caroline Shaw, Howitz Mutton (die Kinder haben ein signiertes Poster von ihm in ihrem Zimmer), Sheila Tittenhurst (die von der neuen TV-Serie, ich weiß jetzt nicht, ob die schon bei euch ausgestrahlt wird), Frank Aspinall, Nana Algado, Glen Hotchiss, Minna Eberhard, Tom Kanover, Margo Pulatz, Diego Blanco, Phillis Simonsen, Laura Kirton, Leda Papadopoulos, Sally Kinfolk, der alte Gene Carlyle, der sich treu geblieben ist, vor allem wenn er dich aus drei, vier Meter Entfernung anlächelt und du deinen Wodka-Martini in der Hand hältst und er dir ein Zeichen macht, als lägst du ihm wirklich am Herzen.
Tatsache ist, Albert, daß das Leben wirklich sehr seltsam ist,

doch wie bereits ein Jemand mal gesagt hat: »Seltsam, in welcher Hinsicht?«
Hasta la vista once more, sieh zu, daß du nicht wieder für Monate oder gar Jahre verschwindest, bevor du dich meldest, du mieser Kerl.
Dein
Raimondo A. Vaiastri

Inhalt

Andrea De Carlo über seine Musik

Seit meinem dreizehnten Lebensjahr zählt die Musik zu meinen Leidenschaften: Damals kamen im Radio die ersten Stücke von Bob Dylan und den Stones, die mein Leben nachhaltig beeinflußt haben. Ich lag meinen Eltern so lange in den Ohren, bis sie mir eine Gitarre kauften. Später zog ich mit einem Akustikblues-Trio durch die Gegend. Wir waren aber viel zu dilettantisch, als daß wir Erfolg gehabt hätten. Platten mit Blues, Rock 'n' Roll, Musik aus Indien, Afrika, Jamaika, Hawaii, Tibet und den Appalachen, Jazz und Klassik stapelten sich bei mir, bis sich meine Regale bogen. Jahrelang war das Musizieren eine rein private Passion, um beim Schreiben abzuschalten und mir einen Freiraum zu schaffen.

Als ich für mein vorletztes Buch zu einer Lesereise aufbrach, beschloß ich, meine Gitarre und ein Keyboard mitzunehmen. Zusammen mit einem afrikanischen Percussionisten, einem Baßgeiger sowie einer Bratschespielerin wurden die Vorstellungen zu echten Events. Anschließend ging ich mit der Bratschespielerin Anna Barina und dem indischen Tablaspieler Arup Kanti Das in ein kleines Aufnahmestudio und produzierte unsere Musik als CD – live, ohne Verstärker oder andere Hilfsmittel.

Diese CD gibt es jetzt gratis zu dem Buch *Die ganz große Nummer* dazu. Einige Nummern sind nach meinen Romanfiguren benannt, aber es gibt keine zwingende Verbindung zwischen Buch und Musik. Alles, was ich möchte, ist, daß sie zum idealen Soundtrack für meine Geschichte wird.

Andrea De Carlo

Pura Vita – Das wahre Leben

Roman. Aus dem Italienischen von Renate Heimbucher.
318 Seiten. Klappenbroschur

Er ist Mitte Vierzig, rührend unerwachsen und hartnäckig freiheitsliebend, er versucht, sich im Leben neu zu orientieren. Sie ist sechzehn und weiß, was sie will, sie hat klare Ansichten über die Liebe und das Leben: Vater und Tochter. Gemeinsam fahren sie von Italien in die Camargue – durch mittelalterliche Städtchen und wilde, unbewohnte Landstriche. Dabei reden sie über all das, was ihnen am Herzen liegt – über das Elend der Liebe und die scheinbar unüberwindlichen Hindernisse zwischen Mann und Frau – und was im Leben wirklich zählt. Sie streiten und lachen, sie schweigen sich an und söhnen sich aus. Und sie stellen am Ende ihrer Reise fest, daß es die Unterschiede sind, die sie so stark aneinander binden.

04/1005/01/L